RENÉ ANOUR

TÖDLICHER DUFT

DER ERSTE FALL FÜR COMMISSAIRE CAMPANARD

Kriminalroman

WILHELM HEYNE VERLAG
MÜNCHEN

Der Verlag behält sich die Verwertung der urheberrechtlich geschützten Inhalte dieses Werkes für Zwecke des Text- und Data-Minings nach § 44 b UrhG ausdrücklich vor. Jegliche unbefugte Nutzung ist hiermit ausgeschlossen.

Penguin Random House Verlagsgruppe FSC® N001967

Originalausgabe 03/2024
Copyright © 2024 dieser Ausgabe
by Wilhelm Heyne Verlag, München,
in der Penguin Random House Verlagsgruppe GmbH,
Neumarkter Str. 28, 81673 München
Redaktion: Lars Zwickies
Printed in Germany
Umschlaggestaltung: Nele Schütz Design, München,
unter Verwendung von shutterstock/Zoonar/
Joachim G. Pinkawa/Jo. PinX/Fesusu Robert/yana_vinnikova
Satz: Uhl + Massopust, Aalen
Druck und Bindung: GGP Media GmbH, Pößneck
Printed in Germany
ISBN: 978-3-453-42880-5

www.heyne.de

PROLOG
DER KÖNIG DER DÜFTE

Es war kurz vor Sonnenaufgang an einem Frühlingsmorgen, als Jean vor die Tür trat und sich ausgiebig streckte. Zu keiner anderen Zeit wurde Grasse seinem Ruf als Stadt der Düfte so sehr gerecht wie in solchen Augenblicken, wenn alles still und die Luft ein süßes Gemisch aus Jasmin, Mairose und Orangenblüten war.

Er schwang sich auf sein Fahrrad und brauste durch die noch menschenleeren Gassen. Nur ab und zu richtete er sich auf, wenn der Fahrtwind ihm seine dunklen Locken ins Gesicht blies.

Nach einer Weile hielt er an der kleinen Boulangerie Place des Herbes, wo Babette, die junge Bäckerin, ihm schon seinen Espresso und ein noch ofenwarmes Croissant auf der Theke bereitgestellt hatte.

»Bonjour, Jean«, rief sie mit einem Lächeln, das ihn gleich ein wenig wacher werden ließ.

»Salut, Babs. Drei fünfzig, wie immer?«

»Bitte!«

Jean legte ihr die Münzen hin, nahm die Espressotasse und sein Croissant und trug beides nach draußen zu dem Stehtisch vor der offenen Tür der Boulangerie. Gedankenversunken betrachtete er die bunten Häuserfassaden auf dem Platz, nippte an seinem Kaffee und tauchte die Spitze seines Croissants hinein, bevor er den ersten Bissen nahm.

»Um die Zeit fühlt sich's fast an, als wären wir zwei die einzigen Grassois.«

»Aber nur, weil Sonntag ist«, erwiderte Babette lachend aus dem Laden hinter ihm. »Unter der Woche geht's schon anders zu.«

»Genau deshalb mach ich unter der Woche lieber was anderes.«

»Ah ja?« Babette stützte sich auf die Theke und lächelte verschmitzt. »Besuchst du die Universität eigentlich nur, oder studierst du dort auch?«

Jean hob eine Augenbraue. »Mal so, mal so!«

»Ach?«

»Aber wenigstens bin ich keiner dieser Typen, die sich von seinen Eltern aushalten lassen. Ich finanziere mir das mit meinem Wochenendjob alles selbst.« Er hob seine Kaffeetasse. »Und deshalb habe ich das Vergnügen, dich jeden Sonntag zu treffen.« Jean merkte zufrieden, wie Babette errötete und sich abwandte.

»Wie ist es dort eigentlich?«, fragte sie schließlich. »Im Inneren dieser riesigen Parfümerie.«

Jean sog übertrieben die Luft ein. »Ein Ort voller Wunder und Geheimnisse!«

»Ich meine es ernst!«

»Ich auch«, lachte Jean. »Vor allem ist es ruhig. Der perfekte Studentenjob. Ein Aufseher, so wie ich, kann in Ruhe ein Buch lesen.« Er griff in seinen Rucksack, zog ein Taschenbuch hervor und ging wieder zum Tresen hinüber. »Das hier, zum Beispiel, kennst du's?«

Babette nahm es entgegen. »*Das Parfum*«, murmelte sie. »Nein, tut mir leid. All meine Lesezeit wird momentan von Netflix aufgefressen.«

»Da verpasst du was.« Jean stützte sich ebenfalls am Tresen ab. »Es geht um ein Genie, das den vollkommenen Duft kreieren will ... und dafür über Leichen geht.«

Babette warf Jean einen Blick aus ihren dunklen Augen zu, der nun ihn erröten ließ. Schließlich wandte sie sich ab und tat so, als würde sie das Gebäck in der Vitrine arrangieren.

»So jemanden habt ihr doch auch in eurer Parfümerie. Der ist ständig in der Zeitung. *Der König der Düfte*. Der Kerl hat Hunderttausende Follower auf Instagram.«

»Du meinst Monsieur Sentir?« Jean lachte. »Ich kenne ihn nicht wirklich, aber es heißt, er wäre ziemlich selbstverliebt.«

»Das dachte ich mir«, kicherte Babette. »Fast alle Bilder auf seinem Profil sind Selfies, auf denen er so guckt ...«

Babette tat, als würde sie ein Bild von sich schießen und imitierte Sentirs Version eines sexy-lasziven Blicks so treffend, dass Jean vor Lachen fast seinen Kaffee wieder ausspuckte.

»Leihst du es mir trotzdem? Das Buch, meine ich.«

»Sicher!«, grinste Jean. Er nahm Babette den Roman vorsichtig aus der Hand und zückte einen Kugelschreiber aus der Brusttasche seiner Jeansjacke. Mit ein paar schnellen Strichen kritzelte er seine Telefonnummer auf die Innenseite des Covers. »Bitte!« Er reichte ihr das Buch. »Damit du mich anrufen kannst, wenn du es zurückgeben willst.«

Babette biss sich auf die Unterlippe. »Ich könnte es ja einfach hier für dich liegen lassen ...«

»*Oder* wir treffen uns mal auf einen gemeinsamen Kaffee ...«, erwiderte er spielerisch. »Das hier ist immer so eine einseitige Sache.«

Babette lächelte. »Ich überleg's mir«, flüsterte sie, dann

beugte sie sich vor und küsste ihn rasch auf die Wange. »Was ist?«, neckte sie ihn, als Jean sie nur mit weit aufgerissenen Augen anstarrte. »Ich dachte, du musst arbeiten?«

»Ja ... ja, richtig.« Jean stopfte sich rasch den Rest seines Croissants in den Mund. »Und vergiff niff, miff anzurufen!«, rief er Babette zu, die ihm noch kurz winkte und sich dann ihrem Ofen zuwandte.

***

Jean machte seinen Rundgang durch die Räumlichkeiten von Fragonard und unterdrückte ein Gähnen. Eigentlich war sein Job vollkommen überflüssig, aber er würde sich hüten, das seinen Arbeitgebern von der Parfümerie mitzuteilen. Das Gebäude war alarmgesichert, und die Eingänge wurden von echten Security-Kräften bewacht, keinen Studenten wie Jean. Im Prinzip bestand seine Aufgabe nur darin, durch die Räume des Museums und der angeschlossenen Fabrik zu schlendern und Hilfe zu rufen, wenn ein Feuer ausbrach oder eine der Maschinen Alarm schlug, weil sie nicht mehr funktionierte. Während des ganzen Jahres, in dem er hier nun schon arbeitete, hatte er noch nie jemanden anrufen müssen – und mehr Bücher gelesen als je zuvor in seinem Leben.

Er ging langsam durch die Labore der Fabrik. Es gefiel ihm, dass man sich trotz des technischen Fortschritts noch immer bemühte, die Räumlichkeiten ansprechend zu gestalten. Hier in Halle A, in der die natürlichen Duftstoffe gewonnen wurden, trug jeder Metallbottich sein eigenes, reich verziertes Schild, auf dem der Name der Basis sowie das Verfahren, mit dem die Geruchsstoffe extrahiert wurden, zu lesen waren, wie: *Jasminum officinale, Enfleurage à chaud.*

Plötzlich erklang ein dumpfes Pochen. Jean sah verwirrt auf. Normalerweise war es hier bis auf das Surren der elektrischen Rührgeräte und Zentrifugen still.

Wieder das Pochen. Es klang, als würde etwas Massives gegen eine Metallwand stoßen. Jean lauschte und folgte dem Geräusch bis zu einem riesigen Kupferbottich. Ein weiteres Pochen, aus der Nähe fast schon ein Dröhnen. Jean hatte sich nicht getäuscht; es musste aus dem Inneren dieses Behälters kommen. Er legte die Hand auf die Kupferwand und runzelte die Stirn.

Camellia japonica, blutrot. Extraktion

Wenn er es richtig verstand, befanden sich in dem Bottich Kamelienblüten, die vermutlich in einer Art Lösungsmittel schwammen. Auf einem Display am Bottich blinkte ein roter Schriftzug: *Rührvorgang blockiert, Deckel öffnen!*

Wieder erklang das Pochen. Verdammt. Er musste die Leute vom technischen Notdienst anrufen. Aber was, wenn sich irgendwo in dem Ding Druck aufstaute und es einfach explodierte, bevor jemand kam? Jean hatte keine Ahnung, was wirklich in diesen Behältern vor sich ging. Wahrscheinlich war es klug, sicherheitshalber den Deckel zu öffnen, bis die Techniker eintrafen.

Zumindest befand sich auf dem Display ein grüner Knopf, der unmissverständlich klarmachte, dass der Deckel gehoben würde, wenn man ihn drückte.

»Ach, Mist!«, zischte Jean und wandte sich unschlüssig um.

Bevor ihn auch der letzte Rest seines Mutes verließ, drückte er den Knopf.

Ein lautes Surren ließ ihn zusammenzucken. Dann wurde der riesige Deckel von einer hydraulischen Konstruktion an der Decke angehoben. Konzentrierter Blütenduft stieg Jean in die Nase, und er musste niesen. Er stieg zwei Metallstufen hinauf, um in den Bottich sehen zu können.

Unzählige blutrote Kamelienblüten schwammen in einer klaren Flüssigkeit. Wie Jean vermutet hatte, wurde der große Rührer von einem massigen Etwas blockiert, das immer wieder gegen die Kupferwand stieß, wenn der Rührer sich zu drehen versuchte.

»Das gibt's nicht!«, flüsterte er. Das Ding in dem Bottich war ein Mensch, der auf dem Rücken liegend in den Kamelienblüten trieb. Der leblose Mann trug einen hellblauen Anzug mit Einstecktuch, dessen Farbe exakt das Rot der Blüten zu spiegeln schien.

Während der Kopf des Mannes immer und immer wieder gegen die Bottichwand donnerte, begriff Jean, dass er dessen blasse Miene kannte. Auch wenn der Ausdruck auf dem Gesicht des Königs der Düfte alles andere als sexy und lasziv wirkte.

»Ach, du heilige …«

KAPITEL 1

CAMPANARD

Natürlich musste diese Geschichte an einem Sonntagmorgen passieren. Dabei waren Louis Antoine Campanard die Sonntage heilig. Sie gehörten ganz und gar seinem kleinen Terrassengarten. Normalerweise ging er schon kurz nach Sonnenaufgang hinaus. Sein erster Weg führte ihn immer zum Lavendel-Rosenbeet.

Er hatte schon oft gehört, dass man Lavendel als Beiwerk zu Rosen pflanzen sollte. Der Lavendel half der Rose angeblich, ihre volle Pracht zu entfalten, da sein Duft Schädlinge fernhielt. Campanard sah das jedoch umgekehrt: Seine Hingabe gehörte dem Lavendel. Während dieser draußen auf den Feldern vor der Stadt erst Knospen trieb, begann er in Campanards Garten, in dem geschützten Beet vor der alten Steinmauer, bereits seine volle Blütenpracht zu entfalten. Er hatte sich für einen Provence-Lavendel der Sorte *Bleu des Collines* entschieden, dessen fast dunkelblaue Blüten dicht standen und einen unvergleichlich intensiven Duft verströmten, den Campanard über alles liebte.

Die beiden *Delbard*-Rosenbüsche, ein weißer der Sorte *Centenaire de Lourdes,* und ein tiefroter *Château de Versailles* wirkten im Vergleich zu der blühenden Lavendelpracht beinahe schlicht. Aber Campanard gefiel es, dass das Beet vom richtigen Winkel aus betrachtet ein wenig an die Trikolore erinnerte. Dem Lavendel schien der Tau zu bekommen, der vom nahen Meer kam, sich in den Rosenbüschen verfing und auf ihn herabtropfte.

Am meisten freute Campanard sich an einem normalen Sonntagmorgen über das Gebrumm im Beet, die unzähligen Bienen und Hummeln, die der Lavendel anzog, die kleinen Bläulinge, die an fliegende Lavendelblüten erinnerten. Manchmal verirrte sich sogar ein riesiger Osterluzeifalter in seinen Garten, dessen schwarz-rot gemusterte Flügel wie ein abstraktes Kunstwerk wirkten.

Nach dem Gießen wäre es Zeit für ein Tässchen Kaffee gewesen. Er hätte sich mit einem Espresso an den weißen Gartentisch unter seinem Orangenbaum gesetzt und ein paar Navettes gegessen, Kekse, die verführerisch nach Orangenblüten schmeckten. Dabei hätte er in Ruhe die Wochenendausgabe von *Nice Matin* gelesen, natürlich in Papierform, denn Campanard hasste es, auf irgendwelchen Bildschirmen herumwischen zu müssen.

So hätte sein Sonntagmorgen ausgesehen, wenn Inspecteur Olivier ihn nicht um fünf Uhr morgens angerufen und von einem Mordverdacht bei Fragonard berichtet hätte.

Das hatte in Grasse eine ähnliche Dringlichkeit wie die Entdeckung einer Leiche im Louvre direkt vor der *Mona Lisa*.

Campanard hatte sich unmittelbar von seinem Wochenende verabschiedet, sich angezogen und war zu Fragonard hinübergegangen. Natürlich hätte er darauf warten können, dass Olivier ihn mit dem Polizeiwagen abholte, aber Campanard vertrat die Auffassung, dass man in Grasse alles zu Fuß erreichen konnte – und sollte.

»Guten Morgen, Chef!«, rief Olivier lächelnd, als Campanard das Museum erreichte. Campanard fragte sich manchmal, was passieren müsste, damit Olivier einmal übel gelaunt wäre. Die unaufdringlich freundliche Art des jungen Polizisten machte die Zusammenarbeit mit ihm ausgesprochen angenehm.

»Die Inspektoren Madère und Pontfili haben den Notruf entgegengenommen und bereits alles absperren lassen, wie Sie angeordnet haben.«

»Sind die Forensiker unterwegs?«

»Werden bald hier sein.«

»Sehr gut. Ich will erst den Fundort besichtigen, bevor die hier aufkreuzen. Der Tote?«

»Schwimmt noch immer in dem Bottich, in dem man ihn gefunden hat. Ich habe die strikte Anweisung gegeben, nichts anzurühren.«

Campanard klopfte dem Inspektor auf die Schulter. »Fertigen Sie mir inzwischen eine Liste an. Von allen, die am Wochenende normalerweise hier sind. Wachpersonal, Reinigungskräfte. Nicht die Museumsangestellten vergessen, außerdem die Führungsetage von Fragonard. Sie haben sich bei uns am Revier zur Befragung einzufinden. Wir beginnen in einer Stunde. Ich akzeptiere keine Ausrede.«

»Natürlich, Chef!«

»Verlieren Sie keine Zeit. Das wird ein langer Tag heute.«

Campanard wandte sich ab und stieg die Stufen zum Eingang empor. Die beiden Polizisten davor nickten ihm zu und traten zur Seite. Sein Blick streifte ein massives Kunstwerk, das aus ineinander verschmolzenen Kupferkesseln mit unzähligen Hähnen zu bestehen schien.

Der Commissaire war schon oft hier gewesen, zum ersten Mal als kleiner Junge in der *École primaire*. Aber wie bei allen beliebten Sehenswürdigkeiten vergaß man als Einheimischer irgendwann, dass sie da waren, und überließ sie den Touristenhorden. Die würden heute allerdings ausbleiben.

Olivier hatte ihn darüber aufgeklärt, dass der Tote weiter hinten im Gebäude in der Halle mit den alten Kupferkesseln gefunden worden war.

Als Erstes fragte sich Campanard, was dieser Éric Sentir nachts hier gewollt haben konnte und ob er allein gekommen oder sein Mörder bereits bei ihm gewesen war. Darüber würden die Überwachungskameras hoffentlich Auskunft geben.

Er durchschritt einen großen Verkaufsbereich, gefolgt von einer Ausstellung zur Geschichte der Parfümherstellung mit Bildern, welche die Entstehung von Fragonard bis heute dokumentierten. Viele glaubten, dass der Betrieb nach dem Gründer der Parfümerie benannt war. Tatsächlich aber hatte der wahre Gründer, ein alter Notar aus Paris, sein Unternehmen damals nach dem berühmtesten Maler von Grasse benannt: Jean-Honoré Fragonard. Es war eine Liebeserklärung an die Stadt und ihre Geschichte.

Aus der vor Campanard liegenden Halle drangen leise Stimmen an sein Ohr. Als er den holzvertäfelten Raum betrat, hob er überrascht die Augenbrauen. In seiner Erinnerung war das hier ein Ausstellungsraum gewesen, darin Kupferbottiche und Druckbehältnisse, mit denen man in den Zwanzigerjahren Düfte extrahiert hatte. Jetzt wirkte es, als hätte alles eine heftige Kollision mit der Technologie der Gegenwart erfahren. Die Ausstellungsstücke waren mit elektrischen Rührern, Touchpads und automatisch verschließbaren Deckeln versehen worden. Und wenn Campanard sich nicht täuschte, dann wurde hier tatsächlich etwas produziert. Zumindest suggerierte dies das Geräusch laufender Maschinen.

»Bonjour, Chef!« Eine junge Polizistin kam auf ihn zu.

»Auch Ihnen einen guten Morgen, Madère«, brummte Campanard. »Danke, dass Sie hier die Stellung gehalten haben. Haben Sie ein paar Fotos für mich gemacht?«

»Natürlich!«

»Der Junge?«

»Sitzt hinten auf einer Besucherbank. Ich habe ihm einen Kaffee gebracht.«

»Gut so, bleiben Sie bitte noch einen Moment bei ihm. Ich will einen Blick auf Sentir werfen, bevor Richaud mit seinen Forensikern hier herumzuschwirren beginnt.«

»Natürlich. Er ist dort drüben.«

Sie wies auf den einzigen Bottich, der geöffnet war.

Campanard nickte und ging zu dem Kupferbehälter hinüber, dessen Inhalt noch ein wenig dampfte.

In aller Ruhe schlenderte er um den Kessel herum und klopfte gegen die Kupferwand, die ein wenig nachvibrierte. Keine Chance, dass jemand zufällig in dieses Riesending hineingeraten konnte. Selbst Campanard mit seinen beträchtlichen Ausmaßen erreichte gerade mal so den Bottichrand mit seinen Fingerspitzen, wenn er sich streckte.

Eigentlich konnte man nur über die Stufen hineingeraten, die zu dem Panel mit den Bedienelementen führten … oder hineingestoßen werden.

Langsam stieg er hinauf und warf einen Blick in den Bottich.

Süßlicher Blumenduft stieg ihm in die Nase. Sentir trieb immer noch da unten zwischen den blutroten Kamelien, seltsam verkeilt zwischen der Bottichwand und dem stillstehenden Rührer.

Viel würde von der Obduktion abhängen. War Sentir

schon tot gewesen, bevor er in den Bottich gelangt war, oder erst darin gestorben? Von hier oben war das nicht zu erkennen. Campanard kniff die Augen zusammen. Die Miene des Toten wirkte jedenfalls nicht qualvoll verzerrt, soweit er das sehen konnte.

Der Commissaire runzelte die Stirn und stieg die Metallstufen hinunter. Als er wieder den Boden der Halle betrat, hörte er ein Knirschen unter der Sohle seines Budapesters. Verwirrt hob er den Fuß und bückte sich.

Er erkannte winzige bernsteinfarbene Glassplitter. Als er sich umsah, entdeckte er auf dem Boden verstreut noch einige größere Scherben, die noch keine Bekanntschaft mit seiner Schuhsohle gemacht hatten.

Campanard hob eine von ihnen auf. Einen Moment lang hielt er sie zwischen Daumen und Zeigefinger gegen das Licht und drehte sie ein wenig.

Campanard war ein wenig weitsichtig, aber er glaubte winzige Tröpfchen auf einer Seite des Splitters zu erkennen, kaum mehr als ein Film.

Vorsichtig roch er an dem kleinen Stück Glas. Ein seltsamer Duft stieg ihm in die Nase. Wie der Geist eines Parfums bahnte er sich den Weg in sein Bewusstsein, schien etwas auslösen zu wollen und verpuffte dann doch im Nichts, weil er zu schwach geworden war.

Verwirrt schüttelte der Commissaire den Kopf und roch erneut an dem Splitter. Aber was auch immer noch an Parfümresten daran geklebt hatte, war nun endgültig verflogen.

»Hm«, murmelte er.

Gedankenversunken schlenderte er zu Inspecteur Madère hinüber, die auf einer Besucherbank Platz genommen hatte. Neben ihr saß der Junge, der hier Wochenenddienste versah und die Leiche entdeckt hatte. Er wirkte blass. Der Becher mit dem Automatenkaffee, den er in der Hand hielt, zitterte merklich.

»Darf ich Sie kurz ablösen, Madère? Bitte sehen Sie nach, ob Richaud und seine Forensiker schon da sind, und führen Sie sie herein.«

»Ja, Chef!« Sie lächelte dem Nachtwächter kurz zu, dann stand sie auf und ging.

Der Junge betrachtete Campanard mit einem Anflug von Furcht, während dieser sich zu ihm setzte. »Louis Campanard, Commissaire de Police de Grasse«, erklärte er freundlich und streckte ihm die Hand hin.

»Jean Calment«, erwiderte der Junge und ergriff Campanards riesige Hand zögerlich.

»Danke, dass Sie uns gleich gerufen haben.«

Calment nickte. »Klar.«

»Wie lange arbeiten Sie hier schon?«

»Zwei Jahre«, erklärte er. »Aber nach heute …« Er nahm einen zittrigen Schluck von seinem Kaffee und schüttelte den Kopf. »So angenehm kann der Job gar nicht sein, dass ich noch einmal herkomme.«

»Wen haben Sie denn abgelöst, als sie heute Morgen gekommen sind?«

»Ähm, das war Sophie. Auch eine Studentin. Sie war die Nacht über hier.«

»Und ihr ist nichts Ungewöhnliches aufgefallen?«

»Sie hat bei der Ablöse nichts erwähnt. Ich schätze, Sie müssen selbst mit ihr reden, aber …«

Campanard hob die Augenbrauen und sah Calment erwartungsvoll an.

»Na ja, verraten Sie's nicht denen vom Personalbüro, aber

Sophie hat das hier nicht sonderlich ernst genommen. Ein bisschen versteh ich's ja, weil draußen sowieso immer ein paar vom Sicherheitspersonal stehen. Sie nimmt sich gern ein Kissen zum Dienst mit und pennt auf irgendeiner Bank. Meistens muss ich sie wecken. Diesmal auch.«

»Mhm«, brummte Campanard. »Kannten Sie Monsieur Sentir persönlich?«

Der Junge schüttelte den Kopf. »Einmal habe ich ihn gesehen. Die haben mich auf das Frühlingsfest von Fragonard eingeladen, obwohl ich hier nur Teilzeit arbeite. Feiner Zug. Tolles Büfett. Drüben in den Jardins des Plantes war das. Er ist ja ziemlich berühmt, deshalb wusste ich, wie er aussieht. Da war immer eine Traube von Menschen um ihn herum. Ich bin natürlich nicht zu ihm gegangen.«

»Verstehe. Was studieren Sie eigentlich, Jean?«

Die Miene des Jungen schien sich etwas aufzuhellen. »Hat eigentlich gar nichts mit Parfum zu tun. Literatur.«

»Ah!«, erwiderte Campanard lächelnd. »Wer ist denn Ihr Lieblingsautor?«

»Wenn ich einen wählen müsste, Victor Hugo.«

Campanard lachte. »Wer gern Monsieur Hugo liest, hat bei mir schon mal einen Stein im Brett. Jean Valjean ist mein absoluter Lieblingscharakter in der französischen Literatur, müssen Sie wissen.«

Calment grinste.

»Gehen Sie nach Hause, Junge, ruhen Sie sich ein bisschen aus. Es kann sein, dass wir Sie in den nächsten Tagen noch einmal zu uns aufs Revier bitten, wenn wir uns ein genaueres Bild verschafft haben.«

»Ich habe der freundlichen Polizistin von vorhin schon alles gesagt, was ich weiß.«

»Natürlich haben Sie das. Es kann nur sein, dass sich im Zuge der Ermittlungen neue Fragen auftun.«

Campanard sah dem Jungen nachdenklich hinterher, während dieser die Halle verließ. Dann zückte er sein ledergebundenes Notizbuch und schrieb ein paar Beobachtungen hinein. Ein toter König ... Was dessen Untertanen wohl dazu zu sagen hatten?

* * *

Es war Montagabend, und obwohl Campanard zwei besonders intensive Tage hinter sich hatte, fühlte er sich seltsamerweise nicht müde. Olivier und er hatten sich auf einen Befragungsmarathon begeben. Seit Sonntagmittag gingen Angestellte von Fragonard im Commissariat de Grasse ein und aus, wurden wahlweise vom Commissaire selbst oder von Olivier verhört. Campanard hatte auf Eile gedrängt. Schließlich wollte er vermeiden, dass Fragonard seine Mitarbeiter unter Druck setzte, um das Unternehmen vor Rufschädigung zu schützen.

»Einen wunderschönen guten Abend, Madame Girard!«, grüßte Campanard freundlich, als Inspecteur Madère eine gut aussehende Mittvierzigerin mit rot gefärbten Locken in das Verhörzimmer führte. »Ich hoffe, Sie fühlen sich wohl bei uns.«

Es war Campanards ureigenste Überzeugung, dass jeder Mensch es verdiente, mit Freundlichkeit behandelt zu werden. Selbst oder sogar *gerade* während einer Befragung.

»Bonsoir«, erwiderte Madame Girard und setzte sich ihm gegenüber, nachdem er ihr den Stuhl zugewiesen hatte.

»Möchten Sie etwas trinken? Kaffee? Etwas Kühles?«

Sie schüttelte lächelnd den Kopf.

»Sie arbeiten als technische Assistentin im Labor von Fragonard. Wie kann ich mir das vorstellen?«

»Ich bin die Leiterin der *Naturels*. Pardon, ich sollte das zuerst erklären: Für unsere Parfums verwenden wir natürliche Duftstoffe, meistens aus Pflanzen. Ätherische Öle, hauptsächlich. Die Laborteams, die sich damit befassen, nennen wir die *Naturels*. Die anderen synthetisieren künstliche Duftstoffe, deshalb nennen wir sie die *Synthétiques*. Meine Aufgabe besteht darin, den Gehalt an Duftstoffen in unserem Material zu beproben. Das ist eine Art Qualitätskontrolle, sowohl für das Material, das von unseren Blumenfeldern kommt, als auch für das, das wir geliefert bekommen.«

»Geliefert?«

»O ja, manche Blumen lassen sich anderswo besser anbauen. Patschuli, zum Beispiel, importieren wir traditionell aus Indonesien. Abgesehen von der Qualitätskontrolle schlagen wir natürlich die geeigneten Verfahren vor, mit denen wir die gesuchten Stoffe isolieren wollen.«

»Erklären Sie mir die Zusammenarbeit mit Monsieur Sentir. War er oft bei Ihnen?«

»Monsieur Sentir!«, wiederholte Madame Girard beinahe ehrfürchtig. »In den Laboren war er persönlich nie. Aber er hat oft interveniert. Er hatte viele ... Vorschläge.«

Campanard schlug sein Notizbuch auf und kritzelte ein paar Anmerkungen hinein. »Vorschläge?«

»Nun ja, manchmal hat er uns Anweisungen hinterlassen. Zum Beispiel wollte er für sein letztes Parfum nur blutrote Kamelien.«

Campanard runzelte die Stirn. »Ah ja? Jetzt müssen Sie mir helfen. Warum ist das ungewöhnlich?«

Madame Girard lächelte. »Weil die Farbe den Gehalt an Duftstoffen nicht beeinflusst. Wir haben aus unserer Sicht einwandfreies Material verworfen und mussten auf die roten Kamelien warten.«

»Er wirkte in seinen Forderungen also nicht unbedingt rational?«

»Oh, ich würde mir nie anmaßen, so etwas zu behaupten«, erwiderte Madame Girard betroffen. »Monsieur Sentir war ein Genie, ein Künstler. Und den Wert oder die Berechtigung seiner Kunst kann man mit wissenschaftlichen Methoden unmöglich messen. Jeder von uns hat sich geehrt gefühlt, mit ihm zu arbeiten.«

»Da bin ich sicher«, brummte Campanard und fügte ein paar Notizen hinzu. »Hatten Sie noch mit anderen Parfümentwicklern zu tun?«

»O ja, wir arbeiten viel mit Maître Duchapin. Seine letzte Kreation, *Oase de Nuit* ... Aus meiner Sicht ist es das ausgewogenste Parfum, das wir je entwickelt haben. Ein Meisterstück!«

»Ich verstehe. Macht dieser Duchapin auch so viele Vorschläge wie Sentir?«

»O nein«, lachte Madame Girard. »Er besucht uns oft persönlich, bespricht seine Pläne, kennt und versteht alle Abläufe. Er vertraut unserem Urteil.«

»Hat er sich gut mit Sentir verstanden?«

»Darüber maße ich mir kein Urteil an. Aber ... die beiden haben einander gewiss sehr respektiert.«

Campanard senkte das Kinn. »Woher wollen Sie das wissen?«

»Ich kann es nur vermuten. Zwei so talentierte Menschen ...«

Campanard klappte sein Notizbuch zu. »Vielen Dank, meine teure Madame Girard, das ist alles.« Er erhob sich und eskortierte sie zur Tür, hinter der schon Inspecteur Madère wartete.

»Vielleicht plaudern wir beide noch einmal, in diesem Fall melde ich mich.«

Er hielt die junge Inspektorin noch kurz an der Schulter fest, bevor sie Girard nach draußen begleitete.

»Madère, wie sieht's aus?«

»Einer noch für heute, Chef. Richard LaPlace, der Museumsleiter.«

»Danke, bringen Sie ihn gleich herein.«

Als Madère den Museumsleiter kurz darauf hereinführte, fand Campanard, dass der eher klein gewachsene Mann in seinem karierten Sakko viel zu selbstsicher wirkte. Als wüsste er schon jetzt genau, was er erzählen würde, welche Formulierungen er vermeiden und welche er gebrauchen wollte, um sein Unternehmen und auch sich in einem makellosen Licht zu präsentieren.

»Bonsoir, Monsieur LaPlace. Verzeihen Sie, dass Sie so lang warten mussten.«

LaPlace hob lächelnd die Hände. Man konnte ihn fast schon als dürr bezeichnen, das Sakko schlotterte an seinen Armen.

»Aber, aber, in Anbetracht der furchtbaren Umstände habe ich natürlich Verständnis.«

»Möchten Sie vielleicht ein Tässchen Kaffee?«

»Nein, danke, für mich kein Koffein nach 18 Uhr.«

»Na gut, dann lassen Sie uns beginnen. Wie gefiel Ihnen Monsieur Sentirs Frisur?«

Der Museumsleiter blinzelte verwirrt. Wenn sein Gegenüber bei einem Verhör allzu selbstsicher wirkte, begann Campanard gerne mit einer unkonventionellen Frage. Das brachte die Befragten ein wenig aus dem Tritt, warf alles über den Haufen, was sie sich an glattgebügelten Antworten zurechtgelegt hatten, und ließ sie ein bisschen ehrlicher werden.

»I-ich bin nicht sicher? Darüber habe ich noch nicht nachgedacht. Sie wirkte … nun ja, immer sehr gepflegt.«

»Mochten Sie *ihn*?«, schoss Campanard nach.

»Aber ja! Natürlich!« Der Museumsleiter lachte nervös. »Er hat unser großes Haus wieder ins Gespräch gebracht. Dass wir die traditionellen Apparaturen im Museum wieder zur Parfumherstellung nutzen, darauf hat er bestanden. Er war … etwas ganz Besonderes.«

»Mhm«, brummte Campanard und schrieb ein paar Anmerkungen in sein ledergebundenes Notizbuch. »Aber schon etwas eingebildet, der Gute, nicht wahr? Ich meine, jemand, der sich selbst ›König der Düfte‹ nannte … Kommen Sie!«

LaPlace verschränkte seine Finger vor dem Körper, als wollte er damit verhindern, dass sie ohne seine Erlaubnis etwas preisgaben.

»Große Künstler sind oft große Persönlichkeiten«, meinte er mit einem verkrampften Lächeln.

»Da haben Sie wohl recht.« Campanard ließ sich absichtlich Zeit und tippte mit seinem Rosenholzfüller unablässig gegen den Einband seines Notizbuchs, was LaPlace sichtlich nervös zu machen schien.

»Er hat uns gern besucht«, platzte es aus dem Museumsleiter heraus, der das Geräusch offenbar nicht mehr ertrug. »Hat die Produktion inspiziert.«

»Hatte er eine Schlüsselkarte?«

»Selbstverständlich!«

»Wer noch?«

»D-die Liste liegt bei uns auf und ...«

»Und Sie lassen sie mir morgen zukommen. Es wird das Erste sein, was Sie morgens machen«, stellte Campanard ruhig fest, ohne von seinem Notizbuch aufzusehen. »Was produzieren Sie denn in den alten Laboren? Die Räumlichkeiten wirken nicht gerade zeitgemäß.«

»Die Charge null seines neuen Parfums. Die weltweite Produktion wird natürlich nicht dort stattfinden. Monsieur Sentir glaubte daran, dass es seinem Duft eine magische Note verleiht, wenn er mitten im Herzen von Fragonard entsteht. Ich glaube, deshalb kam er so oft.«

»Mir scheint, dieser Monsieur Sentir ist ein wenig ...«, Campanard sah von seinem Tablet auf und fixierte sein Gegenüber, »... lästig gewesen!«

»H-hören Sie«, meinte der Museumsleiter, während Campanard sich nach vorn lehnte. Eine Geste, die bei einem Mann von Campanards Ausmaßen oft schon genügte, um jemanden aus der Fassung zu bringen. »Ich hatte für Monsieur Sentir nur den allergrößten Respekt übrig ... und ich kann Ihnen versichern, Sie werden von niemandem bei Fragonard etwas anderes hören.«

Campanard nickte. »Ich fürchte, mit dem zweiten Teil haben Sie absolut recht.« Campanard beugte sich noch etwas weiter vor. »Aber da ist nun mal eine Leiche, die wir aus einem Bottich in Ihrem Museum gefischt haben. Und für die hat wohl jemand etwas anderes als den ... ›allergrößten Respekt‹ empfunden.«

Einen Moment lang dachte Campanard, sein Gegenüber würde einen Herzinfarkt erleiden. Er lächelte jovial und klopfte dem Museumsbesitzer auf die Schulter. »Vielen Dank, Monsieur LaPlace. Sie waren mir eine außerordentliche Hilfe.«

Er stand auf und schüttelte dem verdutzten Museumsleiter die Hand. »Sie verlassen mir doch nicht die Stadt?«, meinte er mit erhobenem Zeigefinger. »Falls wir noch einmal miteinander plaudern wollen.«

»Gewiss nicht«, hauchte LaPlace.

Campanard wandte sich ab, während LaPlace aus dem Befragungszimmer taumelte und dann von der jungen Polizistin hinausbegleitet wurde.

Der Letzte für heute.

Campanard öffnete die Tür und marschierte nachdenklich den halbrunden Gang bis zu seinem Büro entlang. Das *Commissariat de Police de Grasse* war nicht unbedingt ein typischer Bau für Campanards geliebte Heimatstadt, und er konnte nicht behaupten, dass er ihn besonders mochte. Ein Beton-Ufo aus den Achtzigern, das zu Füßen von Grasse abgestürzt zu sein schien.

Doch wenn der Commissaire in seinem Büro das Fenster öffnete, konnte er bis zur Küste hinuntersehen, und in lauen Nächten wie dieser roch man den Jasmin, der in dem verwilderten Garten vor dem Commissariat wuchs. Jeden Morgen, wenn Campanard zur Arbeit spazierte, kam er an zahllosen kleinen Gärten und dem strahlend roten Anwesen der Parfümerie Molinard vorbei. So hatte er seinen Arbeitsplatz doch noch ins Herz geschlossen.

Von seiner Tür aus warf er einen Blick in den großen Büroraum des Commissariats, wo noch immer rege Betriebsamkeit herrschte.

»Olivier!« Seine Stimme hallte durch den Gang. Der junge

Polizist lugte vom Großraumbüro in den halbrunden Gang hinein.

»Ja, Chef?«

Sehr gut, er schien seine Befragungen für den heutigen Tag auch schon abgeschlossen zu haben.

»Zu mir!« Campanard schnippte mit den Fingern und ging in sein Arbeitszimmer.

KAPITEL 2
PROJET OBSCUR

Campanard trommelte mit den Fingern auf seinen Schreibtisch. »Also, wen haben Sie heute verhört, Olivier?«

Der junge Kriminalpolizist räusperte sich. Campanard Bericht zu erstatten, war niemals Routine. Olivier hatte mittlerweile gelernt, selbst mit den unkonventionellsten Anweisungen zu rechnen und sich über den Gedankenaustausch mit Campanard zu freuen.

»Zuerst den Chef der Sécurité und eine der Putzfrauen. Beide sehr hilfsbereit, wussten aber nichts. Die Security-Leute haben nichts Ungewöhnliches beobachtet. Dann kamen die *echten Fragonards*. Ich meine die, die direkt für den Parfümeur tätig sind, nicht für Leiharbeitsfirmen.« Olivier seufzte. »Alles in allem habe ich ein Dutzend von ihnen befragt. Alle, die ich heute irgendwie erwischen konnte: Management, Vertrieb, ein paar Leute aus den Laboren. Aber ich mache es kurz: Die haben alle nichts gesagt, Chef.«

Campanard runzelte die Stirn. »Nichts?«

»Nun ja, nicht *nichts*, aber ihre Aussagen lesen sich wie offizielle Pressemeldungen. Völlig unbrauchbar. Die scheinen um jeden Preis einen Skandal von ihrem Arbeitgeber fernhalten zu wollen.«

Campanard beugte sich über seinen Schreibtisch. »Das ist alles?«

Olivier nickte betreten.

»Ich habe ganz ähnliche Erfahrungen gemacht«, brummte sein Vorgesetzter.

Olivier nickte erleichtert. Wenn der Commissaire auch nichts herausgefunden hatte, dann war ihm wahrscheinlich kein gröberer Fehler unterlaufen.

Seit Campanard vor etwa zwei Jahren wie aus dem Nichts am Commissariat aufgetaucht war und dessen Leitung übernahm, hatte Olivier schon einige Male erlebt, wie der Commissaire Verbrechen aufklärte, an denen seine Kollegen und er sich zuvor die Zähne ausgebissen hatten. Kaum widmete sich Campanard persönlich den Fällen, erzählten die Zeuginnen und Zeugen plötzlich Dinge, die sie vorher verschwiegen hatten, neue Spuren taten sich auf, und schon bald war der Fall gelöst. Olivier wusste nicht genau, was es war, aber wenn er etwas hätte benennen müssen, dann der Umstand, dass der Commissaire einfach ein untrügliches Gespür für Menschen besaß – weil er sie nämlich aus tiefstem Herzen mochte.

»Offensichtlich gibt es bei Fragonard einen zweiten Platzhirsch, viel weniger bekannt als unser König der Düfte, ein bisschen geheimnisvoller.«

Olivier nickte zögernd. »Franc Duchapin. Von dem wurde mir auch erzählt. Niemand wollte das so direkt sagen, aber ich habe den Eindruck, er sei eigentlich fähiger als Sentir.«

»Das war auch mein Eindruck. Haben Sie ihn erreicht?«

Olivier senkte den Blick und schüttelte den Kopf. »Nun ja, ich hatte ihn kurz am Telefon.«

»Und?«

»Meinte, er habe kein Interesse, befragt zu werden, da ihn das nur ablenken würde. Jede weitere Anfrage lässt er nur noch über ein Anwaltsbüro in Cannes laufen.«

»Ich verstehe.«

Olivier erlebte nur selten, dass sich jemand bei einem möglichen Mordfall der Befragung komplett entzog. In der Regel reichte Campanards natürliche Autorität, damit die Leute sich dazu bereit erklärten. In diesem Fall bedeutete das, dass sie Duchapin nicht einmal zu Gesicht bekamen, es sei denn, sie sprachen einen Haftbefehl aus. Aber für den gab es momentan keinerlei Grundlage, nicht zuletzt, weil Duchapin in der Mordnacht nachweislich auf der Premiere seines eigenen Parfums *Oase de Nuit* gewesen war, was Dutzende Menschen bezeugen konnten.

Die Art, wie Campanard seine Augenbrauen zusammenkniff, verriet Olivier, dass er gerade selbst die abstrusesten Ideen wälzte, wie man an den Kerl herankommen könnte.

»Fragonard ist nun mal eine Institution«, brummte Campanard nach einer Weile. »Für Grasse fast wie ein Tempel. Und die Angestellten haben Angst, dass sie ihren Job verlieren, wenn der Betrieb in Misskredit gerät. Sagen Sie, unser Toter hieß doch nicht immer schon ›Sentir‹, oder?«

Olivier grinste und schüttelte den Kopf. Ein Starparfümeur, dessen Nachname Duften, Riechen oder Fühlen bedeuten konnte, wäre tatsächlich ein zu großer Zufall gewesen.

»Er hat vor fünfzehn Jahren seinen Namen geändert. Davor hieß er Éric Bellegueule.«

»Verstehe«, brummte Campanard. »Dieser Name schreit geradezu nach Provinz. Vermutlich dachte er, dass er so keinen Erfolg haben kann.«

»Da haben Sie wohl recht, Chef.« Olivier verstand zwar nicht viel von Duftkreation, aber dass man neben klingenden Namen wie St. Laurent, Chanel oder Dior nicht *Schönmaul* heißen wollte, leuchtete ihm ein.

Olivier räusperte sich. »Wir bekommen pausenlos neue

Medienanfragen. Anscheinend haben die größeren Zeitungen und die wichtigsten Fernsehstationen schon heute darüber berichtet. Dieser Sentir war eine ziemliche Berühmtheit.«

»Das überrascht mich nicht«, murmelte Campanard. »Aber es bedeutet, dass bald ganz Frankreich erwartet, dass wir einen Mörder aus dem Hut zaubern.«

»Oder eine Mörderin«, murmelte Olivier.

»Wie war das?«

»Sprache schafft Realität, Chef. Hilft mir, nicht so eingeschränkt zu denken.«

»Guter Punkt, Olivier, in dieser Sache können wir gar nicht offen genug denken. Haben Sie schon die Ergebnisse der Obduktion?« Campanard nahm einen Schluck aus seiner Kaffeetasse.

Olivier betrachtete den Schriftzug darauf: *Schnauzer sind schick.* Darunter befand sich eine Zeichnung, die dem üppigen Bart von Campanard mit seinen gezwirbelten Spitzen zum Verwechseln ähnelte.

»Noch nicht. Die Forensiker haben die Tatortanalyse auch noch nicht abgeschlossen, aber Richaud hat mich wissen lassen, dass sie nicht besonders ergiebig sein wird. Docteur Oriel hat Sentir bereits obduziert, der vollständige Bericht wird noch ein paar Tage brauchen.«

»Wieso das?«

»Sie lässt Ihnen ausrichten, dass noch ein paar wichtige toxikologische Analysen laufen und dass es sehr herausfordernd ist, die tatsächliche Todesursache festzustellen.«

»Da bin ich schon mal gespannt.«

Campanard lehnte sich zurück und wischte sich gedankenversunken den Milchkaffee aus dem Schnäuzer. »Fragonard ist eine Festung. Und wir stehen vor den Toren und bitten vergeblich um Einlass.«

Olivier trat nervös von einem Fuß auf den anderen. »Na ja, Chef, also *hineingelassen* hat man uns schon.«

»Haben Sie noch nie was von einer Metapher gehört?«, brummte Campanard und schüttelte den Kopf. »Lesen Sie heute Abend verdammt noch mal den Dumas, den ich Ihnen ans Herz gelegt habe.« Er zeigte auf Olivier. »Dienstliche Anordnung.«

»Ist das Ihr Ernst?«

Aber Campanard schien ihn gar nicht mehr zu hören. Er lehnte sich so weit zurück, dass Olivier fürchtete, sein Stuhl würde nach hinten kippen. Dann verschränkte er die Finger auf seinem üppigen Bauch. »Für diesen Fall ist die traditionelle Ermittlungsarbeit denkbar schlecht geeignet. Wir müssen … agiler werden, die Sache von zwei Seiten angehen. Ein kleines, aber feines Sonderermittlungsteam. So kommen wir hinter die Mauern von Fragonard.«

Olivier kratzte sich am Kopf.

»Die *Direction du Département* hat schon ein paarmal Nein zu Ihrer Idee gesagt. *Projet Obscur* benötigt einfach zu viele Sondergenehmigungen.«

Campanard grinste. »Ich habe so das Gefühl, dass die Direction ab sofort weniger Einwände haben wird, jetzt, da die Medien derart verrücktspielen.«

»Und wer soll zu dem neuen Sonderermittlungsteam gehören? Außer Ihnen selbst, meine ich.«

»Na, Sie natürlich, Olivier. Sie sind mein bester Mann.«

»Ich fühle mich geehrt, Chef«, murmelte der Polizist.

Campanard nahm einen weiteren Schluck Kaffee. »Und dann brauchen wir Linda Delacours.«

»Die Psychologin, die Sie vor einem halben Jahr für die Ermittlungen in dem Mordfall Stadtrat Tramet engagieren wollten?«

»Genau die«, brummte Campanard.

»Wir haben damals keine Antwort bekommen… Soweit ich informiert bin, arbeitet sie im Moment nicht.«

»Weiß ich. Ich werde sie anrufen, sobald ich morgen die Genehmigung habe. Die Dame hat ein Talent, das wir dringend brauchen.«

»Aber …« Olivier wusste, dass er sich auf dünnes Eis begab. »Meinen Sie denn, dass Madame Delacours wirklich …«

»Die Richtige ist? Aber ja! Sie werden sehen.«

KAPITEL 3
LES PALMIERS

Der Zug war nicht mit dem schnellen TGV vergleichbar, mit dem Linda vom Pariser Gare de Lyon bis nach Cannes gezischt war. Die Lokalbahn ruckelte gehörig und hielt während der kaum dreißig Minuten dauernden Fahrt von Cannes nach Grasse doppelt so oft an wie der Hochgeschwindigkeitszug zuvor. Nachdem sie Cannes mit dem strahlend blauen Meer, den mondänen Villen und Palmengärten hinter sich gelassen hatte, fuhr sie immer weiter landeinwärts in Richtung Berge.

Der Zug wackelte so heftig, dass Linda sich beim Herausfischen ihrer Einsatzunterlagen aus dem Koffer konzentrieren musste, um nicht reisekrank zu werden.

Eigentlich hatte Linda sie schon in Paris gelesen, aber sie wollte sich bei ihrem neuen Vorgesetzten, einem gewissen Louis Campanard, der sie letzte Woche persönlich angerufen hatte, keine Blöße geben.

Die Mühe hätte sie sich jedoch sparen können: Die Unterlagen verrieten nur die Eckpunkte des Falls. Und dann noch dieses Anschreiben.

Meine teure Madame Delacours,

bitte finden Sie sich am 22. Mai gegen 11 Uhr im Hotel Les Palmiers, 17 Avenue Yves Emmanuel Baudoin, ein.

In freudiger Erwartung
L. A. Campanard, Commissaire

Linda schmunzelte. *Meine teure.* Sie wusste nicht, wann es üblich gewesen war, eine Mitarbeiterin so zu betiteln. Vor Lindas Geburt jedenfalls, wenn überhaupt. Trotzdem, irgendwie fand sie es herzlich.

Linda legte die Unterlagen beiseite und streckte sich. Diesen Fall würde sie genauso effizient meistern wie die vielen anderen, an denen sie am forensischen Institut in Paris gearbeitet hatte. Kaum jemand dort hatte mehr Erfolge vorzuweisen als sie.

Aber dieser Jemand bist du nicht mehr, und das weißt du, flüsterte eine Stimme in ihrem Inneren. Linda merkte, wie ihre Hände zu zittern begannen. *Du bist dem nicht gewachsen, du bist zu zerbrechlich geworden.*

Hastig umfasste sie ihre Finger und brachte die Stimme zum Schweigen. Mit verkrampfter Miene zwang sie sich, aus dem Fenster zu sehen. Die Landschaft um sie herum wirkte … lieblich. Als hätte man Alpen und Tropen in einen Bottich geworfen und kräftig umgerührt: bewaldete Berghänge, Gärten, in denen Palmen und Zitronenbäume wuchsen. Und immer wieder in allen Farben blühende Felder und Gewächshäuser.

Linda atmete tief durch, wodurch die Anspannung von ihr abfiel, und gähnte ausgiebig.

Vielleicht sollte sie ein wenig schlafen. Gestern war sie den ganzen Tag auf Achse gewesen, hatte ihre kleine Wohnung in Buttes-Chaumont, dem neunzehnten Pariser Arrondissement, voll möbliert an zwei Studenten vermietet und hin und her überlegt, was sie alles mitnehmen sollte. Am Ende war es doch nur ein Koffer geworden, da sie die Auffassung vertrat, dass man selbst von den Dingen, die man für absolut essenziell hielt, nur die Hälfte brauchte.

Gerade wollte sie ein wenig die Augen schließen, als sie etwas blendete. Blinzelnd erblickte sie eine kleine Stadt, die vor ihr auf einer Anhöhe aufgetaucht war und im Licht der Morgensonne leuchtete.

Grasse schmiegte sich an einen sanften Berghang. Wenn es in der Ortschaft moderne Gebäude gab, dann lagen diese irgendwo hinter den mittelalterlichen Steinbauten, die sich im Zentrum zusammendrängten und den Anblick aus der Ferne dominierten.

Zwischen den Häusern brach immer wieder üppiges Grün von terrassenartig angeordneten Gärten hervor. Einen Augenblick lang nahm das Panorama Linda gefangen. *Gott, wie kitschig*, hätte Ségolène, ihre beste Freundin in Paris, gestöhnt. Ségo war Anwältin, und niemandem, den Linda kannte, schien die Distanziertheit und die Geschwindigkeit der Hauptstadt mehr zu behagen. Linda hätte gelacht und ihr zugestimmt. Aber jetzt, da sie ganz allein war, musste sie sich eingestehen, dass sie den Anblick durchaus mochte.

Als der Zug wenig später endlich in den Bahnhof von Grasse zuckelte, beeilte sich Linda auszusteigen. Eine unerwartete Wärme schlug ihr entgegen, und so zog sie ihre Jacke rasch im Gehen aus und verstaute sie in ihrem Rucksack.

Am Ausgang des Bahnhofs blieb sie stehen. Das Einzige, was sie hörte, waren das ununterbrochene Zirpen der Zikaden in einer nahen Schirmpinie und das schrille Rufen der Mauersegler, die zwischen den engen Häuserschluchten umherschossen. Der Rest der Stadt schien noch zu schlafen.

Linda atmete tief ein und aus. Irrte sie sich, oder roch es hier wirklich nach Blüten? Vermutlich war das an einem Morgen Ende Mai an vielen Orten Frankreichs so. Der Duft war so intensiv, dass er Linda in der Nase kitzelte und sie niesen ließ. Das Zentrum der Stadt lag deutlich höher als der Bahnhof, da hatte sie wohl einen ganz schönen Weg vor sich.

»Na, dann«, murmelte sie. »*On y va!*«

***

Schwitzend kämpfte Linda sich die alten Gassen hinauf, die so schmal waren, dass keine zweite Person neben ihr hätte gehen können. Kein Straßenzug verlief hier ebenerdig. Rauf und runter, das schienen die einzigen Richtungen zu sein, die Grasse kannte.

Während das Rattern ihres Koffers auf dem Kopfsteinpflaster unnatürlich laut von den Häuserfronten widerhallte, erblickte sie immer wieder Blumenampeln mit leuchtend roten Begonien unter schmiedeeisernen Laternen. Von manchen der mittelalterlichen Gebäude bröckelte der gelbbraune Putz, andere wirkten frisch saniert und leuchteten in kräftigem Orange oder Rot. Ein paar früh aufgestandene Touristen stolperten mit erhobenen Smartphones durch die Gassen, sodass Linda aufpassen musste, mit keinem von ihnen zusammenzustoßen.

Hinter der nächsten Kurve tauchte ein helles Gebäude mit hellblauen Fensterläden auf. Neben der Eingangstür hing ein verblasstes Schild. Darauf waren eine blassgrüne Palme und der Schriftzug *Hotel Pension Les Palmiers* zu sehen.

»Voilà!«, seufzte Linda, lehnte sich gegen die Wand und verschnaufte einen Moment lang.

Ein paar Jugendliche in sommerlichen Leinenhemden kamen ihr plaudernd entgegen. Sie alle wirkten so entspannt und *schön* auf Linda. Ein Junge aus der Gruppe warf ihr neugierige Blicke zu.

»Salut!« Er schenkte ihr ein Grinsen.

Linda schüttelte augenrollend den Kopf. Sie war bestimmt zehn Jahre älter als dieser Junge und ausgebildete Psychologin. Nicht das erste Mal, dass jemand sie jünger schätzte, als sie war.

Im Inneren der Pension war es ein wenig kühler. Linda ließ ihr Gepäck auf den Schachbrettfliesen des länglichen Flurs stehen und ging zur Rezeption. Dahinter saß eine stark geschminkte ältere Frau, die gerade in einem Magazin blätterte und einen Artikel über Carla Bruni las.

Linda wartete einen Moment, bis die Dame sich bequemte, von ihrer Lektüre aufzusehen.

»Was kann ich für Sie tun, Schätzchen?«

»Ich werde hier erwartet.«

Die Dame betrachtete sie über den Rand ihrer Brillengläser hinweg. »Mit Sicherheit nicht.«

»O doch, um ...« Linda lächelte. »*Gegen* elf Uhr!«

Der Blick der Rezeptionistin glitt zur Wanduhr, die 10:58 Uhr anzeigte, dann schüttelte sie langsam den Kopf. »Sie sind mindestens eine Viertelstunde zu früh. Warten Sie hinten im Frühstücksraum.«

»Aber Sie wissen doch überhaupt nicht, mit wem ...«

»*Warten* Sie hinten im Frühstücksraum.«

»Schon gut.« Auch in dieser Stadt gab es offenbar ein paar Leute, die ähnlich höflich waren wie die Pariser.

Linda holte ihren Koffer und marschierte an der Rezeptionistin vorbei, die sich längst wieder in ihre Zeitschrift vertieft hatte.

Der Frühstücksraum war etwas in die Jahre gekommen, aber trotzdem einigermaßen charmant eingerichtet. Durch ein großes Fenster konnte man in den Garten sehen, aus dem Vogelgezwitscher in den Raum drang.

Die Stühle waren aus dunklem Holz gefertigt und hatten filigran gemusterte Lehnen, und auf jedem Tisch stand ein kleines Gesteck aus duftenden Orangenblüten.

Das hieß dann wohl warten. Linda machte es sich an einem der Tische bequem. »Ich kann das«, flüsterte sie.

***

»Chef, wieso wollten Sie bloß, dass ich dieses Haus anmiete?«, murmelte Olivier, während sie durch den schmalen Gang der Pension marschierten. »Auf dem Revier hätten wir mehr als genug Räumlichkeiten, die wir …«

»Ich habe meine Gründe, Olivier«, unterbrach der Commissaire ihn ungewöhnlich kurz angebunden und nahm seinen Panamahut ab. Darunter trug er einen dezenten Sidecut mit ordentlichem Seitenscheitel. Dass sein Haar noch relativ dunkel wirkte, während der Schnauzer schon vollkommen silbern geworden war, verwunderte Olivier immer wieder. Campanard öffnete die Tür zum Frühstückszimmer.

Olivier trat hinter ihm in den sonnendurchfluteten, nach Blüten und Holz duftenden Raum. Die einzige Person darin war eine junge Frau in einem dunkelblauen Hosenanzug, die mit übereinandergeschlagenen Beinen auf einer der Bänke saß und in einem Buch las. Olivier fand, dass sie nicht gerade klassisch französisch aussah. Der blasse Teint und das kinnlange blonde Haar verliehen ihr eine kühle Aura, die ein wenig durch die zart wirkende Figur abgemildert wurde. Die dickrandige Brille auf ihrer Nase wirkte viel zu groß für ihr Gesicht.

Porträts großer Franzosen, stand in großen Lettern auf dem Cover ihres Buchs.

»Bonjour, Madame!«, hallte Campanards Stimme durch den Raum.

Die Frau sah auf und musterte den Commissaire eingehend, während er die Sonnenbrille mit den kreisrunden Gläsern abnahm und ihren Blick mit seinen hellen Augen erwiderte.

»Willkommen in Grasse, meine teure Madame Delacours!«

»Ah! Commissaire Campanard, nicht wahr?«, fragte sie, legte das Buch beiseite und stand auf. Ihre Stimme klang überraschend voluminös und rau wie aneinanderreibende Kieselsteine.

»Es freut mich, dass wir uns endlich persönlich kennenlernen, Madame Delacours«, erklärte er und küsste ihre Hand.

Während er sich Olivier zuwandte, hob Delacours ihre Linke und schnippte mit einer gezielten Bewegung der Rechten ein Barthaar von ihrem Handrücken.

»Ich darf Ihnen meinen Kollegen, Inspecteur Pierre Olivier, vorstellen.«

»Freut mich sehr!« Olivier eilte zu ihr und reichte ihr die Hand.

»Salut«, erwiderte Delacours schlicht. Während ihre Miene ruhig wirkte, glitt ihr Blick über sein Gesicht, als versuchte sie, jedes Detail davon zu erfassen.

»Ich muss gestehen, bei den Wunderdingen, die ich über Sie gehört habe, dachte ich, Sie wären …«, setzte Olivier an.

»Älter und erfahrener?«, erwiderte Delacours mit hochgezogenen Augenbrauen.

»Ja, ein wenig, um ehrlich zu sein.«

»Nun, Alter ist kein Garant für Kompetenz und Jugend keiner für Innovationsgeist. Zumindest behauptet das eine brandneue Studie im *American Journal of Psychology*.« Sie wandte sich Campanard zu. »Verzeihen Sie, darf ich fragen, wieso wir uns nicht auf dem Revier treffen?«

»Setzen wir uns erst mal.« Campanard legte seinen Panamahut ab, setzte sich an einen der Tische und wartete, bis Delacours und Olivier sich zu ihm gesellt hatten.

Olivier bemerkte amüsiert, wie Delacours das Hemd des Commissaire mit einem neugierigen Blick bedachte: grüne Urwaldbäume auf weißem Leinenstoff, dazwischen knallbunte Papageienschwärme. Olivier hatte keine Ahnung, wo sein Vorgesetzter diese ausgefallenen Designs immer auftrieb. Noch dazu in seiner Größe.

»Ich habe Martine gebeten, uns ein paar kühle Getränke zu bringen, falls Sie nach der langen Reise Durst haben.«

Die Tür wurde geöffnet, und die Dame von der Rezeption kam herein. »Da bin ich, Commissaire«, flötete sie und servierte jedem im Raum ein Glas mit einem blassvioletten perlenden Getränk und einer Zitronenscheibe darin.

»Danke, Martine, sehr liebenswürdig!«

»Ach, Sie«, kicherte Martine und verließ den Raum wieder, während Delacours sie mit einer hochgezogenen Augenbraue musterte.

»Willkommen in Grasse!« Campanard nahm einen kräftigen Schluck.

Delacours nippte vorsichtig an ihrem Getränk und verzog kurz den Mund. Olivier konnte es ihr nicht verübeln. Er fand selbst, dass das Zeug wie eine Aromadusche schmeckte, aber der Commissaire war seltsamerweise ganz versessen darauf.

»Lavendelsoda. Das Beste an einem heißen Tag«, erklärte Campanard. »Den Sirup dafür macht sie selbst, die Blüten sind aus dem Garten.« Er nahm einen weiteren Schluck und wischte sich mit dem Handrücken über den Bart.

»Ich denke, ich sollte mich Ihnen noch richtig vorstellen: Louis Antoine Campanard II. Für Sie Commissaire, oder was mir lieber wäre, einfach Chef. Sie, Madame, Inspecteur Olivier und meine Wenigkeit bilden fortan das Team, das sich mit dem Mordfall Éric Sentir befassen wird.«

Delacours nickte kurz.

»Sentir war vielleicht die berühmteste *Nase* in ganz Frankreich«, fuhr Campanard fort.

»So nennen wir ausgebildete Parfümentwickler«, beeilte sich Olivier hinzuzufügen. »Es ist ein seltenes Talent. Eigentlich mehr Kunst als Handwerk.«

Delacours schenkte ihm ein kleines Lächeln. »Ich weiß. Tatsächlich fand ich es faszinierend, darüber zu lesen. Man würde gar nicht vermuten, wie viel hinter der Komposition von Düften steckt.«

»In der Tat!«, bestätigte Campanard. »Und eine dieser Kompositionen scheint eine besondere Rolle in unserem Fall zu spielen. Wir fanden Spuren eines Parfums in der Nähe der Leiche.«

Delacours neigte den Kopf ein wenig. »Bei allem Respekt ... Commissaire.« Das Wort Chef schien ihr nicht so recht über die Lippen kommen zu wollen. »Das erscheint mir nicht ungewöhnlich, wenn man bedenkt, dass Sentir in der berühmtesten Parfümerie der Stadt gefunden wurde.«

»Es handelt sich um ein zersplittertes Fläschchen, das direkt neben dem Bottich entdeckt wurde, in dem seine Leiche trieb.«

Delacours verengte die Augen. »Haben Sie die Bestandteile analysiert?«

Campanard nickte Olivier zu, der sich räusperte.

»Die Forensiker fanden DNA-Spuren von Éric Sentir auf den Splittern. Die Analyse des Flascheninhalts war bedeutend schwieriger, da es sich wohl um flüchtige Duftstoffe handelte und die verbliebene Menge sich im Bereich von Mikrolitern bewegt. Die Forensiker fanden ein paar aromatische Moleküle, die in Kakaobohnen vorkommen, dann seltsamerweise Verbindungen, die man aus Schwarzschimmel kennt. Die Analyse ist noch nicht abgeschlossen, es ist jedoch unwahrscheinlich, dass wir alle Bestandteile identifizieren werden.«

»Schwarzschimmel und Kakao«, wiederholte Delacours neugierig. »Das scheint mir keine Allerweltskombination zu sein.«

»Ganz und gar nicht«, bestätigte Campanard. »Jedenfalls sind es keine Inhaltsstoffe von Sentirs Parfums. Helfen Sie mir, Olivier, wie hießen die noch?«

»*Orphée*, *Persephone*, und das neueste sollte *Lueur* heißen.«

»Der Mann vergisst nie etwas«, meinte Campanard anerkennend und räusperte sich, bevor er fortfuhr.

»Monsieur Sentir scheint eine gewisse Faszination für die Unterwelt der griechischen Mythologie gehegt zu haben. Nur der neueste Duft *Lichtschein* fällt aus der Reihe. Dabei war Sentir ein Lebemann, hat auf keiner Party gefehlt. Eine unerschütterliche Frohnatur, wenn man seinem Umfeld Glauben schenken mag.«

»Das würde ich nicht«, unterbrach die Psychologin.

»Wie bitte?«, fragte Campanard.

Olivier bemerkte, wie Delacours' Hände zu zittern begannen, doch die junge Frau umfasste rasch die eine Hand mit der anderen und räusperte sich.

»Das Bild von Sentir, das Sie mir geschickt haben, das letzte, das er vor seinem Tod auf Instagram gepostet hat. Moment ...«

Sie holte hastig die Unterlagen aus ihrem Koffer und zeigte den beiden Männern das Foto: Seidiges Haar mit blonden Strähnchen fiel dem König der Düfte über die Schultern. Sein Lächeln wirkte, als würde er seine unnatürlich weißen Zähne blecken. Er trug ein weinrotes Sakko über einem Hemd, dessen oberste Knöpfe geöffnet waren und eine sonnengebräunte Brust entblößten.

»Auf diesem Bild ist Sentir meiner Meinung nach sehr unglücklich.«

»Wie kommen Sie darauf?«, fragte Olivier verwirrt, während sich Campanards Mundwinkel ein klein wenig hoben.

Delacours legte das Bild auf den Tisch. »Würden Sie für mich lächeln, Inspecteur Olivier? Denken Sie dabei an etwas Schönes.«

Olivier warf Campanard einen verwirrten Blick zu, aber der nickte nur auffordernd.

»Nun gut.« Olivier lächelte und dachte an seinen letzten Geburtstag, als seine Kollegen ihn auf dem Revier mit einer kleinen Torte überrascht hatten.

Delacours musterte ihn eingehend. Olivier hatte das seltsame Gefühl, dass sie mochte, was sie sah.

»Sehen Sie, Commissaire?« Sie hob den Zeigefinger. »Seine Wangenmuskeln sind angespannt, dadurch wird die obere Hälfte des Gesichts gehoben, die Augen werden lateral ... an der Seite durch die Kontraktion winziger Muskeln verengt. Das Lächeln ist echt.«

Campanard nickte und betrachtete Olivier konzentriert.

»Nun wird es etwas schwieriger, Inspecteur«, erklärte Delacours. »Bitte denken Sie an etwas abgrundtief Trauriges. Halten Sie diesen Gedanken fest und versuchen Sie trotzdem zu lächeln.«

»Ich will es versuchen. Geben Sie mir nur einen Moment.«

Olivier entspannte seine Gesichtsmuskeln ein wenig und atmete tief durch. Dann lächelte er ein weiteres Mal, auch wenn es sich diesmal anfühlte, als versuchte er mit seinen Lippen zwei Felsen auseinanderzudrücken.

»Ausgezeichnet«, flüsterte Delacours. »Jetzt tun Sie bitte noch so, als würden Sie mit aller Macht gegen Tränen ankämpfen.«

Olivier gehorchte und hoffte, dass er das elende Gefühl, das er heraufbeschworen hatte, möglichst rasch wieder abschütteln durfte.

Delacours stand langsam auf und kam zu ihm herüber. »Die Wangenmuskeln sind weniger stark angehoben, die Muskeln am äußeren Rand der Augen entspannt. Sie lassen das Auge groß wirken. Die Muskeln unter dem medialen … dem mittigen Augenwinkel sind im Gegensatz dazu minimal angespannt. Sehen Sie?«

Campanard schüttelte ungläubig den Kopf.

Delacours nahm das Bild vom Tisch und hielt es neben Oliviers Kopf. »Voilà, Monsieur Sentir!«

»Ganz außergewöhnlich«, hauchte der Commissaire. »Danke, Olivier, bitte lassen Sie sich nicht weiter von Ihrer trüben Erinnerung vereinnahmen.«

Delacours lächelte. »Sie haben sich gut geschlagen, Inspecteur.«

»Offensichtlich sind Sie tatsächlich so talentiert, wie ich gehofft habe«, erklärte Campanard.

»Ich …« Olivier spürte, wie er ein wenig rot wurde. »Ich wusste nicht, dass Sie Spezialistin für das Lesen von Mikroexpressionen sind. Es heißt, Sie wären in Paris an der Entwicklung einer KI beteiligt gewesen …«

Delacours blinzelte, dann wandte sie sich rasch ab und nahm wieder Platz. »Sie sind richtig informiert. Ich habe dabei geholfen, der KI beizubringen, das zu tun, was ich tue. Später sollte das Programm die Polizei bei Verhören unterstützen.« Sie presste die Lippen zusammen und zuckte mit den Schultern. »Am Ende hatten wir aber keinen Erfolg.«

»Soweit ich weiß, pausiert das Projekt nur …«, ergänzte Campanard, ohne Delacours aus den Augen zu lassen.

»Wie auch immer.« Die junge Frau verschränkte hastig die Finger auf dem Tisch. »Wie kann ich Ihnen in diesem Fall behilflich sein, Commissaire?«

Aus dem sonnigen Garten vor der Pension drang Vogelgesang zu ihnen herein. Campanard erhob sich bedächtig und schloss das Fenster. »Bei Fragonard redet niemand mit uns, wir werden als Bedrohung für den Ruf des Unternehmens wahrgenommen. Sie müssen für uns in die Welt der Düfte eintauchen und sie verstehen lernen, damit wir begreifen, was ein geheimer Duft mit dem Tod von Éric Sentir zu tun hat.«

Delacours unterdrückte ein Kichern. »Verzeihung, aber Sie wissen doch, dass ich keinerlei Expertise im Bereich der Parfümerie besitze.« Sie beugte sich vor. »Lassen Sie mich lieber Ihre Verhöre begleiten. Ich bin sicher, ich könnte …«

»Ich meine, was ich sage«, unterbrach Campanard sie und hielt den Augenkontakt.

»Schön«, erwiderte Delacours kurz. Der Ausdruck um ihren Mund wirkte immer noch ungläubig. Olivier konnte es ihr nicht verübeln. Er war selbst nicht ganz sicher, ob er den Plan des Commissaire wirklich verstand.

»Wie kann ich mir das vorstellen? Eine verdeckte Ermittlung?«

»Nicht ganz.«

Einen winzigen Moment lang sah Olivier, wie Delacours die Augen zusammenkniff, als hätte sie etwas in der Miene des Commissaire gesehen, das sie stutzig machte.

»Wir haben für Sie einen Platz im Institut de la Parfumerie reserviert. Dort werden angehende Nasen unterrichtet. Ich möchte, dass Sie so viel über Duftkreation lernen, wie Sie können, während Olivier und ich weiterermitteln.«

»Mit Verlaub, zu welchem Zweck?«

Campanard kam zurück an den Tisch und setzte sich zu ihr.

»Ich will, dass mir jemand ehrlich erklärt, wie Sentirs Düfte in der Szene bewertet werden. Was man wirklich über ihn dachte. Außerdem gehört die Schule mehr oder weniger zu Fragonard, die beiden Institutionen sind eng verbunden. Ihre Lehrer werden ausschließlich Angestellte des Unternehmens sein, alle praktischen Übungen finden im Haupthaus statt. Man wird sich Ihnen gegenüber ganz anders verhalten. Sie werden eine von denen sein.« Campanard grinste. »Und bei niemandem wäre das so wertvoll wie bei Ihnen. Weil mir niemand bekannt ist, der in einem Gespräch mehr wahrnimmt als Sie.«

Campanard wies auf den Raum, in dem sie sich befanden. »Deshalb treffen wir uns hier und nicht auf dem Revier. Sie werden die Schule zwar unter Ihrem echten Namen besuchen, aber Ihre Verbindung zur Polizei darf nicht an die Öffentlichkeit gelangen. Sie werden hier in Les Palmiers wohnen. Jeden Abend treffen wir uns hier und besprechen neue Entwicklungen. Wir haben für Sie ein ganz reizendes Zimmer im obersten Stock reserviert. Vom Balkon aus können Sie die Küste sehen! Was sagen Sie?«

Delacours hob die Augenbrauen. »Sie wollen also nichts anderes von mir, als dass ich eine Ausbildung beginne und Ihnen berichte, was ich gelernt habe?«

»Mehr oder weniger«, erklärte Campanard. »Und sich etwas umhören, bezüglich allem, was dort sonst noch ... in der Luft liegt.«

»Natürlich würden wir unsere Ermittlungsergebnisse laufend mit Ihnen teilen«, beeilte sich Olivier hinzuzufügen. »Und wir möchten Ihre Ideen dazu hören.«

»Ist das denn plausibel?«, fragte Delacours. »Ich meine, dass eine forensische Psychologin eine Ausbildung als Nase beginnt?«

Campanard hob seinen Zeigefinger. »Nicht plausibel.« Er grinste und beugte sich zu Delacours. »Ideal! Sie arbeiten ja schon eine Weile nicht mehr in Ihrem Metier. Für alle dort haben Sie sich eine Auszeit genommen, um sich selbst zu finden, und dabei Ihre Leidenschaft für die Parfümerie entdeckt.«

Olivier bemerkte, wie sich die junge Psychologin bei Campanards Worten versteifte. Ihre Finger waren so fest verschränkt, als würde sie mit jeder Faser ihres Körpers um ihre Contenance kämpfen.

Olivier fragte sich, warum Delacours ihr forensisches Institut und ihr KI-Projekt verlassen hatte, wenn sie so gut war, wie es schien. In ihrer Akte hatte sich nur ein kryptischer Vermerk dazu gefunden: *Résilience*.

Meinten ihre Vorgesetzten damit, dass ihr ihre Tätigkeit zu nahegegangen war? Das schien nicht recht zu der jungen Frau zu passen, die er gerade kennengelernt hatte.

»Ein Psychologiestudium wird am Institut de la Parfumerie als relevante Vorbildung erachtet«, fuhr Campanard fort. »Immerhin geht es bei Parfums um Gefühle. Und mit Gefühlen kennen Sie sich hervorragend aus, nicht wahr?«

»Ausreichend, denke ich.« Einen Moment lang schien sie mit sich zu ringen, dann hob sie den Blick und sah dem Commissaire in die Augen. »Wann fange ich an?«

»Sie sagen also Ja, was für eine Freude! Gleich morgen, wenn Sie wünschen. Wir dürfen in diesem Fall keine Zeit verlieren. Sämtliche Briefings inklusive Ihrer Stundenpläne befinden sich bereits in Ihrem Zimmer.«

Delacours nickte unmerklich. »Mein Auftrag ist ziemlich unspezifisch. Es könnte sein, dass ich Ihnen bei den Ermittlungen nicht großartig weiterhelfe.«

»Oh, das werden Sie schon, davon bin ich überzeugt«, erwiderte Campanard freundlich. Er klatschte in die Hände. »Ich möchte Ihnen gern etwas Zeit geben, in Ruhe anzukommen und sich mit der Umgebung vertraut zu machen. Nehmen Sie morgen an der Willkommensveranstaltung Ihres Jahrgangs bei Fragonard teil. Wir treffen uns danach hier, gegen 18 Uhr.«

»Die weiteren Details zum Mordfall Sentir sind den Unterlagen beigelegt? Ich möchte mich gerne genauer einlesen.«

»Selbstverständlich, alles, was wir bisher wissen. Sie bekommen außerdem ein Diensttelefon, in dem Oliviers und meine Nummern eingespeichert sind.«

»Ausgezeichnet.«

»Wenn Sie mögen«, setzte Olivier vorsichtig an, »dann könnte ich später mit Ihnen einen kleinen Spaziergang machen. Damit Sie die Stadt ein wenig kennenlernen.«

»Nein«, erwiderte Delacours rasch. »Ich meine … Danke,

Inspecteur.« Sie schenkte ihm ein kleines Lächeln. »Aber ich möchte mich lieber in Ruhe vorbereiten.«

»Sie haben die Dame gehört.« Campanard nahm seinen Hut und erhob sich.

Olivier nickte und stand ebenfalls auf.

Der Commissaire wandte sich an der Tür des Frühstücksraums noch einmal um. »Wie schön, dass Sie bei uns sind!«

Delacours sah ihm aus großen Augen hinterher.

***

Campanard schleckte genüsslich an seinem Orangeneis, das er sich gekauft hatte, während er und Olivier durch die von der Sonne aufgeheizten Gassen zurück zum Polizeirevier spazierten. »Wenn wir Glück haben, ist Madame Delacours alles, was uns für die Lösung dieses Falls gefehlt hat. Eine geistreiche junge Frau, finden Sie nicht?«

»Ja, sie wirkt außergewöhnlich.« Olivier schloss die Augen und schüttelte den Kopf. »Ihre Fähigkeiten, meine ich.«

»Natürlich. Was steht bei Ihnen morgen an, Olivier?«

»Ich fahre zu den Blumenfeldern, um mir ein Bild von Sentirs Kamelien zu machen. Angeblich war er öfter dort und hat sich über den Anbau erkundigt.«

»Das klingt gut. Etwas Neues über Sentirs Familie?«

»Da gibt es nicht viel. Ein Halbbruder, der vor zehn Jahren nach Montreal ausgewandert ist. IT-Unternehmer. Schwer erfolgreich. Die beiden standen sich nie nahe und hatte lange keinen Kontakt. Sie sind in unterschiedlichen Pflegefamilien aufgewachsen. Er ist nicht mal zum Begräbnis angereist. Das scheint alles zu sein.«

»Andere Familienmitglieder?«

Olivier schüttelte den Kopf.

»Auffällig«, brummte Campanard. »Vielleicht war es ihm deshalb so wichtig, berühmt zu sein. Um sich die Liebe zu holen, die er in der Familie nie bekommen hat.«

»Schwer zu sagen, Chef. Jedenfalls handelt es sich wohl nicht um eine Familienangelegenheit. Der Bruder war nachweislich in Kanada und hätte keinen Grund gehabt, Sentir umzubringen … oder umbringen zu lassen.«

»Nur Unschuldige, so weit das Auge reicht«, seufzte Campanard. »Ich glaube, ich werde morgen mal einen Abstecher nach Mougins machen.«

»Mougins? Ich nehme an, Sie sind nicht unter die Maler gegangen.«

Olivier hatte gehört, dass es vor allem Künstler in das mittelalterliche Dorf in den Bergen zwischen Cannes und Grasse zog. Der Lichteinfall schien dort so besonders zu sein, dass die Stadt außergewöhnlich reizvolle Motive für Gemälde bot. Olivier fragte sich, wie lange der Ort noch derartiges Interesse wecken würde. In Zeiten von Filtern und KI-gestützter Fotomanipulation ließ sich eine magische Lichtstimmung mit einem einzigen Klick erzeugen. Der Gedanke machte ihn ein wenig traurig.

»Natürlich nicht, Olivier. Ich male zwar ab und zu, aber nur Motive aus meinem eigenen Garten. Im Umland von Mougins lebt jemand, dem ich einen Besuch abstatten möchte.«

»Duchapin«, erwiderte Olivier überrascht. »Sentirs Konkurrent. Ich dachte, er verweigert die Befragung.«

Campanard lachte leise. »Merken Sie sich, Olivier, der direkte persönliche Kontakt eröffnet ganz neue Möglichkeiten. Mal sehen, vielleicht wird der gute Maître Duchapin doch mit mir sprechen.«

»Chef?«

»Ja, Olivier?«

»Haben Sie Delacours wirklich nur gerufen, damit sie hier studiert?«

»Für den Anfang.«

KAPITEL 4
UN MATIN À GRASSE

Linda streckte sich und richtete sich auf. Ihr Holzbett knarzte, als sie sich bewegte. Verschlafen schob sie sich die Haare aus dem Gesicht und blinzelte.

Sie hatte die Balkontür nachts offen gelassen. Während des Gesprächs mit Campanard und Olivier war ihr Puls in die Höhe geschossen, und in dem etwas altmodischen Zimmer, das sie danach bezogen hatte, hatte sie das Gefühl gehabt, keine Luft zu bekommen. Gott sei Dank war es nicht windig gewesen und bis auf das Zirpen der Grillen auch angenehm ruhig.

Trotzdem hatte sich Linda stundenlang hin- und hergewälzt.

Du musst Campanard absagen, bevor er merkt, wie kaputt du bist.

Du wirst auf dieser Universität eine Panikattacke bekommen, alle werden es sehen.

Du gefährdest diesen Fall.

Du wirst nie wieder die sein, die du warst.

Irgendwann hatte Linda ein wütendes Knurren in ihr Kissen losgelassen und ein zorniges »Halt die Klappe!« gezischt.

Die Angst durchbrechen, das Positive dahinter erkennen, hatte ihre Therapeutin ihr geraten.

Linda zwang sich, ruhiger zu atmen. Sie erinnerte sich an Campanards begeisterten Gesichtsausdruck, nachdem sie Sentirs Miene gelesen hatte. Oliviers freundliches Lächeln.

Der junge Inspecteur war bereit gewesen, ihr die Stadt zu zeigen. Das hatte er nicht getan, weil er sie für armselig hielt.

»Ich kann das«, hatte sie gemurmelt. »Ich kann das, verdammt noch mal!«

Und irgendwann war sie tatsächlich eingeschlafen.

Sie war von dem Gezwitscher unzähliger Vögel im Morgengrauen und dem Krähen eines Hahns geweckt worden, gepaart mit aufgeregtem Gegacker – direkt unter dem Balkon. Warum in Gottes Namen hielt die Inhaberin von Les Palmiers Hühner? Der ganze Aufwand für Eier, die man in jedem Supermarkt für ein paar Euro kaufen konnte – und dann störten sie noch den Schlaf der Gäste.

Linda blinzelte. Die Morgensonne schien ins Zimmer. Ein Blick auf ihr Telefon verriet, dass sie noch mehr als genug Zeit hatte.

Sie setzte ihre nackten Füße auf den dunklen Holzboden, erhob sich und taumelte schlaftrunken auf den Balkon hinaus. Die Luft war noch angenehm kühl, roch nach Meer und süßem Pinienharz.

Im kleinen Garten unter ihr stand eine haushohe Dattelpalme, der die Pension wohl ihren Namen verdankte. Außerdem erkannte Linda noch ein etwas verwildertes Lavendelbeet und ein paar zwergenhaft aussehende Hühner, die im Sand neben den Beeten scharrten.

Linda hob den Blick. Campanard hatte recht gehabt. Von einem Ausblick wie diesem konnte man in Paris nur träumen. Sie ließ den Blick über die Dächer alter Steinhäuser, kerzenförmige Zypressen und Schirmpinien gleiten, bis die Stadt in das Grün des Waldes überging, das sich wiederum am Horizont im unendlichen Blau des Mittelmeers auflöste.

Einen Moment lang kam es ihr unmöglich vor, dass an so

einem Ort gemordet wurde. Aber menschliche Abgründe lauerten überall, an jedem Ort, in jeder Seele.

Linda atmete tief durch. Sie musste es einfach langsam angehen, Schritt für Schritt. Nichts überstürzen, dann würde das schon klappen.

Der Balkon war ziemlich groß. Linda stellte ihr Telefon auf den kleinen Tisch und öffnete den YouTube-Kanal *Ange de Yoga*, dem sie seit etwa zwei Wochen folgte.

Ein paar ihrer Freundinnen schworen auf Yoga und hatten Linda damit belagert, wie sehr es ihnen half, entspannt zu bleiben und »im Moment« zu leben.

Linda war ungefähr so biegsam wie eine Eisenstange, aber da sie Entspannung und Verweilen im Moment dringend nötig hatte, gab sie der Sache eine Chance.

»Bonjour, meine Lieben!«, erklärte die sonnengebräunte Yogalehrerin Angélina. Sie musste hier irgendwo in der Gegend leben, da sie ihre Übungen immer abwechselnd am Strand, vor einem Lavendelfeld und einem Orangengarten durchführte.

»Dann lasst uns mal den Tag begrüßen!«

»Bitte nicht mit dem Herabschauenden Hund«, brummte Linda.

»Und dazu beginnen wir gleich mal mit dem Herabschauenden Hund!«

Mit einer geschmeidigen Bewegung begab sich Angélina auf alle viere und streckte ihr Gesäß in die Höhe. Linda tat es ihr gleich und spürte sofort, wie ihre verspannten Schultern und Unterschenkel zu ziehen begannen.

So gesehen half Yoga tatsächlich. Die Übungen schmerzten meistens so, dass sie wirklich komplett im Hier und Jetzt verankert war, während sie sie durchführte.

Die Rezeptionistin, von der Linda mittlerweile wusste, dass ihr die Pension auch gehörte, lief gerade mit einer Schüssel voller kleiner dunkelbrauner Eier durch den Garten. Sie hob den Kopf und erblickte Linda auf dem Balkon in ihrer nicht gerade schmeichelhaften Pose.

Sie hob eine Augenbraue. »Um wie viel Uhr wollen Sie frühstücken, Madame?«

Rasch richtete Linda sich auf und strich sich eine Haarsträhne aus dem Gesicht. »Bonjour, Madame. Ich hatte gar nicht angenommen, dass ich hier ...«

»Das ist eine *Frühstückspension*, oder nicht?«

»Natürlich.«

»Wahrscheinlich frühstücken Sie in Paris lieber bei McDonalds?«

»Wissen Sie, normalerweise trinke ich morgens nur einen Espresso.«

»Na, vielleicht sind Sie deshalb so blass ... In fünfzehn Minuten ist alles fertig.«

»Ähm ... in Ordnung?«, erwiderte Linda amüsiert, aber Martine war längst wieder im Inneren der Pension verschwunden.

Die Dusche war nicht unbedingt auf dem neuesten Stand der Technik. Einigen Fliesen fehlte eine Ecke, und als Linda das heiße Wasser aufdrehte, wurde der Strahl von einem hohen Singen begleitet. Sie öffnete ein kleines Klappfenster über sich und hörte den Spatzen beim Tschilpen zu, während sie sich das warme Wasser über Kopf und Schultern laufen ließ.

Was sollte sie eigentlich anziehen? Campanard hatte betont, dass es nicht nötig war, jemand anderes zu spielen – also dann wohl einfach so, wie sie wollte. Sie wählte eine dunkle

Hose, eine mit kleinen Blüten bestickte mintgrüne Bluse und dazu weiße Sneaker.

Der Frühstücksraum war so leer wie bei ihrer Ankunft. Linda vermutete, dass Campanard die ganze Pension für ihre Zwecke mietete. Schließlich wären vertrauliche Besprechungen unmöglich, wenn ständig irgendwelche Touristen hereinplatzten.

Martine hatte eine Terrassentür zum Garten geöffnet, und Linda konnte erkennen, dass dort für sie eingedeckt war. Der hölzerne Frühstückstisch stand unter einer mit blühenden Bougainvillea bewachsenen Laube, darauf ein silbernes Kaffeekännchen und ein silberner Eierbecher mit einem der dunkelbraunen Eier. Auf einem Holzbrett lagen drei Baguettescheiben, außerdem Rohschinken, Gruyère und Butter sowie ein Teller mit leuchtend roten Tomaten. Daneben eine Schüssel Joghurt mit frischen Früchten und ein noch ofenwarmes Croissant.

»Das ist doch viel zu viel«, murmelte Linda, während sie sich setzte.

»Ganz im Gegenteil!« Linda zuckte zusammen, als Martine in den Garten hinauskam und ihre schlanke Gestalt mit einem kritischen Blick musterte. »Ich komme gleich mit dem frisch gepressten Orangensaft wieder.«

Immerhin kein Lavendelsoda. Linda goss sich dampfenden Kaffee in die Tasse. Während sie sich Butter auf ein Stück Baguette strich, drang ein leises Rascheln an ihr Ohr. Sie zuckte erschrocken zusammen und rückte mit dem Sessel vom Tisch weg. In einem Pariser Gastgarten war ihr einmal eine Ratte zwischen den Beinen hindurchgelaufen – eine Erfahrung, die sie nicht noch einmal machen wollte.

Aber statt einer Ratte erblickte sie unter dem Tisch nur

einen winzigen Gockelhahn mit prächtigem schwarz-grün schillerndem Gefieder. Seine Klauen waren mit Federn bewachsen, als trüge er flauschige Schuhe. Bedächtig legte er den Kopf schräg und machte einen weiteren Schritt auf Linda zu.

»Sein Name ist Astérix«, erklärte Martine, als sie mit Lindas Orangensaft zurückkehrte. »Ein Zwerg-Marans, alte französische Rasse, die kaum noch jemand züchtet. Sie legen schokoladenbraune Eier.«

»Beißt er denn?«

Martine stöhnte. »Nein. Er will sich bei Ihnen lieb Kind machen, damit Sie ihn füttern, der kleine Charmeur … Ich verscheuche ihn!«

»Aber nein, lassen Sie ihn ruhig.«

»Wie Sie meinen.« Martine warf dem Hahn einen scharfen Blick zu und hob den Zeigefinger. »Benimm dich, Monsieur!«

Sobald sie weg war, brach Linda eine Krume von ihrem Baguette ab und hielt sie Astérix hin. Der ließ sich nicht zweimal bitten und pickte ihr das Brot so rasch aus der Hand, dass Linda erschrocken zurückzuckte.

Sie schmunzelte, dann streckte sie vorsichtig die Hand aus und streichelte das Brustgefieder des Hahns mit der Rückseite ihres Zeigefingers. Seine Federn fühlten sich ganz weich an.

Als Linda so viel gegessen hatte, dass sie nicht mehr konnte, kam Martine, um das Geschirr abzuräumen.

»Mögen Sie keinen Schinken?«

»Ich bin Vegetarierin.«

»Hm.« Pikiert schob Martine das Geschirr auf ein Tablett und verschwand wieder. Kleine provenzalische Pensionen waren wahrscheinlich nicht unbedingt Vorreiter, wenn es um vegetarische Küche ging.

Wieder zurück auf dem Zimmer, blätterte Linda noch einmal die Unterlagen von Campanard durch. Heute fand die Willkommensveranstaltung bei Fragonard statt, und sie würde dabei sein. Auf seltsame Art fühlte sich das Ganze wie der erste Schultag an, und im Grunde war es das auch.

An anderen Ausbildungsstätten begannen die Kurse im Herbst, aber offensichtlich hatte man sich hier entschlossen, im Mai zu starten, mit der Blüte der wichtigsten Duftpflanzen.

»Soll ich Ihnen den Weg erklären?«, fragte Martine, als Linda die Treppe herunterkam. Die lächelte nur und hob zur Antwort ihr Smartphone, dann war sie schon aus der Tür.

In Grasse schien nichts wirklich weit weg zu sein. Dafür entsprach jeder Spaziergang dank der Hanglage der Stadt einer leichten bis mittelschweren Bergtour, wie sie bereits auf dem Weg vom Bahnhof zur Pension festgestellt hatte.

Sie schulterte ihre Laptoptasche und marschierte los. Es gab einen Bus, aber Linda ging lieber zu Fuß, auch wenn das etwas länger dauerte.

Sich hier zu bewegen, war so anders als in Paris. Dort war zu den Stoßzeiten alles voller Menschen, trotzdem konnte man beim Gehen eigentlich das Hirn abschalten, weil alle wussten, wie sie sich zu bewegen hatten: keine abrupten Stopps, keine plötzlichen Richtungswechsel, an der Rolltreppe rechts stehen, nacheinander in die Métro. Alle befolgten diese ungeschriebenen Gesetze und gingen in einer Art kollektiver morgendlicher Trance zur Arbeit. Hier in Grasse war das anders.

Eine ältere Dame spazierte seelenruhig rauchend über die Straße, während ihre drei nicht angeleinten Möpse so plötzlich auf Linda zuwuselten, dass sie beinahe über einen der

Hunde stolperte. Kurz darauf wäre sie fast in einen Lieferwagen mit frischem Obst hineingelaufen, der einfach mitten auf der Straße anhielt, sodass niemand vorbeigehen konnte. Anstatt weiterzufahren, stieg der Fahrer aus, um mit einem Bekannten zu plaudern, den er gerade erspäht hatte.

Ein paar Schritte weiter surrte ein Bus an ihr vorbei, der mit der Aufschrift *Je roule en électrique* stolz seine Emissionsfreiheit verkündete, während dahinter ein Moped die Gasse in eine Abgaswolke hüllte.

Linda lief auf eine etwas größere Straße hinaus, eine Allee, die zu beiden Seiten von bunten Häusern mit hölzernen Fensterläden gesäumt wurde. Über dem gesamten Straßenzug hatte man grelle pinke Regenschirme aufgehängt, was den farbenfrohen Eindruck der Szenerie verstärkte. Es gefiel ihr. Vermutlich sorgten die Schirme auch dafür, dass sich die Straße im Sommer nicht so stark erhitzte.

Ein paar kleine, mit Blumen geschmückte Brunnen zogen ihren Blick auf sich, aber sie ging weiter, um nicht unnötig Zeit zu vergeuden. Sie wollte lieber mit etwas Puffer bei der Eröffnungsveranstaltung erscheinen und sich dort noch in Ruhe umsehen.

Das Institut de la Parfumerie war eine von mehreren elitären Parfümerieschulen in Grasse und bot einen international anerkannten Abschluss in *Duftkreation und sensorischer Evaluierung*.

Das Besondere an dieser Schule war, wie von Campanard erwähnt, die enge Verbindung zu Fragonard. Deshalb kostete der Kurs pro Jahr auch stolze vierzigtausend Euro. Die Anzahl der Studierenden war auf zwölf pro Jahrgang beschränkt. Außerdem hatte das Institut massiv damit geworben, dass niemand Geringerer als Éric Sentir dort Kurse abhielt.

Linda war neugierig, ob man den Mord an ihrem Zugpferd heute ansprechen würde.

Die gelben Gebäude von Fragonard waren schon von Weitem sichtbar. Fußläufig zur Kathedrale, auf einer Anhöhe gelegen, wirkten sie beinahe wie ein antiker Tempel. Ein Tempel, vor dessen Eingang eine schwarze Flagge in der Frühlingsbrise wehte.

Sie folgte den Hinweistafeln zum Haupteingang und lief die Treppen hinauf an einem Kunstwerk vorbei, das an mehrere verschlungene Kupferbottiche erinnerte.

Das Gebäude war heute für die Öffentlichkeit geschlossen, dafür fand sich am Empfang ein großer Bildschirm, auf dem in schnörkeliger Vintageschrift stand:

Bienvenue Étudiants!

KAPITEL 5
VANILLE UND TONKABOHNE

»Bonjour!« Eine stark geschminkte junge Frau in einem nachtblauen Kostüm präsentierte Linda ihr schneeweißes Zahnpastalächeln.

»Mein Name ist Céleste Revelle. Ich bin die Koordinatorin des Studiengangs. Mit wem habe ich das Vergnügen?«

»Salut! Linda Delacours.«

Eine winzige Kontraktion von Célestes Mundwinkeln verriet Linda, dass die Frau ihre formlose Begrüßung missbilligte. Wie alt mochte sie sein? Fünfunddreißig?

»Ah, Madame Delacours!« Céleste rückte ihre Brille zurecht und tippte etwas auf einer Tastatur. »Die Psychologin aus Paris. Fantastisch. Hier haben wir Sie.«

Zu Lindas Überraschung legte ihr Céleste neben ein paar Informationsblättern ein samtenes Schmuckkästchen auf den Tisch. »Sie sollten ihn gleich anlegen!«, erklärte sie, als Linda sie fragend ansah.

Linda öffnete das Kästchen und runzelte verwirrt die Stirn. Darin befand sich ein silberner Armreif, verziert mit einem verschlungenen *F* und drei gefurchten Gebilden, die Linda an lang gezogene Rosinen erinnerten.

»Alle erhalten einen individualisierten Fragonard-Armreif mit einem prominenten Duftstoff. Ihrer ist Tonkabohne.«

»Wie schön«, erwiderte Linda. Offenbar war man bemüht, die hohen Studiengebühren zu rechtfertigen. Als sie den

Armreif anlegte, bemerkte sie an dessen Unterseite eine kleine runde Scheibe.

»Ein Chip?«

»Der Armreif funktioniert hier im Haus wie eine Schlüsselkarte.«

»Verstehe. Bekommen nur die Studierenden so einen, oder haben das auch die Angestellten von Fragonard?«

»Die Armreife werden nur an die Kreativabteilung ausgegeben. Sie sind den Nasen vorbehalten, die das Haus engagiert.«

Linda war wenig überrascht, keinen Armreif an Célestes Handgelenk zu entdecken.

»Bitte!« Céleste wies auf eine Steintreppe. »Die Kennenlernveranstaltung findet im ersten Stock statt.«

»Danke.« Linda lächelte kurz und wandte sich dann der Treppe zu.

Hinweisschilder führten sie in den ersten Stock, wo Linda bereits Stimmen hören konnte. Durch eine offen stehende Flügeltür betrat sie einen hellen Raum mit großen Fenstern, hinter denen sich das Grün im Garten der Parfümerie erahnen ließ. Eine Melange aus zarten Blumendüften stieg Linda in die Nase. An den Wänden standen Glasvitrinen mit Flakons in allen erdenklichen Formen, gefüllt mit verschiedenfarbigen Flüssigkeiten.

Etwa zwei Dutzend Menschen hatten sich in kleineren Grüppchen über den Raum verteilt und unterhielten sich angeregt, während dazwischen Kellner herumflitzten und ihnen Hors d'oeuvres und Rosé servierten.

Als Linda eine Welle von Unsicherheit in sich aufwallen spürte, krallte sie ihre Finger in den Saum ihrer Bluse.

Früher hätte dieser Anblick Vorfreude ausgelöst. Vorfreude

darauf, all die so unterschiedlichen Menschen näher kennenzulernen. Jetzt konnte sie nur mit Mühe die aufflammende Panik unterdrücken.

»Ich kann das, verdammt«, zischte sie. Linda vergewisserte sich, dass ihre Hände nicht mehr zitterten, und lockerte ihren Griff. Dann machte sie ein paar Schritte in den Raum hinein.

»Lass mich raten!« Ein junger Mann mit schwarzen Locken und einem violetten Hemd hatte sich ihr genähert. Er musterte Linda lächelnd und schwenkte dabei abwesend sein Weinglas. »Linda, nicht wahr?«

»Salut!« Linda lächelte zurück, obwohl sie keine Ahnung hatte, wer vor ihr stand.

»Ich bin Manu, oder hier wohl …« Er streckte ihr sein Handgelenk hin, sodass Linda seinen silbernen Armreif sehen konnte, und warf ihr einen bedeutungsschwangeren Blick zu. »Vanille.« Er kicherte.

»Tonkabohne«, erwiderte Linda grinsend und hob ihr Handgelenk.

»Ich dachte mir, dass du es bist. Soweit ich weiß, sind wir die einzigen Jüngeren im Programm.«

»Ah ja? Ich habe mir die Liste der Teilnehmenden noch gar nicht angesehen.«

»Oh, man legt jedenfalls viel Wert auf Internationalität und Diversität. Das dort zum Beispiel ist Savjid.«

Manu zeigte auf einen dunkelhäutigen Mann mit weißem Bart in einem cremefarbenen Anzug, der gerade mit einer jungen Frau sprach, die kurze Haare hatte. »Er betreibt eine Parfümerie in Delhi, schon in der fünften Generation. Total spannend, was er zu erzählen hat.«

»Was könnte er dann hier noch lernen?«, fragte Linda.

Manu zuckte mit den Schultern. »Nicht viel. Vermutlich kommt er wegen des Renommees. Ah, sieh mal dort ...«

Lindas Blick richtete sich auf einen gebrechlich wirkenden Mann in einem braunen Sakko, der auf einen Rollwagen gestützt ging und sich zu der Gruppe um den indischen Parfümeur gesellte.

»Wenn mich nicht alles täuscht, ist das Monsieur DeMoulins. Er war jahrzehntelang die einzige Nase bei Fragonard. Jetzt arbeiten sie etwa mit einem Dutzend.«

Ein Kellner blieb vor den beiden stehen. Linda nahm sich ein Glas Rosé vom Tablett, prostete Manu zu und nahm einen Schluck. Vielleicht würde der Alkohol sie ein wenig beruhigen.

Ihr Blick wanderte zu der jungen Frau, mit der Savjid und der gebrechliche Monsieur DeMoulins sprachen. Wenn sie sich nicht täuschte, sah sie an deren Handgelenk ebenfalls eine Spur von Silber aufblitzen.

»Aber die Frau, mit der die beiden sprechen, ist doch auch ungefähr in unserem Alter, oder nicht?«

»Oh, *die*«, Manu grinste. »Täusch dich nicht, das ist keine Studentin, sondern eine unserer Professorinnen, Pauline Egrette. Sie arbeitet schon seit drei Jahren als Nase bei Fragonard. Sie muss verdammt gut sein, wenn sie in ihrem Alter schon so weit ist.«

Linda verspürte einen kurzen Stich. Vor Kurzem noch hatten die Leute Ähnliches über sie gesagt. Rasch verscheuchte sie den Gedanken und musterte die junge Frau. Sie war elegant gekleidet, trug einen schwarzen Hosenanzug mit weißer Bluse. Mit ihren großen Augen fixierte sie ihren Gesprächspartner aufmerksam. Wenn sie schon seit drei Jahren hier arbeitete, musste sie Sentir gekannt haben. Ob Campanard sie schon vernommen hatte?

Linda nahm einen weiteren Schluck Wein. »Schade, dass Sentir uns nicht mehr unterrichten kann«, meinte sie. »Furchtbar, die ganze Sache.«

»Oh, absolut!«, erwiderte Manu betroffen. »Für ihn. Für uns. Für alle. Stell dir mal vor, wir hätten uns nach der Ausbildung mit einem Empfehlungsschreiben von Éric Sentir persönlich bei Yves St. Laurent bewerben können.«

»Ja, das ist ... unglücklich.«

Manu wirkte mit einem Mal nachdenklich und tippte mit dem Zeigefinger gegen sein Weinglas, während sein Blick über die gut gelaunt plaudernden Menschen im Raum glitt. »Weißt du, welchen Gedanken ich gerade nicht loswerde? Pardon, wenn ich dich nerve ...«

»Gar nicht«, erwiderte Linda ehrlich. »Was meinst du?«

»Sentir wurde in genau diesem Gebäude ermordet.« Manu biss sich auf die Unterlippe. »Wer sagt uns, dass sein Mörder nicht jetzt und hier in diesem Raum ist?«

Linda wollte gerade etwas erwidern, als jemand mit einem Löffel gegen sein Glas schlug.

Ein grauhaariger Mann in anthrazitfarbenem Anzug und mit violettem Seidenschal räusperte sich. Alles an ihm schrie *Management*: das selbstbewusste Lächeln, die teuer aussehende Uhr. Nur das kleine Ansteckbouquet aus Lavendelblüten zeugte von einer gewissen Leidenschaft für die Parfümerie und brachte ihm bei Linda ein paar Sympathiepunkte ein.

»Es ist mir eine große Freude, Sie alle herzlich hier in Grasse in den traditionsreichen Hallen von Fragonard begrüßen zu dürfen. Mein Name ist Charles Josserand, Président Directeur Général de l'institut de la Parfumerie und Teil des Management Boards hier bei Fragonard. Unser erklärtes Ziel ist es, mithilfe der Synthese dieser beiden Institutionen die besten Nasen auszubilden, die unsere traditionsreiche Branche je gesehen hat. Wir haben es uns zur Aufgabe gemacht, dass Sie am Ende Ihrer Ausbildung dreitausend verschiedene Duftstoffe treffsicher unterscheiden können, dass Sie ein Gespür für die Harmonien eines Dufts entwickeln, als wäre es eine Sinfonie. Bevor ich Sie einander vorstelle, habe ich jedoch die traurige Pflicht, ein weniger beschwingtes Thema anzusprechen.«

Josserand räusperte sich erneut.

»Wie Sie wissen, ist Maître Éric Sentir vor Kurzem von uns gegangen. Für die meisten war Éric ein Genie, der Mozart der Parfümerie. Doch für mich«, betreten blickte der Directeur in die Runde, »war er vor allem ein Freund.«

Linda kniff die Augen zusammen. Diese kaum merkliche Kontraktion der oberen und inneren Anteile des Musculus oribicularis oris sorgte dafür, dass seine Oberlippe minimal zusammengezogen wurde. Nein, kein Freund. Nicht *nur* jedenfalls. Da war noch mehr. Missbilligung. Oder eine erlittene Kränkung?

»Ich weiß, wie sehr Éric darauf gebrannt hat, Sie zu unterrichten, Ihnen seine Leidenschaft nahezubringen. In diesem Sinne, lassen Sie uns kurz innehalten, um eines großartigen Parfümeurs, eines großartigen *Menschen* zu gedenken.«

Während alle pflichtbewusst den Blick senkten, ließ Linda ihren über die Mienen der Anwesenden schweifen. Wer wusste schon, ob Manu nicht recht hatte und der Mörder oder die Mörderin tatsächlich gerade hier war? Ihr Talent war keine Zauberkraft, die sie Gedanken lesen ließ. Vor allem, wenn sie einen Gesichtsausdruck nur kurz studieren konnte. Sie brauchte ein deutliches Signal. Ein zufriedenes Hervortreten der Mundwinkel, ein angedeutetes Lächeln ... Aber nichts dergleichen fiel ihr bei den Anwesenden auf.

Vielleicht hatte sie etwas übersehen. Früher hatte sie mehr Vertrauen in ihre Intuition gehabt, wahrscheinlich hatte sie deshalb so oft richtiggelegen. Aber dann war alles schiefgegangen.

»Vielen Dank! Kommen wir nun zu erbaulicheren Themen, immerhin treten Sie heute eine spannende Reise an, und da ist es mir eine Freude, Ihnen auch gute Nachrichten zu überbringen.«

Josserand legte eine Pause ein und nahm sich die Zeit, in die Runde zu blicken. »Ich darf verkünden, dass erstmals eine der profiliertesten Nasen des Landes ihr Wissen im Rahmen eines zertifizierten Programms weitergeben wird.«

Ein verschmitztes Grinsen erschien auf Josserands Miene. »Ich bin sicher, er ist jedem von Ihnen ein Begriff. Seine neue Kreation, *Oase de Nuit*, erschien erst vor wenigen Wochen und feiert bereits weltweit Erfolge.«

»O – mein – Gott«, flüsterte Manu neben ihr.

»Um ehrlich zu sein, war es nicht einfach, jemand so Profiliertes für Sie zu gewinnen. Umso mehr freue ich mich, Ihnen niemand Geringeres vorzustellen als ...«

Der Blick des Directeurs wanderte zur Tür, und alle anderen folgten ihm.

»Franc Duchapin!«

Applaus brandete los, noch bevor Duchapin zu sehen war. Langsam, ohne jede Eile, betrat er den Raum, wie ein König, der an seinen Untertanen vorbei zu seinem Thron schritt.

Sein Haar war kurz geschoren und tiefschwarz. Mit seinen dunkelgrauen Augen musterte er die Anwesenden. Sein sorgsam getrimmter Vollbart hatte ein paar weiße Strähnen im Kinnbereich, die beinahe wirkten, als hätte er sie nach seinem Willen eingestreut.

Sobald Duchapin neben Josserand stand, blickte er kurz in die Menge und brachte den Applaus mit einem kurzen Nicken zum Verstummen.

Linda dachte an die Bilder von Sentir. Die beiden hätten nicht unterschiedlicher aussehen können.

»Ich sag's jetzt einfach«, murmelte Manu neben ihr. »Er ist heiß! Aber lass das nie meinen Verlobten hören.«

Linda musste grinsen.

Ein Kellner näherte sich Duchapin und bot ihm ein Glas Rosé an, doch dieser hob nur ablehnend die Hand.

»O Mist«, murmelte Manu.

»Was denn?«

»Habe ich total vergessen, die meisten Nasen trinken keinen Alkohol, um ihre Sinneszellen nicht zu schädigen.«

In diesem Moment hob Duchapin den Blick und sah zu ihnen herüber.

Linda und Manu stellten ihre Gläser hastig zurück auf das Tablett eines vorbeihastenden Kellners.

»Mein lieber Franc!« Duchapin wandte sich wieder Josserand zu. Einen Moment lang schien dieser Duchapin auf die Schulter klopfen zu wollen, dann besann er sich. »Vielleicht erzählst du unseren Neuankömmlingen, welchen Bereich der Parfümerie du ihnen nahebringen möchtest.«

Duchapin schenkte Josserand einen kühlen Blick, dann wandte er sich der Menge zu. »Die Enfleurage.«

Von der Seite erkannte Linda, wie Manu überrascht die Augenbrauen hob.

Wiederum Applaus, bis Josserand die Hände hob.

Es folgten noch ein paar Worte über die Geschichte von

Fragonard und die Idee, eine qualitativ hochwertige Ausbildung in das Haus zu integrieren. Dann wurde am anderen Ende des Raums ein Büfett eröffnet, vor dem sich langsam eine Schlange bildete.

Linda war eigentlich noch satt vom reichlichen Frühstück im Les Palmiers, aber Essen war immer eine gute Gelegenheit, um ins Gespräch zu kommen, also stellte sie sich gemeinsam mit Manu an.

»Du kommst aus Paris, nicht wahr?«, fragte er.

»Ja, genau.«

Manu grinste. »Muss ja alles hier ziemlich entschleunigt auf dich wirken.«

»Schon ein bisschen«, erwiderte Linda. »Aber ich bin erst seit gestern hier.«

»Ich seit zwei Wochen. Matthieu und ich kommen aus Bordeaux. Hab da in einer Parfümerie gearbeitet, aber irgendwie war's Zeit, etwas Neues zu wagen, selbst kreativ zu werden, verstehst du? Und als die Zusage kam, haben wir beschlossen herzuziehen. Matthieu ist Installateur, da kann man ja überall arbeiten.«

»Ein Installateur und ein Parfümeur. Gefällt mir!«

»Ich sage immer, bei uns beiden spielen Gerüche eine wichtige Rolle. Seine Klienten lieben es, wenn ich ihm meine selbst gemachten Duftmischungen für Bad und Toilette mitgebe.«

Linda schmunzelte. Das Gespräch tat überraschend gut. Sie konnte sich kaum erinnern, wann sie zuletzt so angenehm mit jemandem geplaudert hatte.

»Duchapin unterrichtet uns also in der Enfleurage…« Tatsächlich hatte Linda wenig Ahnung, was es damit auf sich hatte.

»Ja, seltsam, nicht? Ich würde ehrlicherweise lieber in Fächern wie Duftkomposition etwas von ihm lernen. Enfleurage wird heute wirklich nicht mehr so oft praktiziert. Vor allem die Enfleurage à froid ist fast ein wenig ... antiquiert.«

Linda biss sich auf die Lippen. Warum würde jemand wie Duchapin sich ein Fach aussuchen, das niemand für relevant hielt?

Sie nahm sich einen Teller und ging an einer Schüssel mit einer wohlriechenden Bouillabaisse vorbei zu den Hauptspeisen. Der Fokus lag hier eindeutig auf mediterranem Gemüse und Meeresfrüchten. Linda erkannte Röllchen aus rotem Meerbarbenfilet mit Kapernsoße, Dorade und sogar ausgelöstes Langustenfleisch in einer Zitronenvinaigrette.

»Was ... was ist denn das?«

Linda betrachtete tieforangefarbene längliche Gebilde, die auf einem Tablett zwischen den Meeresfrüchten lagen.

»Ah, das haben Matthieu und ich gestern in einem Bistro probiert. Heißt *Poutargue*. Man macht es aus dem Rogen der Meeräsche. Quasi luftgetrockneter Kaviar. Schmeckt verdammt gut auf Toast mit ein paar Tropfen Zitrone und Olivenöl.«

Linda fand, dass Poutargue nicht unbedingt verführerisch roch, aber im Grunde interessierte sie sich sowieso mehr für die vegetarischen Gerichte.

Und sie musste sagen, die waren durchaus ansprechend. Da sie keinen großen Hunger hatte, hielt sie sich an die Bruschetta: kross gebackenes Baguette mit Gemüse und Kräuterbelag.

Gemeinsam mit Manu, der sich seinen Teller mit den unterschiedlichsten Gerichten beladen hatte, ging sie zu einem der Stehtische, die neben dem Büfett aufgebaut waren.

Linda biss in ein Stück Bruschetta mit in Butter gedünsteten Steinpilzen, Rosmarin und Feigenstückchen, beträufelt mit ein wenig Balsamico.

»Mhm«, seufzte sie überrascht, als sich der volle Geschmack in ihrem Mund entfaltete.

»Nicht wahr?« Manu nickte verständnisvoll. »Es sind die Kräuter hier. Da schmeckt alles einfach hammer!«

»Ah, bonjour!«

Ein süßlich-fruchtiger Duft stieg ihr in die Nase. Sie sah auf und erkannte, dass Josserand an ihren Tisch gekommen war.

»Bonjour!«

»Salut!«

Josserand musterte die beiden mit einem breiten Lächeln und fixierte dann ihre Armreife.

»Ah, Emmanuel Martroux und Linda Delacours.« Seine hellen Augen blieben für einen Moment an Linda haften. »Haben Sie beide sich schon gut in Grasse eingelebt?«

»Ich für meinen Teil, ja«, erwiderte Manu. »Alles hier ist so bunt, man fühlt sich sofort zugehörig.«

»Und ich bin auf einem guten Weg dahin, denke ich«, erklärte Linda und betrachtete Josserand aufmerksam. »Ich bin immer noch ziemlich erschüttert wegen dem, was mit Monsieur Sentir geschehen ist, wenn ich ehrlich bin.«

»Wir alle, Madame.« Ein Stirnrunzeln, oberste Region des Musculus frontalis, sonst keine nennenswerte Regung in Josserands sonnengebräunter Miene. »Aber versuchen wir, das Positive zu sehen. Sie sind ja erst in den Lehrgang nachgerückt, nachdem eine bereits aufgenommene Studentin, Kimiko Shitagawa aus Osaka – sie hat übrigens bereits einen vielversprechenden Duft herausgebracht –, ihre Anmeldung zurückgezogen hat. Ihr ging es nur darum, von Éric unterrichtet zu werden. Nun ja, dafür freuen wir uns, Sie *à la dernière minute* als Ersatz begrüßen zu dürfen!« Er lächelte jovial und klopfte ihr auf die Schulter. »Genießen Sie das Fest! Und vergessen Sie nicht, die neue Duftorgel auszuprobieren, sie ist frisch befüllt.«

Josserand ging zum nächsten Tisch weiter.

»Was für ein Kretin«, murmelte Manu kopfschüttelnd. »Nur dass du's weißt, ich habe mich schon dreimal beworben, bevor man mich genommen hat.«

»Schon gut. Da waren sie wohl dreimal ziemlich blind.«

Manu wurde ein wenig rot und hob sein Weinglas. »Auf die unterschätzten Ersatzkandidaten!«

Linda grinste und prostete ihm zu.

Obwohl er es gut verbarg, hatte es Josserand nicht gefallen, dass sie ihn auf Sentir angesprochen hatte. Das war nicht ungewöhnlich. Jedem hier bei Fragonard musste das Thema unangenehm sein. Aber irgendjemandem vielleicht besonders …

Linda aß in Ruhe weiter und genoss es, die Leute im Raum zu beobachten. Bis jetzt lief alles gut. Ein paarmal hatte sie das Gefühl gehabt, dass die Angst sie übermannen könnte, aber allein die Tatsache, dass das bisher nicht passiert war, stimmte sie zuversichtlich.

Als Manu sich kurz entschuldigte, spazierte Linda zu der wuchtigen Apparatur hinüber, die Josserand *Duftorgel* genannt hatte.

Sie hatte gestern Abend von solchen Vorrichtungen gelesen, aber dabei hatte sie sich eine Duftorgel wie ein mehrreihiges Regal mit Dutzenden Fläschchen voller Duftstoffe vorgestellt.

Das hier schien etwas völlig anderes zu sein: Diese Duftorgel erinnerte tatsächlich an ein Musikinstrument. Vor einem Stuhl befanden sich drei übereinander angeordnete Ebenen mit schmalen Tasten. Am vorderen Rand der Duftorgel waren zahlreiche mit Ventilen versehene Glasröhrchen befestigt, die in den Unterkasten des Apparats mündeten.

Linda nahm auf dem Stuhl vor dem Apparat Platz. Die schmalen Tasten waren alphabetisch beschriftet, auf jeder befand sich der Name eines Duftstoffs. Sie ließ ihren Zeigefinger über die kühlen Tasten gleiten.

Thymian, Tonka, Tuberose, Sandelholz …

Ihr Finger glitt zurück zur Tonkabohne. Wenn man ihr schon diesen Duftstoff zugeordnet hatte, wollte sie auch wissen, wie er roch.

Sie drückte die Taste. Ein kaum hörbares Zischen erklang, dann roch Linda einen würzigen Geruch, der sie vage an Muskatnuss erinnerte, aber leichter und sinnlicher war …

»Tonka!«

Linda zuckte zusammen. Direkt hinter der Duftorgel stand Duchapin und sah mit seinen dunklen Augen auf sie herab.

Wenn man vor ihm saß, wirkte seine breitschultrige Gestalt geradezu einschüchternd. Er trug ein schwarzes Hemd und eine helle Leinenhose. Im Gegensatz zu Josserand schien er keinen Wert darauf zu legen, seinen Status durch teure Accessoires zu betonen.

Nur ein silberner Armreif zog Lindas Aufmerksamkeit auf sich.

Duchapins Blick schien sich an ihrem Handgelenk festzusaugen.

»Verstehe.«

Er ließ seine Finger über die Glasröhren gleiten und ging um die Duftorgel herum, bis er direkt neben Linda stand.

Sein Geruch. Das Parfum, das er trug, wenn es überhaupt eines war ... Es roch ...

Linda fiel nur ein Wort dafür ein: *behaglich*.

»Schließen Sie die Augen.«

»Ich behalte sie lieber offen, vielen Dank.«

Duchapin hob eine seiner dunklen Augenbrauen. Einen Moment lang glaubte Linda, Amüsement in seinem Gesichtsausdruck zu erkennen. »Ich versuche, Ihnen etwas beizubringen.«

Nein ... Sie wollte nicht, sie war noch nicht so weit, allein der Gedanke hier zu sitzen, nicht zu sehen, was passierte, ausgeliefert zu sein ... Es fühlte sich an, als würde ihre Kehle enger und enger.

»Alles in Ordnung?«

»Mir geht's gut.« Linda atmete tief durch und zwang sich zu einem Lächeln. Einfach nicht zu viel nachdenken. Nicht erinnern.

»Also, bitte!«

Sie schloss die Augen, hörte ein leises Rascheln, als Duchapin sich über sie beugte, dann ein Zischen.

Er schien sich wieder aufzurichten. »Was riechen Sie?«

Linda sog prüfend die Luft ein. Es roch ähnlich wie zuvor die Tonkabohne, aber süßer, verspielter. »Es duftet wie ... ein heller Morgen in den Tropen. Ganz wunderbar.«

Sie öffnete die Augen und wandte sich zu Duchapin um. »Welcher Duftstoff war das?«

Duchapin deutete ein Lächeln an. »Es waren zwei. Zwei Düfte, die perfekt ineinanderfließen. Ein harmonischer Akkord, wenn Sie so wollen. Man könnte fast sagen, unzertrennlich. Es war Ihre Tonkabohne und ...« Sein Lächeln wurde eine Spur breiter. »Vanille.«

Linda blinzelte verwirrt. Sie hatte nicht mal wahrgenommen, dass Duchapin ihr auch nur einen Blick geschenkt hatte. Und doch schien er mitbekommen zu haben, dass sie sich mit Manu angefreundet hatte. Oder war das gerade nur Zufall gewesen?

»Probieren wir etwas anderes.«

Er machte eine einladende Geste, und wieder schloss Linda die Augen.

Erneut ein Zischen. Linda atmete durch die Nase und runzelte die Stirn. Der Geruch war ... Sie hatte nur unzureichende Worte dafür. Eckig. Disharmonisch. Als würden zwei Aromen miteinander ringen.

Wenn sie sich nicht täuschte, war einer der Gerüche wiederum Tonkabohne. Der andere wirkte herb, rau.

»Welches Bild würden Sie für diesen Geruch wählen?«

Linda öffnete die Augen. »Ein leidenschaftlicher Kampf ... oder ein Tanz.«

»Hier war der zweite Duft Wildleder. Welche der beiden Mischungen finden Sie interessanter?«

Linda dachte über die Frage nach, während Duchapin sie interessiert musterte.

»Die erste Mischung duftet einfach angenehm. Aber die zweite zieht alle Aufmerksamkeit auf sich. Sie ist wohl die interessantere.«

Duchapin nickte unmerklich. »Duft ist Emotion.« Er hielt ihrem Blick stand, bis Linda verwirrt blinzelte. »Und manchmal ist es eine scheinbare Dissonanz, die die stärksten Gefühle heraufbeschwört.« Er hob die Augenbrauen. »Merken Sie sich das.«

Als er sich abwandte, glaubte Linda, auf seinem Armreif das Emblem eines Hirschs zu erkennen.

KAPITEL 6
NAVETTES UND KAMELIEN

»Der Fokus unseres Anbaus hier liegt natürlich auf der Mairose, für die Grasse so berühmt ist. Dahinter haben wir noch Felder mit Iris und Tuberose und eines mit Jasmin, der wird demnächst in voller Blüte stehen. Der Lavendel hier braucht noch etwas.«

»Haben Sie Monsieur Sentir öfter hier draußen getroffen?«, fragte Olivier.

Madame Bernard, Blumenzüchterin und Chefgärtnerin der zu Fragonard gehörenden Felder, zog sich ihren breitkrempigen Hut ein wenig tiefer ins Gesicht, damit die warme Frühlingssonne sie nicht blendete.

Sprinkleranlagen bewässerten das Lavendelfeld, auf dem sie standen, das blauviolett in der Sonne schimmerte. Die unzähligen kleinen Blüten standen hier kurz davor aufzubrechen. Lerchen zwitscherten über den Äckern, während marokkanische Erntehelfer auf dem Nachbarfeld die zartrosa Blätter der bereits blühenden Mairose ernteten. Überall brummte und summte es. Offenbar hatte nicht nur die Parfümindustrie eine Vorliebe für Duftpflanzen.

»Drüben bei den Gewächshäusern«, erklärte Madame Bernard und deutete hinter sich. »Ein paarmal war er schon da.«

»Können Sie mir zeigen, wo Sie mit ihm geredet haben?«, fragte Olivier.

»Sicher.« Sie signalisierte ihm mitzukommen und stapfte

über den sandigen Ackerboden hinüber zu einer Gruppe lang gezogener Gewächshäuser, deren Inneres hinter dem Milchglas weitgehend verborgen blieb.

»Hier rein«, erklärte Madame Bernard kurz und führte Olivier durch einen Plastikvorhang in eines der Häuser.

Das kräftige Rot im Inneren ließ ihn für einen Moment blinzeln.

»Das ist die blutrote Kamelie, nicht wahr? Für sein neues Parfum *Lueur*.«

»Ganz richtig.«

»Ich muss gestehen, die sehen atemberaubend aus.«

Zum ersten Mal seit seiner Ankunft breitete sich ein Lächeln auf Madame Bernards Miene aus. Es war etwas, das er sich von Campanard abgeguckt hatte: positive Eigenschaften an einer Person oder an dem, was sie tat, immer auszusprechen, wenn sie einem auffielen.

Denken Sie mal darüber nach, Olivier. Sie können zehn Dinge fantastisch machen und eines falsch. Mit Sicherheit wird im Anschluss nur über Ihren Fehler gesprochen. Ich für meinen Teil versuche zumindest genauso viele Worte über die Erfolge meiner Mitmenschen zu verlieren.

»Sie sind hart zu kultivieren, muss ich gestehen«, erklärte die Gärtnerin. »Eigentlich passen Sie nicht in unser mediterranes Klima. Sie lieben feuchtmildes Wetter und Halbschatten. Ich bemühe mich nach Kräften, das alles hier drin zu simulieren.« Ihre Finger glitten gedankenversunken über die leuchtenden Blütenköpfe.

»Könnte man die Blüten nicht einfach importieren? Ich habe gehört, dass das Gros der Blumen, die der Duftstoffproduktion dienen, gar nicht mehr hier in der Gegend angebaut wird.«

Madame Bernard schnalzte mit der Zunge. »Sie sagen es.

Eine Idiotie, wenn Sie mich fragen, aber Maître Sentir wollte sie nun mal unbedingt in Rot. Die Japaner züchten eine duftintensive Sorte, die aber weiß ist.«

»Hm. Scheinbar gibt es dafür keinen logischen Grund.« Olivier erinnerte sich, dass er darüber in den Verhörprotokollen schon einige verwunderte Aussagen gelesen hatte.

»Genau. Die Duftkamelien unseres Importeurs sind wirklich von ausreichend guter Qualität, aber der Maître wollte diese hier für sein *Lueur*.«

»Ich kenne mich damit nicht gut aus, aber man hätte doch später, für die Verpackung des Parfums, rote Kamelien wählen können, selbst wenn in Wahrheit weiße enthalten sind.«

Madame Bernard nickte. »Und für unsere Synthétiques drüben im Labor wäre es einfach gewesen, das Parfum blutrot zu färben, ohne dass der Geruch davon beeinflusst wird.«

»Haben Sie ihm das auch gesagt?«

»Aber ja!« Madame Bernard hob energisch die Hände. »Ich wusste zu Beginn ja nicht mal, ob ich es überhaupt schaffe, eine nennenswerte Menge zu produzieren. Ausreden wollte ich es ihm, aber der sture Ochse hat darauf beharrt und sogar das Management von der Notwendigkeit überzeugt. Verzeihung. Das hätte ich nicht sagen sollen. Vor allem nicht nach dem, was ihm zugestoßen ist.«

Olivier lachte. »Glauben Sie mir, in meinem Beruf ist mir Ehrlichkeit viel lieber als verlogene Lobhudelei.«

Madame Bernard wirkte erleichtert. »Wissen Sie, wir haben hier über die Jahrhunderte wirklich etwas Einmaliges geschaffen. Unsere Rose de Mai zum Beispiel hat mehr Blütenblätter und ein zarteres Aroma als jede andere Rose – und sie ist an unser Klima angepasst, genau wie der Jasmin und all die anderen Blumen. Aber anstatt dass ich über Lösungen nachdenke, wie wir dieses Erbe sicher durch den Klimawandel bringen, verschwende ich Zeit und Energie für«, sie schüttelte missbilligend den Kopf, »das hier.«

»Hat er Ihnen denn verraten, warum er auf den roten Kamelien bestanden hat? Es muss doch einen Grund gegeben haben.«

Die Gärtnerin schüttelte nur den Kopf. »Soweit ich mich erinnere, wusste das niemand. Er war eine solche Berühmtheit, dass er sich diesen Schwachsinn einfach erlauben konnte.«

»Was hat er außerdem getan, wenn er hier war? Ich meine, Sie hatten ja Anordnung vom Management, die Kamelien zu pflanzen, überzeugen musste er Sie also gar nicht.«

»Ganz verschieden.« Madame Bernard zuckte mit den Schultern.

»Manchmal war er draußen und hat Selfies mit den Erntehelfern gemacht. Aber die meiste Zeit war er hier drin und stand mir im Weg rum. Hat den Kamelien beim Wachsen zugesehen und ständig irgendwelche Clips für die sozialen Medien gefilmt. Meistens von sich selbst mit den Pflanzen. Außerdem hat er mir endlos Fragen gestellt, als wollte er sichergehen, dass ich mich auch wirklich anstrenge.«

»Die Blüten in dem Bottich, in dem man Sentirs Leiche gefunden hat, stammen also von hier?«

»Natürlich.«

»War Sentir bei der Ernte dabei?«

»O ja, auch dabei stand er uns vortrefflich im Weg. Wissen Sie, er war einer dieser Menschen, die es nicht einen Augenblick lang ertragen, nicht beachtet zu werden.«

»Das war einen Tag vor seinem Tod, wenn ich richtig informiert bin. Wie hat er an diesem Tag auf Sie gewirkt? Irgendwie anders als sonst?«

Madame Bernard schien einen Moment lang zu überlegen. »Ein wenig blasser, ein wenig ruhiger vielleicht.«

Olivier schwieg geduldig. Bei einer Befragung war Schweigen oft hilfreich. Es lag eine Aufforderung darin. Eine Aufforderung, mehr zu sagen oder zumindest noch einmal gründlicher nachzudenken. Wieder etwas, dass er von Campanard gelernt hatte.

»Es gab da was, das er ein paarmal wiederholt hat. Nichts Besonderes eigentlich, aber er hat gefühlt ein Dutzend Mal betont, wie wichtig unsere Arbeit sei. Einmal nannte er mich sogar eine ›Lebensretterin.‹ Aber bei Sentir war immer alles melodramatisch.«

Olivier machte sich Notizen. »Vielen Dank! Ich glaube, wir sind hier fertig.«

Die Gärtnerin nickte.

»Meinen Sie, ich darf mir hier eine Blüte abbrechen? Sie sind wirklich etwas Besonderes. Zu Ermittlungszwecken, natürlich.«

Madame Bernard lächelte freundlich. »Ich gebe Ihnen drei!«

***

Campanard war der Letzte, der abends im Les Palmiers eintraf. »Bonsoir, Commissaire!« Martine sah von ihrem Tresen auf und schenkte ihm ein freundliches Lächeln.

»Bonsoir, bonsoir! Wie schön, Sie zu sehen.«

»Ganz meinerseits.«

»Meinen Sie, unser Gast hat sich schon gut bei Ihnen eingelebt?«

Martine hob eine Augenbraue. »Sie ist Vegetarierin, wussten Sie das?«

»Nein. Wie gut, dass wir hier in der Gegend so wunderbares Gemüse haben!«

»Angeblich ist unter Vegetariern der Anteil an Verrückten besonders hoch.«

Campanard unterdrückte ein Grinsen. »Solche wilden Vorurteile sehen Ihnen doch gar nicht ähnlich, Martine.«

Sie hob den Zeigefinger. »Vorurteile kommen nicht von ungefähr, die muss man sich erst verdienen.«

Der Commissaire hob eine Augenbraue. »Ist das ein Lob oder eine Beleidigung?«

Martine zuckte mit den Schultern. »Bisschen hiervon, bisschen davon.«

Campanard lachte und ging an ihr vorbei in den Frühstücksraum.

»Ich setze Ihnen Tee auf«, rief Martine ihm hinterher.

Vom Garten her schien die Abendsonne durch die Fenster und die Terrassentür ins Zimmer und tauchte Delacours und Olivier in rosiges Licht.

Delacours wirkte etwas erschöpft. Sie hatte sich einen weiten Hoodie übergezogen, in dem sie beinahe zu verschwinden schien. War sie bereit für die Aufgaben, die er für sie vorgesehen hatte? Manche Verletzungen gruben sich so tief in die Seele, dass es Jahre dauern konnte, bis sie heilten. Niemand verstand das besser als Campanard.

Olivier saß ihr gegenüber. Zwischen den beiden auf dem Tisch stand eine schlanke Vase mit drei roten Kamelien.

»Ich sehe, Sie waren bei den Gewächshäusern, Olivier?«

Der junge Polizist grinste. »Was hat mich verraten?«

»Und Sie, Madame Delacours? Haben Sie Ihren ersten Tag als Nase in Ausbildung gut hinter sich gebracht?«

»Ich hoffe es. Am Ende bin ich dort ohne speziellen Hintergrund in der Parfümerie doch eine Außenseiterin. Die anderen Teilnehmenden haben in irgendeiner Form relevante Erfahrung in dem Bereich.«

»Da möchte ich widersprechen. Ihre Erfahrung ist nur anderer Art. Ich würde sogar sagen, wertvoller, wenn es darum geht, Emotion in einen Duft zu gießen.«

»Duft ist Emotion.« Ihre Miene wirkte plötzlich abwesend. »Das habe ich heute schon mal gehört.«

»Wollen Sie uns gleich berichten, was Sie heute erlebt haben?« Er hob den Zeigefinger und stellte eine Papiertüte auf den Tisch. »Aber bitte, nehmen Sie sich noch von diesen Navettes. Von meiner Lieblingsbäckerei. Ich dachte, so macht unsere Besprechung mehr Freude.«

Delacours blinzelte verwirrt. »Vielleicht später, merci. Ich habe heute schon einen ziemlich sättigenden Streifzug durch die provenzalische Küche unternommen.«

»Ah, merci, Chef!« Olivier fasste in die Tüte und nahm sich drei Navettes heraus. »Hab heut noch gar nichts Richtiges gegessen.«

Martine betrat den Raum und servierte ihnen dampfenden Tee.

»Lassen Sie ihn sich schmecken, Commissaire.«

»Sehr freundlich, vielen Dank.«

Entzückt huschte Martine wieder hinaus, während Delacours ihr verdutzt hinterherblickte.

Campanard goss Delacours, Olivier und sich selbst Tee ein und nahm dann einen kleinen Schluck.

»Was haben Sie erlebt, Delacours?«

»Das Programm hat damit geworben, dass Sentir dort unterrichtet. Nach seinem Tod hat sogar jemand abgesagt.« Sie musterte Campanards Miene. »Aber das wussten Sie, nicht wahr?«

»Unsere Gelegenheit, Sie dort einzuschleusen. Olivier hat ein ziemlich charmantes Motivationsschreiben verfasst, muss ich sagen.«

»Das stimmt, ich habe es gestern in den Unterlagen gesehen.« Sie wandte sich Olivier zu. »Es war sehr unterhaltsam.«

Der Inspecteur grinste breit.

»Aber nun zu den Bekanntschaften, die ich gemacht habe. Der Directeur des Programms ist gleichzeitig im Management von Fragonard, Charles Josserand. Haben Sie ihn befragt?«

»Selbstverständlich, wieso?«, fragte Campanard.

»Er hat Sentir einen Freund genannt. Aber ich hatte das Gefühl, dass es nicht die ganze Wahrheit ist.«

Campanard tauschte einen vielsagenden Blick mit Olivier.

»Seine Befragung war … nichtssagend. Sentir war das kommerzielle Zugpferd. Er hat dazu beigetragen, dass Josserand jährlich fette Boni auf sein Konto gespült bekam und natürlich die Leitung des Instituts. Dementsprechend hatte er nur Gutes zu berichten, wie alle anderen auch. Am Abend des Mordes sei er zuerst kurz bei der Premiere von *Oase de Nuit* in Mougins gewesen, dann habe er sich nicht wohlgefühlt und sei nach Hause gefahren. Seine Haushälterin hat das bestätigt.«

»Eine *Haushälterin*? Wer in Gottes Namen hat heutzutage noch eine Haushälterin?«, fragte Delacours verblüfft.

»Wenn man wohlhabend genug ist, dann ist alles möglich«, ergänzte Olivier. »Josserand unterhält übrigens auch eine Gärtnerin und einen Koch.«

»Ich kann nur sagen, ich hatte den Eindruck, dass da noch mehr ist. Wenn es beruflich keinen Streit gab, dann vielleicht privat?«

»Josserand ist seit zehn Jahren geschieden. Und augenscheinlich«, Campanards Augen blitzten für einen Moment amüsiert auf, »genießt er das in vollen Zügen.«

»Und Sentir?«, fragte Delacours. »Lebte er in einer Beziehung?«

»Eine gute Frage. Wir tendieren zu Nein, zumindest gab es niemanden, den er in der Öffentlichkeit präsentiert hat. Einerseits hat er das Rampenlicht ausgekostet, andererseits aber sein Privatleben komplett von der Öffentlichkeit abgeschirmt.«

»Ich hatte den Verdacht, dass es etwas gibt, was er nicht in den Medien sehen will. Aber vielleicht war er auch einfach allein«, ergänzte Olivier.

»Vielleicht kommt mir ja was zu Ohren. Jedenfalls hat Josserand einen ziemlichen Clou verkündet. Ein berühmter Parfümeur namens Duchapin wird anstelle von Sentir unterrichten.«

Olivier warf Campanard einen alarmierten Blick zu, den dieser ignorierte.

»Haben Sie ihn gesehen?«, fragte der Inspecteur.

Delacours neigte den Kopf. »Er hat mir sogar eine Art Privatlektion an der Duftorgel erteilt. Commissaire, er ist«, sie schien für einen Moment rot zu werden, »eigenwillig. Seine Art, sein Auftreten, alles.« Sie hob die Hände und ließ sie auf ihre Schenkel fallen.

»Er ist einer unserer Hauptverdächtigen«, erklärte Campanard ruhig. »Jede Information, die Sie uns über ihn liefern können, ist von größter Wichtigkeit.«

»Ein paar Aspekte sind mir aufgefallen. Zuerst ist da die Wahl seines Unterrichtsfachs. Er hat sich für eine anscheinend ziemlich antiquierte Methode der Duftstoffgewinnung entschieden, die Enfleurage. Das hat für Verwunderung gesorgt, zumindest bei einem meiner Klassenkollegen.«

Campanard beugte sich ein wenig vor. »Enfleurage, sagen Sie? In einem Bottich neben Sentirs Leiche wurde eine Enfleurage durchgeführt. Ebenfalls für *Lueur*, soweit ich informiert bin.«

Olivier runzelte die Stirn. »Anscheinend ist es diesem Duchapin wirklich egal, ob er sich verdächtig macht. Er fühlt sich wohl unangreifbar.«

»Und mir scheint, er liebt es, andere aus der Fassung zu bringen, mit ihnen zu spielen«, ergänzte Delacours.

»Chef, Sie wollten doch heute nach Mougins fahren, um Duchapin einen Besuch abzustatten?«

Campanard seufzte. Manchmal brachten gewisse Umstände, auf die er keinen Einfluss hatte, die eigene Planung durcheinander. In diesem Fall Umstände in Form der Polizeipräfektin Dalmasso, die ihn aufs Revier zitiert hatte, weil sie über alle Einzelheiten des von Campanard salopp *Projet Obscur* genannten Ermittlungsplans persönlich informiert werden wollte.

»Was du da planst, ist verdammt riskant, Louis«, hatte sie ihm gesagt.

»Das ist mir klar, Préfet. Die Alternative ist, dass wir diesen Mord nie aufklären. Mein Plan ist gewagt. Aber er kann gelingen.«

»Louis ...« Die Präfektin hatte ihm einen langen Blick geschenkt. »Ich hege durchaus Sympathien für deinen Plan. Er ist zwar unorthodox, aber ich teile deine Einschätzung, dass er zum Erfolg führen kann. Deshalb habe ich die nicht unbeträchtlichen Mittel dafür freigegeben. Meine Sorge gilt eher deiner Personalauswahl ...«

»Linda Delacours?«

»Sag mir, dass sie nicht nur ausgewählt wurde, weil du ihre Situation verstehst. Weil du selbst einmal ganz Ähnliches …«

»Sie ist die Richtige, Préfet!«, hatte er entschlossen erwidert.

Campanard besann sich.

»Ich werde morgen zu Duchapin nach Mougins fahren, es sei denn, er ist dann gerade bei Fragonard, um ihre Klasse zu unterrichten. Delacours?«

»Nein, morgen haben wir nur *Geschichte der Parfümerie*. Mir wäre ehrlich gesagt lieber, wir würden uns gleich in die Neurowissenschaften stürzen.« Sie schmunzelte kurz, wurde dann aber sofort wieder ernst. »Verzeihung, darum geht es natürlich nicht.«

»Doch, doch, auch.« Campanard lächelte. »Ihr Job ist es, uns einen Zugang zu dieser Welt und ihren Gesetzen zu verschaffen. Das ist für diesen Fall von Bedeutung.«

»Apropos bedeutsam.« Olivier wies auf die leuchtenden Blumen in der Vase. »Sentir war richtig besessen von denen.« Er berichtete kurz, was er draußen in den Gewächshäusern vor der Stadt von Madame Bernard gehört hatte.

»Lebensretterin«, brummte Campanard nachdenklich und strich sich über seinen Schnauzer. »Gewiss meinte er damit in Wahrheit mehr die Blumen als Madame Bernard.«

»Schön sind sie ja«, gab Delacours zu. »Ich habe mir die naturwissenschaftliche Seite von Sentirs Aussage angesehen, während wir auf Sie gewartet haben, nämlich, ob an der Blume medizinisch geforscht wird.«

»Aha, und?«

»Nun ja, die *Camellia japonica* wird in der traditionellen

chinesischen Medizin verwendet. Brauchbare Studien am Menschen gibt es allerdings nicht. Ein wenig Grundlagenforschung schon, die suggeriert, dass ein Extrakt der Wurzel leicht entzündungshemmend und antioxidativ wirkt. Als Lebensretter würde ich das nun nicht bezeichnen.«

»Außerdem geht es bei dieser Forschung nicht um die Blüten, geschweige denn deren Farbe«, ergänzte Olivier.

»Ich glaube nicht, dass Sentirs Wortwahl medizinisch gemeint war, aber gut, dass das abgeklärt ist.« Campanard seufzte. »Sentir hielt die rote, und zwar ausschließlich die rote Kamelie, die er für sein neues Parfum verwenden wollte, für eine Lebensretterin und wird dann inmitten ebendieser Blüten aufgefunden. Neben einem Bottich, in dem Enfleurage stattfand. Drum herum Scherben mit einem unbekannten Parfum, einem *Parfum Obscur* sozusagen.« Er rieb sich die Stirn. »Ich gebe zu, dass ich es noch nicht verstehe, aber das werden wir, ich glaube fest daran.«

Delacours musterte ihn aufmerksam, als wollte sie herausfinden, wie sehr er wirklich daran glaubte. Immerhin griff sie mit ihrer schlanken Hand jetzt doch in die Papiertüte mit den Navettes, holte eines heraus und biss eine Ecke davon ab.

Sie sah erstaunt auf. »Was ist da drin? Es schmeckt so ...«

»Das Geheimnis ist Orangenblütenextrakt.«

Delacours brummte genießerisch und schob sich den Rest des Navettes in den Mund.

»Das Parfum Obscur, Chef«, setzte Olivier fort. »Das Labor wollte sich doch heute melden ...«

»Und das hat es auch«, erwiderte Campanard. »Leider keine guten Nachrichten. Es bleibt dabei: Anhand der Reste des Parfums konnten sie nur Kakao und Schwarzschimmel identifizieren. Die anderen Inhaltsstoffe bleiben im Dunkeln.«

»Das klingt nicht unbedingt nach einem kommerziellen Duft, Commissaire.« Delacours schien nachzudenken. »Sind Sie denn sicher, dass wirklich ein Parfum in dem zerbrochenen Fläschchen war?«

»Das bin ich«, erwiderte Campanard. »Der Inhalt war flüchtig. Und für einen winzigen Moment konnte ich eine Spur davon riechen.«

Delacours nickte. »Dann gehe ich weiter die Liste bekannter Parfums durch.« Olivier seufzte. »Vielleicht gibt es ja doch eines, das Kakao und Schwarzschimmel enthält.«

»Darf ich eine Frage stellen, Commissaire?«

»Natürlich, Delacours.«

»Müssen wir unsere Ermittlungsergebnisse vor Martine geheim halten?«

»Natürlich werden wir sie nicht in die Ermittlungen miteinbeziehen. Aber sie war so freundlich, eine Einverständniserklärung zu unterzeichnen, dass sie weder über den Zweck Ihres Aufenthaltes noch über irgendetwas, das die Arbeit an diesem Fall betrifft, ein Wort verliert.«

»Und Sie vertrauen ihr?«

»Ganz und gar.«

»Ich frage nur, weil wir nicht auf dem Polizeirevier sind und ich gern eine Art *carte mentale* zeichnen würde. Eine Übersicht über die wichtigsten Fakten, die wir bei Bedarf ergänzen können. Ich kann aber nicht ausschließen, dass Martine sie zu Gesicht bekommt.«

»Gerne, Delacours, ein wenig Übersicht kann uns nicht schaden. Und machen Sie sich keine Sorgen wegen Martine, sie ist ganz und gar vertrauenswürdig. Olivier! Ich möchte, dass Sie sich Josserand noch einmal zur Brust nehmen. Finden Sie heraus, was hinter Delacours' Eindruck stecken könnte.

Gehen Sie weg von der Mordnacht und suchen Sie nach Hinweisen auf einen Streit oder eine Kränkung.«

Olivier nickte. »Gern, Chef. Er wird begeistert sein.«

Delacours richtete sich ein wenig auf. »Vielleicht könnte ich …«

»Nein, Sie konzentrieren sich bitte ganz auf Ihre Ausbildung. Dort sind Sie am wertvollsten für uns.«

»Natürlich.«

»Gehen Sie schon mal vor, Olivier, ich komme gleich nach.«

Olivier stand auf, nahm seine Jeansjacke und schenkte Delacours ein Lächeln.

»Viel Spaß in der Schule morgen«, erklärte er freundlich.

»Gute Nacht«, erwiderte Delacours und lächelte ebenfalls vorsichtig, ehe sie sich Campanard zuwandte.

»Wie geht es Ihnen?«, fragte der Commissaire, sobald Olivier den Raum verlassen hatte.

Das Licht der untergehenden Sonne brachte Delacours' elfenhaftes Gesicht zum Leuchten. Sie schlug die Augen nieder, dann lächelte sie wieder.

»Um ehrlich zu sein, ich bin richtig erschöpft. Aber auf gute Art. So einen interessanten Tag hatte ich schon lange nicht mehr.«

Erleichterung machte sich in Campanard breit. »Gehen Sie es langsam an. Niemand verlangt, dass Sie uns am ersten Tag den entscheidenden Hinweis liefern.«

Bitte übernehmen Sie sich nicht, hätte er gern gesagt, aber seiner Erfahrung nach half so eine Ansage nicht unbedingt, das Selbstbewusstsein einer Person zu stärken.

»Hatten Sie denn auch ein wenig Spaß heute?«

»Ist das dienstlich relevant, Commissaire?«

»Nennen wir es einen angenehmen Nebeneffekt.«
»Nun, ich glaube, ich habe eine Freundschaft geschlossen.«
»Ausgezeichnet!«
Er erhob sich und nahm seinen Hut. »Dann wünsche ich Ihnen einen wunderbaren Tag morgen.«

KAPITEL 7
PALAST DER DÜFTE

Wenn es etwas gab, das Campanard nicht mochte, dann war es Auto fahren. Es erschloss sich ihm einfach nicht, warum jemand eine Blechkiste besitzen wollte, die so viel Zeit und Geld in Anspruch nahm und noch dazu dem Schutz der Umwelt nicht unbedingt zuträglich war. Natürlich verstand er, dass viele Menschen auf ihr Auto angewiesen waren; aber er freute sich, nicht in dieser Art von Abhängigkeit gefangen zu sein. Für weitere Strecken nahm er den Zug, kurze Strecken ging er zu Fuß. Und für alles, was dazwischenlag, hatte er eine besondere Lösung parat, die perfekt in die Hügel von Grasse passte: sein schwarzes E-Bike. Es war eine Spezialanfertigung, denn die Standardmodelle waren für einen Mann von Campanards Ausmaßen nur bedingt geeignet.

Dafür hatte er das kleine Geschäft eines jungen Ehepaars aufgesucht, ehemalige Investmentbanker aus Paris, die ihr Leben von Grund auf umgekrempelt hatten und nun in Grasse Fahrräder bauten. Für ein stolzes Sümmchen hatten sie genau das E-Bike gebastelt, das Campanard sich vorgestellt hatte. Besonders hohe 30-Zoll-Räder, extra breite Reifen für gute Stabilität und ein bequemer, lang gezogener Sitz, der dem eines Motorrads ähnelte und unter dem ein Akku mit besonders viel Power verbaut war. Während herkömmliche E-Bikes bergauf mehr oder minder nur eine Trethilfe waren, konnte Campanards Sonderanfertigung ohne sein Zutun an die dreißig Kilometer pro Stunde erreichen. So cruiste er lautlos und abgasfrei durch die provenzalische Landschaft und kam praktisch überallhin.

Nachdem er seinen Morgenkaffee getrunken und im Schatten seines Orangenbaums die Zeitung gelesen hatte, schob er das Fahrrad aus seiner kleinen Garage und fuhr los.

»Bonjour, Commissaire«, rief die Nachbarin von gegenüber und winkte ihm. Campanard winkte zurück.

Mougins lag auf dem direkten Weg zwischen Cannes und Grasse. Campanard konnte sich gemütlich den Berg hinunterrollen lassen und dabei das frühlingshafte Grün von Pinien, Zypressen, Ginster und Stieleichen genießen.

Das kreisrunde Steindorf ruhte wie eine Krone auf der Kuppe eines Hügels. Campanard gefiel es hier. Es ging noch ein wenig ruhiger zu als in Grasse, da die meisten Touristen von Cannes aus direkt in die Hauptstadt des Parfums fuhren, ohne in Mougins haltzumachen. Der Ort zog meist nur zwei Arten von Menschen an: Künstler, wegen des sagenumwobenen besonderen Lichts, und Golfer, die den weitläufigen Golfplatz mit Meerblick außerhalb der Altstadt schätzten.

Campanard verstand, warum Duchapin sich hier im Umland niedergelassen hatte: Ruhe und Abgeschiedenheit in absoluter Nähe zu Grasse. Und falls ihm mal der Sinn nach Partys im Kreis der Hautevolee stand, war Cannes auch rasch zu erreichen.

Der Commissaire genoss die harzige Luft, die ihm ins Gesicht wehte, während er in eine schmale Straße einbog, die durch ein schattiges Wäldchen führte. Das laute Zirpen der Zikaden übertönte das leise Surren des Elektromotors. Nach ein paar Minuten lichtete sich der Wald ein wenig. Campanard erblickte ein schmiedeeisernes Tor, das zu einem

Anwesen in Hanglage führte. Dahinter erstreckte sich ein weitläufiger mediterraner Garten, der mit Marmorstatuen durchsetzt war, die Szenen aus der antiken Mythologie nachstellten.

Campanard stieg ab und schob sein Rad die letzten Meter zum Tor, während eine Kamera seinen Bewegungen folgte. Er suchte vergeblich nach einer Klingel, dann griff er in die Innentasche seines Leinensakkos und hielt seinen Dienstausweis direkt in die Kamera.

»Commissaire Campanard, Commissariat de Police de Grasse. Öffnen Sie bitte die Tür, Monsieur Duchapin.«

Nichts passierte. Die Kamera blieb auf ihn gerichtet, als würde sie auf etwas warten.

Campanard zuckte mit den Schultern. »Ich wollte nur mit Ihnen reden ... Aber dann werde ich wohl wieder fahren und ein paar meiner Kollegen schicken, die Ihr Anwesen durchsuchen.« Natürlich war das ein Bluff. Er hatte keinen Durchsuchungsbeschluss. Aber egal von welchen Staranwälten Duchapin betreut wurde – und Campanard war überzeugt, dass es nur die besten waren –, sie konnten nicht wissen, dass eine interne Prüfung des Sachverhalts keinen triftigen Grund liefern würde, um eine Hausdurchsuchung zu genehmigen.

»Drei«, sagte Campanard ruhig und hielt ebenso viele Finger in die Höhe. »Zwei. Eins ...«

Er wollte gerade sein E-Bike wenden, als ein leises Surren erklang und sich das Tor wie von Geisterhand öffnete.

»Na also«, brummte er lächelnd und schob sein Fahrrad durch die Tür. Er lehnte es gegen eine Steinmauer, dann ging er weiter die Zufahrtsstraße hinauf.

Soweit er erkennen konnte, zeigten alle Marmorstatuen Szenen aus Ovids *Metamorphosen*. Sonnengott Apoll, der der

Nymphe Daphne folgte, während diese sich schon halb in einen Lorbeerstrauch verwandelt hatte, um sich ihm zu entziehen. Jupiter, der der jungen Io nachstellte. Jupiter, der sich in einen Adler verwandelte, um den jungen Ganymed emporzuheben. Narziss, der selbstverliebt über einem Wasserbecken kauerte, um sein Spiegelbild zu bewundern.

Überall war das Murmeln von Wasser zu hören. Es sprudelte den Hang hinab und sammelte sich in rechteckigen Becken, in denen, soweit Campanard es sagen konnte, die violetten Blüten des echten Lotus blühten. Ansonsten gab es in Duchapins Garten hauptsächlich mediterrane Pflanzen, die auch für die Duftgewinnung eine Rolle spielten. Über drei Steinbeete hinweg hatte er unterschiedlichste Lavendelsorten angepflanzt, durchsetzt von mannshohen weißblühenden Rosmarinstauden. Es gab einen Zitronenhain, wobei Campanard nicht sicher war, ob er nicht aus den Bäumen unterschiedlicher Zitrusfrüchte bestand. Außerdem entdeckte er einen Steingarten, in dem Thymian blühte, sowie eine Gruppe Mimosenbäume, deren Artgenossen die Hänge der Cote d'Azur im Spätwinter in leuchtendes Gelb tauchten.

Dieser Garten verlockte dazu, sich auf eine der sonnenwarmen Steinbänke zu setzen und ihn einfach auf sich wirken zu lassen. Der Commissaire musste sich konzentrieren, um die Schönheit der Umgebung nicht zu sehr zu genießen. Immerhin war er nicht zum Vergnügen hier. Leider.

Oben angelangt, im flachen Teil des Gartens, erblickte er einen Infinitypool, der mit den blauen Weiten des Mittelmeers zu verschmelzen schien. Daneben lud eine mit Blauregen überwucherte Veranda mit schwarzem Granitboden zum Verweilen ein. Dahinter befand sich das eigentliche Haus, das mit seinen Steinmauern vage an eine toskanische

Landvilla erinnerte, aber mit einer modernen Glasfront ausgestattet war.

Campanard sah sich einen Moment lang um und ließ seinen Blick über die Umgebung schweifen.

»Erscheinen Sie immer ungebeten, Commissaire?«

Campanard drehte sich um. Duchapin trat durch eine Glastür auf die Veranda hinaus, er trug Shorts aus grau kariertem Flanell und ein schwarzes T-Shirt.

»Monsieur Duchapin!« Campanard stieg auf die Veranda hinauf und reichte dem Parfümeur die Hand.

Dieser betrachtete sie einen Moment misstrauisch, ehe er sie ergriff und kräftig drückte.

»Ich hoffe, ich habe Sie nicht gerade beim Sport gestört.«

»In der Tat, das haben Sie.« Duchapins dunkle Augen wirkten alles andere als freundlich.

»Was machen Sie? Krafttraining?«

»Ist das bereits Bestandteil Ihres Verhörs, Commissaire?«

»Reine Neugier.«

Duchapin schnaubte abfällig. »Setzen wir uns.«

Er zeigte auf eine Garnitur gepolsterter Peddigrohrsessel vor einem Glastisch, der im Verhältnis zum Haus und der Terrasse zu klein wirkte. Als wollte Duchapin seinen Gästen besonders nah sein.

»Was trinken Sie, Commissaire? Nicht, dass Sie mich wegen schlechter Manieren verhaften …«

»Sodawasser mit Zitrone, das Beste an einem heißen Tag.«

Duchapin ging zu einer modernen Außenküche, welche die Seitenwand der Veranda bildete, und öffnete einen Kühlschrank. Wenig später brachte er Campanard das gewünschte Getränk mit frischem Eis. Er selbst schenkte sich lang gereiften kubanischen Rum ein, setzte sich und nahm einen kleinen Schluck. Merkwürdig, Campanard hatte immer geglaubt, Nasen würden generell einen großen Bogen um Alkohol machen.

»Also, Commissaire Campanard, was kann ich für Sie tun?«

»Ich dachte mir, ein Gespräch hier sagt Ihnen vielleicht mehr zu als auf unserem Polizeirevier. Zumindest haben Ihre Anwälte suggeriert, dass Sie sich dort nicht allzu wohlfühlen.«

»Meine wertvollste Ressource ist meine Zeit«, erklärte Duchapin. »Mit solchen Belanglosigkeiten kann ich mich nicht abgeben.«

»Dann will ich diese Ressource nicht überstrapazieren und zur Sache kommen«, erklärte Campanard freundlich.

»Sie wollen also wissen, wo ich an dem Abend war, an dem Éric starb?«

»Natürlich auf der Premiere von *Oase de Nuit*. Aber als Fachmann können Sie mir vielleicht erklären, was Sentir so extrem erfolgreich gemacht hat.«

Duchapin blinzelte, dann nahm er wieder einen Schluck. »Diese Frage lässt sich nur jenseits meiner Expertise beantworten.«

Campanard nahm seine Sonnenbrille ab. »Erklären Sie mir das.«

»Éric war sehr erfolgreich in der bunten Welt der sozialen Medien und tauchte auf jeder Party auf, solange es dort eine Kamera gab. Aber warum er dort reüssiert hat, kann ich nicht erklären.«

»Nicht Ihre Welt, hm?«

Duchapin runzelte die Stirn. »Mich kollektiv zum Affen machen und meine Kunst ins Lächerliche ziehen? Nein, Commissaire, das ist nicht meine Welt.«

»Die Duftkreation ist für Sie also eine Kunst? Ist sie nicht eher eine Art Handwerk?«

Mit der Bemerkung hatte er Duchapin ein wenig aus der Reserve locken wollen, dieser blieb aber völlig ruhig.

»Sie ist beides. Genau wie bei der Malerei, der Musik und auch dem Schreiben ist unklar, wo das eine endet und das andere beginnt.«

Campanard nickte. »Ich verstehe. Ganz generell, mir scheint, Monsieur Sentir und Sie waren sehr unterschiedliche Charaktere.«

»Wir hatten nicht viel miteinander zu tun.«

»Da mögen Sie recht haben. Auf jeden Fall war er in jener Nacht nicht bei der Premiere von *Oase de Nuit*, wenn ich richtig informiert bin.«

»Tatsächlich war er eingeladen, aber er ist nicht gekommen.«

»Wissen Sie noch, wann er abgesagt hat?«

»Nicht genau, aber es war kurzfristig. Er stand noch auf der Gästeliste. Er gab keine Begründung an.«

»Verstehe. Wenn Sie beide sich doch einmal begegnet sind, wie hat er dann auf Sie gewirkt?« In einer nahen Zypresse begann ein Vogel zu zwitschern. Keine seiner Strophen ähnelte der anderen, als würde er seinem Publikum Abwechslung bieten wollen.

Duchapin neigte ein wenig den Kopf, dann streckte er die Beine aus und lehnte sich zurück. Campanard konnte es ihm nicht verdenken. Diese gepolsterten Stühle waren geradezu obszön bequem.

»Penetrant«, erklärte Duchapin. »Ein schrilles Lachen, das durch Mark und Bein ging. Kindisch. Eitel.«

Campanard lachte. »Bei Fragonard hatte ich eher das Gefühl, Monsieur Sentir sei Genie und Heiliger in einer Person gewesen.«

»Im Gegensatz zu denen hatte und habe ich ihn nicht nötig. Fragonard war der Junkie, Éric das Kokain.«

»So könnte man es wohl sehen, wenn man bedenkt, dass sein Parfümtriptychon inklusive der Vorbestellungen von *Lueur* bereits zwanzig Prozent der Gesamtumsätze von Fragonard ausmacht ... Wie hießen die anderen beiden noch?«

Duchapin hob eine Hand. »Hören Sie, Commissaire, der kleine Vogel gibt Ihnen einen Tipp.«

Campanard blinzelte, dann lauschte er dem Gesang des Vogels. »Ah, eine Paruline orphée, die Orpheusgrasmücke. Natürlich, eines hieß *Orphée* und das zweite *Persephone*.«

»Orpheus, Persephone, Lichtschein.« Duchapin grinste. »Wer Éric kannte, hätte ihm diese Dramatik gar nicht zugetraut. Höchstens Melodramatik.«

»Haben Sie ein Faible für Ornithologie?«

»Ich habe ein Faible für die Gesamtheit eines Sinneseindrucks. Dafür muss man sich mit jeder einzelnen Komponente befassen. Das ist mein Metier. Ich könnte mir diesen Moment bis ins kleinste Detail einprägen, das Gespräch zwischen uns beiden, diesen Garten, das Haus, die Farbschattierung des Bläulings auf der Mandarinenblüte dort hinten, den Gesang der Paruline orphée, das Gefühl der kühlen Granitsteine unter meinen Füßen. Ich könnte versuchen, das alles in einen Duft zu gießen, der, wenn er gelingt, ausreicht, um all diese Eindrücke jederzeit wiederauferstehen zu lassen.«

»Das klingt geradezu poetisch. Aber ob ein Duft allein all das zu leisten vermag?« Duchapin sah ihn lange an. Campanard besaß nicht Delacours' Talent, aber einen Moment lang schien es ihm, als würde es in Duchapins Innerem brodeln. »Was Sentir anbelangt ...«

Duchapin unterbrach ihn mit einer Handbewegung. »Unser Gespräch ist ein wenig zu einseitig geworden«, erklärte er und strich über seinen Bart. »Lassen Sie mich die Waage ein wenig ausgleichen.«

»Monsieur Duchapin.« Campanard suchte kurz nach den richtigen Worten. »Auch wenn ich die anregenden Inhalte unseres Gesprächs durchaus schätze, Sie sollten nicht vergessen, dass es sich um eine polizeiliche Befragung handelt.«

Duchapin richtete sich auf. »Dann muss ich Sie bitten zu gehen!«

»Ich glaube, Sie verstehen die Dringlichkeit der Angelegenheit nicht.«

»Ich verstehe sehr genau, Commissaire Campanard. Sie haben gar nichts. Es gibt keine rechtlichen Gründe, mittels derer Sie mich zu einer Befragung zwingen könnten. Der von Ihnen erwähnte Durchsuchungsbeschluss: Viel Glück dabei. Meine Anwälte werden die Bewilligung so lange hinauszögern, dass ich in der Zwischenzeit das Haus abreißen und wiederaufbauen könnte. Also, Commissaire, wenn Sie diese Befragung fortsetzen möchten, dann darf ich ab jetzt für jede Frage, die Sie mir stellen, eine an Sie richten. Quid pro quo. Ansonsten muss ich Sie bitten, unverzüglich mein Anwesen zu verlassen.«

Seine sonst sehr kontrollierte Stimme war bei den letzten Worten ein wenig lauter geworden.

Dummerweise hatte Duchapin recht. Er konnte ihn zu nichts zwingen.

»Wie Sie wünschen.«

»Ich beginne.« Duchapin leerte sein Glas in einem Zug und

schenkte sich nach, dann stand er auf und ging auf Campanard zu. Der Commissaire widerstand der Versuchung aufzuspringen und blieb mit entspannter Miene sitzen.

Duchapin blieb direkt neben ihm stehen. Campanard war es nicht gewohnt, dass Leute auf ihn herabsehen konnten, und es behagte ihm ganz und gar nicht. Aber er dachte nicht daran, Duchapin die Genugtuung zu bereiten, ihm das zu zeigen.

Eine Weile betrachtete der Parfümeur ihn reglos, dann beugte er sich zu ihm herunter, bis sein Gesicht direkt neben Camapanards Hals war, und sog prüfend die Luft ein.

Einen Moment später hatte er sich wiederaufgerichtet und schlenderte zu seinem Stuhl zurück.

»Wenn das eine Frage war, dann eine etwas seltsame, wie ich gestehen muss.«

»Ein Eau de Cologne«, erklärte Duchapin. »Kein kommerzieller Duft, etwas Individuelles, Kopfnote Grapefruit, Herznote Jasmin, Basisnote Pinienharz. Warum haben Sie sich für diesen Duft entschieden, Commissaire?«

Campanard nahm einen kleinen Schluck von seinem Zitronensoda. »Er stammt aus einer kleinen Parfümerie in Grasse. Die reizende Mitarbeiterin dort hat mir mein ganz persönliches Parfum gemischt. Sie ließ mich bei Kopf-, Herz- und Basisnote aus unterschiedlichen Düften wählen, bis wir etwas hatten, dass ihrer Meinung nach harmonierte.«

Duchapin hob das Kinn und lächelte. »Sie sind dran, Commissaire.«

Einen Augenblick lang war Campanard versucht, ihn nach dem Parfum Obscur und den beiden Inhaltsstoffen, die sie identifiziert hatten, zu fragen. Aber wenn Duchapin etwas mit dem Mord oder dem Parfum zu tun hatte, dann hätte er ihn damit nur gewarnt. Also würde er es ein wenig anders angehen müssen.

»Wenn wir schon bei Düften sind: Sentir ist tot … und plötzlich ist *Oase de Nuit* der größte Topseller bei Fragonard. Sie haben von Sentirs Tod vermutlich am meisten profitiert. Ein Mann mit Ihren Mitteln hätte den Mord an ihm einfach in Auftrag geben können, nicht wahr?«

»Warum hätte ich das tun sollen? Mein neuer Duft hätte den von Éric sowieso in den Schatten gestellt. Und, Commissaire, wirkt das, was Sie gesehen haben, wie das Werk eines Auftragskillers? In der Zeitung stand, es hätte keinerlei Spuren von Gewalt gegeben. Érics Tod war womöglich bloß … ein Missgeschick.«

»Oder vielleicht haben Sie einfach einen, sagen wir, nicht ganz perfekten Mörder engagiert. Einen, der eigentlich vorhatte zu vertuschen, dass es sich überhaupt um einen Mord handelt – und dann den einen oder anderen Fehler begangen hat, wie den Bottich von außen zu schließen.«

»Sie verfügen über eine lebhafte Fantasie. Doch nun bin ich wieder dran, Commissaire Campanard.« Duchapin lächelte. »Beschreiben Sie mir, wie es dort war, wo Sie aufgewachsen sind.«

»Wieso möchten Sie das wissen? Bestimmt kennen Sie interessantere Menschen als mich.«

»Antworten Sie oder gehen Sie.«

»Ich komme aus Sisteron. Ein kleines Dorf am Ufer der Durance, direkt an den Klippen des Rocher de la Baume. Liegt etwa hundert Kilometer landeinwärts von hier. Es ist ein mittelalterliches Städtchen. Ich habe dort in einem alten Steinhaus am Fluss bei meiner Großmutter gelebt. Sie betrieb einen kleinen Weingarten und arbeitete bei der Post.«

Duchapin schloss kurz die Augen, dann nickte er unmerklich.

Campanard wartete und fixierte Duchapin mit seinem Blick.

»Wer außer Ihnen hätte Grund, Sentir zu ermorden?«

Duchapin lächelte. »Vielleicht gehen Sie von den falschen Voraussetzungen aus. Zum Beispiel, dass Sentirs Mörder einen logischen Grund brauchte. Aber ich werde versuchen, Ihre Frage zu beantworten … Auf der Premiere von *Oase de Nuit* habe ich ein interessantes Gespräch mit Violaine Clanchy geführt. Sie leitet die Kreativabteilung von Paco Rabanne. Ihre Firma hatte in den letzten Jahren ein glückliches Händchen dabei, einige weniger kommerzielle Düfte an den breiten Markt heranzuführen. Sie machte mir ein ausgesprochen verlockendes für den Fall, dass ich den nächsten Duft mit ihnen statt mit Fragonard entwickle. Das ist für Sie nicht wirklich von Belang, Commissaire, aber was mir Madame Clanchy noch erzählte, vielleicht umso mehr: Sie meinte, Éric Sentir habe bereits einen ähnlichen Vertrag mit Dior unterschrieben.«

Campanard lehnte sich nach vorn. »Sentir wollte Fragonard verlassen?«

»Wenn Sie mich fragen, wollte er sich beide warmhalten. Ich habe allerdings keine Ahnung, ob jemand davon wusste.«

»Und Sie? Werden Sie das Angebot von Paco Rabanne annehmen?«

Duchapin grinste. »Ich bin dran, Campanard.« Er streckte sich ausgiebig. »Sie haben erzählt, wo Sie aufgewachsen sind. Beschreiben Sie mir einen Moment Ihrer Kindheit dort, in dem Sie wirklich glücklich waren.«

»Warum ist das von Interesse?«

»Sagen wir ... für eine kleine Demonstration.«

Campanard zögerte einen Moment, aber ihm fiel kein Grund ein, wie Duchapin sich dieses Wissen zunutze machen konnte.

»Als kleiner Junge, nun, klein nur im Sinne des Alters, hatte ich Probleme in der Schule. Legasthenie. Damals wusste noch kaum ein Lehrer darüber Bescheid, also hielten mich viele für dumm. Nicht so meine Großmutter. Mit ihrem Ersparten finanzierte sie mir eine Spezialausbildung bei einem Legasthenietrainer in Cannes. Ich fuhr jedes Wochenende mit dem Bus hin und arbeitete hart an mir. Noch heute muss ich mich beim Lesen und Schreiben mehr konzentrieren als andere. Aber ich lernte, es zu einer Stärke zu machen, im Vergleich zu meinen Mitschülern mehr Details wahrzunehmen. Einmal kam ich mit meinem Zeugnis nach Hause. Ich glühte förmlich vor Stolz und überreichte es meiner Großmutter. Sie hatte in ihrem alten Steinofen einen Apfelkuchen gebacken. Sobald sie sah, dass ich in Französisch achtzehn von zwanzig Punkten erreicht hatte, berührte sie mich mit ihrer weichen, faltigen Hand an der Wange, dann schloss sie mich in die Arme und sagte mir unter Tränen, wie stolz sie auf mich war.«

Duchapin betrachtete ihn, ohne eine Regung zu zeigen. Hinter seiner Stirn schien es zu arbeiten, aber Campanard hatte keine Ahnung, woran.

»Letzte Frage, Commissaire. Schließlich wollen wir irgendwann zu einem Ende kommen.«

»Wissen Sie, ob Sentir Single war? Oder gab es Gerüchte über irgendwelche Liebschaften?«

»Glauben Sie mir, wenn Éric mit mir über sein Liebesleben hätte sprechen wollen, ich hätte auf dem Absatz kehrtgemacht und wäre gegangen.«

»Ich habe nicht gefragt, ob Sentir Ihnen etwas erzählt hat.« Campanard hob den Zeigefinger und grinste. »Sondern ob Sie etwas *gehört* haben.«

Duchapin dachte nach. »Von einer richtigen Beziehung habe ich nichts gehört. Ich bin aber ziemlich sicher, dass Éric sich mit einer gewissen Art von Frauen vergnügt hat.«

»Einer gewissen Art?«

Duchapin lächelte milde. »Auf eine gewisse Art von Frauen wirkte sein Ruhm wie ein Haufen Dung auf Schmeißfliegen.«

»Was für ein überaus charmantes Bild.«

Duchapin zuckte mit den Schultern. »Mir fehlt die Vorstellungskraft, was diese Damen sonst an ihm gefunden haben sollten. Auf Partys sah man ihn immer wieder mal flirten. Ob er später sein Interesse verlor oder die betreffenden Damen …« Er zuckte mit den Schultern.

»Und Sie selbst, Monsieur?«

»Keine weiteren Fragen, Campanard. Sie sind mir jederzeit wieder willkommen, sofern Sie einen Durchsuchungsbeschluss bei sich haben.«

Campanard presste die Lippen zusammen. »Dann bedanke ich mich für das Gespräch.« Er schenkte Duchapin ein vielsagendes Lächeln. »Vorerst.«

Duchapin erhob sich geschmeidig aus seinem Stuhl. »Wenn Sie noch ein wenig Zeit zu erübrigen haben, ich möchte Ihnen noch etwas mitgeben.«

»Vielen Dank, aber ich bin Polizist. Schon der Anschein der Befangenheit genügt, um meine Arbeit in ein schiefes Licht zu rücken.«

»Keine Sorge, Commissaire. Was ich Ihnen mitgebe, besitzt keinen Wert, keinen monetären jedenfalls. Warten Sie hier.«

Duchapin schob die Terrassentür auf und verschwand in seinem Haus. Verdutzt blieb der Commissaire sitzen und versuchte seine Eindrücke zu sortieren. Die Orpheusgrasmücke zwitscherte noch immer vor sich hin. Das Brummen der Bienen und Hummeln und das ferne Zirpen der Zikaden drangen mit den Düften aus Duchapins Garten in sein Bewusstsein.

Campanard hatte bei seinen Verhören immer schon einen informellen Stil gepflegt. Aber ein Gespräch wie dieses hier war ihm in seiner bisherigen Laufbahn noch nicht untergekommen. Er würde Zeit brauchen, um seine Gedanken zu ordnen, die Details festzuhalten, zu sehen, was er daraus machen konnte.

Benommen erhob er sich, dann folgte er Duchapin vorsichtig ins Haus.

Als seine Augen sich an die Dunkelheit gewöhnt hatten, fand er sich in einem modernen Wohnraum wieder: luxuriöse Designercouch, gemauerter Kamin, stilvolle Bücherregale aus dunklem Holz, üppige Zimmerpflanzen in Marmortöpfen unterschiedlichster Formen.

Einen umwerfenden Blickfang bildete das riesige Süßwasseraquarium. Im Inneren lagen große, harmonisch angeordnete Steine, die von kleeartigen Wasserpflanzen überwachsen waren. Campanard erkannte darin eine besondere Kunstform der Aquaristik namens *Iwagumi*, von der er mal irgendwo gelesen hatte. Selbst der Schwarm rötlich schimmernder Fische fügte sich perfekt in die Unterwasserlandschaft ein.

Nichts in diesem Raum deutete auf Duchapins Beruf hin.

Eine gewundene Steintreppe führte sowohl ins obere Stockwerk als auch nach unten. Campanard stieg die Stufen hinab, bis er eine geschlossene Holztür erreichte. Er wollte gerade die Hand nach dem Messingknauf ausstrecken, als sie von innen aufgezogen wurde. Duchapin wirkte wenig überrascht, trat durch die Tür und schloss sie rasch wieder hinter sich, sodass Campanard nur einen kurzen Blick in einen länglichen Raum voller Holzregale werfen konnte.

»Haben Sie sich verlaufen, Commissaire?«

Campanard senkte den Blick ein wenig, um Duchapin in die Augen zu sehen, und grinste. »In der Tat. Ich Tollpatsch.«

Er folgte Duchapin zurück auf die Terrasse. »Dann werde ich jetzt wohl aufbrechen.«

Duchapin nickte finster. »Leider verstehen Sie rein gar nichts von meiner Kunst, Commissaire. Sie beträufeln sich mit etwas, das eher billigem Raumerfrischer als einem Parfum ähnelt, und lachen über die Möglichkeit, dass jemand einen Moment mit all seinen Eindrücken in einen Duft gießen könnte. Ich hoffe, die Beschränktheit Ihres Horizonts macht Sie glücklich, Campanard.«

»Aber ja«, erwiderte der Commissaire unbeeindruckt. »Ich sonne mich in der Ignoranz, dass die Welt aus mehr als Parfums besteht.«

Er nahm seine Sonnenbrille vom Tisch und setzte sie auf.

»Meinen Sie?« Duchapin wirkte amüsiert, dann reichte er Campanard ein winziges braunes Glasfläschchen. »Es wird nur für einmal reichen, Commissaire. Ich würde Ihnen empfehlen, es an einem ungestörten Ort zu öffnen.«

Campanard betrachtete das Fläschchen in Duchapins Hand einen Moment lang, dann nahm er es entgegen und steckte es in die Innentasche seines Sakkos.

»Auf Wiedersehen, Monsieur Duchapin.«

KAPITEL 8
EIN HAUCH VERGANGENHEIT

Campanard fuhr nach Hause. Später würde er wieder zum Polizeirevier spazieren, doch vorher brauchte er noch etwas Zeit, um seine Eindrücke zu ordnen. Sein über alles geliebter Garten kam ihm auf einmal seltsam klein vor. Zu stark hatte sich der Anblick von Duchapins Anwesen eingeprägt.

Nachdenklich setzte Campanard sich an seinen Gartentisch und betrachtete die Blütenköpfe seiner Delbard-Rosen die sanft im Wind schaukelten, und trommelte abwesend mit den Fingern auf die Tischplatte. Das Rauschen der Blätter des Orangenbaums über ihm half ihm, sich zu konzentrieren.

Er musste mit den Forensikern sprechen. Dringend.

Als sich seine Eindrücke nach und nach setzten, griff er in die Innentasche seines Sakkos und holte das Fläschchen heraus, das Duchapin ihm mitgegeben hatte. Es war so klein, dass es zwischen Campanards breiten Fingern beinahe verschwand. Gerade mal der Boden war mit einer farblosen Flüssigkeit bedeckt.

Würden die Scherben genauso aussehen wie bei seinem Parfum Obscur, wenn es zerbrach? Gut möglich. Andererseits fand man Fläschchen dieser Art in jeder Apotheke, jedem Drogeriemarkt.

Einen Moment lang überlegte er, sich die Flüssigkeit auf die Haut zu träufeln, wie man es bei einem neuen Parfum tun würde. Aber vielleicht hatte Duchapin ja etwas in dieses Fläschchen gefüllt, das einem allzu neugierigen Polizisten einen Denkzettel verpassen würde, auch wenn Campanard das nicht für wahrscheinlich hielt. Einen transdermalen Giftstoff oder schlicht etwas schwer Hautreizendes.

Er ging zurück ins Haus und riss ein Blatt von einem kleinen Zeichenblock ab. Wieder an seinen Tisch zurückgekehrt, schraubte er das Fläschchen vorsichtig auf und tropfte den Inhalt auf das Papier, das die Flüssigkeit gierig aufsaugte.

Er hielt sich das Blatt unter die Nase. Einen Moment lang wartete er ohne einzuatmen ab, ob in seiner Nase irgendetwas zu brennen oder zu stechen begann – dann sog er tief die Luft ein.

Mehrere Eindrücke prasselten gleichzeitig auf ihn ein. Stein, Holz, frisch gebackener Kuchen. Der Geruch von Stoff und alter Frau. Einen Wimpernschlag lang stand er im Haus seiner Großmutter, sah ihr lächelndes Gesicht, spürte ihre warme Hand auf seiner Wange …

Campanard keuchte. Eine Träne löste sich aus seinem Auge und rann ihm über die Wange.

Er brauchte eine Weile, um sich zu fangen. Erneut roch er an dem Papier, konnte aber nur noch ein schwaches Echo der Duftmischung wahrnehmen. Die Erinnerung verflog, genauso wie der Duft.

**

»Chef, geht es Ihnen gut?«

Campanard erkannte Besorgnis in Oliviers Miene, als er ins Revier kam. »Das wäre übertrieben. Kommen Sie mit, Olivier!«

Er betrat sein Büro, setzte sich und wartete, bis Olivier die Tür geschlossen hatte. »Haben wir endlich den fertigen Obduktionsbericht und die toxikologischen Analysen von Sentirs Leiche?«

»Sind heute Vormittag fertig geworden.«

»Haben Sie sie schon gelesen?«

»Natürlich, sofort, als sie kamen.«

Campanard atmete tief durch. »Ich lese sie nachher selbst. Und erinnern Sie mich daran, dass wir sie heute zu Delacours mitnehmen, damit sie sich auch ein Bild machen kann. Irgendetwas Besonderes?«

»So einiges.«

»Schießen Sie los!«

»Nun, die Todesursache war Ertrinken. Er war also eindeutig noch am Leben, als er in den Bottich geriet. Man fand aspirierte Blütenblätter in der Lunge. Der Bottich dürfte also zunächst noch nicht so heiß gewesen sein, dass ihn die Hitze getötet hätte.«

Campanard zwirbelte nachdenklich an der Spitze seines Schnauzers. »Wenn man lebendig in so einem Bottich gefangen ist, würde man doch schreien und gegen die Wand schlagen ...«

»Keine Abschürfungen, Reizungen oder Hämatome an den Händen ... Aber ich denke, ich kenne den Grund dafür.«

»Er war nicht bei Bewusstsein.« Campanard schloss die Augen. »Das hatte ich vermutet.«

»Chef, ich sage mal so, damit lagen Sie *fast* richtig.«

Campanard hob die Augenbrauen. »Das müssen Sie mir erklären.«

»Man fand sehr große Mengen von Diazepam in seinem Blut, ein starkes Beruhigungsmittel. Außerdem noch Hydromorphon, ein potentes Schmerzmittel, das ebenfalls schläfrig macht.«

»Und das hat ihn nicht bewusstlos gemacht?«

»Das ist das Interessante ... Die Blutspiegel suggerieren, dass er das Diazepam erst relativ kurz vor seinem Tod eingenommen hat. Vermutlich sogar erst, als er bei Fragonard angekommen war. Sie waren noch ziemlich hoch.«

»Olivier, hier muss ich Einspruch erheben. Was, wenn er die Medikamente in *astronomisch* hoher Dosis schon früher eingenommen hätte? Dann wäre sein Blutspiegel später bei Fragonard immer noch hoch gewesen. Sentir hätte dann wohl das Bewusstsein verloren, sein Mörder hätte ihn zu Fragonard bringen und in den Bottich werfen können.«

»Darüber haben sich die Toxikologen auch Gedanken gemacht. Man weiß, wie schnell der Spiegel von Diazepam im Blut anflutet und wieder eliminiert wird. Läge die Einnahme länger zurück, hätte die Dosis so hoch sein müssen, dass sie ihn vermutlich getötet hätte. Er war aber definitiv noch am Leben, als er in den Bottich geriet, schließlich hat er ja die Kameliensuppe eingeatmet. Und da ist noch etwas: Sentirs rechter Knöchel. Er war gebrochen. Das deutet darauf hin, dass er mit den Füßen voran in den Bottich stürzte und versucht hat, den Sturz abzufedern. Hätte jemand einen schlaffen Körper hineingeworfen, wären die Verletzungen anderer Art gewesen.«

»Sentir war zu diesem Zeitpunkt also vermutlich benebelt, verwirrt ... aber *nicht* bewusstlos.«

»Genau, die Bewusstlosigkeit kam wohl erst etwas kurz darauf und führte zum ...«

»Ertrinken.«

»Exakt.«

»Jemand könnte ihn gezwungen haben, diese Mittel einzunehmen.«

Olivier trat unsicher von einem Fuß auf den anderen. »An seiner Leiche wurden jedenfalls keine Spuren körperlicher Gewalt entdeckt.«

»Man könnte fast meinen, er hätte es sich selbst angetan oder wäre versehentlich im Rausch reingestürzt, weil er seine Kamelien bewundern wollte – wenn nicht jemand anschließend den Bottich geschlossen hätte.« Campanard tippte sich mit dem Zeigefinger gegen das Kinn.

»Könnte die Ermordung nicht ein *Versehen* gewesen sein, Chef?«

Campanard senkte das Kinn und warf ihm einen stirnrunzelnden Blick zu. »Der Student von der Morgenschicht hat mir berichtet, dass seine Kollegin nachts immer in einem der Nebenräume schläft. Sie hat sich die Gerätschaften noch nie näher angesehen, und sie wäre die Einzige, die für ein *Versehen* infrage käme. Anscheinend hat nicht mal der Aufprall von Sentir im Bottich sie aufgeweckt, und bei der Akustik im Raum und den beteiligten Materialien muss der laut gewesen sein.« Campanard machte eine kurze Gedankenpause, ehe er weitersprach… »Nennen Sie mir ein paar Gründe, wieso dieses Mädchen Sentir umgebracht haben könnte, Olivier.«

Der Inspecteur verengte konzentriert die Augen.

»Das Mädchen studiert Elektrotechnik. Laut ihrer Aussage wusste sie gar nicht, wer Sentir ist. Wenn man das glaubt, dann könnte sie immer noch eine Psychopathin sein, die andere gerne leiden lässt. Oder Sentir könnte versucht haben, sie zu vergewaltigen, und sie hat sich verteidigt. Viel mehr fällt mir nicht ein.«

»Sehr gut. Was haben Ihre Nachforschungen zu diesen Theorien ergeben?«

»Wir konnten keine Spuren von Sentirs DNA an ihr finden, auch keine Fasern, die mit seiner Kleidung übereinstimmen. Keine Drogen oder Medikamente im Blut, keine psychische Erkrankung. In der Halle, wo Sentir gefunden wurde, dagegen nirgends Spuren oder Schuhabdrücke von ihr. Auch nicht an der Leiche selbst, aber hier ist eine klare Aussage wegen der hohen Temperatur im Bottich schwierig. Sie sagt, seit der Einarbeitung sei sie nie mehr in dem Raum gewesen. Und wir haben keine Anzeichen dafür gefunden, dass Sentir in der Kammer war, wo sie geschlafen hat.«

»Ich tendiere dazu, ihr zu glauben. Die junge Frau interessierte sich nicht über den Lohnzettel hinaus für Fragonard, und alles deutet darauf hin, dass sie und Sentir sich nicht nahegekommen sind.« Campanard verengte die Augen. »Wie kam Sentir überhaupt in das Gebäude? Gab es schon eine Auswertung des Kartenlesers am Eingang?«

Olivier schien einen Moment lang zu versuchen, sich zu erinnern, ob er die Auswertungen schon gesehen hatte. Campanard hatte Verständnis. Sich bei einem so komplexen Fall alle Details zu merken, war alles andere als einfach.

»Es gab eine Türöffnung um 22:30 Uhr an einem Seiteneingang.«

»Und war das Sentir?«

Olivier rieb sich die Stirn. »Wir wissen es noch nicht mit Bestimmtheit. Wird gerade ausgewertet.«

»Aber es ist wahrscheinlich«, schloss Campanard. »Er war allein oder bereits in Begleitung seines Mörders. Auf wie viel Uhr schätzt die Gerichtsmedizin den Todeszeitpunkt?«

»Etwa null Uhr dreißig.«

»Und wann müsste er anhand des Blutspiegels das Diazepam etwa eingenommen haben?«

»Etwa eine halbe Stunde vor seinem Tod, um Mitternacht.«

Campanard runzelte die Stirn. »Was meinen Sie, Olivier? Nehmen wir an, Sie fahren einen dieser widerlichen Sportwagen. Es ist Samstagnacht. Wie lange bräuchten Sie, um vom Stadtzentrum von Mougins zu Fragonard zu fahren?«

»Wegen der Premierengala von *Oase de Nuit*? Zwanzig Minuten etwa, ein wenig Zeit muss man draufschlagen, weil sich der Wagen nicht direkt vor dem Eingang von Fragonard abstellen lässt. Er hätte also weiter außerhalb parken müssen, zum Beispiel in der Rue des Palmiers. Das Parkhaus ist die ganze Nacht geöffnet.«

»Danke, Olivier.«

Campanard streckte sich ein wenig. »Ah ja, was ist mit Josserand?«

»Für morgen einbestellt.«

»Hervorragend. Legen Sie mir die ganzen forensischen Berichte auf den Schreibtisch?«

Olivier grinste. »Die sind längst im Intranet abgespeichert. Sie müssen sie nur aufrufen, Chef. Sie erinnern sich doch an mein Memo *Papierfrei am Arbeitsplatz*?«

»Aber wenn ich doch lieber ...«

»Chef, heutzutage legt wirklich *niemand* irgendwem mehr einen ausgedruckten Bericht auf den Tisch.«

»Und wenn ich einfach das Gefühl von Papier in der Hand liebe, Sie Despot?«

»Sie schaffen das. Allerdings werde ich die Unterlagen ausnahmsweise ausdrucken – für Delacours. Sie hat keinen Zugang zu unserem Server, und eine elektronische Übermittlung nach außen erfüllt nicht unsere Sicherheitsstandards.«

»Also ist Papier doch erlaubt, aber nur wenn Sie es sagen, Olivier.«

»Wenn Sie so wollen.«

* * *

»Hey, was machst du da?«, flüsterte Manu und lehnte sich zu seiner Sitznachbarin hinüber.

Linda saß in einem Kursraum von Fragonard, wo Céleste Revelle gerade eine Einführungsvorlesung über die Geschichte des Hauses hielt, und starrte vorsichtig auf ihr Smartphone.

»Die Vorlesung ist irrelevant, das hat doch jeder von uns schon auf Wikipedia gelesen.«

Manu seufzte leise. »Da kann ich nicht widersprechen. Zeig mal …«

Er beugte sich so rasch über Lindas Display, dass sie es nicht rechtzeitig wegziehen konnte, während Céleste gerade in den 1950ern angekommen war.

»Ist das das Profil von Eric Sentir? Du stalkst einen Toten?«

»Ich … ähm …«

»Zeig her, ich will auch sehen.«

Linda lehnte sich ein wenig zurück und legte das Telefon in die Mitte des Tischs, während sie so tat, als würde sie Céleste lauschen. Dann ließ sie gemeinsam mit Manu wieder ihren Blick auf das Display gleiten. Sentir schien die bunte Welt der sozialen Netzwerke genossen zu haben. Bilder wechselten sich mit Kurzvideos ab. Eines zeigte ihn mit einem Glas Roséwein in einem gelben Blütenmeer.

»Stargast auf einer Fête du Mimosa im Februar, sieh mal an«, raunte Manu.

Sie applaudierten höflich, als Céleste ihren Vortrag beendet hatte.

»Gott«, flüsterte Manu. »Ich kann dir gar nicht sagen, wie sehr ich mich auf den ersten *richtigen* Kurs morgen freue.«

»Duftkomposition, nicht wahr?«

Jemand räusperte sich. Eine junge Frau in einem Fragonard-Overall mit einem kleinen Holzwagen war eingetreten und blickte in die Runde.

»Bonjour«, murmelte sie schüchtern. »Ich bringe Ihnen ein Geschenk von Madame Egrette. Bitte nehmen Sie sich das Set mit Ihrem Namen. Darin finden Sie die Anleitung für eine kleine Hausübung für den morgigen Kurs.«

Madame Egrette. Linda erinnerte sich an die junge Frau, die sie auf der Eröffnungsfeier gesehen hatte.

»Oh, Geschenke!« Manu grinste. »Matthieu und ich waren einmal bei diesem Paarcoach, der getestet hat, was unsere *Sprache der Liebe* ist. Also, wie man sich wünscht, dass dein Partner seine Liebe äußert. Angeblich ist meine ›Geschenke bekommen‹.«

Er lachte, während sich die Kursteilnehmer um den Holzwagen gruppierten. Darauf stapelten sich kunstvoll gearbeitete Holzkästchen, in deren Deckel das Logo von Fragonard geschnitzt war.

»Und Matthieus Sprache der Liebe?«, fragte Linda.

»Seine ist anscheinend ›Berührung‹. Fühle mich etwas schlecht dabei. Das ist so viel leichter zu erfüllen als meine.«

Die beiden warteten, bis nur noch die Holzkästchen mit ihren Namensschildern übrig waren. Sie nahmen sie und gingen damit zurück zu ihrem Tisch.

»Ich bin gespannt, was drin ist«, gestand Linda, während sie das Kästchen öffnete.

Im Inneren befand sich ein kleines dreireihiges Regal. In jeder Reihe steckten vier kleine Duftfläschchen in Lederriemen.

Die Reihen waren unterschiedlich beschriftet:

Tête
Coeur
Fond

»Kopf, Herz, Basis …«, murmelte Linda. Sie griff nach einer kleinen Karte, die zuoberst in dem Kästchen lag.

Liebe Madame Delacours,

mischen Sie für den morgigen Kurs bitte Ihren ersten Duft. Wählen Sie dafür jeweils einen Duftstoff aus der Reihe Kopf-, Herz- und Basisnote.
Ihr Duft soll für eine junge und talentierte Frau sein, die gerade dabei ist, Paris für sich zu erobern.

Herzlichst
Pauline Egrette

»Was hast du?«, fragte Manu. »Ich soll eins für einen jungen Künstler mischen, der es liebt, unangepasst zu sein.«

Linda zeigte ihm ihre Karte, dann verglichen sie ihre Duftsets. Die Auswahl war individuell gestaltet.

»Ich bin nicht ganz sicher, wie ich anfangen soll«, gestand Linda und nahm ein Fläschchen mit der Aufschrift *Mandarine, grün* aus dem Set. »Dabei habe ich mir gestern bis nach Mitternacht Tutorials über Duftkreation angesehen.«

»Ah ja – und das war nicht hilfreich?«

»Ich komme nun mal aus der Welt der Wissenschaft. Das, was renommierte Duftkreateure von sich geben, ist total unstrukturiert. Als ob die nur in schwülstigen Gedichten sprechen könnten. *Die hinzugefügte Orangenblüte hebt in ihrer Sattheit die Frische der Kiefer empor, der wir nun die Sinnlichkeit einer Schokoladennote verleihen wollen* – da muss es doch auch ein paar klarere Regeln geben.«

»Duftkreation ist eben eine Kunst«, erklärte Manu. »Und manche Nasen glauben, ihre Fähigkeiten wären gottgegeben. Die *wollen* also gar nicht, dass du etwas lernst, weil sie finden, ihre Kunst sollte nicht unterrichtet werden. Das ist natürlich Blödsinn. Beginne für den Anfang so: fünf Teile Kopfnote, zwei Teile Herznote, drei Teile Basisnote.«

»Ok, danke, *diese* Sprache verstehe ich. Am meisten Kopfnote, weil man sie als Erstes riecht, nicht wahr?«

Manu wies auf die erste Reihe. »Richtig, man soll sie zwar intensiv wahrnehmen, aber man setzt hier auf besonders luftige, flüchtige Düfte. Deshalb solltest du davon mehr hineinmischen als von Herz- und Basisnote.«

»Gut, das kriege ich hin.«

Manu grinste. »Ich freu mich schon auf das Ergebnis – *Delacours N°1.*«

»Ich sag dir dann morgen, ob ich mich freue.«

***

Olivier traf Delacours bereits im Frühstücksraum an, als er im Les Palmiers ankam. Sie hatte die Stirn gerunzelt und war über ein Arrangement kleiner Fläschchen gebeugt. Er klopfte an den Türrahmen, um sie nicht zu erschrecken. »Bonsoir!«

Delacours zuckte trotzdem ein wenig zusammen. »Salut! Sie sind aber zeitig dran.«

»Eigentlich ist es zehn nach sechs«, lachte Olivier.

»O Gott!« Delacours hob die Hand zum Mund. »*Gegen* sechs. Es passiert. Diese Gegend färbt auf mich ab.«

»Oder Sie waren da gerade in etwas vertieft.« Olivier bedachte die Fläschchen mit einem Nicken, warf seine Jacke über einen Stuhl und setzte sich ihr gegenüber.

»Was Sie nicht sagen!« Delacours vergrub das Gesicht in den Händen. »Ich soll bis morgen mein erstes Parfum mischen und komme nicht weiter.«

Olivier hob eine Augenbraue. »Ist das nicht ein wenig früh? Sie haben doch erst begonnen.«

»Ja, genau, keine Ahnung, wie ich das machen soll.«

Sie schnappte sich eines der Fläschchen und hielt es Olivier hin. »Sagen Sie mir bitte, ob das nach einer jungen Frau riecht, die es in Paris schaffen möchte.«

»Dafür bin ich leider der Falsche.« Olivier drückte ihre Hand behutsam von sich.

Delacours seufzte und lehnte sich zurück. »Sie sind wirklich keine Hilfe, Inspecteur.«

»Bitte, nennen Sie mich Pierre!«

Delacours schmunzelte. »Ich hatte schon befürchtet, in dieser Stadt duzt man sich erst nach der Hochzeit.«

Olivier hob grinsend den Zeigefinger. »Nach der Verlobung.«

Sie kicherte und hob ein Glas Cola, das neben ihr stand. »Na dann, santé, Pierre!«

»Santé, Linda!« Sie nippte an ihrem Getränk, und es kam ihm seltsam vor, die Geste nicht erwidern zu können.

Sie verengte die Augen ein wenig. »Wie lange arbeitest du schon mit dem Commissaire?«

»Zwei Jahre.«

»Und da wäre euch nie eingefallen, euch mit euren Vornamen anzusprechen?«

Pierre lachte. »Das würde sich seltsam anfühlen. Als würde man Albus Dumbledore duzen.«

»Aber er ist doch gar nicht so alt.«

»Der Chef legt eben Wert auf Höflichkeit und Umgangsformen. Für mich ist das in Ordnung.«

Linda runzelte die Stirn. »Alles hier fühlt sich ein wenig an wie eine Zeitreise. Aber in eine Vergangenheit, die es eigentlich nie gegeben hat, verstehst du?«

»Zumindest in Paris nicht. Ich glaube, ich weiß, was du meinst.«

Einen Moment lang sahen sie einander an, dann wandte Olivier sich ab und griff in seine Tasche. »Ich hab neue Unterlagen für dich. Hauptsächlich Obduktionsberichte und toxikologische Gutachten.«

Linda nahm die Papiere entgegen. »Eine gute Bettlektüre.«

»Für Lektüren hätte ich einige Vorschläge …«

Trotz seiner Größe hatte Olivier nicht gemerkt, wie Campanard den Raum betreten hatte.

»*Die drei Musketiere* zum Beispiel«, erklärte der Commissaire, während er sich setzte. »Milady De Winter ist eine der wunderbarsten Schurkinnen der Literaturgeschichte, finden Sie nicht?«

Pierre nickte pflichtbewusst, um zu vermeiden, dass Campanard ihm das Buch aufs Revier mitbrachte. Tatsächlich hatte ihm der Commissaire schon einige gute Bücher empfohlen, schien aber immer zu erwarten, dass er nach spätestens einer Woche damit fertig war, um mit ihm darüber diskutieren zu können.

»Das sehe ich anders«, erklärte Delacours.

Olivier wollte ihr mit einem Blick zu verstehen geben, nicht weiter Öl in Campanards literarisches Begeisterungsfeuer zu gießen, aber die Psychologin ließ sich nicht beirren.

»Da tritt in der französischen Literatur erstmals eine unabhängige Frau auf, und Dumas macht aus ihr natürlich gleich eine durchtriebene Verführerin. Man merkt einfach, dass das ein Mann geschrieben hat.«

»Ah, eine Literaturkennerin.« Campanard rieb sich die Hände. »Aber würden Sie nicht sagen, der Reiz der Figur besteht darin, dass in ihrem verräterischen Verhalten immer wieder eine gewisse Verletzlichkeit aufblitzt?«

»Das ist genau der Punkt!«, bestätigte Linda. »Man hätte ihre Geschichte *anders* erzählen müssen. Vermutlich musste sie so agieren, um zu überleben? *Diese* Geschichte hätte mich interessiert.«

Olivier räusperte sich. »Vielleicht wollen wir zuerst über den Fall sprechen?«

»Natürlich, Olivier! Delacours, was können Sie uns heute berichten?«

»Nichts Nennenswertes, leider«, murmelte sie. »Für den morgigen Kurs soll ich ein Parfum mischen.«

Sie zeigte auf den Flakon, den sie zuvor Pierre unter die Nase gehalten hatte. Campanard hob seine buschigen Augenbrauen. »Ihr erster Versuch? Darf ich?«

Als Linda zögerlich nickte, nahm er das Fläschchen an sich. Es war ein etwas seltsames Bild: Campanard mit seinen Pranken, der einen Spritzer aus dem kleinen Flakon auf sein Handgelenk gab.

Neugierig roch er an seiner Haut. »Also, es ist wirklich ...«

»... furchtbar!«, stöhnte Linda und vergrub ihr Gesicht in

den Händen. »Ich versuche es später noch einmal. Sonst kann ich nichts berichten. Die einzige Mitarbeiterin, mit der ich heute Kontakt hatte, war Céleste Revelle, die Koordinatorin des Programms – keine Nase, aber man hat das Gefühl, sie wäre insgeheim gern eine.«

»Revelle?« Campanard wandte sich an Pierre. »Haben wir sie befragt?«

»Céleste Revelle, Projektmanagerin bei Fragonard, ja, ich habe kurz mit ihr gesprochen.« Olivier bekam eine Gänsehaut, als er sich an das Gespräch erinnerte. »Sie hat die ganze Zeit geweint, so sehr hat der Tod Sentirs sie erschüttert.«

»Also kannten sich die beiden?«, fragte Campanard.

»Nicht besonders gut. Madame Revelle scheint Sentirs charmanten Small Talk etwas überbewertet zu haben. Regelrecht verehrt hat sie ihn.« Er sah in die Runde.

»Vielleicht ein enttäuschter Fan, der sich gegen sein Idol wendet, weil sie sich mehr erhofft hat?«

»Sie war an besagtem Abend ebenfalls bei der Premiere von *Oase de Nuit*.«

»Als geladener Gast?«, fragte Campanard.

»Nein, am Empfang, wie es scheint.«

»Immer ein bisschen außen vor«, murmelte Linda. »Ich glaube, das nagt an ihr.«

»Sprechen wir noch einmal mit ihr!«, beschloss Campanard. »Für meinen Geschmack waren zu viele interessante Menschen auf dieser Premierenfeier, während Sentir starb. Selbst wenn Madame Revelle nichts mit dem Mord zu tun hat, erinnert sie sich vielleicht daran, wer wann gegangen ist …«

»Apropos *Oase de Nuit*, wollten Sie sich nicht mit Duchapin treffen, Commissaire?«, fragte Delacours.

Olivier beobachtete Campanard aufmerksam. Auf dem Revier hatte er heute fast ein wenig verstört gewirkt, aber kein Wort über den Besuch verloren.

Campanard atmete tief durch und lehnte sich ein wenig zurück. »Duchapin … ist ein komplizierter Mann.«

»Chef, glauben Sie, dass er Sentir umgebracht hat?«, fragte Olivier, als Campanard nichts weiter sagte.

»Zumindest weiß ich jetzt, dass er Sentir verachtet hat. Für Duchapin war er kein Parfümeur, sondern lediglich ein Hampelmann mit einer großen Gefolgschaft in den sozialen Netzwerken.«

»Hat er ihn genug verachtet, um ihn zu ermorden?«, murmelte Delacours.

»Vielleicht«, erwiderte Campanard und zwirbelte die Spitze seines Barts.

Olivier konnte deutlich sehen, wie es in Campanard arbeitete. Was immer der Commissaire bei Duchapin erlebt hatte, schien ihn ziemlich zu beschäftigen.

»Duchapin war der Star des Abends. Seine Abwesenheit wäre aufgefallen. Natürlich hätte er jemanden engagieren können, um Sentir währenddessen aus dem Weg zu schaffen. Duchapin hat zweifellos die Mittel dazu.«

»Wie bekäme jemand wie Duchapin Kontakt zu solchen Leuten?«, fragte Linda. »Verstehen Sie mich nicht falsch, aber es scheint weit hergeholt. Er bewegt sich ja sonst nicht in kriminellen Kreisen.«

Olivier schüttelte den Kopf. »Leider sehen wir so etwas tatsächlich immer öfter, vor allem an der Côte d'Azur. Leute mit ausreichend Mitteln wenden sich an moralisch nicht ganz astreine IT-Experten. Und die suchen für sie dann im Darknet den geeigneten Dienstleister. Gezahlt wird in Bitcoin. Wallet zu Wallet, so weiß niemand, wer an wen gezahlt hat. Ein Profi nimmt umgerechnet etwa fünfzigtausend Euro.«

»Aber der überwiegende Anteil aller Morde passiert im Affekt«, warf Linda ein. »Meiner Recherche nach ist es noch zu früh, das auszuschließen, oder nicht?«

»Das sehe ich genauso«, entgegnete Campanard. »Ich sehe hier außerdem nicht die Arbeit eines Profis.«

»Verzeihung, Chef, aber wenn ich so darüber nachdenke …« Olivier überlegte einen Moment. »Nehmen wir an, es war doch ein Profi. Er hätte Sentir überfallen können. Ihn zwingen, zu Fragonard zu fahren und sie hereinzulassen. Dann hat er ihm mit einer Pistole am Kopf die Medikamente eingeflößt und ihn dann in den Bottich gestoßen. So hätte es ohne Gewaltspuren an seinem Körper gehen können.«

»Aber ein Profi hätte gewusst, dass es in den Innenräumen von Fragonard eine Aufsichtsperson gab. Er wäre mit Sentir nicht dort reingegangen. Der echte Mörder hatte Glück. Das Mädchen schlief in einem anderen Raum und hat nichts mitbekommen. Außerdem hätte ein Profi den Deckel des Bottichs nach einer Weile wieder geöffnet, damit es gewirkt hätte, als wäre Sentir selbst dort reingestolpert, um daraufhin zu ertrinken. Jeder hätte an einen Unfall geglaubt.«

»Es hätte ein Auftragsmörder sein können, der ein paar Fehler gemacht hat«, ergänzte Linda.

»Das können wir in der Tat nicht ausschließen. Aber wahrscheinlicher bleibt doch, dass es jemand war, der Sentir kannte. Duchapin wusste etwas ziemlich Brisantes über Sentir. Er behauptet, Sentir hätte geplant, einen neuen Duft bei einem anderen Parfümeur herauszubringen.«

Linda blinzelte. »Der Leiter meines Studiengangs. Charles

Josserand. Er ist der Geschäftsführer von Fragonard, wenn er davon gewusst hätte …«

»… dann wäre er mit einem Mal unser Hauptverdächtiger«, schloss Olivier. »Das könnte alles ändern, Chef.«

»Ich werde diesen Gerüchten nachgehen, noch bevor wir Josserand verhören. Wir brauchen hier unbedingt Klarheit.«

»Commissaire …« Wieder war da diese Anspannung in Lindas Miene. »Was kann ich tun?«

Campanard grinste. »Präsentieren Sie morgen Ihren ersten Duft. Ich bin schon gespannt auf das Feedback, das Sie bekommen.«

KAPITEL 9
DELACOURS N°1

Sie hätte eine Darstellerin aus der großen Zeit des französischen Films sein können, fand Linda. Ständig war man versucht, sie anzusehen und ihre Anmut zu bewundern.

»Mein Name ist Pauline Egrette«, erklärte sie mit einem schüchternen Lächeln, während der Blick aus ihren rehbraunen Augen über die Klasse glitt, als wären es zwei dunkle Scheinwerfer. »Aber für euch bitte einfach Pauline.«

Ihre leise Stimme wirkte wie Balsam auf Lindas angespanntes Gemüt. Alles hier, die alten Holzvertäfelungen des Kursraums, die offenen Fenster, durch welche die Sonne hereinschien und das Rufen der Mauersegler zu hören war, übte eine beruhigende Wirkung auf sie aus – und die hatte sie auch dringend nötig. Linda war mitten in der Nacht aufgewacht mit dem Gefühl einer Hand an ihrer Kehle …

Sie atmete tief durch und schloss die Augen.

»Alles gut bei dir?«, flüsterte Manu.

»Also!« Pauline lächelte verschmitzt. »Welche Regeln gilt es zu beachten, wenn wir einen neuen Duft mischen?«

Savjid, der Parfümeur aus Indien, hob die Hand. »Ausgewogenheit. Die Duftstoffe müssen ein harmonisches Ganzes ergeben.«

Pauline nahm ein Tablet zur Hand und kritzelte *Ausgewogenheit* mit einem Magnetstift darauf, sodass das Wort auf dem großen Bildschirm an der Wand erschien.

Linda musste unwillkürlich an die Begegnung mit Duchapin an der Duftorgel denken. *Manchmal ist es eine scheinbare Dissonanz, die die stärksten Gefühle heraufbeschwört.*

»Was noch?«, fragte Pauline weiter. Als niemand die Hand hob, lachte sie leise. »Bitte keine Scheu! Ihr könnt nicht falschliegen, zumindest nicht meiner Ansicht nach.«

»Kopf-, Herz- und Basisnote«, erklärte Manu.

»Natürlich, die Duftpyramide.« Pauline schlug die Augen nieder und zeichnete eine Pyramide auf ihr Tablet, die sie in drei Bereiche unterteilte, in die sie die Begriffe *Basis*, *Herz* und *Kopf* schrieb. Darüber den Namen *Jean Carles*. »Einer der größten Parfümeure überhaupt und Begründer der dreiphasigen Pyramide. Während wir die Kopfnote nur minutenlang wahrnehmen, riechen wir die Herznote zwei bis drei Stunden lang, und was dann auf unserer Haut zurückbleibt, ist die Basisnote. Carles war der Erste, der uns ein Parfum als etwas Dynamisches, sich Entwickelndes beschrieb. Eine Reise, wenn man so will. Abhängig von unserer ureigenen Körperchemie verbindet sich das Parfum mit uns, sodass es sich nicht nur über die Zeit entwickelt, sondern sich auch von Person zu Person unterscheidet.«

Linda stützte sich auf ihre Ellenbogen und musterte Pauline interessiert. Sie war klassisch gekleidet: weiße Bluse, schwarzes Jackett und schwarze Hose. Zusammen mit ihrem dunklen, kaum fingerlangen Haar wirkte das elegant und kompetent zugleich.

Pauline klatschte in die Hände. »Was noch?«

»Eine Prominente, die spärlich bekleidet durch einen Schwarz-Weiß-Werbespot hopst, um dann im Close-up den Namen des Parfums in die Kamera zu hauchen?«

Alle wandten sich zu Linda um und starrten sie an. Paulines rehbraune Scheinwerfer richteten sich ebenfalls auf sie. Dann legte sie den Kopf in den Nacken und stieß ein glockenhelles Lachen aus.

Marketing, kritzelte sie auf ihr Tablet.

»Chance und Geißel der Parfümindustrie gleichermaßen«, ergänzte sie immer noch glucksend. »Heute verleiht Werbung selbst handwerklich schlechten Düften eine fragwürdige Bedeutung, wie du treffend bemerkt hast.« Sie zwinkerte Linda zu. »Aber sie kann auch helfen, einer neuen Ära zum Durchbruch zu verhelfen.«

Sie schob ihr Notizboard zur Seite und öffnete eine Website. Kurz darauf erschien ein Plakat, auf dem ein nackter Mann mit dickrandiger Brille und Siebzigerjahre-Mähne so posierte, dass sein angezogenes rechtes Bein seine Genitalien verdeckte. Darunter ein Flakon, auf dem *YSL* stand.

Seit drei Jahren ist dieses Eau de Toilette das meine. Heute kann es das Ihre sein.

»1971«, erklärte Pauline. »Zu dieser Zeit waren Herrenparfüms verpönt. Männer trugen maximal Rasierwasser auf, bis Yves Saint Laurent auf diese damals provokante Art seinen neuen Herrenduft in Szene setzte. Seither ist der Markt explodiert.«

Linda betrachtete Yves Saint Laurents selbstbewusste Miene auf dem alten Plakat und musste lächeln. Der Gesichtsausdruck eines Revoluzzers. Das leicht gehobene Kinn, die gespannten Unterlider, der Blick direkt in die Kamera gerichtet.

»Ich denke, wir haben ein paar interessante Gedanken gesammelt. Kommen wir nun zu eurer Arbeit.« Sie zeigte auf ihre Schüler. »Ihr habt euch gestern hoffentlich alle kreativ ausgetobt, jetzt wollen wir uns gemeinsam ansehen, was daraus geworden ist.«

Linda spürte, wie ihr das Blut aus dem Gesicht wich. Im besten Fall roch ihr Duft nach einem Biowaschmittel, dem man den muffigen Duft nur verzieh, weil es angeblich besonders hautverträglich war.

»Lass deinen mal riechen«, murmelte sie Manu zu und streckte ihm ihr Handgelenk hin.

»Aber bitte, Madame.« Manu sprühte ihr ein wenig auf die Haut.

Linda schloss die Augen und sog die Luft durch die Nase ein. *Frisch,* das war das Erste, was ihr auffiel, dann begann sie, eine verspielte Süße wahrzunehmen.

»Das ist richtig gut«, brummte sie resigniert. »Was ist dieser leicht süße Bestandteil?«

»Ägyptischer Jasmin, aber ... hey!«

Linda hatte in Manus Holzkoffer gegriffen und das Fläschchen mit dem Jasminduft herausgefischt. Rasch schraubte sie ihr eigenes Parfum auf und gab drei Tropfen Jasmin dazu. Bevor der verblüffte Manu etwas erwidern konnte, reichte Linda ihm das Fläschchen zurück und schüttelte ihren Flakon.

»Pardon, das musste sein. Dann riecht es wenigstens nach Blüten.«

»Was hast du denn sonst drin?«

»Meinen ganzen Koffer ... Aber frag mich nicht, wie viel von was. Ich hab so lange rumgepanscht in der Hoffnung, dass was Gutes rauskommt, bis ich es nicht mehr wusste.«

Manu schüttelte tadelnd den Kopf. »Du solltest wirklich mit etwas ganz Einfachem anfangen. Ich finde oft Düfte, die nur einen einzigen Duftstoff hervorheben, am angenehmsten.«

»Probiere ich beim nächsten Mal.«

»Emmanuel und Linda, nicht wahr?« Pauline war an ihren

Tisch gekommen und schenkte ihnen ein aufmunterndes Lächeln. »Darf ich eure Düfte versuchen?«

»Aber nur, wenn Sie … wenn du nicht zu streng bist«, erklärte Manu mit einem schüchternen Blick.

Pauline schüttelte den Kopf. »Ich bin nicht hier, um deine Arbeit zu bewerten, sondern um dir zu helfen, das Beste aus dir herauszuholen.«

»Gott.« Manu wurde ein wenig rot. »Wo warst du, als ich noch zur Schule ging?«

Pauline beugte sich verschwörerisch zu ihm hinunter. »Vermutlich auch noch in der Schule«, flüsterte sie, dann nahm sie Manus Flakon und sprühte ein wenig von dem Inhalt in die Luft.

Sie schloss die Augen und atmete tief durch die Nase ein.

Linda betrachtete ihre Miene, das angedeutete Lächeln, die entspannten Gesichtsmuskeln. Pauline fühlte sich bei dem, was sie tat, offensichtlich wohl. Und sie mochte Manus Duft.

»Man bemerkt dein Fingerspitzengefühl, Emmanuel!«

»Manu, bitte … und vielen Dank!«

»Ich mag, wie du den Jasmin mithilfe der Orange in der Kopfnote auf ein Podest hebst. Man kann ihn von allen Seiten genießen.«

Linda konnte sehen, wie Manu rot wurde.

»Beim nächsten Mal wünsche ich mir nur noch eines von dir: ein bisschen mehr Mut. Dieses Parfum ist für einen jungen Künstler gedacht. Jemanden, der ein wenig so ist wie du. Dafür braucht es den Hauch des Unkonventionellen.«

»Eine Dissonanz«, murmelte Linda.

Pauline neigte den Kopf. »Ja, das kommt hin.« Sie wandte sich wieder Manu zu. »Was, wenn wir deinen Duft mit einer Chypre-Note ein bisschen spektakulärer machen?« Sie zeigte auf Manus Duftset, während Linda sich hastig zu erinnern versuchte, was sie schon über Chypre recherchiert hatte.

»Fällt dir etwas ein?«

Manu runzelte die Stirn. »Vielleicht noch ein Zehntel Eichenholzmoos?«

Paulines Lächeln wurde eine Spur breiter. »Das klingt nach einer hervorragenden Idee, versuchen wir's!«

Sie beobachteten gespannt, wie Manu das Fläschchen mit dem Eichenholzmoos aus seinem Set nahm und dem Inhalt seines Flakons vorsichtig ein paar Tropfen hinzufügte.

Pauline nahm den Flakon, schüttelte ihn mit einer eleganten Bewegung aus dem Handgelenk und sprühte die Mischung auf drei Papierstreifchen.

Linda nahm einen Streifen und roch daran. Der Eindruck war ganz anders. Vorher hatte man das Gefühl gehabt, den Duft eines Blumengartens zu riechen. Jetzt war es, als bewege man sich durch einen dichten Wald, auf dessen Lichtung plötzlich ein Jasminstrauch blühte. Der Eindruck war ungewöhnlich – und ja, spektakulär.

»Wow!«, hauchte Manu. »Hab wirklich ich das gemacht?«

»Immer weiter so«, meinte Pauline und wandte sich Linda zu. »Dann lass uns mal deinen Duft probieren.«

»Er ... ist nicht so geworden, wie ich geplant hatte«, sagte Linda geknickt, während sie Pauline ihren Flakon reichte.

»Ach, das werden sie nie, das ist ja das Aufregende«, erklärte Pauline gelassen und sprühte etwas von Lindas Parfum auf ein frisches Streifchen. Wieder schloss sie die Augen. Nach einer Weile erschien ein Stirnrunzeln auf ihrem Gesicht, ähnlich dem, das Linda am Abend zuvor bei Campanard gesehen hatte.

»Das ist ... interessant«, murmelte sie.

»Auf eine gute Art?«, fragte Linda mit wenig Hoffnung.

»Es riecht wie alles, was ich in deinen Koffer gepackt habe – *und* Jasmin.« Pauline öffnete die Augen und betrachtete Linda ernst. »Also hast du die Regeln gebrochen und einen Duftstoff aus dem Set deines Kollegen verwendet?«

»Siehst du?«, zischte Manu.

»Ja, hab ich«, erwiderte Linda schulterzuckend. »Ich war unglücklich mit dem Ergebnis und dachte, der Duft kann so nur besser werden.«

Pauline schien es nicht länger zu gelingen, ernst zu bleiben. »Ich verstehe«, lachte sie. »Um etwas Positives hervorzuheben: Ich mag, dass du die Regeln gebrochen hast, um deinen Duft zu verbessern. Wir alle sollten uns bei unserer Kunst nicht zu sehr in ein Korsett zwängen lassen. Jetzt zu deinem Duft. Was macht für dich eine junge Frau aus, die gerade Paris für sich erobert?«

»Sie ist …« Linda erwiderte ihren Blick und umfasste ihre Finger, die unter dem Tisch gerade wieder zu zittern begannen. »Sie ist mutig«, erklärte sie. »Neugierig auf die aufregende neue Welt, die auf sie wartet. Sie möchte ihren Platz darin finden.«

Pauline nickte gedankenverloren. »Im Moment ist sie ein bisschen alles und nichts. Denk an frische, luftige Noten, oder etwas Waldiges, Erdiges!«

Paulines ermunternde Art bewirkte, dass Linda sich der Aufgabe stellen wollte.

»Ich bin nicht sicher. Etwas Blumiges vielleicht? Aber nicht so schwer wie Veilchenduft. Blumig-grün. Frisch, vor dem Aufblühen.«

Pauline blickte nach oben und überlegte einen Moment lang. »Ja, das klingt nach einem guten Ausgangspunkt.«

Sie zeigte auf Lindas Duftset. »Welcher dieser Düfte würde das am besten widerspiegeln?«

Linda überlegte fieberhaft. Beim Mischen hatte sie so oft an den einzelnen Fläschchen gerochen, dass sie sich zumindest halbwegs an die Düfte erinnerte. »Vielleicht der?« Sie griff nach einem Duft, der unter *Herznote* einsortiert war, und reichte ihn Pauline.

»Papyrus«, murmelte Pauline, dann nickte sie anerkennend. »Eine gute Wahl. Die perfekte Herznote für das, was wir suchen. Frisch und stark, vielleicht ein wenig zu süß, aber das lässt sich mit einer besonders luftigen Kopfnote ausbalancieren.«

Sie gab Linda die Papyrus-Essenz zurück.

»Versuch es noch einmal. Nur drei Düfte.«

»Okay, und fünf Teile Kopfnote, zwei Teile Herznote, drei Teile Basisnote.«

»Ah.« Pauline lächelte wissend und bedachte Manu mit einem Seitenblick. »Prinzipiell kein schlechter Rat, aber ich glaube, ich verstehe, wo das Problem liegt.«

»Ah ja?«

»Du siehst die Duftkreation wie eine Wissenschaft und suchst nach klaren Regeln, denen du folgen kannst. In der Parfümkreation haben wir Erfahrungswerte, Duftfamilien und Struktur gebende Elemente, die unseren oftmals sehr künstlerisch veranlagten Nasen helfen, sich zu erden. Doch am Ende geht es darum, ein Gefühl in einen Duft zu gießen. Wer sich zu sehr auf das Regelwerk versteift, kann leicht enttäuscht werden.«

Linda fühlte sich ein wenig ertappt. Bei ihrem ersten Versuch hatte sie zunächst versucht, Manus Rat zu folgen, und hatte drei Düfte gewählt, die laut ihrer Onlinerecherche miteinander harmonierten. Doch das Gemisch hatte fade gerochen, also hatte sie noch mehr harmonierende Duftnoten hinzugefügt. Das alles hatte den Duft zwar immer anders, aber nie besser gemacht.

»Ich glaube, du brauchst etwas anderes als die meisten Parfümeure in diesem Kurs. Begreife die Duftkreation ein Stück mehr als Kunst. Schraub deine Logik zurück und erlaube dir loszulassen.«

»Okay«, murmelte Linda, die sich ehrlicherweise einen konkreteren Ratschlag gewünscht hätte.

Pauline zwinkerte. »Ich weiß, du hast mehr Talent, als du glaubst.«

Sie wandte sich ab und ging zum nächsten Tisch weiter.

»Gott, ist die cool«, flüsterte Manu. »Ich hab schon fast vergessen, dass ich mich hauptsächlich wegen Sentir bei diesem Programm beworben habe.«

»Sentir«, murmelte Linda und beobachtete, wie Pauline am Nachbartisch gerade ein weiteres Parfum probierte.

Nach Ende des Kurses trödelte Linda und wartete ungeduldig, bis sich die kleine Gruppe von Studierenden aufgelöst hatte, die nach der Stunde noch Fragen an Pauline hatten. Linda ging nach vorn und räusperte sich, während Pauline ihr Tablet in einer schwarzen Lederhandtasche verstaute.

»Linda, was kann ich für dich tun?« Keine Spur von Ungeduld war zu spüren, obwohl sie nach Ablauf des Kurses sicher schon fünfzehn Minuten aufgehalten worden war. Sie erhob sich und hängte sich ihre Handtasche über die Schulter. Zum ersten Mal roch Linda bewusst das Parfum, das sie trug. Ganz unaufdringlich, lieblich. Linda hatte keine Ahnung, woraus es bestand.

»Ich habe noch mal über Papyrus nachgedacht«, erklärte

sie. »Und da kam mir noch eine andere Idee für die Herznote des Parfums.«

»Aha.« Pauline berührte sie an der Schulter. »Lass hören!«

»Kamelie«, erwiderte Linda entschlossen. Ehrlicherweise wusste sie nicht genau, wie Kamelie roch, aber die Chance, Paulines Reaktion zu beobachten, war so viel wichtiger, als ihr vermeintliches Talent als Parfümeurin zu beweisen.

Linda musterte Paulines weiche Gesichtszüge aufmerksam. Dann sah sie einen winzigen Moment lang, wie sich ihre Augenbrauen zusammenschoben, sie ihre Rehaugen senkte und ihre Unterlippe zu beben schien.

Traurigkeit. Tiefe Traurigkeit. Sie wünschte, sie hätte den Moment mit einer Kamera eingefangen, um ihn Olivier und Campanard zeigen zu können. Er verflog so schnell, wie er gekommen war.

Pauline sah unvermittelt auf. »Warum nicht?«, antwortete sie mit einem etwas gezwungenen Lächeln. »Man müsste ihre Lieblichkeit mit etwas kombinieren, das für den Mut und das Neue steht.«

»Danke«, erklärte Linda. »Ich werde in Ruhe darüber nachdenken.«

KAPITEL 10
DÎNER AVEC JOSSERAND

»Ah, bonjour, Chef!« Die junge Polizistin hob überrascht den Kopf, als Campanard das Großraumbüro des Polizeireviers betrat. »Schön, Sie zu sehen!«

»Danke, Madère. Ich weiß, ich bin gerade nicht oft hier, der Mordfall Sentir hält mich auf Trab.«

»Das kann ich mir vorstellen. Hab gehört, heute sind wieder zwei Verhöre geplant?«

»In der Tat, ich habe nach Monsieur Josserand noch zu einem zweiten Gespräch geladen.«

Madère grinste über seine Wortwahl. »Die Préfet hat angerufen, sie möchte dringend wissen, ob es schon Fortschritte bei den Ermittlungen gibt.«

Campanard seufzte. »Ich verstehe sie ja, die Arme. Sie steht im Kreuzfeuer der Medien und der Politik und sorgt dafür, dass wir nichts von dem Kugelhagel abbekommen.«

»Haben Sie denn schon einen Verdächtigen?«, fragte Madère.

»Je weiter ich grabe, desto mehr tauchen auf.« Er schenkte Madère ein Lächeln. »Ich rufe sie später zurück, vielen Dank!«

Der Commissaire ging weiter durch den gekrümmten Gang zum Verhörraum. Auf halbem Weg kam ihm Olivier entgegen. Er wirkte blass und schien Campanard erst zu bemerken, als dieser direkt vor ihm stand. »Oh, Chef, Entschuldigung. Alles ist vorbereitet. Wann immer Sie so weit sind, bringe ich Josserand rein. Er wartet nebenan.«

»Gute Arbeit, danke.« Er musterte den Inspecteur. »Wie geht es Ihnen?«

»Alles gut.«

Campanard hob eine Augenbraue.

»Ich komme zurecht, wirklich.«

»Wir haben darüber gesprochen, wenn ...«

»Chef!«, unterbrach er ihn gepresst und funkelte Campanard an. »Ich bringe Josserand jetzt rein.«

Campanard setzte an, um etwas zu sagen, doch dann hielt er inne und nickte. »Danke.« Er klopfte Olivier beim Vorbeigehen auf die Schulter.

Dann betrat er den Verhörraum, ging in dem spartanisch eingerichteten Zimmer auf und ab und zwirbelte seine rechte Bartspitze zwischen den Fingern. Kaum jemand hatte mehr von Sentirs kommerziellem Erfolg profitiert als Josserand, und doch hatte Delacours eine Kränkung in seinem Ausdruck zu erkennen geglaubt, als er von Sentir sprach. Genauso wie die meisten hohen Tiere bei Fragonard war er in der Mordnacht in Mougins bei der Premiere von *Oase de Nuit* gewesen, allerdings kürzer als andere, wenn Campanard sich recht erinnerte.

Als Olivier Josserand hereinführte, musste man keine Expertin für Mikroexpressionen sein, um die Verärgerung in seiner Miene zu erkennen. Olivier nickte Campanard kurz zu und stützte sich am Türrahmen ab.

»Bonjour, Monsieur Josserand.« Campanard schüttelte ihm die Hand, während Josserand den Kopf heben musste, um ihn anzusehen. Ein Parfum, das für einen Herrenduft beinahe zu blumig roch, stieg ihm in die Nase.

»Commissaire Campanard«, knurrte Josserand.

»Wie schmeichelhaft, dass ich mich nicht vorzustellen

brauche.« Campanard wies auf einen der beiden Sessel. »Was trinken Sie? Kaffee? Tee?«

»Wasser«, erwiderte Josserand, als er sich setzte.

Campanard nickte Olivier zu und setzte sich Josserand gegenüber. In aller Ruhe zückte er Notizbuch und Rosenholzfüller und beobachtete aus den Augenwinkeln, wie sehr seine gemächlichen Bewegungen den ohnehin schon ungeduldigen Josserand provozierten. Campanard atmete tief durch, dann lächelte er. »Eigentlich weiß ich gar nicht mehr, warum wir Sie eigentlich eingeladen haben. Soweit ich mich erinnere, haben Sie Inspecteur Olivier bei Ihrer ersten Vernehmung schon alles gesagt.«

»Wie bitte?«, zischte Josserand. »Ich bin der Geschäftsführer eines internationalen Unternehmens, und Sie stehlen mir ohne erkennbaren Grund die Zeit? Was für Dilettanten arbeiten hier bloß?«

»Ich muss mich herzlich entschuldigen.«

Olivier kam zurück und brachte Josserand sein Wasser. Als er das Glas abstellte, bemerkte Campanard, dass die Hand des Inspecteurs leicht zitterte.

Der Commissaire seufzte und lehnte sich zurück. »Aber jetzt, da Sie schon einmal hier sind, sieht das Protokoll leider vor, dass wir die Vernehmung auch durchführen müssen.«

»Sie müssen mich nur verhören, weil ich hier bin? Dabei haben Sie mich doch herzitiert!«

»Warum machen wir nicht das Beste aus dieser unglücklichen Situation?«, entgegnete Campanard ruhig. »Beginnen wir mit etwas Angenehmem, dem Parfum, das sie tragen. Ist das ein echter Sentir, falls man das so sagt?«

»*Orphée*«, kommentierte Josserand. »Unser beliebtester Herrenduft.«

»Wie schön, Sie leben Ihren Beruf ja wirklich.« Campanard fixierte das kleine Lavendelbouquet an der Brusttasche von Josserands dunkelblauem Sakko. Er legte offenbar großen Wert auf sein Aussehen. Der sonnengebräunte Teint, die für sein Alter etwas zu straffen Augenlider, das gepflegte Haar. Mit einem Mal konnte Campanard sich lebhaft vorstellen, dass er und Sentir sich gut verstanden hatten.

»Ihr Lieblingsduft?«

»Unser Haus bietet eine große Auswahl an hervorragenden Düften. Für jeden Typ und jedes Lebensgefühl. Mir sagen viele von ihnen zu.«

»Aber kaum einer davon hat Ihnen persönlich so viel Geld in die Kasse gespült. Ich hörte, *Orphée* und *Perséphone* haben Ihrem Management fürstliche Jahresboni beschert. Ich gratuliere zu diesem Erfolg.«

»Es war eine Teamleistung«, erwiderte Josserand mechanisch.

»Natürlich.« Campanard klopfte sich mit seinem Füller gegen das Kinn, als würde er nachdenken. »Haben Sie eigentlich auch privat Zeit mit Monsieur Sentir verbracht?«

»Durchaus regelmäßig. Man könnte sagen, wir waren befreundet.«

Da. War das die Missbilligung, die Delacours stutzig gemacht hatte?

»Wie schön. Was haben Sie so zusammen unternommen?«

»Wir waren nur selten zu zweit unterwegs. Éric war … manisch sozial. Bei ihm hieß es Party oder gar nichts. Er organisierte Feiern im Golfklub bei St. Donat. Manchmal sind wir mit unseren Oldtimern rausgefahren. An seinem Geburtstag hat er auch mal eine Segeljacht gemietet.«

»Oho!«

»Solche Sachen eben«, erklärte Josserand mit einer ungeduldigen Handbewegung.

»War Monsieur Duchapin bei diesen *Sachen* auch dabei?«

»Nein, Franc vermied den Kontakt mit Éric. Die paar Mal, als ich mitbekommen habe, dass die beiden miteinander redeten, hat Franc sich eigentlich nur über Éric lustig gemacht. Allerdings so subtil, dass Éric es gar nicht gemerkt hat. Er konnte manchmal ein wenig naiv sein.«

»Ach ja, so sind sie, die Genies. Nicht ganz für die Belange des täglichen Lebens gemacht, nicht wahr? Liege ich richtig in der Annahme, dass Sie darauf geachtet haben, dass ihm kein gröberer Fauxpas unterlief?«

»Manchmal«, knurrte Josserand trotzig.

»Sie waren es doch auch, der ihn aus Paris zu Fragonard geholt hat?«

»Richtig. Er war ein Parfümeur, über den man online und in den Caféhäusern sprach, außerhalb unserer elitären kleinen Blase. So etwas hatte ich noch nie erlebt. Alle Kollegen haben sich über sein scheinbar peinliches Gehabe echauffiert. Ich erkannte das Potenzial.«

»Sie holten ihn nach Grasse, machten ihn groß, haben einen Freund gewonnen und auch selbst groß Karriere gemacht. Eine schöne Geschichte.«

»Eine Erfolgsgeschichte«, ergänzte Josserand kühl. »Wenn Éric über ein neues Parfum sprach, wollten alle Kameras des Landes dabei sein. Wussten Sie, dass Cara Delevingne bei Fragonard angerufen hat, weil sie unbedingt im TV-Spot von *Perséphone* mitspielen wollte?«

»Beeindruckend. Sagen Sie, können Sie mir ein wenig mit der griechischen Mythologie auf die Sprünge helfen? Orpheus und Persephone. Eigentlich hatten die doch gar nichts miteinander zu tun?«

»Éric hat sich die Namen ausgesucht. Griechische Mythologie zieht immer, wirkt edel. Die Verbindung der beiden ist die Unterwelt. Orpheus muss dorthin, um seine Geliebte zu suchen. Persephone ist eine Göttin, die manchmal im Licht und manchmal in der Unterwelt lebt. *Lueur* sollte eine Art Synthese werden. Ein Unisexduft.«

»Wird der Duft nun produziert?«

»Selbstverständlich. Érics Fans können es kaum erwarten.«

»Ein letzter Geniestreich ihres Idols.« Campanard nickte nachdenklich, während Josserand einen Schluck Wasser trank.

»Wie lange dauert diese Farce noch, Commissaire?«

»Ich denke, wir haben der Pflicht bald Genüge getan. Apropos Party, Sie waren ja in Mougins bei der Premiere von *Oase de Nuit* – war es denn eine rauschende Feier?«

»Stilvoll und ruhig, zumindest, solange ich dort war.«

»Ach ja, ich erinnere mich an den Bericht. Sie fühlten sich ja unwohl. Migräne, nicht wahr?«

»Ja.«

Campanard öffnete sein Notizbuch. »Seltsam, vor einer Woche gaben Sie Bauchkrämpfe als Grund an.«

»Das geht bei mir Hand in Hand.«

»Ich verstehe.«

»Was wollen Sie hier unterstellen, Commissaire? Es ging mir nicht gut. Ich war gegen 23 Uhr daheim. Meine Haushälterin kann das bestätigen. Sie machte mir Tee, ich nahm ein paar Tabletten und ging gegen Mitternacht ins Bett. Habe ich alles schon erzählt.«

»Natürlich, natürlich! Haben Sie sich gewundert, dass Ihr Freund nicht auf der Gala war?«

»Ein wenig. Éric ließ sonst keine Party aus. Nicht mal eine von Franc Duchapin.«

»Wann haben Sie ihn noch mal das letzte Mal gesehen?«

»Wir hatten uns abends nach der Arbeit auf ein Glas Wein in St. Paul de Vence getroffen, das war drei Tage vor seinem Tod.«

»Ah, St. Paul de Vence«, schwärmte Campanard. »Eines meiner Lieblingsstädtchen, die vielen kleinen Restaurants und Kunstgalerien, einfach himmlisch.«

»Jaja«, erwiderte Josserand ungeduldig.

»Gewiss ein wunderbares Treffen.«

»Es war nicht ungewöhnlich.«

»War Sentir so gut gelaunt wie sonst?«

»Hören Sie, Commissaire, ich habe all das wirklich schon zu Protokoll gegeben, und ich habe heute Nachmittag noch ein wichtiges Online-Meeting mit unserem Büro in Übersee. Lesen Sie doch einfach meine Aussage und sparen Sie uns beiden die Zeit.«

»Keine Sorge, das werde ich natürlich. Aber einfach, um es noch einmal von Ihnen zu hören: War Ihr Freund irgendwie anders als sonst?«

»Nein, ganz normal, denke ich. Ein wenig erschöpft vielleicht, als bekäme er nicht viel Schlaf. Das hat mich allerdings nicht verwundert. Wir waren gerade dabei, die erste Charge von *Lueur* zu produzieren. Das ist immer eine intensive Phase. Ich hatte selbst recht viel Stress.«

»Wie gut, dass Sie in so einer stressigen Phase trotzdem Zeit für ein kleines Treffen gefunden haben. Vor allem in St. Paul. Selbst bin ich ja selten mit dem Auto unterwegs. Wie lange fährt man da?«

»Vielleicht eine halbe Stunde.«

»Um die Ecke von Fragonard gibt es doch diese fabelhafte Weinbar. Wäre das nicht einfacher gewesen?«

»Man braucht eben Abwechslung. Außerdem entspannt mich das Fahren.«

»Trotzdem klingt es, als hätten sie vielleicht etwas Wichtiges zu besprechen gehabt.«

»Nicht wirklich. Wir sahen uns wegen der ganzen Hektik vor dem Launch so selten, dass wir uns ein wenig austauschen wollten.«

»Sie waren also beide ein wenig erschöpft. Wie lange sind Sie geblieben?«

»Nicht lange. Ein Glas Wein, ein bisschen Geplauder, das war's. Ich wusste ja nicht, dass es das letzte Mal sein würde, dass wir so reden.«

»Also alles recht freundschaftlich?«

»Nichts Besonderes!«

»Dann müssen Ihre Treffen wohl immer ziemlich temperamentvoll gewesen sein.«

Josserand runzelte die Stirn. »Wie meinen Sie das?«

»Nun, weil Sie mich dankenswerterweise auf Ihre Aussage hingewiesen haben, als Sie ja auch den Namen des Restaurants in St. Paul hinterlegt haben. Petit Bistro d'Henry. Ein wirklich charmantes Lokal. Ganz zufällig bin ich mit Henry bekannt. Er macht ganz fabelhaftes Carpaccio. Also dachte ich mir, ich melde mich mal beim lieben Henry und plaudere ein wenig mit ihm. Zum Beispiel darüber, ob Sie beide – genau wie ich – dort öfter zu Gast waren, was ich persönlich gut verstehen könnte. Das hat er allerdings verneint. Er erinnerte sich natürlich an Sie und meinte, Sie wären zum ersten Mal dort gewesen.«

Josserand schluckte. »Ich probiere gerne Neues aus.«

»Das glaube ich Ihnen. Wenn man einen Freund hat, der die Leidenschaft für gute Küche und guten Wein teilt, ist das auch eine feine Sache. Aber was das anbelangt, bin ich etwas stutzig geworden …«

Campanard lehnte sich ein wenig nach vorn und betrachtete Josserand, ohne etwas zu sagen. Zuerst erwiderte der Geschäftsführer seinen Blick beinahe trotzig, dann sah er zur Seite und griff nach seinem Wasserglas.

»Also gut, Éric und ich haben uns gestritten. Na und? Wir beide operieren an der absoluten Spitze, da schlagen die Wogen schon mal hoch.«

Wieder wartete Campanard lange, dann lächelte er. »Bei Ihnen beiden?«

Josserand nahm noch einen Schluck. »Kann schon sein, ich weiß es nicht mehr so genau.«

Campanard nickte. »Wer kann schon verlangen, dass man sich jedes Detail eines Tages merkt. Ich, zum Beispiel, weiß nicht mehr, ob ich heute oder gestern beim Frühstück den Kaffee über meine Zeitung gekippt habe. Gott sei Dank hat Henry sich noch erinnert. Er meinte, Sie seien ziemlich laut geworden. So laut, dass er Sie bat, leiser zu sein, wegen der Anrainer.«

»Ich bin ein leidenschaftlicher Mensch, Commissaire.«

»Das strahlen Sie auch aus, wenn ich das sagen darf.«

Josserand warf ihm einen verunsicherten Blick zu. »Ich habe Éric nicht ermordet.«

Campanard neigte den Kopf. »Waren Sie traurig, als Sie von seinem Tod hörten? Oder gar erschüttert?«

»Beides natürlich!«

»Ich verstehe.« Campanard nahm sein Notizbuch zur Hand und blätterte darin. »Und das, obwohl Sie drei Tage zuvor

Dinge wie«, er fixierte Josserand durchdringend, »…›Èric, du mieses Stück Scheiße‹ zu ihm gesagt haben?«

Der Adamsapfel seines Gegenübers hüpfte hastig. »Gewiss habe ich nie so etwas Furchtbares gesagt. Ihr Bekannter muss das Ganze dramatischer empfunden haben, als es war.«

»Mhm, das kann ich nicht ausschließen. Aber nehmen wir mal an, ich wäre in Ihrer Position und hätte eine unangenehme Sache mit dem Zugpferd meines Unternehmens zu klären. Dann wäre ich wohl kaum in die Weinbar um die Ecke gegangen, wo mit Sicherheit einige meiner Kollegen etwas von einer Meinungsverschiedenheit mitbekommen würden. Ich hätte mir einen abgelegeneren Ort gesucht. Etwas wie St. Paul de Vence.«

Für Campanard entstand der Eindruck, Josserand würde immer weiter unter den Tisch sinken.

»Dazu sage ich nichts.«

»Das müssen Sie auch nicht. Sie haben ja ohnehin schon beim letzten Mal alles gesagt, nicht wahr? Heute plaudern wir nur ein wenig. Und nach allem, was sie heute erzählt haben, muss sich die Sache mit Dior wie Verrat angefühlt haben.«

Josserands Mund öffnete sich, während ihm die Farbe aus dem Gesicht wich.

»Als ich das erste Mal davon hörte«, fuhr Campanard fort, »hielt ich die Geschichte für gar nicht so schlimm. Es klang, als hätte Monsieur Sentir geplant, einfach mal einen Duft ohne Fragonard zu designen. Unangenehm für Fragonard. Unangenehm für Sie.« Langsam mit seinem Füller auf den Tisch klopfend, sah er Josserand lange an, während dieser seinem Blick auswich. »Es war aber viel mehr als das, oder nicht?«

Allmählich beschleunigte er den Takt des Klopfens.

»Könnten Sie das endlich lassen?«, entfuhr es Josserand.
»Was denn?«

»Tun Sie nicht so unschuldig, Sie … Die ganze Zeit versuchen Sie, mich so darzustellen, als wäre ich das Böse in Person. Dabei war es genau andersherum. Das einzige Arschloch in dieser Geschichte war Éric – und jetzt sehen Sie mich nicht so an, als wüssten Sie das nicht.« Josserand beugte sich aufgebracht über den Tisch. »Wissen Sie, was ich alles für diesen Mistkerl geopfert habe?«

»Nein, wenn ich ehrlich bin, kommt es mir eher so vor, als würden Sie Ihre Karriere nur ihm verdanken.«

»Man hat mich ausgelacht damals, als ich diese ›Witzfigur‹, wie das Management ihn nannte, nach Grasse geholt habe. Ich habe dafür gesorgt, dass er seinen Namen ändert, habe mich für ihn verbürgt, aufgepasst, dass er nicht übervorteilt wird. Meinen Sie, er wäre in der Lage gewesen, den Inhalt eines Vertrags zu verstehen? Für das echte Leben war er doch gar nicht gemacht.«

»Und trotzdem hat er sie dann hintergangen, nicht wahr? Mit *Lueur* …«

Josserand sprang auf, starrte Campanard einen Moment lang bebend an und begann dann im Verhörraum auf und ab zu gehen.

»Sie beide hatten da eine interessante Kooperation. Sentir hätte nie für sich selbst verhandeln können, wie Sie sagen. Umso überraschter war ich, zu lesen, dass die Rechte an seinen Parfums gar nicht bei Fragonard, sondern bei ihm liegen. Es gibt lediglich Verträge, die die Produktion und das Marketing regeln. Kann es sein, dass Sie hinter dieser für Sentir so günstigen Vereinbarung stecken? Obwohl Sie doch eigentlich im Sinne von Fragonard hätten verhandeln sollen?«

»Éric war ein Freund, das ging für mich über berufliche Verpflichtung hinaus.«

»Ohne dass es auch Ihnen ein wenig genützt hätte? In Sentirs Verträgen mit Fragonard findet sich stets der Name Charles Josserand. An jedes Parfum war eine kleine Bedingung geknüpft. Eine Beförderung hier, ein Bonus da, ein neuer Verantwortungsbereich dort. So kamen Sie mit jedem Duft von Sentir der Spitze ein klein wenig näher und sorgten wiederum dafür, dass Sentirs Düfte die Spitzenartikel wurden und nicht die des möglicherweise talentierteren Duchapin.«

Josserand deutete mit dem Zeigefinger auf Campanard. »Sie haben weder irgendeine Ahnung von unserem Geschäft noch davon, was Éric und ich alles gemeinsam durchgemacht haben. Natürlich haben wir einander geholfen, das ist doch normal!«

»Bis es das nicht mehr war, oder irre ich mich? Wann haben Sie erfahren, dass er die Produktions- und Marketingrechte für *Lueur* hinter ihrem Rücken an Dior verkaufen wollte? Und das, obwohl Fragonard erstmals in Frankreich rote Kamelien gezüchtet und bereits eine Testcharge produziert hatte? Dass Sentir drauf und dran war, einen Exklusivvertrag für weitere Düfte mit Ihrem Konkurrenten abzuschließen?«

Nun brachen alle Dämme, die Josserands Contenance bisher aufrechterhalten hatten. »Dieser miese Betrüger hat alles verraten, was wir uns aufgebaut haben! Ja, ich hatte meine Quellen, und ich habe mich mit Éric in St. Paul getroffen, weil ich aus seinem Mund hören wollte, ob es wahr ist. Zuerst hat er sich gewunden wie ein Aal, aber dann hat er es zugegeben, dieser kleine Scheißer!«

»Und deshalb haben Sie ihn ermordet?«

Ein Keuchen entrang sich Josserands Kehle. Für einen

Moment blinzelte er, als würde er gerade erst wieder wahrnehmen, wo er eigentlich war. »Nein ...«, murmelte er fast verwirrt. »Natürlich nicht!«

»Wer dann?« Campanard erhob sich mit einer geschmeidigen Bewegung und ging am Tisch vorbei auf Josserand zu. »Wer hätte Sentir mehr hassen können als Sie?«

»Das ... das ...« Für einen Moment erinnerte er Campanard an einen Schuljungen, der zum Direktor zitiert wurde. »Ich war wütend, ja, aber ihn umbringen?«

»Was hat er Ihnen gesagt, als Sie ihn zur Rede gestellt haben? Warum hat er Ihren kleinen Deal platzen lassen? Wegen des Geldes?«

»Was weiß ich!«

»Raus damit!«, herrschte Campanard ihn an.

»Er hat nur irgendeinen Blödsinn gebrabbelt.«

»Was genau?«

»Angesehen wie ein geprügelter Hund hat er mich. ›Verzeih mir, Charles!‹«, äffte Josserand Sentirs hohe Stimme nach. »Dann hat er meine Hand genommen. ›Aber wir müssen hier einfach weg, bevor es zu spät ist!‹ Ich hätte ihm am liebsten eine verpasst. Gott sei Dank bin ich aufgestanden und gegangen, bevor ich das getan habe.«

»Sentir war also in Sie verliebt?«

Josserand lachte und schüttelte den Kopf. »Danke für diese ekelhafte Vorstellung.« Er räusperte sich, als er Campanards finsteren Blick bemerkte, und machte einen Schritt zurück. »Nein, Éric war nicht schwul. Er hatte immer wieder irgendwelche verhängnisvollen Affären. Ich war jedes Mal dankbar, dass es nicht in einer Ehe mündete. Der Idiot hätte sich nach Strich und Faden ausnehmen lassen.«

»Aber durchbrennen wollte er offenbar mit Ihnen. Warum?«

»Was weiß denn ich? Wahrscheinlich hat er den Verstand verloren. Spielt nun keine Rolle mehr, nicht wahr?«

Campanard betrachtete ihn eine Weile schweigend von oben herab. »Doch, Monsieur. Ich bin mir ziemlich sicher, dass es das tut.« Der Blick des Commissaire wanderte zur Wanduhr des Verhörraums. »Nanu! Jetzt ist die Zeit doch schneller vergangen als gedacht. Ich denke, dem Protokoll ist nun Genüge getan, vielen Dank.«

»Wie bitte?« Josserand wirkte, als würde er aus einer Trance erwachen.

»Wir sind fertig.« Campanard klopfte Josserand auf die Schulter und beugte sich zu ihm hinunter. »Für den Moment.«

Er führte ihn zum Ausgang und zeigte auf eine Bank, die in ein paar Schritten Entfernung stand. »Nehmen Sie Platz, mein Kollege wird Sie gleich abholen.«

»Commissaire!« Josserand bemühte sich, ein wenig von seiner verloren gegangenen Autorität wiederzugewinnen. »Glauben Sie, was Sie wollen, aber ich habe Éric nicht umgebracht.«

Campanard schenkte ihm ein Lächeln. »Migräne tritt oft gemeinsam mit Übelkeit auf. Eigentlich nicht mit Bauchkrämpfen. Auf Wiedersehen, Monsieur Josserand.«

Er wandte sich um und schloss die Tür hinter sich. Wieder allein, atmete er tief durch und rieb sich die Stirn. Dann hob er den Kopf zu der verspiegelten Glasscheibe, hinter der er Olivier vermutete, und gab ihm ein Handzeichen.

Kurz darauf erschien der Inspecteur im Verhörraum.

»Ihre Recherchen bei Dior und dann in der Vertragsabteilung von Fragonard waren Gold wert«, erklärte der Commissaire anerkennend.

Olivier nickte ungewohnt nachdenklich. »Meinen Sie, wir haben unseren Mörder, Chef?«

Campanard dachte kurz nach. »Möglich. Madame Revelle, ist sie schon da?«

»Ja, ich bringe Josserand hinten hinaus, bevor ich sie hole.«

»Na dann!«

***

Céleste Revelle nahm Platz und blickte sich nervös in dem Verhörraum um. Ein Getränk hatte sie ausgeschlagen. Mit dem zurückgebundenen Haar, dem starken Make-up und dem etwas streng wirkenden grauen Blazer, den sie über einem Rock in derselben Farbe trug, machte sie einen adretten Eindruck.

Campanard hatte sich ihr gerade freundlich vorgestellt, trotzdem schien sein Anblick die sonst so selbstsichere Frau weiter zu verunsichern. Das mochte an seiner Größe liegen, aber auch sein Hemd, das mit Dutzenden Clownfischen bedruckt war, irritierte sie offenbar.

»Danke, dass Sie sich noch einmal die Mühe gemacht haben, Madame Revelle«, erklärte er. »Ich verspreche, es wird nicht lange dauern. Genau genommen möchte ich mit Ihnen nur über die Premierengala für *Oase de Nuit* in Mougins sprechen.«

»Bitte«, antwortete sie und nickte.

»Es scheint ein wirklich besonderer Anlass gewesen zu sein, nicht wahr?«

»O ja! Wunderbar stilvoll, nur ausgewähltes Publikum.«

»Und da mussten Sie den ganzen Abend arbeiten, ohne das Fest genießen zu können?«

»Nun, das ist mein Job«, erwiderte sie schlicht. »Aber ich konnte zwischendurch immer wieder hineinsehen und die Gala mitverfolgen. Zwischen Ankunft und Verabschiedung der Gäste war ja kaum etwas zu tun.«

»Sie haben die Gästeliste überprüft, den Eingeladenen die Garderoben gezeigt, Ihnen danach ein Taxi gerufen. Kann man Ihre Aufgaben etwa so zusammenfassen?«

»Ja, in etwa. Außerdem habe ich kleine Präsente verteilt. Parfümproben. *Oase de Nuit pour homme* oder *pour femme*, je nachdem.«

»Wie aufmerksam. Was bekamen die genderfluiden Gäste?«

Madame Revelle stockte. »Wie bitte?«

Campanard verkniff sich ein Kichern. So jung und doch so verstockt, die Arme. »Sie haben also auch alle Gäste verabschiedet?«

»Selbstverständlich!«, erwiderte Revelle ein wenig echauffiert.

»Verstehen Sie mich nicht falsch. Wir haben alle unsere natürlichen Bedürfnisse, und vielleicht ist Ihnen doch jemand entwischt, als Sie mal kurz ins Bad verschwunden sind?«

»Ganz – gewiss – nicht«, entgegnete Madame Revelle resolut. »Ich nehme meine Arbeit sehr ernst, im Gegensatz zu den meisten Menschen heutzutage.«

»Ein Jammer, nicht wahr?«, antwortete Campanard und strich über seinen Bart, damit man sein Grinsen nicht sah. »Ich habe mich beim Veranstalter informiert. Dort heißt es, es gab noch einen zweiten Ausgang, der von den Angestellten des Catering-Service genutzt wurde. Hätte dort jemand das Gelände verlassen können?«

»Unsere Gäste durften selbstverständlich gehen, wann Sie wollten. Aber falls Sie wissen möchten, ob das jemandem aufgefallen wäre ... vermutlich ja. Ich habe dort eine Security-Kraft abgestellt, damit keine ungebetenen Gäste auf der Feier auftauchen konnten.«

Campanard nickte. Das deckte sich mit dem, was er vom Veranstalter in Mougins erfahren hatte. Außerdem hatte Olivier bereits mit dem jungen Mann geredet, der den Seiteneingang bewacht hatte. Niemand hatte die Feier auf diesem Weg verlassen.

»Dann zu meiner wichtigsten Frage, Madame. Erinnern Sie sich an Gäste, die früher gegangen sind?«

Madame Revelle warf ihm einen fast schon entsetzten Blick zu. »Wissen Sie denn nicht, dass *Oase de Nuit* einer unserer wichtigsten Düfte ist?«

»Und weiter?«

»Natürlich hat *keiner* der Gäste vor dem offiziellen Ende um 23 Uhr die Gala verlassen.«

Campanard hob die Augenbrauen. »Das klingt ja fast wie in der Schule.«

»Ich kann Ihnen versichern, bei so einem Anlass bleibt man gerne freiwillig.«

»Natürlich, aber es kann doch passieren, dass jemandem unwohl ist oder ein Notfall eintritt ...«

Er wartete bewusst lange, aber Madame Revelle presste nur die Lippen zusammen und schüttelte den Kopf. »Niemand!«

»Interessant, interessant. Das würden Sie auch vor Gericht so bezeugen? Ich sollte Sie daran erinnern, dass Sie sich auch durch eine in diesem Raum getätigte Falschaussage strafbar machen können.«

Revelle errötete leicht, doch dann schüttelte sie erneut den Kopf. »Niemand!«

Campanard nickte langsam. »Und wenn ich Sie nun frage, einfach aus dem Bauch heraus: Sentir oder Duchapin?«

Madame Revelle setzte an, etwas zu sagen, ehe sie sich hastig auf die Lippen biss. »Sie sind oder waren … beide große Genies. So eine Wahl könnte ich unmöglich treffen.«

Campanard lächelte und nickte. »Vielen Dank, Madame. Wir sind für heute fertig.«

KAPITEL 11
MOLEKÜL UND ENFLEURAGE

Zwei Tage waren vergangen, seit Linda sich zuletzt mit Campanard und Olivier getroffen hatte. Campanard hatte sie inzwischen angerufen und ihr von den Verhören mit Céleste und Josserand erzählt, während sie ihm von ihrem Eindruck von Pauline Egrette berichtet hatte.

Linda hatte die Zeit genutzt und die Fakten, die sie im Mordfall Sentir kannten, mit Kreisen und Pfeilen zu einer *carte mentale* auf einem Clipboard zusammengefasst, das Olivier ihr vorbeigebracht hatte. Sie wusste nicht mehr, wann sie so etwas zuletzt mit Papier und Stiften und nicht auf einem Tablet getan hatte, aber es machte ihr genauso großen Spaß. Martine war nur ein paarmal durch den Frühstücksraum gelaufen und hatte den Kopf geschüttelt, während Linda ihr Werk an die Wand hängte. Danach stand sie eine Weile davor und knetete ihre Unterlippe.

Wenn es kein Auftragsmord war, dann kam tatsächlich nur noch Sentirs Freund Josserand infrage. Er hatte die Gala in Mougins zumindest ein wenig früher verlassen, obwohl Céleste felsenfest behauptete, dass niemand vorzeitig gegangen sei.

Das bedeutete, dass sie ihn entweder übersehen hatte oder aus irgendeinem Grund log. Wer sagte also, dass Josserand nicht schon wesentlich früher gegangen war? Dann hätte er noch Zeit gehabt, sich mit Sentir zu treffen, mit ihm zu Fragonard zu fahren, ihn dort unter Drogen zu setzen und …

Linda rieb sich die Stirn. Josserand war unglaublich wütend und enttäuscht von seinem Freund gewesen. Die fehlenden Spuren von Gewalt an Sentirs Leiche sprachen aber nicht unbedingt von einer Tat im Affekt.

Nach einer Weile ließ sie es bleiben und widmete sich wieder der Duftkreation. Sie nahm ihren Koffer zur Hand und setzte sich hinaus in den Garten. Während sie die Duftstoffe herausnahm, die sie brauchte, kam Astérix leise gackernd zu ihr gelaufen und schien abzuwägen, ob beim Frühstück etwas Essbares für ihn abfallen könnte.

Linda betrachtete die Fläschchen vor ihr. Nur drei Düfte, hatte Pauline gesagt. Alles klar.

Sie roch sich durch die Basisnoten. Warum nicht Tonkabohne? Der würzige Duft könnte die Frische des Papyrus unterstreichen. Gut, dann noch eine Kopfnote. Bei einer blieb sie hängen: Zitrone. Der Duft hatte nichts mit dem unangenehmen Reinigungsmittelaroma zu tun, das man so oft roch; es war vielmehr so, als würde man eine große Zitrone direkt vom Baum pflücken. Könnte sie das Richtige sein? Kopfnote und Herznote überschnitten sich, und Zitrone und Papyrus rochen wie das, was Duchapin als harmonischen Akkord bezeichnet hatte. Linda versuchte sich an das Mengenverhältnis zwischen Kopf-, Herz- und Basisnote zu erinnern, das Manu ihr beigebracht hatte, hielt dann aber inne, bevor sie begann, die Tonkabohne in ein leeres Parfümfläschchen zu träufeln.

Pauline hatte klargemacht, dass sie sich nicht zu sehr auf Regeln verlassen sollte.

»Einfach ein bisschen loslassen, Linda«, murmelte sie.

Vorsichtig träufelte sie jeweils einen Tropfen Tonka, Zitrone und Papyrus in ihr Fläschchen und schüttelte das Ganze. Vorsichtig roch sie daran.

Man konnte nicht sagen, dass es besonders gut duftete. Zitrone und Papyrus erschlugen die Tonkabohne förmlich, während sie um die Vorherrschaft kämpften.

Linda trommelte nachdenklich auf die Tischplatte. Vielleicht musste sie beginnen, das Ganze wirklich wie eine Kunst zu betrachten. Eine Komposition. Ein Zusammenwirken verschiedener Komponenten, von Gefühlen, fast wie …

»Ein Gesicht«, murmelte Linda. Vielleicht unterschied sich die Parfümkreation gar nicht so sehr von dem, was sie tat. Genauso wie ihr die Summe minimaler Regungen in einer Miene verriet, was ihr Gegenüber fühlte, konnte auch das Verhältnis von Duftstoffen ein Gefühl vermitteln.

Sie versuchte an eine abenteuerlustige moderne Frau in Paris zu denken, so lange, bis sie ihr Gesicht genau vor sich sehen konnte. Ihre Neugier. Ihre Entschlossenheit, Grenzen zu überschreiten. Dann pipettierte sie nach und nach kleine Mengen von Kopf-, Herz- und Basisnote zu der Mischung. Immer wieder schloss sie die Augen und glich den Duft mit dem Gesicht der Frau ab, bis sie das Gefühl hatte, dass sich deren entschlossene Miene mit dem Duft in ihrem Fläschchen deckte.

Astérix' Gackern riss sie aus ihrer Konzentration. Linda blinzelte, als hätte sie geträumt. Sie hatte keine Ahnung mehr, wie viel sie wovon hinzugegeben hatte, so versunken war sie gewesen.

Zur Sicherheit schüttelte sie das Fläschchen noch einmal aus dem Handgelenk. Dann trug sie ein wenig von dem Inhalt auf ein Taschentuch auf, während Astérix das Interesse verlor und neben Lindas Tisch am Boden zu scharren begann.

Linda schloss die Augen und sog vorsichtig die Luft ein. Es roch ... nicht schlecht.

»Yay!«, rief Linda und riss die Arme in die Luft.

Ihr Ruf hallte von den umliegenden Steinhäusern wider. Martine öffnete ein Fenster. »Muss ich die Rettung rufen?«, schnappte sie.

»Nein, nein«, lachte Linda und winkte ihr fröhlich.

»Jesus!« Martine rollte mit den Augen und schloss das Fenster wieder.

Mit einem Lächeln auf den Lippen roch sie noch einmal an dem Taschentuch.

»Ich kann das«, murmelte sie mit einiger Verwunderung.

***

»Damit haben wir uns nun einen Überblick über die verschiedenen Duftfamilien verschafft. Gut gemacht«, erklärte Pauline am nächsten Tag, nachdem sie den ganzen Vormittag Duftkreation unterrichtet hatte, und klatschte in die Hände.

Manu hob die Hand. Sein Gesicht wirkte ungewohnt nachdenklich.

»Ja, bitte?«

»Weißt du, wir lernen von all diesen großartigen Duftstoffen, Duftfamilien und den vielen Möglichkeiten, wie wir sie kombinieren können. Aber meinst du, dass das künftig noch auf diese Weise möglich sein wird?«

Pauline runzelte die Stirn und verschränkte die Hände vor dem Bauch. »Was ich euch jetzt sage, ist vielleicht unangenehm. Und nicht jeder von euch wird das hören wollen, aber es handelt sich um eine Wahrheit, der alle Nasen sich stellen müssen. Grasse«, sie zeigte aus dem Fenster, »hat sich nicht umsonst zur Weltstadt der Düfte entwickelt. Das spezielle Mikroklima hier erlaubt den Anbau zahlloser Blüten wie Mairose, Jasmin, Tuberose und Lavendel. Allein für den Jasmin aus unserer Gegend zahlen Dior und Chanel mehr als für Gold. Doch im letzten Sommer wurde unsere Stadt von einer Dürre heimgesucht, die dazu führte, dass die Tuberosenernte fast gänzlich ausfiel. Die Mairosenernte war unbrauchbar. Was früher die Ausnahme war, wird immer mehr zur Regel. Aber all das betrifft nicht nur Grasse, sondern die ganze Welt. Auch bei der Vanille, die zum größten Teil in Madagaskar angebaut wird, sehen wir immer öfter Probleme. Dieses Jahr wurde wegen anhaltender Trockenheit wieder dreißig Prozent weniger geerntet, und die Preise schossen in die Höhe. Ähnliche Probleme haben wir mit Patschuli. Achtzig Prozent werden auf Sulawesi angebaut. Dort war es im Vorjahr zunächst viel zu trocken, dann gab es Überflutungen. Die Produktion von Patschuliöl stand beinahe still. Aber nicht nur Ernteausfälle sollten uns Sorgen machen, sondern auch das, was Wetterextreme wie Hagel, Dürre und Frost mit der Qualität der Duftstoffe anstellen. Mittlerweile weiß man, dass viele Pflanzen die Expression der Gene, die für die Duftstoffproduktion verantwortlich sind, bei Temperaturstress zurückfahren. Sie hören dann einfach auf zu duften.«

»Genau darüber habe ich nachgedacht«, murmelte Manu. »Vor allem die Klassiker wie *Chanel Nº5*, die seit Jahrzehnten auf dem Markt sind, müssen immer gleich riechen, sie brauchen eine konstant hohe Qualität. Diese Blüten kann man nicht einfach irgendwo einkaufen.«

Pauline nickte. »Das ist leider richtig. Man forscht daher

bei verschiedenen Duftpflanzen an resistenteren Sorten. Hier in Grasse ist man in puncto Nachhaltigkeit auch relativ weit, aber um ehrlich zu sein, sehe ich die Zukunft unserer Branche woanders, nämlich bei synthetischen Duftstoffen. Es ist leichter, sie auf einem gleichbleibenden Niveau zu produzieren. Der Flächenverbrauch ist nachhaltiger, und man bringt damit ein paar ganz schön abgefahrene Dinge zustande. Meine Ansicht dazu ist allerdings ein sehr kontroverses Thema in unserer Community. Vor allem die renommierten Hersteller wehren sich mit Händen und Füßen dagegen, in diese Richtung zu gehen. Sie fürchten, die Illusion, dass ein Parfum etwas Natürliches wäre, könnte platzen.«

Ein Grinsen stahl sich auf ihre Lippen. »Aber das ist dann schon ein Thema für das nächste Semester. Vorerst bedanke ich mich für eure Aufmerksamkeit.«

Paulines Worte ließen Linda so nachdenklich zurück, dass sie es kaum bemerkte, als ihre Lehrerin an den Tisch kam und den Flakon in die Hand nahm, den Linda darauf abgestellt hatte.

»Neuer Versuch?«, fragte Pauline mit einem verschmitzten Grinsen. Linda nickte nervös, während der Rest der Klasse bereits nach draußen strömte, um Mittagspause zu machen. Pauline sprühte ein wenig auf einen Papierstreifen und fächerte ihn durch die Luft.

»Hm«, murmelte sie, nachdem sie prüfend die Luft eingesogen hatte. »Ich finde, das funktioniert schon ziemlich gut. Tonka, Papyrus und Zitrone, eine solide Wahl. Aber ... wunderbar eigenwillig gemischt.« Pauline blinzelte abwesend, ehe sie sich besann. »Doch die wichtigste Frage lautet ...« Die junge Nase lächelte verschwörerisch. »Würdest du ihn selbst tragen?«

Linda lächelte. »Ja, ich denke schon.«

»Dann ist er gelungen.«

Linda konnte sich das zufriedene Grinsen nicht verkneifen.

»Ich habe noch eine halbe Stunde, bis unser Enfleurage-Kurs beginnt«, erklärte Linda. »Dachte, ich hole mir einen Kaffee und gehe eine Runde im Garten spazieren. Vielleicht möchtest du mich begleiten? Ich hätte noch ein paar Fragen zu den Duftfamilien, die wir heute besprochen haben.«

Pauline sah kurz auf ihr Smartphone. »Ja, das geht. Mein nächster Termin ist erst um eins. In letzter Zeit komme ich sowieso viel zu selten an die Sonne.«

»Großartig!«

Sie verließen den Kursraum und stellten sich bei dem Kaffeevollautomaten an, den man für die Studierenden installiert hatte. Daneben lagen einige Tabletts mit Brötchen und kleinen Küchlein bereit, aber Linda war noch immer satt von Martines Frühstück. Während sie einen Espresso und einen Cappuccino zubereitete, fing sie aus den Augenwinkeln den sehnsüchtigen Blick von Manu auf, der sich bestimmt schon auf die gemeinsame Pause gefreut hatte. Nächstes Mal. Das hier war wichtiger.

Draußen im Garten zwischen den hohen Palmen, die vor der Parfümerie wuchsen, schloss Pauline die Augen und legte den Kopf in den Nacken. »Ah, Frühling. Seit ich hier bin, habe ich gelernt, die Jahreszeiten zu riechen. Jetzt im Mai ist es das Aufblühen der Kräuter und Zitrusbäume.«

»Wie riecht denn hier der Winter?«, fragte Linda neugierig. Paris roch im Winter nicht besonders. Vielleicht ein wenig nach der erdigen Feuchtigkeit, die von der Seine aufstieg.

Pauline neigte den Kopf. »Ein wenig simpler. Das Meer, die Zypressen und Pinien schaffen es in den Vordergrund.«

Sie lächelte.

»Was wolltest du mich denn zu den Duftfamilien fragen?«

»Ähm, ich glaube, ich verstehe den Unterschied von Fougère und Chypre noch nicht richtig.«

Pauline lachte. »Wer tut das schon. Die beiden sind sich ziemlich ähnlich.«

»Ich meine, beide Duftfamilien sind doch herb und können waldige Noten beinhalten. Wieso trifft man hier überhaupt eine Unterscheidung?«

»Das stimmt. Also, du erinnerst dich, als ich euch erzählte, dass *Chypre*, benannt nach der Insel Zypern, ein Damenduft war, der 1917 herauskam?«

»Ja. Es enthielt auch Eichenholzmoos aus Zypern als Basis, wenn ich mich richtig erinnere.«

»Man muss begreifen, was dieses Parfum damals für die Parfümerie bedeutete. Es war eigenwillig, modern, frisch und grün. So was hatte es einfach nie zuvor gegeben. Das Parfum inspirierte eine eigene Duftfamilie. Man könnte sagen, dein neuer Duft ist teilweise ein Chypre-Parfum, der Papyrus zum Beispiel. Fougère, das sind die edleren, süßeren Düfte. Dem Gründer der Duftfamilie gelang es übrigens erstmals, Cumarine der Tonkabohne für einen Duft zu nutzen, deshalb ist sie exemplarisch dafür.«

»Interessant! Dann ist mein Parfum also auch Fougère.« Linda lachte und nippte an ihrem Espresso, während sie mit Pauline die Gartenwege entlangschlenderte. »Ich muss noch viel lernen, denke ich. Für alle anderen im Kurs scheint das schon selbstverständlich zu sein.«

»Oh, das wirst du«, erwiderte Pauline. »Und ich bin schon sehr gespannt, was du alles für deine Duftkreationen nutzen wirst, wenn du die Basis beherrschst.« Sie schwieg einen Moment. »Ich weiß nämlich, wer du bist.«

Linda erstarrte. In ihrem Inneren begann Panik aufzuwallen. War Pauline dahintergekommen, dass sie für die Polizei arbeitete?

»Wie meinst du das?«

Pauline grinste. »*Forbes France*, die Top dreißig unter dreißig! Du warst eine von ihnen. Und ich zufällig auch!«

»Ach, das!« Linda stieß ein hohles Lachen aus. »Ist ja schon ein ganzes Weilchen her.«

Pauline runzelte die Stirn. »Gerade mal ein halbes Jahr! Du warst damals gar nicht bei der Gala in Lyon, soweit ich mich erinnere.«

»Nein«, erwiderte Linda gepresst. »Da hatte ich mich schon … umorientiert.«

Pauline nickte. »Darf ich fragen, wie es dazu kam? Ich meine, du warst so erfolgreich. Dieses Projekt mit der KI …«

»Ja!«, unterbrach Linda sie und versuchte sich wieder an das Briefing zu erinnern, das Olivier für sie zusammengestellt hatte. »Das haben mir alle gesagt. Ich war erfolgreich. Aber das Thema: die Kriminalistik, die Morde. Der ständige Umgang mit Verdächtigen. Irgendwann wurde mir bewusst, wie sehr mich das belastet. Und Erfolg hin oder her, ich musste da raus und mir Zeit für einen Neuanfang nehmen.«

»Von einem forensischen Institut ans Institut de la Parfumerie.« Pauline kicherte. »Eine ziemliche Wendung, könnte man meinen.«

Linda zwang sich zu einem Lächeln. »Ich wollte mich zur Abwechslung mit etwas beschäftigen, das schön ist.« Sie biss sich auf die Lippen. »Und noch bevor ich ankomme, passiert hier auch ein Mord. Vom Regen in die Traufe!«

Paulines Miene verfinsterte sich. Linda zwang sich, sie nicht allzu auffällig zu analysieren. Immerhin war Pauline durch den *Forbes*-Artikel über ihre Fähigkeiten im Bilde.

»Entschuldige«, murmelte sie. »Du kanntest ihn wahrscheinlich.«

»Ja«, erwiderte Pauline gedankenversunken. »Als ich vor drei Jahren zu Fragonard kam, war er der Einzige, der nett zu mir war. Monsieur Josserand … Nun, sagen wir, er war von meiner Eignung zur Nase nicht sonderlich überzeugt. Ich kam ja mit dem Anspruch, eine neue Art der Duftkreation ins Unternehmen zu bringen. Synthetische Moleküle, die keinen Eigengeruch verströmen und im Kontakt mit der Haut einen ganz individuellen Geruch entfalten. Auch die meisten Nasen sträubten sich gegen die Idee, gegen das, was eigentlich die größte Hoffnung unserer Branche ist. Sie bezeichneten die Resultate meiner Arbeit ziemlich offen als billig und beliebig. Nur eben Éric nicht. Wenn Josserand *vergaß*, mich zu einem Meeting oder einer Feier einzuladen, sorgte er dafür, dass ich dabei war. Er machte auch seinen Einfluss geltend, damit der Duft, den ich gerade entwickle, *Molecule You*, in die Fragonard-Pipeline aufgenommen wurde.«

»Klingt nach einem schweren Einstand.«

Pauline lachte. »Du hast keine Ahnung. Fragonard und unsere gesamte Branche sind eine Hochburg der alten weißen Männer. Sie sitzen da und feiern sich selbst, ohne zu begreifen, dass sie auf der *Titanic* sitzen.«

Sie legte Linda die Hand auf die Schulter. »Deshalb freue ich mich so, dass du es in diesen Kurs geschafft hast. Die Branche braucht dringend einen Wandel. Und allein habe ich keine Chance, da durchzudringen.«

»Zumindest Sentir scheint ja anders gewesen zu sein.«

»Freundlicher auf alle Fälle, vielleicht auch offener, auch wenn seine Parfums nicht unbedingt modern waren.«

»Was denkst du über *Orphée*, *Perséphone* und *Lueur*?«

Pauline schloss die Augen.

»Verzeih!« Linda schüttelte den Kopf. »Das war taktlos von mir. Immerhin kanntest du ihn gut. Vergiss, was ich gesagt habe.«

»Nein, nein!« Pauline nahm einen Schluck von ihrem Cappuccino, dann schien ihr Blick durch Linda hindurch ins Unendliche zu gleiten. »*Orphée* und *Perséphone* sind handwerklich nicht unbedingt perfekt. *Orphée* ist zu blumig, *Perséphone* zu herb. Es sind ein wenig schrullige Düfte. Genau deshalb mag ich sie. Weil sie sind wie Éric. Wenn ich sie rieche, höre ich ihn lachen.«

»In der Klasse reden viele von *Oase de Nuit*«, fuhr Linda vorsichtig fort. »Kann der Duft denn was?«

»Ganz ehrlich?« Pauline schnaubte. »Ich muss leider gestehen, dass es das beste Parfum ist, das Fragonard in der jüngeren Vergangenheit auf den Markt gebracht hat – mit Abstand.«

»Wieso denn leider?«

»Entschuldige, es würde mir viel leichter fallen, das zuzugeben, wenn Duchapin nicht so ein Idiot wäre.«

Einen Moment lang war Linda von Paulines Offenheit überrascht, dann lachte sie. »Er wirkt offensichtlich gern finster und rätselhaft.«

Pauline rollte mit den Augen. »Das ist aber nicht alles.«

»Was meinst du?«

Pauline musterte Linda abschätzend. »Wenn ich dir das jetzt sage, versteh es bitte wirklich nur als meine persönliche Meinung. Das sollte in deiner Klasse definitiv nicht die Runde machen, okay?«

»Klar!«

Pauline beugte sich zu ihr hinüber. Kurz glaubte Linda sogar, eine Spur von Angst in ihrer Miene zu lesen.

»Duchapin spielt gerne mit Menschen. Es gefällt ihm, sie zu manipulieren. Er hält seine Parfümkunst für so ausgeklügelt, dass sie ihm eine Art Macht über andere verleiht. Und er ist so verdammt gut in dem, was er tut, dass ich nicht sicher bin, ob es nicht wahr sein könnte.«

»Das kling ein wenig abgedreht«, erwiderte Linda unsicher.

»Ich bin mir ziemlich sicher, dass zumindest er selbst davon überzeugt ist. Grundsätzlich halte ich das ja auch für Unsinn, aber wissenschaftlich ist es nicht undenkbar.«

»Meinst du damit, dass Gerüche nicht von unseren höheren Gehirnfunktionen gefiltert werden, wie alle anderen Sinnesreize…«

»… sondern auf direktem Weg das limbische System aktivieren. Das heißt, Gerüche entziehen sich unserer direkten Kontrolle, sie können viel stärker Gefühle und Erinnerungen heraufbeschwören als jeder andere Reiz.«

Linda zuckte mit den Schultern. »Bloß hilft das nichts, wenn man ein erfolgreiches Parfum kreieren will, oder? Ich meine, jeder hat doch andere Erinnerungen oder Assoziationen.«

»Natürlich nicht. Ich möchte Duchapin auch nicht schlechtmachen. Du kannst sicher viel von ihm lernen – aber ich kann ihn einfach partout nicht ausstehen!«

Linda prustete los, gerade als sie den letzten Schluck ihres Espressos genommen hatte. Pauline stieß ein glockenhelles Lachen aus. Linda konnte sehen, wie einige Spaziergänger verwirrt zu ihnen herübersahen, und wischte sich mit der Hand, so gut es ging, den Kaffee aus dem Gesicht.

»Gott«, japste sie, während Pauline sich besann und ihr Handy zückte.

»Ich glaube, du musst wieder rein. Es ist schon eins.«

»Mist!« Linda lief los, machte nach ein paar Schritten halt und wandte sich noch mal zu Pauline um.

»Danke für die Pause!«

**

Alle saßen schon an ihrem Platz, als Linda mit hochrotem Kopf den Kursraum betrat. Duchapin stand bereits vor der Klasse und wartete, bis sie sich gesetzt hatte. So hatte sie sich zuletzt als junges Mädchen in der Schule gefühlt.

»Was hast du denn so lange mit Pauline getrieben?«, flüsterte Manu, nachdem sie Platz genommen hatte.

Linda brachte ihn mit einer entschiedenen Geste zum Schweigen, als sie merkte, dass Duchapin sie mit steinerner Miene musterte.

»Sie!«, rief er so unvermittelt, dass Linda zusammenzuckte. »Kommen Sie zu mir nach vorn.«

Linda wollte gerade aufstehen, doch dann begriff sie, dass Duchapin gar nicht sie gemeint hatte – sondern Manu. Sie erkannte, wie das Gesicht unter seinen dunklen Locken rot wurde.

»Aber gern!«, erklärte er, erhob sich und ging zu Duchapin nach vorn.

Dieser zückte ein durchsichtiges Fläschchen mit einer klaren Flüssigkeit, zeigte es der Klasse und reichte es dann Manu. Der nahm es entgegen und hob eine Augenbraue.

»Riechen Sie daran«, erklärte Duchapin, ohne den Blick von seinem Publikum zu nehmen. »Beschreiben Sie mir den Duft.«

Manu nickte, schraubte den Deckel auf und roch an der klaren Flüssigkeit. Er hob den Kopf und runzelte die Stirn. Dann schnupperte er erneut.

»Und?«, fragte Duchapin ungeduldig. Heute trug er ein helles Sakko über einem schwarzen Hemd. Linda wusste nicht ganz, wieso, aber sie fand, dass ihm eine Augenklappe gut stehen würde.

»Ich …«

»Nun?«

Manu hob den Kopf. »Ich … rieche nichts, Monsieur.«

Duchapin fixierte ihn und schüttelte den Kopf. »Sind Sie sicher?«, fragte er abschätzig.

Manu roch noch einmal an dem Fläschchen, dann schüttelte er seinen hochroten Kopf.

Der Duftkreateur schnaubte abfällig, ging direkt auf Manu zu und nahm ihm das Fläschchen aus der Hand.

»Strecken Sie Ihren Arm aus.«

Manu warf Linda einen fragenden Blick zu, dann gehorchte er. Duchapin tropfte ein wenig von der Flüssigkeit auf sein Handgelenk. Während er das tat, bemerkte Linda, wie sich in dem Fläschchen rote Schlieren bildeten, bis sich der gesamte Inhalt rot gefärbt hatte.

Geräusche der Anerkennung wurden im Kursraum laut. Der Parfümeur zeigte ihnen das Fläschchen mit dem blutroten Inhalt noch einmal, verschloss es dann und stellte es auf seinem Pult ab. Dann wandte er sich wieder Manu zu.

»Wie ist es jetzt?«

Manu roch an seinem Handgelenk und hob überrascht den Kopf. »Es duftet!«, erklärte er.

»Und wie?« Duchapin verzog keine Miene.

Manu schüttelte leicht den Kopf. »Ein bisschen wie frische Wäsche.«

Der Duftkreateur nickte leicht.

»Ich habe mich nicht geirrt, oder? Vorhin hat es nach nichts gerochen.«

Duchapin betrachtete ihn. »Darum geht es nicht, sondern darum, dass Sie geglaubt haben, dass es einen Geruch geben müsste, nur weil ich Ihnen dieses Fläschchen in die Hand gedrückt habe. Wären Sie wirklich eine Nase, hätten sie, ohne zu zögern, Ihrem eigenen Sinneseindruck vertraut.«

Er wies Manu den Weg zurück zu seinem Platz. Erst als dieser mit gesenktem Kopf zurückgetrottet war und neben Linda Platz genommen hatte, fuhr Duchapin fort.

»Das hier«, er hob das Fläschchen »ist ein sogenannter Molekularduft. Rein synthetisch hergestellte Duftmoleküle. Vollkommen geruchlos. Erst im Kontakt mit der Haut entwickelt die Molekularstruktur einen ganz individuellen Geruch.«

Genau die Art von Parfum, mit der Pauline sich beschäftigte. *Molecule You.* Dabei hatte Duchapin doch angekündigt, sie in der Enfleurage auszubilden.

»Zusätzlich haben die Synthetiques bei diesem Parfum noch einen besonderen Kniff eingebaut. Wird das Parfum erstmals aufgetragen, löst der Sauerstoffkontakt im Inneren der Flüssigkeit eine Kettenreaktion aus, die eine Rotfärbung bewirkt.« Er stellte das Parfum bedächtig zurück auf sein Pult. »Parfums dieser Art entsprechen dem Geist unserer Zeit. Jeder möchte etwas Besonderes sein, jeder möchte so riechen wie niemand sonst. Der Duft ist *personalisiert*, selbst der langweiligsten und hohlsten Person wird dadurch eingeredet, sie wäre etwas Besonderes. Und mit der Rotfärbung erhält sie auch einen Hauch chemisch-synthetischer Magie mit dem Kauf. Prominente Testimonials solcher Düfte verpacken diese Farbumschläge noch in irgendeine bescheuerte Geschichte. Ich habe mittlerweile schon viele davon gehört. So hat Lady Gaga vor Jahren behauptet, ihr Parfum würde einen Tropfen ihres Menstruationsblutes enthalten. Andere Hersteller behaupten, die Farbe des Parfums würde den emotionalen Zustand des Käufers widerspiegeln.«

Duchapin sah in die Runde. »Ich habe gerade einige Vorteile solcher Düfte genannt. Wer möchte mir Nachteile nennen?«

Linda hob die Hand. »Der Vorteil kann auch zum Nachteil werden. Ein komplett individualisiertes Sinneserlebnis entzieht sich jeglicher Kontrolle. Viele mögen vielleicht nicht, wie das synthetische Molekül an ihnen riecht, und lehnen danach das ganze Konzept ab.«

Einer von Duchapins Mundwinkeln hob sich, während sich seine unteren Lidmuskeln zusammenzogen. Ihm gefiel offenbar, was sie gesagt hatte.

»Natürlich besteht die Kunst der Parfümkreation auch darin, dass jeder Duft von Person zu Person variieren kann. Aber bei Molekülparfüms gibt es kein Sinnerlebnis, an dem jemand mit all seinem Können gefeilt hat. Es ist Zufall. Eine Art Generator. Betätigen wir den Hebel, und irgendetwas kommt schon heraus. Ist das unterhaltsam? Vielleicht. Es erzeugt in jedem Fall Neugier. Doch danach? Entsteht dadurch ein Parfum, das Sie auch gerne benutzen würden?«

Mit seinem Blick fixierte er Manu. »Ist der aufsehenerregende Duft, den Sie sich wünschen, der nach frischer Wäsche?«

Er reichte das Parfum einer Studentin in der ersten Reihe.

»Probieren wir es. Jeder von Ihnen. Sehen wir, welches Spektrum wir von diesem kleinen Spielzeug zu erwarten haben.«

Die Studentin beträufelte sich mit dem Parfum und reichte es weiter.

»Lass dich von ihm nicht einschüchtern«, flüsterte Linda Manu ins Ohr. »Das ist seine Masche.«

Manu nickte sichtbar geknickt, während Linda das Parfum entgegennahm und ein wenig davon auftrug. Zu ihrer Überraschung roch es tatsächlich anders als der Duft, den Manu verströmte. Eher wie künstliches Melonenaroma.

»Aber was ist mit der Nachhaltigkeit?« Manus Stimme klang trotzig. »Die Herstellung dieser Moleküle verbraucht weniger Wasser und weniger Fläche.«

»Man sollte nicht jede Lüge glauben, die einem vorgesetzt wird«, unterbrach Duchapin ihn. »Was glauben Sie, welchen Anteil am Wasserverbrauch der Stadt haben unsere Blumenfelder hier in Grasse?«

»Sechzig Prozent?«, schätzte ein Student.

»Es sind gerade mal fünf. Viele der Blumenzüchter betreiben ihr Handwerk bereits in der vierten oder fünften Generation. Sie leben mit der Natur, verstehen ihr Handwerk und setzen auf wassersparende Tröpfchenbewässerung, um diese Kulturlandschaft, die ganz nebenbei UNESCO-Weltkulturerbe ist, zu bewahren. Und ihre ach so grünen synthetischen Moleküle? Wo stammen die her? Die sind größtenteils Nebenprodukte der Ölraffinerie oder anderer chemischer Industrien. Bei ihrer Produktion entstehen Giftstoffe, die aufwendig entsorgt werden müssen. Die grüne Chemie, von der in unserer Branche gern gesprochen wird, ist derzeit nur ein Hirngespinst.« Er besann sich und faltete die Hände. »Also, wie beschreiben Sie alle Ihr Dufterlebnis?«

»Monsieur Duchapin, ich würde den Duft gern abwaschen gehen«, erklärte eine Studentin aus der ersten Reihe. »An mir duftet er muffig. Nach Füßen!«

Duchapin lächelte zufrieden. »Noch jemand?«

Etwa ein Viertel der Klasse erhob sich und verließ den Saal. Einige andere beschrieben den Duft als frisch. Manche, so wie Linda, auch als fruchtig.

Duchapin hörte sich jede einzelne Beschreibung mit finsterer Miene an und wartete, bis alle Studierenden wieder im Raum waren. »Gibt es jemanden von Ihnen, der sein Dufterlebnis als außergewöhnlich beschreiben würde?«

Niemand meldete sich.

Da hob Savjid die Hand. »Außerdem ist der Sinneseindruck nicht veränderlich, im Sinne der Duftpyramide. Diese Düfte riechen zu Beginn genauso wie Stunden später.«

»Nicht ganz. Es gibt bereits Molekularparfüms, in die man verschiedene Duftphasen programmiert hat. Aber wenn Sie von harmonischen Überlagerungen und Übergängen sprechen, muss ich Ihnen recht geben.« Er hob den Kopf. »Warum habe ich Ihnen das gezeigt?«

Stille. Offenbar wollte niemand von Duchapin so vorgeführt werden wie zuvor Manu.

Zu ihrer Überraschung merkte Linda, dass sie ausnahmsweise keine Unsicherheit verspürte. So hatte sie sich auf der Universität gefühlt. Unerschrocken und neugierig. Jetzt fühlte sich diese Emotion wie ein lange vermisster Freund an, den man nach langer Zeit wieder begrüßte.

»Weil Sie die Möglichkeiten dieser Molekularparfüms für limitiert halten. Weil Sie finden, dass sie vor allem Show sind und nichts mit Parfümkreation zu tun haben.«

Duchapins dunkle Augen schienen sie zu durchleuchten.

»Madame Delacours hat recht. Zwar wissen wir nicht, was die Zukunft bringt, aber im Moment muss man Molekularparfüms als das bezeichnen, was sie sind.« Er machte eine Pause und genoss, wie sehr alle an seinen Lippen hingen. »Als banal.« Er machte einen Schritt auf die Studierenden zu. »Ein Marketinggag für das Konsumvieh, sonst nichts. Eine Möglichkeit für minderbegabte Nasen, ihre Unfähigkeit unter dem Deckmantel technischer Innovation zu verstecken.«

Er nahm das Fläschchen von seinem Pult, ging zum Papierkorb hinüber und ließ es demonstrativ hineinfallen.

Linda spürte, wie Wut in ihr aufstieg. War das hier vielleicht sogar eine Probe von Paulines *Molecule You* gewesen? Was immer man von der Arbeit einer Kollegin hielt, seine Geringschätzung ihrer Arbeit so öffentlich kundzutun, fand Linda unsagbar respektlos.

»Bei mir werden Sie etwas anderes lernen. Eine Technik, die viele von Ihnen als etwas altmodisch empfinden werden. Und von Ihnen allen wird vielleicht einer«, sein Blick streifte Linda, »oder eine fähig sein, die Möglichkeiten dieser Methode für sich zu nutzen.«

Er hielt kurz inne, und Linda erkannte einen Anflug von Belustigung auf seinen Lippen.

»Monsieur Matroux.« Er sah Manu an. »Welches Potenzial sehen Sie heute noch in der Enfleurage?«

Manu biss sich auf die Lippen, dann hob er den Kopf. »Nicht mehr besonders viel, ehrlich gesagt. Die meisten klassischen Duftstoffe lassen sich durch modernere Verfahren extrahieren. Oft ist man als Parfümeur auch darauf angewiesen, welche Verfahren die Duftstoffhersteller überhaupt anbieten, und da ist die Enfleurage auch aufgrund ihrer Dauer und des Flächenverbrauchs nicht ideal.«

Linda wünschte sich, auch schon so viel über das Thema zu wissen, aber das würde sie möglichst bald nachholen.

Duchapins Miene war inzwischen versteinert. »Zumindest weiß ich nun, wer es hier niemals zur Meisterschaft bringen wird.« Er hob den Kopf. »Für heute sind wir fertig.«

KAPITEL 12
FONDATION MAEGHT

Nach drei weiteren Kursen verließen Manu und Linda das Fragonard-Gebäude durch den Haupteingang.

»Was für ein Tag«, seufzte Manu geknickt, während sie die Treppe hinunterstiegen. »Kaum eine Woche im Kurs und der beste Parfümeur von Fragonard hält mich für unfähig.«

»Mach dir nichts draus, er ist ein eingebildeter Mistkerl.« Linda grinste. »Ich fand es ziemlich beeindruckend, wie du ihm am Ende die Meinung über seine Enfleurage gesagt hast. Genau deshalb hat er doch mit einer Beleidigung reagiert, weil es schwer war, dagegen zu argumentieren.«

»Meinst du?«, fragte Manu schüchtern. »Gott, ich bin so froh, dass wir in einer Klasse sind. Matthieu übrigens auch. Er meint, du wirkst dich positiv auf mein Stresslevel aus, und schickt dir liebe Grüße.«

»Das ist lieb, vielen Dank.«

»Das ist nicht uneigennützig von ihm. Wenn ich gestresst bin, backt er Kuchen, um mich aufzuheitern. Und wenn das nicht jeden zweiten Tag sein muss, erleichtert es ihm das Leben. Apropos! Du musst unbedingt mal zum Abendessen zu uns kommen.«

»Gern, warum nicht?« Einen Moment lang war Linda nicht sicher, ob das wirklich möglich war. Aber solange sie kein Wort über die Ermittlungen verlor …

»He, ist das dort drüben nicht Céleste?«, fragte sie verwirrt.

Tatsächlich erkannten sie Céleste Revelle auf der anderen Straßenseite, wie immer wie aus dem Ei gepellt in einem dunklen Businesskostüm.

Sie stand vor einem nachtblauen BMW-Cabrio mit futuristischem Design. Niemand anderer als Josserand stieg gerade aus und nickte ihr zu.

»Ob diese Frau jemals Spaß hat?«, fragte Manu, während der Geschäftsführer und die Assistentin sich am Gehsteig unterhielten.

Mit voller Konzentration betrachtete Linda die Mienen der beiden, was auf mehrere Dutzend Schritte Entfernung und von der Seite gar nicht so einfach war. Céleste wirkte aufgewühlt und redete auf Josserand ein. Der wiederum sah ein wenig verärgert aus und schien immer nur kurz angebunden auf Célestes Redeschwall zu antworten.

»Da möchte man wirklich gerne Lippen lesen können«, kommentierte Manu kopfschüttelnd. »Wahrscheinlich kam jemand zwei Minuten zu spät zu ihrem Kurs über die Geschichte der Parfümerie, und jetzt ist sie ganz erschüttert.«

Linda grinste. Als Josserand plötzlich zu ihr herübersah, wandte sie sich hastig ab, als hätte sie die ganze Zeit mit Manu geplaudert, und zog ihn mit sich die Straße hinunter.

»Vielleicht verkennen wir sie ja«, meinte Linda. »Josserand ist bestimmt kein einfacher Vorgesetzter.«

»Na, das ist mal sicher.«

Sie bogen um die Ecke.

»Sag mal«, meinte Manu stirnrunzelnd. »Warum winkt dir dieser attraktive Typ in dem schwarzen Wagen da drüben?«

»Wie bitte?«

Linda sah auf. In ein paar Schritten Entfernung stand ein

schwarzer Renault. Hinter der Windschutzscheibe erkannte sie Oliviers lächelnde Miene.

»Ähm, das ist …« Sie spürte, wie sie rot wurde. »Ich muss …« Manu rollte mit den Augen.

»Geh einfach! Und erzähl mir alle pikanten Details morgen.«

***

Olivier beobachtete, wie Delacours sich mit einem flüchtigen Kuss auf die Wange von einem anderen Studenten verabschiedete und zu ihm herüberlief. Wenn man sie so sah, würde niemand annehmen, dass sie etwas anderes als eine Studentin war. Hatte Campanard vorausgeahnt, dass sie sich so gut schlagen würde?

»Salut, Pierre!« Linda öffnete die Beifahrertür und stieg zu ihm in den Wagen. »Findest du es nicht ein bisschen verdächtig, wenn du mich so nah bei Fragonard abholst?«

»Keine Sorge, hab mich vergewissert, dass keiner von denen mich sieht. Und für den Rest wär's doch eher verdächtig, wenn du überhaupt keine Sozialkontakte hättest, oder?«

Er grinste und presste dann die Lippen zusammen.

Der Blick aus ihren grünen Augen flog aufmerksam über sein Gesicht. »Alles in Ordnung?«

Verdammt, dieser Frau entging wirklich nichts. »Ja klar, nur ein bisschen Kopfweh.«

»Bist du deshalb so blass?«

Schön wär's. Olivier nickte. »Wahrscheinlich.«

Delacours schien sich für den Moment damit zufriedenzugeben. »Wieso holst du mich überhaupt ab? Ich dachte, gegen sechs in Les Palmiers?«

»Der Chef hat heute mal was anderes vor. Er meint, die Abwechslung hilft uns beim Denken.«

»Wo ist er denn?«

»Schon unterwegs, mit dem Rad.«

Delacours grinste. »Der Commissaire. Mit dem Rad.«

»Hat er dir noch gar nicht erzählt, dass er Autos hasst? Er benutzt sie wirklich nur, wenn es sein muss.«

»Eigentlich hat er recht. Wieso radeln wir nicht?«

Olivier grinste. »Wart mal ab, bis du die Strecke siehst, und sag mir danach, ob du wirklich gern in die Pedale getreten hättest.«

Er fuhr los. Linda hörte das kaum hörbare Surren des Elektromotors, während Olivier den Wagen vorsichtig durch ein Netz von kleinen Gassen manövrierte, ehe er auf die Schnellstraße bog, die von Grasse nach Osten führte.

Während die Sonne langsam tiefer sank, öffnete Linda das Fenster, sah zum weit entfernten Meer hinüber und ließ sich den warmen Fahrtwind ins Gesicht wehen.

Olivier bog auf eine schmale Bergstraße ab, die in zahlreichen Kurven einen Bergkamm hinaufführte. Aus dem umgebenden Wald konnte Linda das Zirpen der Zikaden hören, das sich zu einem fast ohrenbetäubenden Rauschen vereint hatte. Zwischen den Bäumen sah Linda immer wieder von dichten Hecken umgebene Anwesen mit eigenen Zufahrtsstraßen aufblitzen.

»Okay, für die Strecke wäre ich *vielleicht* nicht fit genug gewesen. Der Commissaire …«

»E-Bike«, lachte Olivier.

Schließlich hielt er vor einem weißen Gebäude, das in die Pinienwälder eingebettet war. Es erinnerte Linda an die futuristische Version eines japanischen Tempels.

»Was ist das hier?«

»Die Fondation Maeght«, erklärte Olivier. »Ein Kunstmuseum. Der Chef wollte, dass wir uns im Skulpturengarten treffen.«

»Ah«, erwiderte Delacours kurz. »Wer hätte gedacht, dass es hier auch etwas so Modernes gibt?«

»Richtig!« Olivier runzelte die Stirn, während er ausstieg. »Paris ist ja auch für sein hypermodernes Stadtzentrum berühmt.«

»Touché!«

Das Museum war offenbar schon geschlossen, aber Olivier zeigte am Eingang seine Dienstmarke, und ein Wachmann ließ die beiden bereitwillig passieren.

»Wow!«, flüsterte Linda, als sie sich im Skulpturengarten umsah.

Er bestand aus verschlungenen Steinwegen, vielen Bäumen und einigen Brunnen. Doch der wahre Blickfang waren die unzähligen modernen Skulpturen, jede von ihnen so schwer zu erfassen, dass man nicht einfach über sie hinwegsehen konnte, sondern sie genauer betrachten musste. Olivier musste lächeln. Der Chef würde sich freuen, dass Linda ebenso verliebt in diesen Ort zu sein schien wie er.

»Ah, Olivier, Delacours!« Campanard stand am Ufer eines Wasserbeckens, in dem er sich spiegelte, und hob die Hand. Neben ihm ragte eine weiße Skulptur empor, die ein wenig an die LSD-Version eines Nashorns erinnerte.

Die beiden gingen zu ihm hinüber.

»Chef!«

»Salut, Commissaire!«

»Wie schön, dass Sie hier sind.«

Olivier bemerkte, wie Linda amüsiert die knallbunten Schmetterlinge auf Campanards Hemd musterte.

»Das ist wirklich ein besonderer Ort«, bemerkte sie. »Was haben wir hier vor?«

»Nun, ich gestehe, die Skulpturen von Joan Miró in diesem Garten inspirieren mich und helfen mir beim Denken. Außerdem dachte ich mir, dass Sie sich im Les Palmiers vielleicht schon etwas eingesperrt fühlen. Oder nicht?«

»Über Abwechslung dieser Art freue ich mich natürlich.«

»Außerdem hat mich der liebe Josserand unfreiwillig auf die Idee gebracht, dass St. Paul de Vence hier in der Nähe weit genug weg von Grasse und Fragonard ist, sodass wir dort gemeinsam essen gehen können.«

Linda grinste und nickte anerkennend, während sie die Wege zwischen den Skulpturen entlangspazierten. »Apropos Josserand. Kurz bevor Pierre mich abgeholt hat, habe ich ihn mit Céleste reden sehen. Scheint, als wollte sie unbedingt mit ihm sprechen, und er«, sie zuckte mit den Schultern, »nicht so sehr.«

Campanard nickte. »Beide haben uns zum Teil angelogen. Josserand räumt selbst ein, er sei ein wenig früher gegangen, was Céleste Revelle verneint, obwohl wir von Josserands Haushälterin wissen, dass es wahr ist. Josserand dagegen lügt meiner Meinung nach über die gesundheitlichen Gründe. Hier hat er sich in Widersprüche verwickelt. Das Ganze ist ja erst zwei Wochen her. Man würde nicht vergessen, welches Organ einem Schmerzen bereitet hat.«

»Chef.« Olivier schüttelte den Kopf. »Josserand war wütend auf Sentir. Er hätte davon profitiert, wenn Sentir stirbt, bevor er den Deal mit Dior finalisiert. Josserand ist der Einzige, der die Gala früher verlassen hat. Er könnte Sentir unter Drogen gesetzt haben und sich dann kurz bei seiner Haushälterin sehen lassen, um dann zu Fragonard zu fahren und die Geschichte zu beenden.«

Campanard nickte. »In der Tat könnte demnächst eine Untersuchungshaft verhängt werden, wenn die Präfektin das wünscht. Für mich bleiben jedoch ein paar Ungereimtheiten. Dazu gehört das Türprotokoll.«

»Türprotokoll?«, fragte Delacours.

»Das elektrische Türschloss protokolliert jede Öffnung mit einer Schlüsselkarte. Wir haben in der Nacht nur eine Öffnung, das heißt, nachdem die junge Studentin um 20 Uhr ihren Nachtdienst angetreten hatte. Diese erfolgte um 22:30 Uhr, und mittlerweile konnte ausgelesen werden, dass *Rose* die Tür entriegelt hat.« Er wies auf Delacours silbernen Armreif. »Das war der Armreif von Sentir. Nach ihm wurde die Tür erst wieder geöffnet, als der junge Jean in den frühen Morgenstunden eintraf und Sentirs Leiche fand.«

»Das heißt, der Mörder ist mit Sentir hineingegangen«, murmelte Olivier. »Oder er kam auf einem anderen Weg rein. Ich wüsste aber nicht, welcher das sein sollte. Alles alarmgesichert. Kein Fenster wurde eingeschlagen. Außerdem halte ich Josserand nicht unbedingt für einen begnadeten Kletterer.«

»Der Mörder hätte schon drin sein können«, überlegte Delacours. »Man kommt tagsüber und lässt sich einsperren.«

»Und woher weiß man dann, dass Sentir kommt?«, fragte Olivier.

»Nicht von ihm anscheinend«, ergänzte Campanard. »Wir haben sein Smartphone auslesen lassen. Sentir hat an seinem Todestag ausgesprochen wenig kommuniziert.«

»Und mit wem?«

»Am Abend eine Nachricht an Duchapin, dass er sich für die Gala entschuldigt. Ein paar Anrufe bei Pariser Immobilienbüros – vermutlich plante er tatsächlich einen Umzug. Außerdem hat er ein paar Videos in den sozialen Medien hochgeladen. Das waren allerdings Aufnahmen von der Kamelienblütenernte, und die stammten nicht von seinem Todestag.«

»Wir gehen also davon aus, dass der Mörder Fragonard gemeinsam mit Sentir betreten hat.«

»Zu der Zeit war Josserand bei seiner Haushälterin, wenn ich mich richtig entsinne«, überlegte Olivier. »Sie könnte natürlich lügen. Vielleicht hat Josserand ihr dafür Geld geboten.«

Sie kamen an einer Skulptur vorbei, die Olivier an einen lustigen schwarzen Roboter erinnerte.

»Kann sein, kann sein«, murmelte Campanard, scheinbar tief in Gedanken versunken.

»Ich habe noch ein paar Recherchen durchgeführt, wegen des Parfum Obscur«, setzte Olivier an, nachdem sie eine Weile schweigend nebeneinanderher gelaufen waren.

»Kakao ist tatsächlich ein gar nicht so seltener Parfümbestandteil.«

»Kakao ist Fougère«, murmelte Delacours.

»Wie bitte?«, fragte Campanard.

»Ich habe heute einiges über Duftfamilien gelernt. Und Kakao wird offenbar gern als Basisnote in Parfums der Duftfamilie Fougère eingesetzt.«

Campanard lachte leise. »Wenn Sie mir nun erzählen, dass auch Schwarzschimmel Fougère ist, hätten wir einen kleinen Hinweis.«

»Also, meines Wissens gehört Schimmel zu überhaupt keiner Duftfamilie.«

»Das deckt sich mit meiner Recherche«, ergänzte Olivier. »Ich habe alle geschützten Duftmischungen online überprüft.

Keine davon enthält Schwarzschimmel. Was auch immer Sentir da hatte, es war wohl etwas ganz Individuelles.«

»Eine individuelle Mischung«, wiederholte Campanard, dann hob er den Kopf. »Ich weiß nicht, wie es Ihnen geht, aber ich werde langsam hungrig. Sollen wir nach St. Paul weiterziehen?«

»Ich hätte nichts dagegen«, erwiderte Linda. »Sogar Martines Frühstück hält nicht ewig vor.«

Zurück auf dem Parkplatz beobachtete Delacours erstaunt, wie Campanard sich auf sein maßgefertigtes E-Bike schwang, ihnen winkte und davonraste.

»Gott, so was will ich auch irgendwann haben«, murmelte sie.

»Aber im Moment solltest du lieber einsteigen.« Olivier grinste. »Ich höre schon die ganze Zeit deinen Magen knurren. Wahrscheinlich hat der Chef den Spaziergang deshalb kurzgehalten.«

Delacours hob die Augenbrauen. »Als ob seiner nicht auch schon geknurrt hätte.«

KAPITEL 13
DER SCHLÜSSEL ZU ALLEM

Olivier fuhr wieder auf die kleine Bergstraße hinaus, über die sie gekommen waren, und dann weiter in Richtung St. Paul de Vence. Nach einer Weile kam das kleine mittelalterliche Dorf in Sicht; es thronte auf einer Bergkuppe über dem im abendlichen Dunst liegenden Mittelmeer. Mit den steinernen Häusern, den Befestigungsanlagen und dem Glockenturm hätte es genauso gut in der Toskana liegen können.

Olivier kam nicht oft nach St. Paul, denn es lag außerhalb ihres Einsatzgebiets. Jedes Mal, wenn er hier war, genoss er den Anblick. Ihm fiel kein anderer Ort ein, der so frei von Zersiedelung, Gewerbeparks oder Industrie war wie St. Paul. Ein von der Gegenwart weitgehend unbeachtetes Städtchen, das in seiner Zeitblase noch ein bisschen dahinträumen durfte.

»Das sieht aus wie ein Freilichtmuseum«, kommentierte Linda.

»Aber eins, in dem ein paar Leute wohnen. Wird dir gefallen!«

Olivier nahm die Ausfahrt und fuhr zwischen den wuchtigen Befestigungsmauern hindurch ins mittelalterliche Zentrum des Ortes.

Wenig später spazierten sie durch enge, mit blühenden Bougainvillea überwucherte Gassen, ehe sie an einem kleinen Bistro hielten. Auf einem Sessel, der für ihn viel zu klein wirkte, thronte Campanard bereits davor und begrüßte sie mit einem Lächeln.

»Ist ja gut, sagen Sie es schon, Chef«, seufzte Olivier.

»Was denn, mein lieber Olivier? Ich frage mich nur, wo Sie langgefahren sind, dass ich mit dem Fahrrad schneller war als Sie mit unserem schnittigen Dienstwagen.«

»Keine Ahnung, Sie sind wohl einfach unschlagbar schnell«, antwortete Olivier, während Linda und er sich zu Campanard setzten. Eine Glückskatze kam aus einem gegenüberliegenden Hauseingang gelaufen und begann ihnen maunzend um die Beine zu streichen.

»Commissaire«, sagte Delacours, während sie den Kopf der Katze kraulte. »Meinen Sie, ich darf mir Ihr Rad mal ausborgen und damit zu Fragonard fahren?«

»Meine geschätzte Madame Delacours. Auf – gar – keinen – Fall.«

»Schade.« Sie kicherte und zuckte mit den Schultern.

Der Inhaber des Bistros, ein älterer Mann, der eine Schürze über Hemd und schwarzem Gilet trug, kam an ihren Tisch.

»Henry!« Campanard breitete die Arme aus. »Ich habe heute ein paar liebe Kollegen mitgebracht.«

»Wie schön, Louis, schon eine Weile her, dass ich dich hier in Gesellschaft angetroffen habe.« Er wandte sich Olivier und Delacours zu. »Tun Sie mir den Gefallen und begleiten Sie ihn öfter. Er stellt mir sonst immer so viele philosophische Fragen, dass ich nicht zum Arbeiten komme.« Er lachte herzlich. »Was darf ich zum Trinken bringen?«

»Ich nehme deine Rosmarin-Honig-Limonade«, erklärte Campanard.

Delacours verzog unmerklich die Lippen und bestellte ein Glas Rosé, während Olivier eine Cola orderte.

»Henry, bring uns einfach eine große Auswahl deiner Spezialitäten, vor allem viel Vegetarisches, ja?«

»Na, dann hoffe ich, ihr seid hungrig«, erklärte der Wirt und verschwand kurz darauf in seinem Bistro.

Olivier sah sich um. Sie waren die einzigen Gäste, also war es kein Problem, sich noch weiter über den Fall zu unterhalten, wenn sie wollten. Die Spatzen, die auf der Markise des Bistros herumflatterten und laut tschilpten, waren laut genug, um ihre Worte zu übertönen, falls doch jemand vorbeikam.

Campanard schien zum selben Schluss gekommen zu sein. Sobald sie ihre Getränke bekommen hatten, prostete er ihnen zu und nahm einen Schluck. »Delacours, erzählen Sie uns etwas aus der wundervollen Welt der Parfums. Was haben Sie gelernt, was haben Sie erfahren?«

»Nun, Pauline Egrette ist überzeugt, dass ich kein hoffnungsloser Fall bin. Mit ein bisschen Hilfe habe ich es geschafft, einen ganz passablen Duft hinzubekommen, können Sie das glauben?«

Sie nippte zufrieden an ihrem Rosé.

»Pauline Egrette, wie ist sie so?«, fragte Olivier.

»Liebenswürdig, cool und dabei ganz sanft und respektvoll zu jedem.« Delacours neigte den Kopf. »Ehrlicherweise wäre ich gern mit ihr befreundet. Sie wusste sogar, was ich früher gemacht habe, aus einem Zeitungsartikel – aber keine Sorge, ich bin unserer Geschichte treu geblieben.«

»Liebenswürdig, sanft ...« Olivier kicherte. »Voilà, da haben wir unsere Mörderin!«

»Was meinst du denn damit?«, fragte Delacours verwirrt, und auch Campanard hob die Augenbrauen.

»Na, so wie in *Das Böse unter der Sonne* von Agatha Christie. Chef, Sie haben mich doch gezw… mir ans Herz gelegt, es zu lesen.« Er wandte sich Delacours zu. »Eine Hercule-Poirot-Geschichte.«

»Sie müssen wissen, ich bin ein großer Fan von Monsieur Poirot«, warf Campanard ein.

»Wirklich?«, fragte Delacours, dann fixierte sie die gezwirbelten Schnauzerspitzen des Commissaire. »Sie leben Ihre Verehrung aber sehr dezent aus.«

Campanard starrte sie einen Moment lang an, dann Olivier. Schließlich prusteten alle drei los.

Es dauerte, bis Campanards lautes Gelächter abebbte und er sich räusperte. »Aber Olivier, was hat denn bloß die liebenswürdige Pauline Egrette mit *Das Böse unter der Sonne* zu tun?«

»War nur Spaß!« Olivier winkte ab. »Weil in der Geschichte ja die liebste und unschuldigste Person, Christine Redfern, sich am Ende als Täterin entpuppt.«

»Na, dann muss Pauline natürlich schuldig sein«, erwiderte Linda augenrollend. »Im Gegensatz zu Josserand mit seinen drei Dutzend Motiven und einem fragwürdigen Alibi.«

»Haben Sie mitbekommen, ob sie viel mit Sentir zu tun hatte?«, fragte Campanard.

»Pauline? Ich kann so viel sagen, dass sein Tod sie ernsthaft betroffen gemacht hat. Pardon, aber in den meisten Ihrer Verhörprotokolle reden die Leute von Sentir, als hätte er Marmor geschissen. Pauline mochte ihn als Mensch. Er war einer der wenigen Freunde und Förderer, die sie bei Fragonard hatte.«

»Nun, das ist interessant.« Campanard nickte. »Alles, was wir wissen, deutet darauf hin, dass Sentir in den letzten Tagen seines Lebens wegen irgendetwas beunruhigt war und Grasse eher gestern als heute verlassen wollte. Denken Sie, sein Verhältnis zu Madame Egrette war so eng, dass er ihr davon erzählt hätte?«

»Da bin ich überfragt«, erwiderte Delacours. »Aber ich würde Pauline so einschätzen, dass sie alles tun würde, um den Mord an ihm aufzuklären. Daher gehe ich davon aus, dass sie der Polizei alles gesagt hat, was sie für wichtig hält.«

Campanards helle Augen richteten sich auf Olivier. »Wir haben doch eine Aufzeichnung von dem Verhör mit Madame Egrette? Wenn ich mich recht erinnere, war sie gleich am ersten Tag nach dem Mord bei uns auf dem Revier.«

»Natürlich, Chef. Ich habe sie befragt.«

Er wandte sich Linda zu. »Ich möchte, dass Sie sich die Aufzeichnung ansehen. Einfach nur, um einen Eindruck davon zu bekommen, ob sie etwas verbirgt.«

»Ich …« Sie senkte den Blick und versteckte ihre Hände hastig unter dem rot karierten Tischtuch. Wieder war da diese seltsame Unsicherheit, die so gar nicht zu ihrem sonstigen Auftreten passte. Olivier runzelte die Stirn. »Natürlich, aber bitte sehen Sie mich nicht als wandelnden Lügendetektor. Die Technik ist nicht exakt.«

Campanard lächelte. »Keine Sorge, mich interessiert bloß Ihre Meinung, das ist alles.«

Olivier räusperte sich. »Auf jeden Fall war Pauline Egrette in der Mordnacht ebenfalls in Mougins. Und wenn man Madame Revelle Glauben schenken will, bis zum Schluss der Veranstaltung.«

»Dabei hat sie gar nichts für Duchapin übrig«, kommentierte Linda, jetzt wieder mehr sie selbst. »Ganz im Gegenteil, sie hält ihn für einen Idioten, respektiert ihn allerdings auch als großen Parfümeur.«

»Und ich fürchte, das ist er tatsächlich.« Campanard wirkte

kurz abwesend auf Olivier. Was immer er auf Duchapins Anwesen erlebt hatte, schien ihn auf irgendeine Weise erschüttert zu haben. Offenbar hatte er ihnen noch nicht alles erzählt, was dort vorgefallen war.

»Sie meint, er liebt es, Leute zu manipulieren, mit ihnen zu spielen.«

»Madame Egrettes Wahrnehmung deckt sich mit meiner«, erklärte Campanard.

Er schien noch mehr sagen zu wollen, wurde aber von Henry unterbrochen, der mit einem kleinen Rollwagen aus dem Bistro gefahren kam. Darauf befanden sich Platten mit fein angerichteten Speisen sowie ein großer Korb mit einem noch ofenwarmen Baguette.

Olivier erkannte grünen Spargel in zerlassener Knoblauchbutter. Gebratene Paprika, Auberginen und Zucchini. Verschiedene Käsesorten, einen mediterranen Salat mit Fetakäse, Poutarque, gegrilltes Doradenfilet und eine Auswahl provenzalischer Würste.

Nachdem Henry alles auf den Tisch gestellt und ihnen einen guten Appetit gewünscht hatte, beugte sich Linda neugierig über die große Auswahl und rückte ihre Brille zurecht.

»Was ist denn *das*, um Himmels willen?«

Olivier musste grinsen. Was sich auf einem der Teller stapelte, konnte man wohlwollend mit den Beinchen eines Babykrokodils vergleichen. War man ehrlich, musste man sich eingestehen, dass die Gebilde wie hässliche, kleine Penisse aussahen.

»Das sind Balanes«, erklärte Campanard. »Entenmuscheln. Eine wirkliche Delikatesse.«

»D-das sind *Muscheln*?« Linda schien sich nur mit Mühe das Lachen zu verkneifen.

»Genau genommen sind es Krebse. Die Larven treiben im Meer, ehe sie sich wie Muscheln an Schiffe heften und Kleinstlebewesen aus dem Ozean fischen.« Er griff sich eine Balane und biss von ihr ab. »Sie schmecken einfach wunderbar nussig.«

Olivier kicherte leise, als er Lindas fassungslose Miene bemerkte. Ob sie diesen Anblick ebenso schnell loswerden wollte wie er? Er nahm sich etwas von dem Brot und lud sich dann Salat und Doradenfilet auf den Teller.

»Ist mal was anderes«, kommentierte er grinsend. »Ist doch gut, wenn nicht jede Mahlzeit einem Tofu-Quader ähnelt.«

»Bei mir isst das Auge definitiv mit«, erklärte Linda.

»Glauben Sie mir, bei mir auch«, murmelte Olivier und stocherte in seinem Salat herum.

Als er Campanards Blick bemerkte, nahm er einen hastigen Bissen.

»Das hier schmeckt allerdings vorzüglich«, erklärte Linda, die sich eine Baguettescheibe mit den geschmorten Spargelspitzen belegt hatte.

»Wie schön!«, antwortete Campanard, der sich bereits von allen Speisen ein wenig auf den Teller geladen hatte.

Eine Weile lang kosteten sie sich durch die verschiedenen Gerichte, bis sie sich alle zufrieden zurücklehnten.

»Ah.« Delacours legte ihre Hände auf die kleine Vorwölbung ihres Bauchs. Olivier war nicht ganz sicher, aber er bildete sich ein, dass sie im Vergleich zu ihrer Ankunft nicht mehr ganz so schmal aussah. Alles an ihr wirkte gesünder, und ihm gefiel der rosige Schimmer auf ihren Wangen. »Ich weiß ehrlich gesagt nicht mehr, wann ich mich das letzte Mal so entspannt gefühlt habe. Ist schon ein Weilchen her, glaube ich.«

Campanard musterte sie mit einem beinahe gequälten Gesichtsausdruck. »Was Monsieur Duchapin anbelangt, ich habe da eine Theorie, die ich mit Ihnen beiden besprechen möchte.«

Er verschränkte seine breiten Finger ineinander. »Ich denke – nein, ich bin mir ziemlich sicher, dass unser Parfum Obscur aus Duchapins Haus stammt.«

Olivier neigte den Kopf. »Wieso aus seinem Haus?«

»Ich glaube, dass Monsieur Duchapin ein ganz außergewöhnlicher Parfümeur ist. Er benutzt Aromen und Düfte abseits der kommerziellen Verwendung und gab mir eine verstörend beeindruckende Demonstration seines Könnens.«

»Was für eine Demonstration?«, flüsterte Linda, deren Blick über die Gesichtszüge des Commissaire zu fliegen schien.

Campanards Blick wanderte nach oben, als wollte er einen bestimmten Moment wieder heraufbeschwören, dann schüttelte er den Kopf. »Die Details spielen keine Rolle. Was allerdings wichtig ist, ist der Tipp, den Sie mir gegeben haben, Delacours, nämlich dass Duchapin die Enfleurage unterrichtet. Eine etwas veraltete Methode, und trotzdem eröffnet sie Möglichkeiten, die kein anderes Verfahren bietet. Möglicherweise haben Sie selbst schon etwas darüber gelesen, Delacours. Mithilfe der sogenannten kalten Enfleurage kann man mit Fetten als Duftmedium den Geruch von ... nun ja, *von allem* einfangen, einem Stück Holz, einem moosbewachsenen Stein. Duchapin möchte einen Moment in seiner Gesamtheit in einen Duft gießen, das sieht er als seine Kunst. Und vermutlich ist die Enfleurage das Werkzeug, das er dafür benutzt.«

»Das bedeutet, man könnte auf diese Weise auch Duftspuren von Schwarzschimmel einfangen«, schloss Olivier.

Campanard nickte.

»Aber«, hinter Lindas Stirn schien es zu arbeiten, »Duchapin war ganz zweifelsfrei bis zum Ende bei der Gala in Mougins. Er stand im Mittelpunkt. Er hätte unmöglich …«

»Nein«, fiel ihr Campanard ins Wort. »Und doch. Warum hatte Sentir diesen Duft bei sich, als er starb, wenn Duchapin ihn kreiert hat? Warum diese Zutaten? Warum war die Flasche zerbrochen?«

Er ließ die Worte eine Weile wirken.

»Es gibt einen Ort in Duchapins Haus, eine Art Keller.« Campanard tippte mit dem Zeigefinger auf die Tischplatte, als wollte er sie durchbohren. »Ich bin sicher, dass sich dort unten das Geheimnis unseres Parfum Obscur verbirgt. Und damit vielleicht auch der Schlüssel zum Mord an Éric Sentir. Wir können uns zu diesem Raum keinen Zutritt verschaffen. Duchapins Alibi ist wasserdicht. Trotzdem müssen wir dort hinein. Das lässt nur eine Option offen …«

Er ließ seinen Blick von Olivier zu Linda wandern.

»Wir müssen eingeladen werden.«

Olivier lachte leise. »Das halte ich für nicht gerade realistisch, Chef.«

»Zumindest nicht für mich«, gestand Campanard. »Aus Duchapins Sicht war ich nicht *würdig*. Delacours, Sie sind Psychologin. Was ist es, das Duchapin Ihrer Meinung nach braucht?«

Linda dachte nach. »Er braucht Leute, die genug Verständnis von Duftkreation besitzen, damit sie sein Genie begreifen können. Alle anderen verachtet er.« Sie rollte mit den Augen. »Und er artikuliert seine Geringschätzung auch ziemlich deutlich.«

Der Commissaire schien mit sich zu ringen. »Ich möchte, dass Sie zu dieser Person werden, Delacours.«

Obwohl es schon dämmerte, sah Olivier, wie ihr die Farbe aus dem Gesicht wich.

»Wirken Sie fasziniert von dem, was er tut, und lassen Sie ihn spüren, dass es sich bei Ihnen um eine Gleichgesinnte handelt.«

»Damit er sich mir anvertraut? Das wird er nie tun.«

»Nein, Sie müssen ihn nur so weit bringen, dass er Sie in sein Haus einlädt.«

»Ich habe da Bedenken, Chef«, mischte sich Olivier ein. »Das ist alles ziemlich gewagt. Ich meine, Linda kann sich ihm ja nicht einfach an den Hals werfen, und auch was ihre Sicherheit angeht ... Wie sollten wir sie denn beschützen? Sie ist keine Polizeibeamtin, und wir können nicht ausschließen, dass der Kerl gefährlich ist.«

»Das ist mir alles bewusst. Und Sie sollen ihm auch keine Avancen machen. Er soll in Ihnen eine verwandte Seele erkennen, die begreift, wie großartig er ist.«

»Sie beschreiben eine Vertrautheit, die sich bei einem zurückgezogenen Menschen wie Duchapin nicht so einfach herstellen lässt. Was, glauben Sie, versteckt er dort unten?«, murmelte Linda.

Campanard beugte sich ein wenig vor. »Ich glaube, dass Duchapin dort zwei Dinge verbirgt: eine Art Labor, in der er kalte Enfleurage durchführt, und das, worauf ich hoffe ... eine riesige Sammlung an Duftstoffen.«

»Wie hilft uns das?«, fragte Olivier.

»Sollte er eine interessierte Studentin dort hinunterführen, dann könnte sie nach Beweisen dafür Ausschau halten, dass er das Parfum angefertigt hat.«

»Und wenn wir die hätten?«, fragte Olivier stirnrunzelnd.

Campanard nickte. »Dann wäre erwiesen, dass Duchapin

etwas Wichtiges verbirgt, das mit dem Mordfall zu tun hat. Er könnte sich weiteren Befragungen und einer Hausdurchsuchung nicht mehr entziehen.«

»Duchapin ist ziemlich scharfsinnig und gleichzeitig introvertiert«, überlegte Linda. »Ich müsste bei seinem Narzissmus ansetzen, der bietet vielleicht ein Schlupfloch.«

»Wenn Sie es nur versuchen, bin ich schon zufrieden. Ich befürchte, es ist die beste Chance, die wir haben, um diesen Mordfall zu klären.«

»Chef, was ist mit Josserand? Für mich ist er bei Weitem unsere heißeste Spur.«

»Duchapin spielt in dieser Geschichte eine Rolle, davon bin ich überzeugt. Und wir müssen herausfinden, welche.«

»Wie können wir Lindas Sicherheit garantieren, wenn sie dort ist?«

Campanard wollte antworten, aber Linda räusperte sich. »Noch hat er mich ja gar nicht eingeladen, oder? Und ich bezweifle auch, dass er es tun wird.« Sie nickte leicht, mehr zu sich selbst als zu den beiden anderen. »Ich will es versuchen.«

KAPITEL 14
SONNTAGSBESUCH

Manchmal, wenn Campanard morgens die Augen öffnete, dann kam es ihm für einen Moment so vor, als wäre alles noch gut. Als wäre seine Welt noch nicht in tausend Teile zersprungen, die sich nicht wieder zusammensetzen ließen. Aber man konnte auch ein in Scherben liegendes Leben weiterführen, das hatte Campanard in den letzten Jahren gelernt, auch wenn sich die scharfen Kanten immer wieder in seine Seele bohrten. Man konnte. Für sich selbst, für andere. Und inmitten von all dem Schmerz gab es auch immer wieder Schönes.

Campanard schwang die Beine aus dem Bett und erhob sich. Er betrachtete seine Reflexion im Schlafzimmerspiegel, die zerzausten Haare, den Bartschoner, den Pyjama mit dem Mohnblütenmuster. Es war Sonntag, die Sonne schien durch das Fenster ins Schlafzimmer, und er hörte die Vögel zwitschern.

Vierzehn verschiedene Singvogelarten hatte er in seinem Garten bereits beobachtet. Gerade hörte er das melodische Flöten der Mönchsgrasmücke und den Gesang eines Gelbspötters. Der kleine Vogel gehörte zu seinen Lieblingen. Keine Strophe ähnelte der anderen, und immer wieder imitierte er täuschend echt die Gesänge und Rufe anderer Vögel – am liebsten die eines Turmfalken, wahrscheinlich um lästige Nachbarn von seinem Revier fernzuhalten.

Campanard streckte sich, sodass seine Hände die Decke

berührten, und tappte in die Küche, um sich seinen Kaffee zu brauen, während er leise summte. Dann lief er rasch zur Haustür und öffnete sie.

Der Duft des Blauregens, der die Außenfront seines kleinen Hauses überwucherte, stieg ihm in die Nase und ließ ihn beinahe niesen. Auf der Türmatte lag eine Papiertüte, auf die jemand mit Filzstift *Einen wunderschönen Sonntag, Louis* geschrieben und darunter ein lachendes Gesicht gezeichnet hatte.

Campanard bückte sich und hob die Tüte auf.

»Merci, liebe Amira«, murmelte er, als wäre die Bäckerin noch da.

Er nahm sich den Poststapel, den er unter der Woche noch nicht durchgesehen hatte, von seiner Vorzimmerkommode, außerdem die Wochenendausgabe von *Nice Matin*. Irgendwann würde er wahrscheinlich der letzte verbliebene Kunde sein, der die Printversion der Zeitung abonnierte. Aber das kümmerte ihn wenig. Beim Frühstück keinen Bildschirm vor sich haben zu müssen, war für ihn ein Privileg. Er richtete Post und Zeitung, seinen Kaffee sowie die Tüte mit den Navettes auf einem Tablett an, schlüpfte in ein paar Holzpantoffeln und ging in den Garten hinaus.

Auf dem Tisch unter dem Orangenbaum stellte er das Tablett ab und ließ sich mit einem Seufzen auf dem Stuhl davor nieder. Dann ließ er den Blick über den Garten schweifen, genoss den Duft des blühenden Baumes und lauschte dem Gebrumm der Bienen und Hummeln.

Gedankenverloren nahm er einen kleinen Schluck aus seiner Espressotasse. Was Olivier und Delacours heute wohl trieben? Natürlich ging es ihn rein gar nichts an. Seine Neugier lag nur darin begründet, dass er die täglichen Treffen mit den beiden insgeheim genoss. Er versuchte sich daran zu erinnern, wann er sich zuletzt in Gesellschaft so wohlgefühlt hatte, doch dann brach er seine Gedankenreise ab, bevor sie an einen Ort führte, der ihn unglücklich machte.

Er nahm die Post zur Hand und sah sie durch.

Ein Kuvert mit seiner handgeschriebenen Adresse darauf stach ihm ins Auge. Behutsam öffnete er es und holte einen Brief hervor, der zu seiner Überraschung ebenfalls handgeschrieben war.

Lieber Louis,

ich melde mich auf diesem Weg, weil du mir so liebenswürdig altmodisch erscheinst, dass ich dachte, du würdest dich über einen Brief mehr freuen als über eine Nachricht auf dem Smartphone.

Eigentlich wollte ich nur sagen, dass ich die beiden Treffen mit dir sehr genossen habe, dass du ein liebenswerter Mensch bist und ich mich gefreut habe, dich ein wenig kennenzulernen.

Keine Sorge, ich weiß, dass du im Moment nicht »mehr« willst, und ich verstehe, warum.

Ich möchte dir nur aus tiefsten Herzen alles Gute wünschen.

Alles Liebe,
T.

Campanard las den Brief ein zweites Mal, dann faltete er ihn sorgsam und steckte ihn zurück in das Kuvert. Bedächtig nahm er sich die Zeitung.

Mord am »König der Düfte« – Charles Josserand in U-Haft genommen – gegen Kaution frei

Beim Anblick dieser Schlagzeile stieß Campanard langsam die Luft durch die Nase aus, bevor ihn das ferne Klingeln an der Haustür aus seinen Gedanken riss. Er runzelte die Stirn. War es möglich, dass er sich getäuscht hatte? Das Läuten erklang erneut.

Campanard erhob sich bedächtig und bewegte sich gemächlich in Richtung Tür. Als er sie öffnete, stand eine kleine Frau mit gelockten, nach hinten gebundenen Haaren davor. In der Hand hielt sie eine Leine, an deren Ende ein Jack Russell Terrier aufmerksam hechelte. Ihre dunklen Augenbrauen, die Stirnfalten und die schwarzen Augen, mit denen sie Campanards Miene musterte, verliehen ihr etwas Misstrauisches.

Die Frau verschränkte die Arme. »Bonjour, Louis!« Sie betrachtete seinen Schlafanzug mit hochgezogenen Augenbrauen.

»Es ist Sonntag, Christelle«, erwiderte er kühl.

»Genau deshalb wusste ich, dass du zu Hause bist.«

»Findest du das angemessen?«

»Ich hätte mich jederzeit woanders mit dir getroffen, wenn du meine Anrufe annehmen würdest.«

»Wie du weißt, war ich beschäftigt.«

»Was ist? Lässt du mich jetzt rein oder nicht?«

»Wie Sie wünschen … Madame le préfet.«

***

»Nimmst du Milch und Zucker?«, fragte Campanard, nachdem sie in seinem Garten Platz genommen hatten. Er hätte sich noch schnell etwas anderes anziehen können, aber wenn Christelle ihn unbedingt um diese Zeit besuchen wollte, dann musste sie ihn eben so ertragen.

»Das ist eine rhetorische Frage, oder?«

»Menschen können sich durchaus ändern, aber ich nehme an, dass du noch immer das Bittere am Kaffee schätzt.« Er schenkte ihr ein und legte eine Navette auf einen Teller daneben.

»Du frühstückst immer noch Navettes? Gott, du bist so ein Kindskopf, Louis. Wie früher auf der Akademie. Das ist nicht gerade gesund, weißt du?«

»Es ist gesund, weil es mir gute Laune beschert.«

Christelle tauchte die Spitze eines Navettes in den Kaffee und biss ab. Einen Moment lang kaute sie prüfend. »Klappt bei mir nicht.«

»Weshalb dieser Besuch, Christelle? Drehst du mir den Geldhahn zu?«

Die Präfektin nahm noch einen Schluck Kaffee und verfütterte einstweilen mit der anderen Hand den Rest ihres Navettes an den Terrier.

»Und das war gerade ein echtes Sakrileg!«, fügte Campanard hinzu.

»Ich will das alles nur ein bisschen besser verstehen.« Sie lehnte sich zurück. »Bravo, wir haben einen Hauptverdächtigen. Es gibt so viel, was gegen Josserand spricht, und du machst mit deinem kleinen Projekt Obscur weiter, als wäre nichts.«

Campanard nahm seinerseits ein Schlückchen Kaffee. »Ich glaube nicht, dass er es war, Christelle. Nicht allein zumindest.«

»Und wieso?«

»Sentir stand unter Drogen, als er starb. Eingenommen hat er sie, während er bei Fragonard war, das lässt sich anhand der Plasmaspiegel und der Türöffnung mit seinem Armreif rekonstruieren. Zum Zeitpunkt der Einnahme des Medikaments war Josserand gerade zu Hause. Wir halten diese Annahme für plausibel. Selbst wenn Josserand sich danach noch einmal rausgeschlichen hätte, wie hätte er wissen sollen, dass Sentir sich gerade bei Fragonard aufhält? Seine Handys wurden ausgelesen, sowohl das private als auch das dienstliche. Kein Kontakt zwischen ihm und Sentir an diesem Tag. Ich vermute, dass der eigentliche Mörder Sentir irgendwie gezwungen hat, das Sedativum in dieser Menge einzunehmen. Dass er gewartet hat, bis die Wirkung eintrat, und ihn dann in den Bottich bugsiert hat, um diesen dann zu schließen.«

»Na und? Vielleicht hat Josserand jemanden engagiert. Drüben in Nizza hatten wir im letzten Jahr ein paar solcher Fälle, wie du weißt.«

»Vielleicht. Aber meinst du, wenn Josserand gewusst hätte, wann der Mord passiert, dann hätte er die Gala ein wenig früher verlassen und sich damit verdächtig gemacht?«

»Wenn du eine bessere Geschichte auf Lager hast, bin ich gerne bereit, sie zu hören.«

»Wir sind dran«, erwiderte Campanard schlicht.

»Louis.« Die Präfektin atmete tief durch. »Lassen wir den offiziellen Scheiß mal beiseite. Was soll das? Dieses Team, ich meine Linda Delacours, dann Pierre Olivier.« Sie betrachtete ihn lange. »Und dann du. Geht es dir wirklich nur um die Lösung eines Falls?«

»Ich wollte dafür die Besten, und ich habe sie. Danke für deine Genehmigung, im Übrigen.«

»Du riskierst viel mit dieser Geschichte. Wo Menschen am Werk sind, kann nun mal etwas kaputtgehen, und in diesem Fall … Wenn du weiter ermitteln willst, hol dir ein paar andere Polizisten ins Team.«

»Nein, Christelle, der Erfolg hängt genau davon ab, dass es nur wir drei sind. Und die beiden sind genau diejenigen, die ich brauche. Du siehst instabile Elemente. Ich sehe gute Menschen, die eine zweite Chance verdienen.«

Christelle nickte leicht. »So wie du, Louis?«

»Allein schon, dass wir dir einen Verdächtigen serviert haben, ist ein Erfolg dieses Teams. Ich bitte dich nur, uns den Weg zu Ende gehen zu lassen.«

Christelle hob den Zeigefinger. »Du hast bis zum Ende des Monats, um mir einen anderen Verdächtigen zu präsentieren. Ich will diesen Einsatz beenden, bevor noch etwas passiert.«

»Was sollte denn passieren, Christelle?«

Die Präfektin warf ihm einen langen Blick zu. »Eine gesprungene Tasse zerbricht leichter als eine intakte.«

»Und ein gebrochener Knochen ist nach der Heilung stabiler.«

»Gott, Louis …«

»Wir sind Menschen, erleuchtete Wesen, nicht nur diese rohe Materie, Préfet.« Er klopfte sich auf die Brust.

Christelle verengte die Augen. »Irre ich mich, oder hast du gerade Meister Yoda zitiert?«

»Na und? In dem Spruch liegt viel Wahrheit.«

Christelle lachte und schüttelte den Kopf. »Gott weiß, warum ich mir anhöre, wie du im Schlafanzug *Star Wars* zitierst.« Sie schenkte ihm einen verschmitzten Blick. »Ende des Monats. Das ist alles, was ich für dich tun kann, hörst du?«

»Es ist angekommen.«

Sie hob den Kopf und sah sich um. »Mir gefällt, was du mit dem Garten gemacht hast. Es ist wieder beinahe so schön wie damals, bevor …«

»Nicht«, bat Campanard leise.

Christelle presste die Lippen zusammen und nickte, dann erhob sie sich. »Behandle mich nicht wie den Feind, Louis. Vergiss nicht, wer sich dafür eingesetzt hat, dass du den Job hier in Grasse bekommst. Einfach war das nicht.«

»Das habe ich nicht vergessen – und werde es nie.«

Sie lächelte kurz, dann wandte sie sich um und ging.

***

Irgendwo nahm Olivier wahr, dass es in seiner Nase kitzelte. Dann spürte er etwas in seinem Gesicht, etwas Weiches. Und noch mal. Die dunkle Schwere in seinem Kopf zog sich ein wenig zurück. Er blinzelte. Trépied rieb seinen Kopf an seiner Wange und schnurrte ihm ins Ohr. Olivier stöhnte. Warum war er so müde? Es dauerte einige Minuten, bis er einen klaren Gedanken fassen konnte. Trotzdem schlief er immer wieder kurz ein. Aber Trépied wartete auf sein Futter und würde ihn nicht so einfach in Ruhe lassen.

Die Erschöpfung war so lähmend, dass erst die aufkeimende Angst ihm die Kraft verlieh, die Beine aus dem Bett zu schwingen und sich aufzusetzen. Einen Augenblick lang drehte sich alles.

»Nicht schon wieder«, flüsterte er und rieb sich die Stirn. »Bitte nicht schon wieder.«

Nach einer Weile fühlte er sich stark genug, um aufzustehen. Sofort begann sich sein Schlafzimmer zu drehen, sodass er fast über seinen Kater stolperte und sich an der Wand abstützen musste.

In der Küche nahm er sich eine Tasse Tee und ein halbes Croissant von gestern und taumelte auf seinen kleinen Balkon hinaus.

Frische Luft. Frische Luft half bestimmt. Und ein paar Bissen im Magen.

Nach einer halben Stunde fühlte er sich fit genug, um sich anzuziehen, Trépied zu füttern und zum Revier zu fahren. Wenn man es an so einem Tag erst einmal geschafft hatte, in Schwung zu kommen, wurde es mit jedem Moment, der verstrich, ein wenig erträglicher. Am Commissariat angekommen, fühlte er sich zumindest stabil genug, dass er nicht mehr fürchtete umzukippen.

»Guten Morgen, Olivier!« Campanard hielt ihm die Tür seines Büros auf. »Falls man das um diese Zeit noch sagen kann.«

»Tut mir leid, Chef, kommt nicht wieder vor.«

Campanard schüttelte kurz den Kopf, dann schloss er die Tür hinter ihnen.

Olivier war dankbar, dass Campanard ihm einen Stuhl anbot. Er war noch nicht sicher, wie lange er heute stehen konnte.

»Was ist unser Plan für heute?«, fragte Campanard, nachdem er sich gesetzt und einen Schluck aus seiner *Schnauzer-sind-schick*-Tasse getrunken hatte.

»Delacours hat die ganze Woche daran gearbeitet, Duchapin aufzufallen, bis jetzt ohne Erfolg. Sie bleibt dran, sagt sie. Heute Abend in Les Palmiers das übliche Update. Wir wollen ihr dann außerdem das Verhörvideo von Pauline Egrette zeigen.«

Campanard nickte. »Sehr gut. Ich muss heute Nachmittag leider ein paar Medientermine wegen der Josserand-Geschichte wahrnehmen. Ansonsten?«

»Wissen Sie ...« Olivier neigte den Kopf. »Wir sind sehr fokussiert auf Fragonard. Vielleicht ein wenig zu sehr. Das

Leben unseres Königs der Düfte war abseits der Parfümerie so auffällig unauffällig. Ich will da ein wenig nachforschen.« Er lächelte und kratzte sich am Kopf. »Damit ich auch zu etwas nutze bin.«

»Die Idee ist gut. Aber lieber wäre mir, Sie würden es ein bisschen ruhiger angehen.«

»Ich weiß schon, was ich tue.« Olivier presste die Kiefer zusammen.

»Manche Dinge ... brauchen Zeit.«

»Die haben wir nicht, oder, Chef? Sie haben's mir doch gestern getextet. Ende des Monats. Das ist nicht viel mehr als eine Woche.« Er schüttelte den Kopf. »Wir müssen weitermachen.«

»Ich dachte, Sie glauben, der Mörder wäre Josserand.«

Olivier grinste. »Nun, bewiesen ist es ja noch nicht. Und solange das so ist, glaube ich nichts. In der Wissenschaft nennt man das Nullhypothese. Hab ich von Linda.«

Campanard grinste. »Na gut, dann sehen wir uns heute Abend?«

»Aber sicher doch!«

***

Wenig später stieg Olivier aus dem Dienstwagen und legte den Kopf in den Nacken. Fünf Kilometer südlich von Grasse lag auf einer Felsklippe eines der außergewöhnlichsten Häuser, die er je gesehen hatte. Wie ein natürlicher Felssims wuchs es aus der Klippe heraus, sodass der vordere Teil frei in der Luft zu hängen schien. Eine breite Glasfront war hangabwärts aufs Meer ausgerichtet.

»Nicht schlecht«, murmelte er.

»Inspecteur Olivier?«

Eine junge Frau mit dunkelbraunen Locken kam eine Steintreppe hinunter auf den Wagen zu.

»Monique Roux?« Er gab ihr die Hand. »Danke, dass Sie kommen konnten. Sie vertreten den Vermieter, richtig?«

»Genau, ich habe auch schon Ihre Kollegen hineingelassen. Gibt es denn neue Entwicklungen, weil Sie noch einmal hineinmöchten?«

»Darüber darf ich leider nicht sprechen, tut mir leid.« Er lächelte entschuldigend. Die ehrliche Antwort, nämlich dass er hier absolut im Trüben fischte, hätte sie ohnehin enttäuscht.

»Das verstehe ich natürlich. Ich dachte nur, weil die Kollegen damals ohnehin alles akribisch durchsucht haben …«

Olivier zuckte mit den Schultern. »Wollen wir?«

»Aber gern.«

Sie führte ihn ein paar Steintreppen hinauf, ehe sie eine Metalltür erreichten, die sie mit einer Schlüsselkarte öffnete. Dahinter lag ein …

»Ein Aufzug!«, erklärte Olivier begeistert und blickte den gläsernen Aufzugschacht hoch, der sich eng an den Fels schmiegte. »Wenn man sich das Wohnen hier leisten kann, will man den Einkauf wohl nicht die Treppen hinaufschleppen.«

Madame Roux lachte, während sie in die Liftkabine stieg und Olivier hereinwinkte.

»Wissen Sie, wieso Sentir zur Miete gewohnt hat? Er hätte sich doch sicher ein Haus kaufen können?«

»Darüber hat er mit mir natürlich nicht gesprochen. Ich sage nur aus Erfahrung, dass unsere Mieter sich ganz bewusst dafür entscheiden. Viele wollen sich einfach nicht um das Objekt kümmern, in dem sie wohnen. Hier bekommen Sie das Komplettpaket, wir kümmern uns nicht nur um zerbrochene Fenster oder Wasserschäden. Wir erledigen die Einkäufe und auf Wunsch sogar das Kochen.«

»All inclusive«, murmelte Olivier und dachte an das Verhör von Josserand, in dem er Sentir als jemanden beschrieben hatte, der sich im echten Leben nicht allzu gut zurechtfand.

»Außerdem steht ein so ausgefallenes Objekt wie dieses kaum zum Verkauf.«

»Kann ich mir vorstellen«, murmelte Olivier, während sie an der Felswand hinaufglitten.

Schließlich öffneten die Lifttüren sich wieder und gaben den Blick auf ein modernes Vorzimmer frei. Das Erste, was einem in Sentirs Wohnung ins Auge sprang, war … *Sentir*. Ein mannsgroßes Porträt seines Gesichts in so knalligen Farben, dass es beinahe in den Augen schmerzte.

»Sehen Sie sich um, wo Sie wollen.« Ein verstohlenes Grinsen schlich sich auf Roux' Gesicht. »Wenn es Sie nicht stört, würde ich mich einstweilen kurz auf die Terrasse setzen, wenn sich schon mal die Gelegenheit dazu bietet.«

»Gehen Sie nur.«

Während sie in Richtung Terrasse verschwand, schritt Olivier ganz langsam durch die Zimmer. Einerseits, weil er sich immer noch erschöpft fühlte, andererseits, um Sentirs Wohnung auf sich wirken zu lassen.

Das Erste, was ihm dazu einfiel, war: *zu viel von allem*.

Den modernen Eindruck, den das Haus von außen machte, hatte Sentir durch ein wildes Stilgemisch im Inneren zunichtegemacht. Goldene Kronleuchter. Ein mit orangefarbenem Samt bezogenes Designersofa mit silbernen Beschlägen. Vitrinen voller Auszeichnungen diverser Parfumverbände.

Ein Gemälde aus dem 19. Jahrhundert, das eine Frau bei der Lavendelernte zeigte, daneben das Pop-Art-Bild einer Blüte. Olivier kniff die Augen zusammen. Wegen der schrillen Farben konnte er sie nicht genau identifizieren, aber aufgrund der Form nahm er an, dass es sich um eine Kamelie handelte.

Olivier ging weiter ins Schlafzimmer. Noch ein Porträt von Sentir, diesmal eher klassisch gemalt. Er schüttelte grinsend den Kopf, dann öffnete er die Kleiderschränke und warf einen Blick auf Sentirs Garderobe. Ziemlich teuer, fast alles maßgeschneidert, keine größeren Überraschungen.

Danach durchsuchte er die Kommode unter dem Nachttischchen. Wenn Sentir etwas wie ein Tagebuch geführt hatte, dann hätten seine Kollegen es natürlich sichergestellt. Stattdessen fand er nur ein paar Fotos, die anscheinend niemand interessant gefunden hatte. Sentir auf einer Bank unter einem Baum. Olivier nahm das nächste Bild. Zwei Schatten auf einer Wiese. Er drehte das Foto. Kein Datum, nichts. Das dritte Foto zeigte Sentir in einer Art Park, wie er dem Fotografen winkte. Im Vergleich zu den Bildern und Videos auf Sentirs Social-Media-Profilen wirkten diese Aufnahmen fast meditativ.

Olivier steckte sie in seine Jackentasche und besichtigte die anderen Räume. Das Badezimmer war eher ein Spa-Bereich mit Dampfbad, das nach vorn zur Glasfront ausgerichtet war, sodass man beim Schwitzen den Eindruck haben musste, man würde mitten in der Natur sitzen.

Dann gab es noch mehrere Gästezimmer mit beleuchteten Vitrinen, in denen Sentirs Parfums ausgestellt waren.

Bedächtig nahm er die Flakons von *Orphée* und *Perséphone* von der Ablage und wog sie in Händen. Einen Moment lang war er versucht, sie zu probieren, dann stellte er sie mit einem Seufzen zurück ins Regal.

Langsam ging er wieder zurück in das großzügige Wohnzimmer und von dort aus auf die riesige Terrasse hinaus. Olivier blinzelte ein wenig, bis sich seine Augen an das helle Sonnenlicht gewöhnt hatten.

Die Terrasse konnte sich sehen lassen: eine eigene Bar, Liegestühle und ein in die dunklen Granitplatten eingelassener Whirlpool.

Roux lag auf einer der Liegen und tippte etwas auf ihrem Smartphone. »Ah, salut!«, sagte sie und nahm ihre Sonnenbrille ab, als sie Olivier bemerkte. »Entschuldigen Sie, dass ich hier so herumlümmle.«

»Mich stört's nicht.« Olivier half ihr auf.

»Es ist nur ... Ich bin hier beinahe ein bisschen zu Hause, wissen Sie?«

»Das müssen Sie mir erklären«, lachte Olivier.

»Vor drei Jahren hat Monsieur Sentir eine Duftreise unternommen.«

»Eine Duftreise?« Olivier hob die Augenbrauen.

»Mich dürfen Sie da nicht fragen. Er ist vier Monate lang verschwunden, auf der Suche nach Inspiration. Er meinte, das macht er regelmäßig. Ich sollte mich während der Zeit um alles kümmern. Ich hab hier praktisch gewohnt.« Sie zeigte auf den Ausblick, der bis hinunter nach Cannes reichte. »Mein eigener kleiner Prinzessinnentraum. Nun ja, wer immer auf Monsieur Sentir folgt, wird diese Perle wohl nicht so lange in meiner Obhut lassen.« Sie zuckte mit den Schultern. »Was soll's, mein Appartement in Nizza ist immerhin halb so groß wie diese Terrasse.«

»Meins auch, mindestens«, erwiderte Olivier grinsend.

»Wollen Sie ...« Sie warf ihm einen schelmischen Blick zu. »Wollen Sie vielleicht was trinken?«

»Bin mit dem Auto unterwegs.«

»Dann eben alkoholfrei.«

Sie stöckelte zur Bar hinüber. »Virgin Colada?«

Ein bisschen deftig. Aber etwas mit hohem Nährwert war heute vielleicht gar keine so schlechte Idee.

»Haben Sie denn alles dafür da?«

Sie schenkte ihm einen belustigten Blick, dann holte sie aus einem Außenkühlschrank frisch geschnittene Ananas und grüne Kokosnüsse hervor. »All inclusive!«

»Ist das Ihr Ernst?«, lachte Olivier.

Roux zuckte grinsend mit den Schultern. »Sentir hat das volle Paket bis Monatsende bezahlt, und es könnte ja sein, dass sein Erbe vorbeischaut und alles benutzen möchte.«

»Wissen Sie schon, wer das ist?«

»Nein, ist noch alles beim Notar. Man munkelt, irgendeine Kinderschutzorganisation. Na ja, dass hier so rasch jemand auf einen Drink hereinschneit, bezweifle ich.«

Sie goss die Zutaten in einen Mixer und richtete ihnen die Cocktails mit zwei frischen Ananasstücken an.

»Santé!« Olivier stieß mit ihr an.

Die Sonne, das gehaltvolle Getränk – er begann, sich ein wenig lebendiger zu fühlen. Er behielt die Flüssigkeit im Mund und wartete auf die Geschmacksexplosion, dann schluckte er.

»An solchen Tagen liebe ich meine Arbeit«, erklärte Roux.

»Glauben Sie mir, ich auch.« Er nahm noch einen Schluck von seinem Cocktail. »Wissen Sie, wohin Sentir gefahren ist? Auf seiner Duftreise, meine ich.«

»Oh, nein. Allerdings kannten wir uns auch nicht gut. Damals meinte er, er würde niemandem ein Sterbenswörtchen verraten, damit er seine Ruhe hat.«

»Wirklich? Die Einrichtung da drin schreit nicht gerade nach einem großen Ruhebedürfnis ...«

»Ja, ungewöhnlich, oder? Er hat hier verdammt viele Partys gefeiert. Raten Sie mal, wen er manchmal um zwei Uhr früh angerufen hat, um frischen Bacardi zu kaufen.«

»O Jesus ...«

»Ach, so schlimm war's nicht. Er hat immer großzügiges Trinkgeld gegeben, und wie gesagt, vier Monate hier wohnen, wer hat so etwas schon erlebt?« Sie beugte sich zu ihm. »Ich war jeden Tag in diesem verdammten Whirlpool. *Jeden Tag.*«

»Da muss man fast sagen, schade, dass er dann doch wieder zurückkam. Wie war er da denn so drauf?«

»Ganz entspannt und fröhlich. Als wäre er auf einem Retreat gewesen. Vielleicht war er das ja auch.«

»Ich weiß, meine Kollegen haben Sie das sicher schon gefragt, aber hat es hier mal irgendwelche auffälligen Szenen gegeben, von denen Sie etwas mitbekommen hätten? Einen Streit, Geschrei, zerbrochenes Geschirr, so was?«

Roux zuckte mit den Schultern. »Nun, dieses eine Mal war seltsam, aber das habe ich Ihren Kollegen bereits erzählt. Das ist mindestens ein Jahr her. Er rief mich am Abend an, ich sollte sauber machen. Eigentlich hätte er dafür die Putzkolonne informieren müssen, nicht mich, aber so war er eben. Ich dachte mir, was soll's, das Trinkgeld ist gut, also bin ich hergekommen.«

»War jemand bei ihm?«

»Nein, er war allein. Die ganze Terrasse war voller Scherben, Monsieur Sentir wirkte ganz verstört und ...« Sie zögerte.

»Und was?«

»Na ja, das habe ich nicht zu Protokoll gegeben, weil ich

dachte, ich hätte es mir vielleicht eingebildet, und dann würde die Polizei falsche Schlüsse ziehen ...«

»Immer raus damit. Ich verspreche, wenn ich das tue, sind nicht Sie schuld.« Olivier grinste.

»Na, da bin ich aber beruhigt.« Sie erwiderte sein Grinsen und schenkte ihm einen etwas zu langen Blick. »Jedenfalls«, unvermittelt wirkte sie fast ein wenig verängstigt, »ich glaube, an diesem Abend war Sentir verletzt. Ich wollte nur die Scherben wegräumen und habe ihn an der Seite gestreift, hier ...« Sie legte die Hand auf Oliviers rechten Rippenbogen. »Er ist weggezuckt und hat gestöhnt, dabei habe ich ihn kaum berührt. Und dann die rote Flüssigkeit an den Scherben. Zuerst habe ich mir eingeredet, es wäre Campari, aber ich bin mir nicht mehr sicher, ob da nicht auch verdünntes Blut war.«

Sie zog ihre Hand zurück und fuhr sich nervös durch die Haare. »Ich hoffe, Sie finden das nicht albern. Vermutlich reime ich mir da etwas zusammen.«

Olivier lächelte aufmunternd. »Ganz im Gegenteil. Sie haben eine wirklich gute Beobachtungsgabe.« Er leerte sein Glas. »Ich fürchte, ich muss allmählich wieder zurück zum Revier.«

»Verstehe.« Madame Roux griff in ihre Brusttasche und reichte ihm eine Karte. »Hier, falls Sie noch Fragen haben.« Sie musterte ihn einen Moment lang. »Egal, welcher Art.«

KAPITEL 15
ALPENWASSER

Fragonard hatte ihnen einen Raum zur Verfügung gestellt, der die perfekte Synthese aus modernem Labor und traditioneller Werkstatt bot. Die hölzernen Fensterläden und Dachbalken vermittelten eine fast heimelige Atmosphäre, zu der die weißen Kunststoffarbeitsplätze, Zentrifugen und vielen anderen Geräte, deren Funktion Linda noch nicht sicher benennen konnte, einen spannenden Kontrast bildeten.

Für die heutige Übung spielten die Apparaturen auch keine Rolle, zumindest glaubte Linda das.

Vor ihr auf der Arbeitsbank lagen einige Gegenstände. Ein Brocken irgendeines Substrats, aus dem vier Kräuterseitlinge wuchsen, eine rohe Bachforelle, ein Haufen frisches Moos und ein abgerundeter Flussstein.

Manu starrte sein eigenes Assortiment an und kratzte sich am Kopf. Eine Handvoll Heu, ein trockenes Holzstück und etwas, das aussah wie getrockneter Kuhdung.

»Ich wette, was ich da habe, ist nicht das Rezept für *Oase de Nuit*«, kommentierte er an Linda gewandt.

»Nein, aber ein Upgrade davon«, erklärte Linda. »*Oase de Nuit – Farm.*«

»Ich sehe einen Bestseller entstehen.« Manu grinste.

»Haben Sie sich genug gewundert?« Linda hatte gar nicht bemerkt, dass Duchapin den Raum betreten hatte. Offensichtlich meinte er nicht Manu und sie im Speziellen. Auch die anderen Kursteilnehmer hatten lautstark gerätselt, was es mit den seltsamen Gegenständen auf sich hatte. Jetzt standen sie alle still und starrten Duchapin mit großen Augen an, wie Rekruten beim Militär.

»Madame Delacours«, sagte er schließlich. Linda unterdrückte den Impuls, zusammenzuzucken, als sich seine dunklen Augen auf sie richteten.

»Umreißen Sie uns den Prozess der kalten Enfleurage.«

Linda nickte. »Die kalte Enfleurage funktioniert über die Aufnahme der Duftstoffe in geruchsneutrale Fette. Üblicherweise trägt man diese auf Glasplatten auf und platziert dazwischen die duftende Grundsubstanz, zum Beispiel Blüten. Ist das Fett mit Duftstoff gesättigt, löst man diesen mit Alkohol heraus.«

Duchapin lächelte zufrieden. »Die heiße Enfleurage oder Mazeration unterscheidet sich nur durch einen Faktor von dieser Methode. Hier erhitzt man das Fett auf fünfzig bis siebzig Grad, um so die Duftstoffe schneller herauszulösen.«

Er machte eine Pause und sah sie der Reihe nach an.

»In den kommenden Tagen werden wir sehen, wie sehr Sie in der Lage sind, die kalte Enfleurage richtig einzusetzen. Sie wollen Nasen werden? Die Crème de la Crème der Parfümeure? Beweisen Sie Ihren Wert!«

»Warum sehne ich mich gerade nach einer stinknormalen Vorlesung?«, flüsterte ihr Manu zu.

Linda stimmte ihm insgeheim zu. Als ob der Druck, in diesem Kurs halbwegs mitzuhalten, nicht schon hoch genug wäre. Aber für sie reichte es nicht, mit dem Strom zu schwimmen. Was immer Duchapin von ihnen wollte, Linda musste ihm dabei auffallen. Sie musste brillieren, und irgendetwas sagte ihr, dass das ganz und gar nicht einfach sein würde.

Der Duftkreateur ging durch die Reihen der Arbeitstische und reichte jedem Kursteilnehmer eine Karte. Linda konnte sehen, wie sich Verwirrung breitmachte, als die Studentinnen und Studenten lasen, was darauf stand.

»Ich bin sicher, mit solchen Orten kennen Sie sich aus.« Nun reichte er auch Manu ein Kärtchen, ohne ihn anzusehen.

Vor Linda blieb er stehen und musterte sie.

»Ich bin neugierig.« Er streckte ihr die Karte hin und wartete, bis sie sie ihm aus der Hand nahm. Erst nachdem er weitergegangen war, besah sie sich die Aufschrift genauer.

Alpenfluss.

Linda hob eine Augenbraue, dann wandte sie sich Manu zu. Er hatte einen hochroten Kopf. Als er ihren Blick bemerkte, zeigte er ihr sein Kärtchen.

Scheune mit Vieh.

»Was er damit meint, ist Kuhstall«, brummte er. »Vielleicht sollte ich ihm erklären, dass im Vergleich zu meiner Heimat Bordeaux Grasse das provinzielle Kaff ist und nicht umgekehrt.«

»Vergiss ihn. Er will dich aus der Reserve locken, um dich dann vorzuführen.«

»Wieso bist du eigentlich so schlau?«

»Wegen der Brille natürlich.«

»Ach ja, habe ich vergessen.«

»Übermorgen haben wir unseren nächsten Kurs«, fuhr Duchapin fort. »Ich will, dass Sie mir bis dahin den Begriff auf Ihrem Kärtchen in einen Duft gießen. Sie dürfen dafür ausschließlich die Duftkomponenten benutzen, die ich Ihnen zugeteilt habe.«

»Duftkomponenten?«, murmelte Manu und stocherte mit einer Pinzette in seinem getrockneten Kuhmist.

»Bis dahin ist meine Forelle vergammelt«, zischte Linda. Am liebsten hätte sie Manu gebeten, ihr seine Scheune mit Vieh zu überlassen. Aber sie musste Duchapin imponieren, und das würde sie nicht, indem sie versuchte, es sich einfacher zu machen.

»Verzeihung, wie sollen wir das denn anstellen?«, fragte Savjid. »Wir haben zu Hause kein Equipment.«

»Dies ist Teil der Herausforderung«, erklärte Duchapin. »Sie bekommen Fett und Alkohol von mir, sowie ein Fläschchen, das ist alles.«

»Aber das ist unmöglich«, erklärte Manu. Linda wünschte, sie hätte ihn zurückgehalten, aber es war zu spät. »Das ist doch nur Schikane und hilft uns null dabei, einen guten Duft zu kreieren.«

Duchapin sagte nichts, aber zumindest für Linda war der Abscheu in seiner Miene deutlich zu erkennen.

Er kam auf sie zu und blieb vor ihnen stehen. Ohne ein Wort zu sagen, holte er ein kleines Fläschchen aus der Hosentasche und gab einen Tropfen davon auf seinen Zeigefinger.

»Da ich Ihrer Nase nicht vertraue ...«, sagte er zu Manu und streckte den Finger Linda hin. »Riechen Sie daran!«

Linda spürte, wie sie rot würde. »Ich, vielleicht ...«

»Riechen Sie«, insistierte Duchapin, ohne den Blick einen Moment von ihr zu nehmen.

Sie hätte sich gern geweigert, aber sie durfte nicht vergessen, warum sie hier war. Linda beugte sich nach vorn, bis ihre Nase direkt über Duchapins ausgestrecktem Zeigefinger ruhte, dann sog sie die Luft ein.

Für einen Moment war der Geruch von Moos, Algen, Wasser und Stein so intensiv, dass sie beinahe das Rauschen eines Flusses hörte.

Linda blinzelte. »Das ist unglaublich.« Sie sah Duchapin an. »Es riecht wie ein Alpenfluss, der Begriff auf meiner Karte.«

»Diesen Duft erschuf ich in einer Hotelsuite in Salzburg, ohne nennenswertes Equipment.« Duchapin lächelte zufrieden, dann wandte er sich der ganzen Klasse zu. »Unsere Kunst besteht darin, einen Moment mit all seinen Eindrücken in einem Dufterlebnis festzuhalten. Ihn zu konservieren, wieder erlebbar zu machen. Um dieses Ziel zu erreichen, mussten die Pioniere der Duftkreation ständig über neue Techniken nachdenken, um ans Ziel zu gelangen. Wenn jemand meint, diese Übung wäre unter seiner Würde oder die Aufgabe nicht zu bewältigen ... Sie wissen ja, wo die Tür ist.«

Linda sah in betroffene Gesichter. Keiner von ihnen wagte noch, zu widersprechen.

Nach der Stunde holten sie sich bei Duchapin Fett, Alkohol und Fläschchen ab, die seine Assistentin in einer Tüte für sie vorbereitet hatte.

»Ich bin gespannt«, murmelte Duchapin, als Linda ihre Tüte vom Tisch nahm. »Ob Sie meine Erwartungen erfüllen.«

»Das kommt vermutlich darauf an, was Sie erwarten«, antwortete Linda.

»Nicht allzu viel von jemandem, der so lange in einer üblen Kloake gelebt hat.«

»Üble Kloake? Oh, Sie meinen Paris.«

»Eine Stadt, um die ich am liebsten einen großen Bogen

mache. Sie besudelt meine Geruchsknospen, und wenn ich doch einmal dort bin, dauert es danach jedes Mal fast eine Woche, bis ich wieder alle Nuancen wahrnehme. Nach einem Paris-Trip wirkt alles so … zweidimensional.«

»Einer der Gründe, warum ich dort nicht mehr leben wollte«, log Linda.

Duchapin musterte sie forschend, aber Linda sah in seinem Gesichtsausdruck keine Anzeichen dafür, dass er ihr nicht glaubte.

»Um ein Element der Natur in einem Duft abzubilden, muss man sie erlebt haben. Waren Sie jemals in den Alpen?«

»Leider nicht«, antwortete Linda. »Aber ich glaube, ich weiß, was Sie meinen. Mein Vater hat mich früher jeden Sommer auf die Insel Groix in der Bretagne eingeladen. Eine grüne Perle weit draußen im Atlantik. Die Gerüche dort sind unvergleichlich. Ich hatte immer das Gefühl, dass man dort mehr von der Umgebung wahrnimmt, wenn man die Augen schließt.«

»Das klingt nach einer besonderen Feriendestination«, kommentierte Duchapin. »Leider war ich noch nie dort. Würden Sie mir beschreiben, wie es dort riecht?«

»Oh, es war für mich mehr als eine Feriendestination. Eigentlich habe ich mich auf Groix mehr zu Hause gefühlt als in Paris. Wir hatten dort das ganze Jahr ein kleines Steinhaus gemietet. Ehrlicherweise habe ich nie darüber nachgedacht, was den Geruch der Insel ausmacht.«

»Tun Sie es jetzt!«

Linda begann, sich unter Duchapins Blick ein wenig unwohl zu fühlen. Aber Campanards Anweisungen waren klar gewesen. Sie musste Duchapins Vertrauen gewinnen. Sie schloss die Augen, um sich zu erinnern.

»Der prägendste Geruch ist natürlich der Atlantik. Ich habe nie darüber nachgedacht, aber ich würde meinen, Seetang und Salzwasser machen die Komponenten aus. Der Strandginster, der dort wächst, mischt eine herbe, süße Note in das Ganze … Und für mich gehört natürlich Papas Regenpelerine dazu.« Linda lachte. »Er ist bei jedem Wetter an den Strand gegangen, weil ihn das Leben in den Gezeitentümpeln so fasziniert hat. Die leuchtend roten Anemonen, die Krabben und Sandaale und natürlich die Meeresvögel, die man überall beobachten konnte.«

Linda sah auf und beobachtete, wie Duchapins Augen hin- und herflitzten, als würde er seinen Geist nach etwas durchforsten.

»Ich glaube allerdings nicht, dass mir meine Urlaube bei Ihrer Aufgabe helfen, da muss ich noch kreativ werden.«

Duchapin neigte den Kopf. »Ihr Erfolg wäre eine Überraschung.«

»Gut, dass ich Überraschungen liebe«, erwiderte Linda und wandte sich ab.

Während sie den Raum verließ, war sie sicher, dass er ihr hinterherstarrte, widerstand aber der Versuchung, sich umzudrehen. Pauline hatte recht, was ihn anbelangte. Duchapin hatte etwas Beunruhigendes an sich.

»Großartig«, seufzte Manu, als Linda ihm am Gang begegnete. »Ich werde Matthieu sagen, dass wir packen können. Sag mir noch mal, warum ich mich bei der einflussreichsten Person in unserem Metier unbeliebt mache?«

»Weil du Prinzipien hast«, erwiderte Linda trocken.

»Gott, ich hätte aber so gern Prinzipien, die mich erfolgreich machen. Prinzipien wie: mehr lächeln, weniger sagen. Damit würde ich sicher besser fahren.«

»Aber ich würde dich weniger gern mögen, falls das zählt.« Linda legte ihm die Hand auf die Schulter. »Lass uns einfach versuchen, die Aufgabe irgendwie zu lösen. Er kann dich nicht hinauswerfen, nur weil du anderer Meinung bist.«

Plötzlich wirkte Manu ungewohnt ernst. »Ich glaube, der Kerl kann eine Menge Dinge, die wir uns nicht vorstellen können.«

***

»Das ist hervorragende Arbeit, Olivier, ich will, dass Sie herausfinden, wohin Sentir auf Duftreise gefahren ist.«

Die Hitze des Tages war in einen lauen Abend übergegangen. Martine hatte ihnen ein Tablett mit warmen Baguettes, Kräuteraufstrich und gegrilltem Gemüse aufgetragen, dazu Gläser mit dem obligatorischen Lavendelsoda. Delacours wirkte auf Campanard in sich gekehrt und schien dem Gespräch gar nicht wirklich zu lauschen. Der Teint von Olivier sah wieder gesünder aus, vielleicht lag das aber auch nur an der Abendsonne.

»Warum ist Ihnen das so wichtig, Chef? Es ist drei Jahre her.«

Campanard zwirbelte seine Schnauzerspitze. »Was fällt Ihnen an dieser Sache auf?«

Olivier zuckte mit den Schultern. »Nicht viel. Bisschen extravagant, so wie Sentir eben war.«

»Madame Delacours.« Campanard wandte sich der jungen Frau zu, die rasch aufsah, als hätte er sie aus tiefen Tagträumen gerissen. »Nennen Sie mir aus dem Bauch heraus die drei wichtigsten Eigenschaften, die Sie mit Sentir in Verbindung bringen.«

Delacours überlegte einen Moment. »Selbstverliebt, extrovertiert ... und mehr als alles andere aufmerksamkeitsbedürftig.«

Campanard nickte und hob den Zeigefinger.

»Aufmerksamkeit. Sentir brauchte ein Publikum, bei allem, was er tat. Sogar die Aufmerksamkeit der Gastarbeiter auf den Blumenfeldern war ihm so wichtig, dass er sie von der Arbeit abhielt. Sie fragen mich, warum Sentirs Duftreise von Bedeutung ist? Weil er niemandem erzählt hat, wo er hinfährt, und keine Reels oder Bilder seiner Reise an die Öffentlichkeit gelangt sind.«

Olivier zuckte mit den Schultern. »Digitaler Detox?«

Delacours kicherte. »Seiner Online-Aktivität nach hätte man ihm eine Pistole an den Kopf halten müssen, damit er sein Smartphone abgibt.«

Campanard hob den Kopf und sah sie an.

»Und das müsste jemand wie Sie gewesen sein.«

Olivier lachte. »Linda wäre eine wirklich furchterregende Räuberin.«

»Vorsicht, ich habe den schwarzen Gürtel in Yoga«, erwiderte Delacours trocken.

»Nicht Sie persönlich, meine Liebe. Ich meinte, jemand wie Sie. Ein Psychologe.«

»Ihre Theorie hat einen Haken, Chef«, erwiderte Olivier. »Wenn Sentir einen Digital Detox gemacht hätte, dann hätte er es doch Gott und der Welt angekündigt und danach in ausführlichen Interviews von seinen Erfahrungen berichtet.«

»Da haben Sie einen Punkt.«

Er nahm sich ein paar gegrillte Paprika und belegte ein Stück Baguette damit. Mit einem nachdenklichen Gesichtsausdruck biss er ab und kaute langsam.

»Wie auch immer.« Olivier streckte sich. »Ich hör mich um, ob ich noch etwas ... Woah!«

Er zuckte erschrocken zurück.

»Was haben Sie denn?«, fragte Campanard.

»Da war was an meinem Bein!«, rief Olivier. »Unter dem Tisch!«

Ein kleiner schwarzer Gockel stolzierte zwischen den Tischbeinen hindurch und musterte Olivier interessiert.

»Na bitte, sag ich doch!« Der Inspecteur gestikulierte aufgebracht in Richtung des Hahns.

»Oh, darf ich vorstellen, Pierre, das ist Astérix, wir sind Freunde«, erklärte Delacours mit einem amüsierten Grinsen. Der Hahn reagierte auf den Klang ihrer Stimme und lief zu ihr hinüber. Sie strich ihm sanft über das Brustgefieder.

»Was für ein hübscher Kerl«, freute sich Campanard. Als er seine Pranke nach Astérix ausstreckte, ergriff dieser sicherheitshalber die Flucht und lief mit einem echauffierten Gackern zu seinen Hennen hinüber, die im hinteren Teil des Gartens scharrten.

»Keine Sorge, Pierre, er frisst dich nicht.«

»Jaja«, brummte Olivier mit rotem Kopf, während er wieder an den Tisch heranrückte. »Interessiert denn sonst niemanden, wer Sentir damals in seinem Luxusappartement angegriffen hat?«

»Natürlich. Kontaktieren Sie Madère. Sie soll sich sorgfältig in der Szene umhören. Damit meine ich die Leute, die auf dieselben Empfänge eingeladen werden wie Sentir. Sie bleiben inzwischen bitte an dieser Geschichte mit der Duftreise dran.«

Olivier nickte.

Campanards Blick glitt wieder zu Delacours, die mit gerunzelter Stirn dasaß und wieder aufgehört hatte, dem Gespräch zu folgen.

»An welchem tropischen Strand sonnen Sie sich gerade, Delacours?«

Die junge Psychologin hob ertappt den Kopf.

»Pardon! Wenn es doch nur ein Strand wäre. Aber ich muss ständig daran denken, wie ich den Duft eines Alpenflusses hinbekomme, bevor meine Forelle vergammelt.«

Campanard und Olivier warfen sich verwirrte Blicke zu, während Delacours entschuldigend lächelte.

»Kalte Enfleurage. Duchapin hat uns eine schwierige Aufgabe gegeben, und ich will ihn beeindrucken.«

»O ja, das wäre wichtig.«

Delacours stöhnte und rieb sich das Gesicht. »Das Ganze funktioniert normalerweise mit riesigen, fettbestrichenen Pressen, auf die man Blüten streut. Und was habe ich? Einen Stein, einen Moosball, ein paar Pilze und einen toten Fisch. Wie soll das gehen?«

»Und wenn Sie das Fett auf den Fisch auftragen?«, fragte Campanard.

Delacours dachte kurz nach. »Ja ... aber nein. Ein guter Vorschlag, aber ich glaube nicht, dass das hält. Wegen der Schleimschicht auf der Fischhaut. Und selbst wenn, wie bekäme ich es dann sauber runter?«

»Nun ...«

»Verzeihung, Commissaire.« Martine war herangekommen und räumte das Geschirr sowie die wenigen verbliebenen Speisen ab.

»Wenn ich das nicht hinbekomme, können Sie den Plan vergessen, Commissaire. Dann bin ich für ihn genauso unwürdig wie Sie.«

»Keine Sorge, Delacours, wir denken mit Ihnen nach. Gemeinsam fällt uns eine Lösung ein, und wenn ich irgendwo eine ausgebildete Nase auftreiben muss, die das für Sie erledigt.«

»Commissaire, ich glaube nicht, dass irgendjemand außer Duchapin weiß, wie so etwas geht.«

»Verzeihung!« Martine bückte sich über den Tisch und begann mit einem Geschirrtuch die Baguettebrösel wegzuwischen, die sich Astérix später holen würde. Sie wollte sich gerade wieder aufrichten, als Delacours ihren Arm vorschnellen ließ und Martine am Handgelenk packte.

»Moment«, murmelte sie. Sie riss ihr das Geschirrtuch aus der Hand. Vorsichtig entfaltete sie es und betrachtete es fasziniert.

»Diese Vegetarier, alle gestört«, brummte Martine und schlenderte kopfschüttelnd zurück ins Innere der Pension.

»Das ist es. Das ist genau das, was ich brauche«, hauchte Delacours. »Tücher! Wenn ich sie in Fett tränke und ganz fest um die Gegenstände herumwickele, sollten die Duftstoffe in das Fett übergehen.«

»Aha, und dann?«, fragte Olivier.

»Dann lasse ich die Tücher in Alkohol schwimmen, die Duftstoffe lösen sich mit dem Fett, und voilà – schon habe ich einen fertigen Duftstoff!«

Sie ließ das Tuch sinken und sah in die Runde.

»Ich glaube, so könnte es funktionieren. Pierre, hilfst du mir dabei?«

»Sicher, ich kann dir doch mein Parfümerie-Expertenwissen nicht verweigern.«

Campanard sah die beiden abwechselnd an. »Na, was ist, worauf warten Sie noch?«

***

Die Arbeit an Lindas kalter Enfleurage war alles andere als sauber. Um das Fett in die Tücher zu bekommen, mussten sie es in einem Suppentopf in der Küche erhitzen, damit es flüssig wurde. Linda hatte keine Ahnung, ob das im Rahmen einer Enfleurage erlaubt war, aber um ehrlich zu sein, war ihr das herzlich egal.

»Sag mal, Pierre«, meinte Linda, während sie die Tücher in das flüssig gewordene Fett tauchte. »Wieso trägst du eigentlich nie eine von diesen sexy Uniformen wie die Polizisten auf den Elektrorollern, die ich immer durch die Innenstadt fahren sehe?«

»Die sind von der Police Municipale«, lachte Olivier. »Andere Baustelle, deren Revier ist hinter dem Rathaus. Dort habe ich angefangen, bevor ich zur Kriminalpolizei ging.«

»Schade, ich wär wirklich gern mal mit so einem Ding gefahren. Oder womit vertreibt man sich hier sonst die Zeit?«

»Natürlich haben wir Provinzler keine Hobbys. An den Wochenenden hüten wir die Schafe und verbrennen ein paar Hexen.«

Linda knuffte ihn in die Seite. »Quatschkopf. Ich bin ehrlich interessiert.«

»Ah ja?«, Olivier hob die Augenbrauen.

»An der *Stadt*.«

»Na gut ...« Olivier seufzte und rührte den Topf mit den im Fett schwimmenden Geschirrtüchern um. »Die meisten von uns spielen Boule.«

»Boule? Also, da würde ich lieber ein paar Hexen verbrennen«, kicherte Linda. »Ernsthaft, warum stellt man sich eine Stunde an eine Schotterbahn und lässt Metallkugeln darüberkullern?«

»Vorsicht, Madame, Boule ist kein Spaß«, erklärte Olivier

mit gespielt tiefer Stimme und erhobenem Zeigefinger. »Im Ernst, es ist gar nicht so schlecht. Man trifft sich draußen mit Freunden, muss sich nicht groß verabreden, weil sowieso immer jemand da ist – und spielt einfach. Solltest du mal probieren!«

»Ich weiß ja nicht.«

»Vielleicht nehm ich dich ja mal mit.«

Linda sah ihn an und lächelte vorsichtig. »Vielleicht.« Dann wandte sie sich wieder dem Topf zu. »Oder wir bleiben bei den Hexen.«

Als die Tücher ausreichend in Fett getränkt und ausgekühlt waren, sodass sich zwischen den Fasern ein schmieriger Film gebildet hatte, sah Martines Küche aus wie ein Schlachtfeld – was sie leider auch bemerkte, bevor Olivier und Linda die Gelegenheit zum Putzen bekommen hatten.

»Mit euren verdammten Zahnbürsten sollte ich euch das schmierige Zeug wegmachen lassen, wie bei der Armee, ihr ... ihr ... Rotzlöffel!«

Linda hatte sich vorgenommen, schuldbewusst dreinzuschauen, aber beim Wort *Rotzlöffel* prusteten sie und Olivier gleichzeitig los, bis Martine sich mit einem Nudelholz bewaffnete und sie aus der Küche scheuchte.

»Und jetzt?«, fragte Olivier, während sie die Tücher auf etwas Zeitungspapier ausbreiteten.

»Den Rest schaffe ich, danke«, erwiderte Linda beschwingt.

»Kann ich trotzdem bleiben? Würde gerne sehen, wie das abläuft.«

»Nein!«, erwiderte Linda etwas zu heftig. Dann atmete sie tief durch und zwang sich zu einem Lächeln. »Nein«, wiederholte sie sanft, als sie Oliviers verwirrten Blick bemerkte. »Ich brauch ein bisschen Ruhe dafür, weißt du? Damit ich meine magischen Nasenkräfte nutzen kann.«

»Verstehe.« Olivier senkte den Blick, dann klatschte er in die Hände. »Okay, viel Spaß!« Für einen Moment hielt er sich am Türrahmen des Frühstücksraums fest. »Noch einen feinen Abend, Linda«, murmelte er, ohne sich umzudrehen, dann war er verschwunden.

Linda verschränkte ihre zitternden Finger und schloss die Augen. Wie sollte sie denn diese Duchapin-Geschichte durchziehen, wenn jede Kleinigkeit sie aus der Fassung bringen konnte?

Gar nicht, flüsterte eine Stimme in ihrem Inneren. *Du wirst scheitern, und diesmal werden alle sehen, wie kaputt du wirklich bist!*

»Ich kann das«, flüsterte sie immer und immer wieder. »Ich kann das.«

Aber die dazugehörige Sicherheit wollte sich einfach nicht einstellen.

KAPITEL 16
WÜRDIG

Duchapin fächelte mit einem Papierstreifen, auf dem er den Duft einer Kurskollegin aufgetragen hatte.

»Was hätte das sein sollen?«, fragte er mit unbewegter Miene.

»Eine Bucht auf der Île de St. Marguerite«, erwiderte die junge Frau nervös. Linda glaubte sich daran zu erinnern, dass dies eine beliebte Ausflugsinsel vor der Küste von Cannes war.

Duchapin schnaubte. »Das ist nichts. Die Pinie lässt sich wahrnehmen, aber keine Spur von Seegras und Meer.«

Er reichte ihr den Flakon, ohne sie anzuschauen, und ging zu Manu weiter, der ihm trotzig entgegensah. Dann nahm er ihm den Flakon aus der Hand und besprühte einen weiteren Papierstreifen.

»Kein Holz, keine tierische Note. Nur das Heu wurde effleuriert, das hätte allerdings jeder geschafft.«

»Ich werde Sie überzeugen, sobald wir mit richtigen Duftmaterialien zu arbeiten beginnen.«

»Wohl kaum«, antwortete Duchapin und ging zu Linda weiter.

Auch wenn die Aufmerksamkeit der ganzen Klasse auf ihm ruhte, nahm er sich die Zeit, sie einen Moment lang schweigend zu mustern. Dann streckte er seine flächige Hand aus.

»Alpenfluss«, erklärte Linda laut und drückte ihm ihren

Flakon in die Hand. Ein Kribbeln breitete sich in ihrem Bauch aus, während Duchapin den Duft versprühte und mit geschlossenen Augen die Luft einsog. Dann öffnete er die Augen und drehte sich ruckartig zu Linda.

»Ich bin überrascht«, murmelte er und wandte sich der Klasse zu.

»Ich möchte, dass jeder von Ihnen Madame Delacours' Arbeit probiert.« Er gab den Flakon Manu, der ein wenig von dem Inhalt versprühte und ihn dann weiterreichte.

»Sie werden feststellen, dass die Komposition ein wenig holprig ist. Etwas zu wenig von dem Stein und seinem Bewuchs, der Moosgeruch ist ausgewogen, die Forelle einen Tick zu laut.« Er wandte sich wieder Linda zu. »Doch am Ende bleibt der respektable Eindruck eines Alpenflusses. Bravo.« Er maß sie mit einem interessierten Blick. »Madame Delacours.«

Manu applaudierte, und kurz darauf fiel der Rest der Klasse mit ein, während Linda nicht verhindern konnte, dass sie errötete.

Sie durfte nicht vergessen, warum sie hier war. Nicht, um Klassenbeste zu werden, sondern um sich ein Ticket zu Duchapins Werkstatt zu erkämpfen. Trotzdem fühlte es sich unverhofft gut an, etwas geschafft zu haben. Fast wie in ihrem früheren Leben.

»Erleuchten Sie uns«, fuhr Duchapin fort. »Wie haben Sie das angestellt?«

»Geschirrtücher«, murmelte Linda. »Platten gingen ja nicht, für den Stein und den Fisch. Also habe ich sie im Fett getränkt und die Gegenstände damit umwickelt. Am nächsten Tag habe ich die Duftstoffe mit Alkohol herausgelöst und hatte meine Ergebnisse.«

Duchapin verzog den Mundwinkel zu einem halben Lächeln und streckte die Hand aus. »Das ist die Einstellung, die ich mir von einer angehenden Nase erwarte. Fokus auf einen Duft, den wir wollen.« Er schloss die Faust. »Und dann holen wir ihn uns mit allen Mitteln!«

***

»Geiler Scheiß!« Manu griff sie an den Schultern, nachdem der Kurs vorbei war. »Das war genial, beinahe so gut wie Duchapins Vorlage.«

»Danke, aber ehrlich gestanden ein Glückstreffer«, schmunzelte Linda und sah sich nach Duchapin um, der gerade ein paar Duftproben in eine schmale Ledertasche packte.

»Ich sag dir, er sieht etwas in dir«, flüsterte Manu ihr zu. »Vielleicht hast du das große Los gezogen, und er wird dein Mentor.«

»Quatsch!«

»Ich bin mir ziemlich sicher – was nichts daran ändert, dass er ein Arschloch ist.« Ein Ausdruck von Sehnsucht schlich sich in die Wut auf seinem Gesicht, während er zu Duchapin hinübersah. »Ein geniales und leider auch gut aussehendes Arschloch, zugegebenermaßen, aber egal.«

»Ich glaube, ich nutze kurz die Gunst der Stunde«, meinte Linda verschwörerisch. »Vielleicht verrät er mir ja noch ein paar nützliche Tipps.«

»Geh nur«, seufzte Manu. »Vielleicht suchen die anderen Parfümerien hier noch einen Shop-Verkäufer. Bei Molinard soll es wirklich nett sein, hab ich gehört.«

»Red keinen Quatsch!« Linda zwinkerte ihm zu. »Die Tipps verrate ich dir natürlich.«

Sie wandte sich ab und lief zum Pult hinüber.

»Monsieur Duchapin?«

»Ah.« Er hob den Kopf und betrachtete sie mit regloser Miene. Ihn zu lesen, war wegen seiner minimalistischen Mimik extrem herausfordernd. Gerade glaubte sie aber, Interesse in seinem Gesicht aufblitzen zu sehen. »Das einzige Weizenkorn in der Spreu.«

»Glauben Sie mir, meine Mitstudierenden sind mir weit voraus«, erwiderte sie und fuhr sich nervös durch die Haare.

»Wenn ich es sage, ist es so«, erwiderte Duchapin schlicht.

Linda wich seinem Blick aus. Wenn man es nicht besser wüsste, könnte man ihn für einen wohlhabenden russischen Kriminellen halten. Warum dachte sie das jetzt gerade? Weil er möglicherweise Sentirs Mörder war? Sie musste sich zusammenreißen und dafür sorgen, dass sein Interesse nicht erlosch. Sie fuhr sich noch einmal durch die Haare, damit der Luftzug ihren Duft in seine Richtung wehte. Duchapin hob sein Kinn und blinzelte. *Oase de Nuit femme.* Sie war sicher, dass er sein auf dem orientalisch duftenden Holz Oud basierendes Parfum wahrgenommen hatte.

»Was Sie uns im Unterricht nahegebracht haben, Monsieur. Einen Moment in all seinen Facetten in einen Duft zu gießen. Ich wollte Ihnen nur sagen, dass ich … dass ich das bewundere, dass ich Sie … Ich habe all Ihre Düfte probiert, und jeder von ihnen entführt mich an einen Ort, den ich zu kennen glaube, obwohl ich nicht weiß, woher.«

Duchapin beugte sich ein wenig zu ihr. »Dann haben Sie die Essenz unserer Kunst begriffen.«

Linda riskierte einen Blick über die Schulter. Der Rest ihrer Klasse hatte den Kursraum bereits verlassen. Gut. Das bedeutete, sie konnte einen weiteren Schritt wagen.

»Bitte verstehen Sie das nicht falsch. Aber wenn ich sehen könnte, wo Sie arbeiten, wo Sie Ihre Düfte entstehen lassen ... Ich habe das Gefühl, das würde meiner Entwicklung enorm weiterhelfen.«

Duchapin neigte seinen Kopf ein wenig. »Wie könnte ich das falsch verstehen?«

Linda spürte, wie sie gegen ihren Willen rot wurde. Duchapin liebte es offenbar, zu spielen, sein Gegenüber zappeln zu lassen. Gut, diese Herausforderung würde sie annehmen. Anstatt zu versuchen, die Reaktion zu unterdrücken, senkte sie schüchtern den Blick.

»Nun ja, ich dachte, Sie bekommen bestimmt viele ...« Sie tat so, als würde sie nach den richtigen Worten suchen. »Ich wollte Ihnen einfach nicht zu nahe treten.«

Duchapin dachte kurz über ihre Worte nach, dann nickte er. »Die Werkstatt einer Nase ist wie ihr Herz. Es gibt keinen Ort, wo man sich selbst näher ist. Jemanden dort hinzuführen, ist intimer, als wenn ich Ihnen mein Schlafzimmer zeigen würde.«

»D-das verstehe ich natürlich. Ich weiß nur nicht, wo ich mehr lernen könnte.« Sie hob die Hand, um auf sein Herz zu zeigen und ließ sie dann schüchtern wieder sinken.

Dieses wortlose Anstarren. Tat er das, um sie zu verunsichern? Dummerweise wirkte es. Linda spürte, wie ihre Finger zu zittern begannen.

Lauf, Mädchen, flüsterte die höhnische Stimme in ihrem Kopf. *Bevor du dich am Boden wiederfindest. Heulend. Nach Luft schnappend ...*

Ich kann das, dachte Linda angestrengt.

»Also?«, fragte Duchapin mit hochgezogenen Augenbrauen.

»Wie bitte?«

»Ich habe Sie gefragt, wo Sie selbst arbeiten.«

»Ähm.« Linda schüttelte rasch den Kopf. »In einer Pension, nicht weit von hier.«

»Ah, kenne ich diese Pension vielleicht?«

»Das weiß ich nicht. Sie heißt Les Palmiers.«

Mist. Das hätte sie Duchapin vermutlich nicht verraten sollen. Andererseits ging es bei diesem Spiel darum, sein Vertrauen zu gewinnen. Und etwas sagte ihr, dass das nicht funktionieren würde, solange sie nicht auch ein paar wahre Dinge preisgab.

»Die Besitzerin stellt mir dort einen Raum zur Verfügung«, fuhr sie fort. »Man kann auf die Terrasse und den Garten sehen. Das hilft mir, meine Gedanken zu ordnen.«

Duchapin nickte. Seine Miene verriet, dass er guthieß, was sie gesagt hatte. Bedächtig nahm er seine Ledertasche vom Lehrerpult. »Wir werden sehen.« Dann wandte er sich ab und verließ den Raum, ohne Linda noch eines Blickes zu würdigen.

***

»Er ist also nicht weiter auf Ihre Bitte eingegangen?«, fragte Campanard.

Sie saßen zu dritt im Garten von Les Palmiers. Eine schwere Süße lag in der Luft. Auf den Blumenfeldern vor der Stadt war der Jasmin aufgeblüht, und seither gab es nirgends mehr ein Entkommen vor dessen Duft. Mittlerweile dominierte er den wesentlich zarteren Geruch der Mairosen völlig.

Der Commissaire hatte ihnen diesmal Tarte au citron mitgebracht. Eine Creme aus heimischen Zitronen mit einer

Baiserhaube auf Mürbeteig. Zu Campanards Zufriedenheit hatte sogar Olivier schon ein Stück gegessen.

Delacours schüttelte betreten den Kopf.

»Dieser Duchapin ist wie ein Karpfen«, brummte der Commissaire und strich sich über sein Hemd, das mit bunten Tukanen verziert war.

»Ein Karpfen, Chef?«, fragte Olivier schmunzelnd.

»Waren Sie noch nie Karpfen fischen, Olivier?«

Der Inspecteur schüttelte den Kopf.

»Ich aber, als Kind bei uns am Fluss.« Campanard hob den Zeigefinger. »Schlaue Tiere sind das, das kann ich Ihnen sagen. Umkreisen den Köder misstrauisch, und wenn man glaubt, dass sie ihn endlich schlucken, schlagen sie doch nur mit dem Schwanz danach. Aber wenn sie dann endlich beißen, tun sie es kompromisslos und marschieren mitsamt der Angelrute in die Tiefe, wenn man nicht schnell genug zugreift.«

»Sie meinen, wir müssen darauf achten, dass er Linda nicht plötzlich verschluckt?«

»Das nennt man eine Metapher, Pierre«, erwiderte Delacours freundlich.

»Meine Rede!«, rief Campanard und klatschte mit den Händen auf seine Oberschenkel. »Der Mann liest einfach zu wenig. Haben Sie schon den ...«

»Chef, was sollen wir machen? Duchapin scheint nicht anzubeißen. Langsam wird die Zeit knapp.«

Campanard seufzte. »Noch ein wenig abwarten, denke ich. Wenn Delacours ihre Anstrengungen forciert, wird er abblocken.« Er richtete seine hellen Augen auf Olivier. »Irgendeine Spur wegen Sentirs Duftreise?«

»Noch nicht«, räumte Olivier ein. »In der Region wurde ich

bei keinen Retreats oder noblen Reha-Einrichtungen fündig. Soweit wir wissen, könnte Sentir genauso in Kuala Lumpur seinen Digital Detox gemacht haben.«

Campanard nickte. »Vertiefen Sie Ihre Bemühungen trotzdem in der Gegend. Sentir mag hier nicht geboren sein, aber er war hier trotzdem sehr verwurzelt. Jedes Jahr auf den Festen der Mimosenblüte. Dorffeste, regelmäßige Besuche auf den Blumenfeldern, die hiesigen Lokale. Mein Instinkt sagt mir, so weit war er gar nicht weg.«

Delacours blinzelte verwirrt. »Commissaire, wenn Sentir hier so verwurzelt war, warum wollte er dann so plötzlich wieder zurück nach Paris?«

»Ich glaube, wenn wir die Antwort auf diese Frage kennen, dann kennen wir auch die Identität unseres Mörders, was mich zum nächsten Punkt bringt. Hat Madère vielleicht schon Neuigkeiten herausgefunden, wer Sentir in seinem Haus verletzt haben könnte?«

Olivier schüttelte den Kopf.

»Madère war den ganzen Tag unterwegs. Das Gute ist, dass wir ja nach Sentirs Tod gleich begonnen haben, sein ganzes Umfeld zu befragen. Wir hatten daher schon ein ganz gutes Bild, wer die Leute waren, die seine Partys besucht haben. Von denen hat nie jemand etwas von einem Angriff oder einer Verletzung mitbekommen. Es könnte natürlich auch einfach ein Haushaltsunfall gewesen sein.«

Campanard runzelte die Stirn. »Oder jemand hat Sentir abseits der Augen seiner Gäste angegriffen.«

»Jemand, den er kannte«, ergänzte Delacours. »Sonst hätte er vermutlich Anzeige erstattet.«

»Korrekt. Madère soll bitte mit den Ermittlungen in diese Richtungen fortfahren, auch wenn ich eine Sackgasse befürchte. Inzwischen müssen wir überlegen, wie das alles ins Gesamtbild passen könnte. Olivier, haben Sie den Zusammenschnitt von Pauline Egrettes Verhör angefertigt?«

Olivier nickte und klappte seinen Laptop auf. »Ich habe es auf die wesentlichen Passagen gekürzt.« Er wandte sich Delacours zu. »So sind es nur ein paar Minuten, die du dir ansehen musst.«

Auf Lindas Miene breitete sich Unbehagen aus, während Olivier ihr ein Paar Kopfhörer reichte, aber sie presste tapfer die Lippen zusammen. Schmerzvolle Erinnerung. Ihr alter Job, ihr altes Leben. Gewiss hatte sie den Verlust von beidem noch nicht wirklich verwunden.

Olivier und Campanard rückten auf ihre Seite des Tisches, damit sie den Monitor gemeinsam betrachten konnten. Den Ton brauchte Campanard nicht. Er erinnerte sich noch lebhaft an die feingliedrige Frau mit dem Kurzhaarschnitt, die ihn mit ihren bemerkenswerten Rehaugen angesehen hatte. Sosehr sie selbst ihm in Erinnerung geblieben war, so wenig ergiebig war ihre Befragung gewesen.

»Madame Egrette, wie lange waren Sie auf der Premierenfeier von *Oase de Nuit* in Mougins?«, fragte Campanards Stimme.

Delacours legte ihre Hände auf die Kopfhörer und runzelte die Stirn.

Die Parfümeurin auf dem Bildschirm hob den Blick, als versuchte sie, sich zu erinnern. »Wie spät es genau war, weiß ich nicht mehr. Allerdings erinnere ich mich, dass ich erst sehr spät zu Hause war.« Sie lächelte schüchtern. »Oder sehr früh.«

»Hat sie jemand dort gesehen?«

»O ja. Ich habe Franc Duchapin zu seinem Duft gratuliert.

Dann wollte ich die Gelegenheit beim Schopf packen und mit unserem Geschäftsführer Charles Josserand über meinen neuen Duft *Molecule You* sprechen. Er ... Es ist gar nicht so leicht, ihn mal zu erwischen, weil er so viel unterwegs ist.«

»Aber Josserand ging früher.«

Pauline nickte. »Noch bevor ich zum Punkt gekommen war. Ich glaube, es ging ihm nicht gut. Danach habe ich mich noch mit Jaques DeMoulins unterhalten. Wussten Sie, dass er bis zu seiner Pensionierung jahrzehntelang die einzige Nase bei Fragonard war? Er hat in der Zeit jede Menge erlebt.«

»Wie sind Sie denn nach Hause gekommen?«

»Mit meinem Wagen, einem E-Golf.«

Delacours stoppte das Video und sah sich ein paar Standbilder von Paulines Gesicht während der verschiedenen Antworten an. Ab und zu fuhr sie mit dem Zeigefinger Konturen nach, während ihre Lippen unhörbare Worte formten, dann sah sie auf.

»Wenn Sie mich fragen, hat sie die Wahrheit gesagt – aber messen Sie meiner Einschätzung nicht zu viel Gewicht bei.«

Campanard sah, wie Olivier die Stirn runzelte. Vermutlich war es ihm schleierhaft, warum seine sonst so selbstbewusste Kollegin mit einem Mal so zögerlich wirkte.

»Nächste Sequenz«, murmelte der Inspecteur und klickte zum folgenden Video weiter.

»Madame Egrette, wann haben Sie Eric Sentir das letzte Mal gesehen?«

Auf dem Bildschirm blinzelte Pauline. »Das war vor drei Tagen. Er erzählte mir ganz begeistert von den Fortschritten bei der Kamelienzucht, draußen auf den Blumenfeldern.«

Ein Lächeln stahl sich bei der Erinnerung auf ihre Lippen.

»Wahr«, murmelte Delacours. Als kein weiteres Video auf

dem Bildschirm erschien, seufzte sie erleichtert und nahm die Kopfhörer ab. »Mein erster Eindruck hat sich hier bestätigt. Sentir hat ihr wirklich etwas bedeutet. Zumindest in diesen Sequenzen war da auch keine Wut oder Missgunst. Nur Anzeichen für Trauer und Verlust.«

Campanard nickte. »Die wirklich talentierte Madame Egrette, die die Zukunft der Parfümerie vorantreiben will, und der Showman Sentir. Fällt Ihnen ein Grund ein, warum sich diese beiden hätten verstehen sollen?«

»Pauline sagt, dass Sentir der Einzige war, der sie in ihrer ersten Zeit bei Fragonard unterstützt hat. Vielleicht hat er erkannt, wie talentiert sie ist, und sie gefördert.«

Campanard nickte. »Schön, unseren toten König der Düfte von einer etwas sympathischeren Seite kennenzulernen.«

»Vielleicht gefiel ihm Pauline einfach, und er hatte Hintergedanken?«, warf Olivier ein.

Delacours rollte mit den Augen. »Es dreht sich doch nicht alles um Sex, Pierre.«

Olivier hob abwehrend die Hände. »Nein, nein. Ich meine nur …« Er zeigte auf den Bildschirm mit Pauline Egrettes erstarrter Miene. »Sie ist nun mal bildhübsch. Aber da sie ohnedies keinen Groll gegen Sentir gehegt und außerdem ein Alibi hat, spielen die Gründe für seine Nettigkeit eh keine Rolle.«

Campanard schmunzelte. »Trotzdem, Olivier, da wir anscheinend nichts Dringlicheres zu tun haben, würde ich gern mehr darüber erfahren, wie Pauline Egrette zu Fragonard gekommen ist und was sie davor getan hat.«

»Das würde sie mir bestimmt auch sagen«, murmelte daraufhin Delacours. »Haben Sie eigentlich mit Jaques DeMoulins geredet, der pensionierten Nase? Wenn er wirklich so lange der einzige Duftkreateur von Fragonard war, dann war er vielleicht kein großer Fan von Sentir.«

»DeMoulins ist fünfundachtzig, geht mit einem Rollator und lebt in einer Seniorenresidenz«, meinte Olivier. »Dass er Sentir umgebracht hat, halte ich für unwahrscheinlich.«

Delacours zuckte mit den Schultern.

»Offenbar war er nicht zu gebrechlich, um lange auf einer Party zu feiern. Und der Mord war kein Gewaltmord. Für die Drogen und den Bottich musste man kein Herkules sein.«

»Aber er gehört genauso zu den Leuten, die erwiesenermaßen ein Alibi haben.« Olivier rieb sich die Stirn. »So langsam glaube ich, wir verrennen uns mit diesem Event in Mougins. Wir müssen weiter denken. Warum haben wir aufgehört zu glauben, dass Sentir einfach am Eingang von Fragonard überfallen wurde? Dass der Mörder nur geglaubt hat, dass es im Gebäude was zu holen gibt, und dann den einzigen Zeugen beseitigt hat? Oder vielleicht ist Sentir im Drogenrausch in den Bottich gestolpert, und der Deckel hatte eine Fehlfunktion.«

»Es ist gut, nicht immer nur unsere eigenen Annahmen zu bestätigen, Olivier. Bravo«, erwiderte Campanard nickend. »Aber selbst bei sorgfältiger Prüfung bleiben für mich zu viele Punkte offen, um an einen Raubmord oder eine Fehlfunktion zu glauben.«

Er nahm ein paar Brösel auf seine Hand und bot sie Astérix unter dem Tisch an. Der Zwerghahn musterte Campanards riesige Hand misstrauisch. Im Vergleich zu Delacours, an die er sich mittlerweile gewöhnt hatte, musste der Commissaire ihm doch etwas bedrohlicher erscheinen. Erst nach einer Weile kam er heran und pickte die Kuchenkrumen erstaunlich vorsichtig von dessen Haut.

»An einen Selbstmordversuch glaube ich nicht. Wohl aber

an ein nahes Verhältnis zwischen unserem Mörder und Sentir, eine gewisse Vertrautheit. Zumindest ein Bekanntsein. Vielleicht fühlte Sentir sich zu sicher, um die Mordabsicht zu erkennen ...«

Nachdem der Hahn alles aufgefressen hatte, richtete Campanard sich wieder auf. »Und wie läuft es abseits von Duchapin in Ihrem Kurs, Delacours?«

»Oh, es ist interessant. In Paulines Unterricht kümmern wir uns gerade um Raumdüfte, für die Fragonard ja mindestens genauso bekannt ist wie für Parfums. Für mich waren das bis jetzt immer die penetranten Chemiebomben aus dem Drogeriemarkt, aber nun ...« Sie holte zwei große, kunstvoll mit Zitronen und Rosen bemalte Flaschen aus ihrem Rucksack, den sie neben dem Stuhl abgestellt hatte.

»Probieren Sie mal. Der eine Duft heißt *Belle de Grasse*, der andere *Rêve de Sicile*.« Sie reichte Campanard die Flasche mit den Mairosen darauf. Dann wollte sie Olivier die Flasche mit den Zitronen geben, doch der hob abwehrend die Hand.

»Danke, ich steh nicht so auf Parfums.«

»Probier es doch einfach! Das hier magst du, vertrau mir.«

»Lass gut sein!«

Campanard roch prüfend an *Belle de Grasse* und sah überrascht auf. »Es riecht wie die Luft hier: Jasmin, Mairose, Kräuter und sogar die sandige Erde.«

»Pauline hat uns die Aufgabe erteilt, unser eigenes *Belle de Grasse* zu mischen. So wie wir die Stadt empfinden. Ich war vorhin mit Manu außerhalb der Stadt spazieren, und wir haben Pflanzenteile gesammelt, deren Geruch uns besonders aufgefallen ist. Heute Abend werde ich ein Konzept erstellen. Für mich darf es im Vergleich zum Original mehr Wald und mehr Orangenblüte werden.«

»Vielleicht machen Sie mir auch gleich ein Fläschchen davon, Delacours. Orangenblüte gehört zu meinen Lieblingsdüften. Erinnert mich an meine Navettes.« Er strich sich über den Bart. »*Molecule You* ... Wenn Madame Egrette so ein Faible für synthetische Parfums hat, warum unterrichtet sie dann natürliche Duftstoffe?«

»Das Parfum als Naturprodukt, als Spiegel der Gegend, gehört zur Philosophie von Fragonard. Sie hält sich also lediglich an den Lehrplan, denke ich. Das Labor und die Synthétiques, die dort arbeiten, kamen erst kürzlich hinzu. Bis jetzt stellen sie nur Moschus künstlich her, der in ausgewählten Düften zugesetzt wird. Erst wenn *Molecule You* marktreif ist, wird der Bereich vergrößert. Aber da gibt es anscheinend noch einige Widerstände.«

Campanard nickte. »Für diese Philosophie zahlen Fragonard und auch die anderen Parfümeure hier in Grasse wie Molinard und Gallimard einen hohen Preis. Wenn man die Bestseller von unserem König der Düfte beiseitelässt, spielt Fragonard im internationalen Parfümmarkt nur eine untergeordnete Rolle. Welche Dufthersteller findet man auf den Flughäfen der großen Metropolen? Dior, Paco Rabanne, CK, Chanel ... aber Fragonard?« Er bedachte Olivier mit einem Seitenblick. »Was wohl Céleste Revelle über die Erweiterung des Fragonard-Portfolios denkt? Wenn jemand der Philosophie Fragonards mit geradezu religiösem Eifer folgt, dann wohl sie, oder?«

Olivier nickte nachdenklich. »Sie haben recht, Chef. Irgendwie erinnert sie mich an eine *bigote*, eine richtige Frömmlerin. Nur ist ihre Religion Fragonard und nicht die Kirche.«

»Wenn wir schon von fixen Annahmen sprechen ...«, überlegte Delacours. »Warum gehen wir davon aus, dass nur

Josserand von Sentirs Weggang wusste? Wenn nun Céleste davon Wind bekommen hätte, dass Ihr Idol Sentir Fragonard verrät und vielleicht sogar vorhatte, künftig synthetische Düfte zu panschen ... Commissaire, wäre Céleste nicht die Einzige gewesen, die früher aus Mougins aufbrechen hätte können? Sie meinte doch, sie hätte niemanden früher gehen sehen – auch nicht Josserand. Vielleicht, weil sie selbst nicht mehr dort war.«

Campanard tauschte einen raschen Blick mit Olivier. »Haben wir jemanden, der bestätigt hat, dass Céleste Revelle bis zum Ende auf der Veranstaltung war?«

Olivier wirkte ein wenig verunsichert. »Ich bin nicht sicher. Wir sind bisher nicht davon ausgegangen, dass Revelle die Person gewesen sein könnte, die das Fest früher verlassen hat, da sie ja auch als Empfangsdame fungierte.«

»Das müssen wir rasch in Erfahrung bringen. Ein grobes Versäumnis meinerseits.«

»Ich sehe nach, was ich heute noch in Erfahrung bringen kann«, erklärte Olivier, dem die Lücke in ihren Ermittlungen sichtlich unangenehm war.

Campanard sah auf die bunte Swatch an seinem Handgelenk. »Wenn ich mich beeile, kann ich noch zu der Seniorenresidenz fahren, wo DeMoulins lebt, und mit ihm sprechen. Gute Arbeit, Delacours, wir überlassen Sie nun Ihrem Raumduft, auf den ich schon ziemlich gespannt bin.«

Delacours lächelte und schob sich das letzte Stück ihrer Tarte genüsslich in den Mund.

KAPITEL 17
OASE DE NUIT

Campanard thronte auf seinem E-Bike und brauste mit einem leisen Surren durch das abendliche Grasse. Dabei sang er leise vor sich hin. »Comme d'habitude«, das Chanson, das später in der Version von Frank Sinatra unter dem Titel »My Way« berühmt wurde. Im Original ging es jedoch nicht darum, dass man mit Stolz auf sein Leben zurückblickte, sondern um den grauen Alltag, der nur durch die eine Person, die am Abend zu einem nach Hause kam, mit Farbe und Sinn erfüllt wurde. Ein Gefühl, das Campanard allzu gut kannte.

Die Seniorenresidenz lag auf einem bewaldeten Hang vor der Stadt. Er grenzte direkt an den Nationalpark von Roquevignon, der sich von Grasse aus weit in das Bergland im Norden erstreckte.

An der schmalen Zufahrtsstraße tauchte bald ein helles, von Pinien umgebenes Haus auf. Ironischerweise war die einzige nennenswerte Infrastruktur – neben ein paar Spazierwegen – ein ausgedehnter Kletterpark namens *Accrobranche*, der direkt neben dem Anwesen lag.

Campanard stellte sein Fahrrad auf dem Parkplatz ab, auf dem nur noch wenige Autos standen, wahrscheinlich die des Pflegepersonals. Dann trat er ein.

Ein junger Mann saß an der Rezeption und starrte selbst dann noch auf sein Handy, als der Commissaire direkt vor ihm stand.

»Bonsoir!«, rief Campanard unvermittelt und musste unwillkürlich grinsen, weil der Junge zusammenzuckte.

»Ja, bitte?«, meinte er und betrachtete Campanard unsicher. »D-die Besuchszeiten sind schon vorbei.«

Campanard lächelte und zeigte seine Dienstmarke. »Commissaire Campanard, Police de Grasse.«

Der Junge blinzelte verwirrt. Vermutlich hatte er hier nur die Abend- und Nachtschicht, und seine einzige Aufgabe bestand darin, zu überprüfen, ob alle Bewohner nach Hause gekommen waren.

»Sie sind Polizist?«

Campanard hob die Augenbrauen und lächelte. »Ich muss mit Monsieur DeMoulins sprechen. Ist er zu Hause?«

Der Junge tippte etwas in seinen Computer. »Sollte da sein. Aber eigentlich darf ich nach 18 Uhr niemanden mehr in die Zimmer lassen.«

»Schläft er denn?«

»Keine Ahnung, wahrscheinlich noch nicht.«

»Dann ist es wohl kein Problem.« Campanard hob den Kopf. »Warum ist es hier eigentlich so still?«

Campanard hätte sich mehr Betriebsamkeit in der Residenz vorgestellt. Gemeinsames Abendessen in einem Speisesaal. Senioren, die sich unterhielten und Karten spielten oder vielleicht noch eine Partie Boule draußen im Garten, solange es hell genug war.

»Oh, das …« Der Junge zögerte. »Wissen Sie, das ganze Gebäude muss renoviert werden. Es ist schon ziemlich baufällig. Deshalb haben die Betreiber für unsere Mieter Plätze in Residenzen in der Stadt gesucht. In dem ganzen Gebäude leben nur noch zehn Menschen, die nächsten Monat umziehen sollen.«

»Verstehe.«

Campanard sah sich in der verwaisten, schlecht beleuchteten Eingangshalle um. Wenn er hier gelebt hätte, er wäre bei der ersten Gelegenheit aus diesem Geisterhaus ausgezogen.

»Also, wo wohnt Monsieur DeMoulins?«

»Im zweiten Stock. Appartement vier.«

»Vielen Dank!«

»Soll ich …«

»Ich finde mich zurecht.«

Der Eingang zum Lift lag nur wenige Schritte neben der Rezeption, aber Campanard nahm generell lieber die Treppe, um sich einen besseren Überblick über ein Gebäude verschaffen zu können. Die hohen Stufen aus abgewetztem Marmor wurden aber bestimmt nicht oft von den Bewohnern der Residenz genutzt. Zumindest nicht, wenn sie eine Vorliebe für heile Knochen hatten.

Der erste Stock lag völlig verwaist da, nur die Notbeleuchtung warf ein blasses Licht auf den Gang. Der zweite Stock war normal beleuchtet, was ihn gleich ein wenig freundlicher wirken ließ. Aber spätestens hier konnte man sehen, was der Junge gemeint hatte. An manchen Stellen blätterte schon der Putz ab. Campanard identifizierte ein paar Wasserschäden an der Decke, und der unterschwellige Geruch von Schimmel lag in der Luft.

Er spazierte den Gang hinunter, bis er zu Appartement vier kam, und drückte auf die Türklingel.

Das Geräusch gefiel ihm, es erinnerte an den Klang einer Kirchenglocke. Eine Weile horchte er in die Stille hinein. Älteren Menschen musste man natürlich mehr Zeit einräumen, um aufzustehen und zur Tür zu kommen. Als sich aber auch nach längerem Warten gar nichts regte, klingelte Campanard erneut.

Hatte der Junge übersehen, dass DeMoulins ausgegangen war? Als sich wieder nichts regte, beschloss Campanard zu klopfen. Sein Pochen ließ die Tür wie von Geisterhand aufgehen. Vermutlich war sie nur angelehnt gewesen. Vorsichtig betrat er einen schlicht, aber elegant gehaltenen Vorraum.

»Monsieur DeMoulins?«, ließ er seine Stimme durch das Appartement hallen.

An der Garderobe hingen ein paar Jacken. Mehrere Paar säuberlich polierter Budapester standen darunter. Es roch nach einem würzigen Parfum, das Campanard ein wenig an Rosmarin erinnerte.

»Monsieur DeMoulins!« Lieber laut rufen, immerhin könnte der Mann schwerhörig sein und würde den Schock seines Lebens bekommen, wenn Campanard plötzlich vor ihm stand.

Keine Antwort. Vermutlich war er tatsächlich nicht zu Hause. Campanard trat in den Wohnraum hinein und verharrte. Auf einem Lehnstuhl saß ein alter Mann, an dessen ausgemergelter Gestalt das braune Sakko geradezu schlotterte.

Der Anblick war seltsam. DeMoulins starrte ausdruckslos in die Gegend. Die Schultern, der Schoß und der Boden zu seinen Füßen waren mit rosafarbenen Mairosenblütenblättern bedeckt. Selbst in seinem schütteren weißen Haar hatten sich ein paar Blütenblätter verfangen.

»Monsieur?« Kaum hatte Campanard das Wort ausgesprochen, begriff er, dass es zwecklos war. DeMoulins konnte ihn nicht hören.

Rasch lief er zu dem reglosen Parfümeur hinüber und fühlte seinen Puls. Seine Haut war bläulich angelaufen und kalt. Kein Herzschlag. Und auch keine Atmung. Er musste seit Stunden tot sein. Seine Finger hatten begonnen, sich in der einsetzenden Totenstarre zu krümmen. Kein Bedarf mehr an Wiederbelebung. Campanard seufzte und schüttelte den Kopf. Dann zückte er sein Telefon.

»Olivier. Kommen Sie bitte zur Seniorenresidenz Bois Blanc. Hier gibt es einen Todesfall.« Er betrachtete die Blütenblätter in DeMoulins' Haar. »Verdacht auf Mord. Madère soll ein Team zusammenstellen. Ich sorge dafür, dass der Tatort gesichert wird. Wir treffen uns im Foyer.«

Campanard sah sich die Leiche genauer an. Keine Zeichen eines Kampfes. Hatte er sich selbst mit Blüten überschüttet, bevor er gestorben war? Man konnte es nicht ausschließen. Ein gealterter Duftkreateur, der sein Ableben selbst in die Hand genommen hatte, um so zu gehen, wie er gelebt hatte. Umgeben von den erlesensten Duftpflanzen, denen er sich zeit seines Lebens gewidmet hatte.

Vor seinen Schuhspitzen lag ein orangefarbenes Tablettendöschen. Campanard bückte sich, um das Etikett zu lesen, ohne das Döschen anzufassen:

Hydromorphon

Der Commissaire runzelte die Stirn. Ein Opioid. Eine Überdosis davon konnte einen Atemstillstand verursachen. Aber das war es nicht, was ihn irritierte.

Hydromorphon war eines der Medikamente, die Sentir vor seinem Tod zu sich genommen hatte.

Ihm war klar, dass er die Leiche möglichst unberührt den Forensikern übergeben sollte, deshalb betrachtete er DeMoulins lediglich und suchte nach Hinweisen auf gröbere Verletzungen, ohne aber welche zu entdecken.

Langsam zog er seinen Hut vom Kopf und nickte dem Toten mitfühlend zu. Sterben war immer eine schreckliche Angelegenheit. Campanard mochte Märchen, aber an das Märchen eines guten Todes hatte er nie recht glauben wollen. Das hier war wenigstens etwas weniger leidvoll als viele andere Todesarten, die er im Lauf seiner Karriere bezeugen musste.

Schmerz ... Feuer.

Er wandte sich von dem Toten ab und trottete aus der Wohnung hinaus auf den Flur. Er musste unten Bescheid geben – dafür sorgen, dass der Gang abgesperrt wurde und der Junge am Tresen niemanden außer der Polizei ins Zimmer ließ.

Am Ende des Gangs stand eine Tür offen. Kein Eingang zu einem der Appartements. Vielleicht ein Abstellraum oder der Aufgang zum Dachboden. Campanard blinzelte verwirrt. Dahinter brannte mattes Licht. Langsam marschierte er auf die Tür zu und trat hindurch.

Dahinter lag ein Flügel des Gebäudes, der bereits zur Baustelle geworden war: ein niedriger hölzerner Dachstuhl, darin überall Bauschutt.

Nur ein paar Schritte vor ihm stand ein hölzerner Stuhl und auf dessen Sitzfläche ein orangebraunes Fläschchen mit einer klaren Flüssigkeit, in der ein paar Holzstäbchen steckten. Dahinter ein Taschenventilator, der unablässig surrte.

Kein Zufall. Obwohl sich Campanards Verstand anfühlte, als wäre er in Watte gepackt, begriff er, dass es sich um eine Botschaft handelte. Vielleicht um einen Duft. Er sog prüfend die Luft ein. *Ein zweites Parfum Obscur.*

In seinem Kopf hörte er das Lied, das er eben noch gesungen hatte. *Comme d'habitude – wie gewöhnlich.*

*Wie gewöhnlich
wirst du zurückkommen,
wie gewöhnlich werde ich auf dich warten.*

Campanard schloss die Augen. Sein Inneres verkrampfte sich mit einem Mal. Wieso war ihm dieser furchtbare Moment gerade wieder so nah? Er sah Flammen. Panische Schreie. Ein lauter, hoher Pfiff.

Nein, er war hier, in dem verfallenen Flügel der Seniorenresidenz. *Konzentriere dich, Campanard! Das Fläschchen, du musst es holen und den Inhalt analysieren lassen.*

*Wie gewöhnlich
wirst du mir zulächeln.*

Ein heiseres Schluchzen drang aus seiner Kehle. Er schüttelte den Kopf und versuchte die Tränen wegzublinzeln. Das Fläschchen. Der Geruch. Er sah blutige Finger, die über seine Schläfe strichen.

*Meine Tränen,
ich verberge sie
wie gewöhnlich.
Wie gewöhnlich.*

Das Fläschchen. Campanard atmete tief durch den Mund ein und hielt die Luft an. *Nimm es. Zerbrich es. Dann wird es aufhören.*

*Selbst in der Nacht
spiele ich etwas vor.*

Campanard taumelte auf den Stuhl los, tappte über Steine, dann über einen platt gedrückten Karton.

Die Vibration seines Telefons und der Klang seines Klingeltons, eine E-Gitarrenversion der Marseillaise, ließen ihn verharren – aber es war bereits zu spät. Das Bein, mit dem er auf den Karton getreten war, fand keinen Boden, keinen Halt ... und Campanard stürzte in einen tiefen Abgrund.

* * *

Linda summte entspannt, während sie die Treppen zu ihrem Zimmer hinaufstieg. Obwohl sie bei Duchapin bisher auf Granit gebissen hatte, war sie zum ersten Mal seit langer Zeit zufrieden mit sich selbst – zumindest halbwegs. Sie mochte nicht die beste Parfümeurin sein, aber sie war auch kein hoffnungsloser Fall. Und sie musste zugeben, dass der ganze Bereich der Duftkreation, den sie zu Beginn albern gefunden hatte, sie mittlerweile ehrlich interessierte. Vermutlich war an dem, was sie Pauline gesagt hatte, doch mehr wahr, als sie selbst vermutet hatte. Sich mit etwas Schönem zu beschäftigen, tat ihr richtig gut. Nach all dem Mist, der ihr passiert war.

Sie betrat ihr Zimmer und genoss den mittlerweile vertrauten Geruch von Holz und altem Mauerwerk. Sobald sie die Balkontür öffnete und die kühle Abendluft hereinließ, hörte sie draußen im Garten die Zikaden zirpen.

Ausnahmsweise war ihr nach einer Extradosis Yoga. Immerhin war heute der erste Tag gewesen, an dem ihr der Herabschauende Hund nur ein leichtes Ziehen und keine höllischen Schmerzen mehr verursachte.

Sie nahm ihr Tablet zur Hand und suchte in Angélinas Feed nach einem geeigneten Übungsvideo.

»Energiereicher Abend, Samadhi«, murmelte Linda mit hochgezogener Augenbraue, dann stellte sie das Tablet auf ihr Nachttischchen und startete das Video.

»Einen wunderbaren Abend voller Licht und Freude, meine fabelhaften Yoga-Ladys!«

Angélina hatte sich mit ihrer Yogamatte auf einer einsamen Klippe über dem Meer platziert. Der Himmel leuchtete in mattem Rosa, und das Rauschen der Wellen drang metallisch knisternd aus den Lautsprechern des Tablets.

»Bevor wir uns gleich dem Yoga widmen, starten wir mit einer Übung, die ich mir aus dem Tai-Chi abgeguckt habe und die uns in die richtige Stimmung bringen wird!«

Sie stellte sich in Schrittstellung vor die Yogamatte und legte ihre Hände vor ihrer Brust aufeinander, sodass die Handflächen nach außen zeigen. »Und jetzt stoßen wir alle schlechten Energien von uns. Mit aller Kraft, beim Ausatmen. Mit einem lauten, klaren Nein!«

Linda machte es Angélina nach, ließ ihr Nein aber leiser ausfallen, damit Martine sie nicht für noch verrückter hielt.

»Nach dieser kurzen Selbstreinigung«, fuhr Angélina heiter fort, »einmal kurz die Arme auflockern, und dann beschließen wir den Tag mit Paschimottanasana, der sitzenden Vorbeuge …«

Linda pausierte das Video, zog sich rasch eine Jogginghose und ein Sport-T-Shirt an, dann nahm sie sich noch ein Kissen und setzte sich mit gespreizten Beinen auf den Boden.

»Und jetzt fühlen wir uns entspannt in die Dehnung hinein.«

Aus ihrer Kehle drang ein Ächzen, als sie sich zwischen ihre gegrätschten Beine beugte. Entspannt. Von wegen. Warum hatte sie sich die Extrasession mit Angélina noch mal eingehandelt?

Ein Klopfen ließ sie zusammenzucken. Wer konnte das sein? Seit sie hier eingezogen war, hatte sie noch nie abends Besuch bekommen. Rasch erhob sie sich, stoppte Angélina und lief zur Tür. Das Klopfen wiederholte sich hastig, kurz bevor Linda öffnete.

»Martine?«, sagte sie überrascht.

»Sie müssen leise sprechen«, zischte die Pensionsbesitzerin und warf einen nervösen Blick zur Treppe. Sie trug einen violetten Bademantel und Ledersandalen, die ihre pinken Zehennägel frei ließen. »Da ist jemand für Sie ...«

Linda blinzelte. »Für mich? Aber das ist ...«

»Ein Kerl mit einem schwarzen Maserati.«

»Das muss ein Irrtum sein. So jemanden ...«

»Nein, nein, nein, kein Irrtum. So ein gut aussehender Kerl, schwarze Haare und mit Bart.«

Linda starrte Martine einen Moment lang fassungslos an. »Scheiße«, flüsterte sie. »Scheiße, das gibt's nicht.«

»Wenn Sie sich auf den Balkon schleichen und sich links über das Geländer beugen, können Sie ihn im Frühstücksraum sehen.«

»Im Frühstücksraum?« Linda fühlte einen erschrockenen Stich in ihrer Brust. »Aber dort hängt meine ...«

»Ich habe die Plakate abgenommen, bevor ich ihn reingelassen habe. Musste Zeit gewinnen. Er will, dass Sie sofort zu ihm runterkommen und mit ihm mitfahren.«

Linda bat Martine zu warten, dann schlich sie auf ihren Balkon und beugte sich über das Geländer. Vielleicht stimmte ihre Vermutung nicht, und es handelte sich wirklich um eine Verwechslung, aber das war so unwahrscheinlich, dass sie sich damit nicht einmal selbst beruhigen konnte.

Obwohl sie mit dem Anblick gerechnet hatte, krampfte

sich etwas in ihrem Inneren zusammen, sobald sie Duchapins Gestalt im hell erleuchteten Frühstücksraum stehen sah. Er klopfte ungeduldig mit den Fingern auf einen der Tische und hob einen Pinienzweig, den Linda als Inspiration für ihr Raumparfüm gesammelt hatte.

»So ein Mist«, zischte sie, schnappte sich ihr Telefon und wählte Campanards Nummer. Es dauerte ewig, bis sich die Verbindung aufbaute. Von wegen flächendeckendes 5G. Dann endlich ein Freizeichen – und noch eins und noch eins.

»Commissaire Louis Antoine Campanard, Police de Grasse«, meldete sich Campanards Stimme. Linda wollte gerade aufatmen, als sie merkte, dass es sich um die Sprachbox handelte. »Bitte hinterlassen Sie Ihre Nachricht nach dem Piep und erfreuen Sie sich bis zu meinem Rückruf an einem guten Buch!«

»Verdammt«, flüsterte Linda kopfschüttelnd. Wieso hob er nicht ab? Rasch wählte sie Oliviers Nummer.

»He, bonsoir, Linda, was gibt's?«

»Gott sei Dank!«, flüsterte sie. »Wo bist du?«

»Du glaubst nicht, was gerade passiert ist, ich komme eben an dieser Seniorenresidenz an.«

»Pierre, hör zu, er ist hier.«

»Was? Wen meinst du?«

»Duchapin. Er ist hier, in Les Palmiers«, zischte sie. »Er möchte, dass ich sofort runterkomme und mit ihm fahre. Wahrscheinlich will er mich zu seinem Haus bringen.«

Einen Augenblick lang herrschte Stille am anderen Ende der Leitung.

»Scheiße. Woher weiß er denn, wo du …«

»Von mir. Ich musste irgendwie sein Vertrauen gewinnen. Pierre, was soll ich machen?«

»Okay, okay, lass mich kurz überlegen.«

»Keine Zeit, er steht da unten und wartet!«

Eigentlich hätte sie damit rechnen müssen. Duchapin liebte es, mit Menschen zu spielen. Wenn sie seine Werkstatt sehen wollte, dann nur zu seinen Bedingungen.

»Gut«, flüsterte Olivier hastig. »Gut. Gut. Pass auf, du gehst jetzt da runter, gibst vor, dich über seinen Besuch zu freuen, dann versuchst du, das Ganze zu verschieben. Wegen Migräne oder irgendwas.«

»Ist das dein Ernst, *Migräne*? Das ist nicht mein Ehemann, mit dem ich keinen Sex mehr will. Das ist ... Das ist die größte Chance, diesen verdammten Mord aufzudecken.« Linda blinzelte nachdenklich. »Unsere einzige ...«

»Linda ... du gehst unter *keinen Umständen* mit ihm mit, hörst du?«

Linda zögerte. Von der Eingangstür aus musterte Martine sie erwartungsvoll.

»So ist Duchapin nun mal gestrickt, Pierre«, murmelte Linda. »Alles oder nichts. Wenn ich heute nicht mitfahre, wird er mich dort nie reinlassen.«

»Hör zu! Einfach nein! Wir sind auf diesen Einsatz nicht vorbereitet. Wir haben keine Mikros, du hast nichts, um dich zu verteidigen, und wir haben für den Fall des Falls keine Eingreiftruppe vor Ort. Dort draußen wärst du ihm schutzlos ausgeliefert. Es ist viel zu gefährlich.«

Du weißt, dass er recht hat, murmelte die Stimme in Lindas Kopf. *Du bist zu schwach. Ein Opfer. Das ist alles, was von dir noch übrig ist.*

»Nein«, murmelte sie. »Ich kann das.«

»Du bist verrückt. Bleib, wo du bist. Wir müssen gemeinsam ...«

»Verdammt, ich kann das!«

»Linda, nicht ...«

»Ihr wartet irgendwo in der Nähe des Anwesens, wo er euch nicht sieht.«

»Bitte, mach das nicht ...«

»Salut, Pierre!«

Entschieden berührte sie den roten Hörer auf ihrem Display. Jetzt hörte sie nur noch ihren Atem und das Pochen ihres Herzens.

»Sagen Sie ihm, ich komme sofort«, hauchte Linda und fuhr sich durch die Haare.

Einen Augenblick lang schien es, als wollte Martine etwas erwidern, doch dann wandte sie sich ab und verließ das Zimmer.

Umziehen, sie musste sich umziehen, immerhin konnte sie nicht im Sportgewand zu Duchapin fahren. Aber was wäre für so einen Anlass angemessen? Ein luftiges Sommerkleid vielleicht. Aber da sie so etwas normalerweise nicht trug, hatte sie es sich in Paris natürlich auch nicht in den Koffer gestopft. Mit zittrigen Fingern zog sie sich eine helle Bluse mit dezentem Blumenmuster und einen dunkelgrünen Hosenrock an. Wahrscheinlich das repräsentabelste Kleidungsstück, das sie mitgenommen hatte.

Nach einigem Zögern kramte sie aus ihrem Toilettentäschchen einen Lippenstift hervor und trug ein wenig davon auf. Dann noch ein paar Spritzer *Oase de Nuit*.

Hastig stieg sie die Treppen hinunter und betrat den Frühstücksraum. Zu ihrer Überraschung nippte Duchapin gerade an einem Glas Lavendelsoda, als er sich zu ihr umdrehte.

»Monsieur Duchapin!«, rief sie in dem Versuch, erfreut zu klingen.

»Bonsoir«, erwiderte er trocken und stellte das Glas ab. »Sie nehmen mir mein unerwartetes Auftauchen doch nicht übel. Tatsächlich ist mein Terminkalender so dicht, dass ich selten im Voraus planen kann. Heute ist überraschenderweise etwas frei geworden, und da habe ich mich an Ihren Herzenswunsch erinnert.«

»Sie haben es nicht vergessen.« Linda schüttelte ergriffen den Kopf. »Natürlich wäre es mir eine Ehre.«

Duchapin trat langsam an sie heran, dann bot er ihr seinen Arm an. »Ausgezeichnet. Wollen wir?«

Linda überwand ihre Angst und hängte sich bei Duchapin ein, der sie nach draußen geleitete. Als sie den schwarzen Maserati vor der Eingangstür entdeckte, krampfte sich etwas in ihrem Magen zusammen. Unwillkürlich musste sie an Persephone denken, die von Hades entführt wurde, um mit ihm in der Unterwelt zu leben.

Bevor sie einstieg und Duchapin die Autotür hinter ihr schloss, schaute sie noch einmal zurück und sah Martines besorgten Blick.

KAPITEL 18
ALLEIN

Campanard stürzte ins Leere. Im selben Moment, als er den Boden unter seinen Füßen verlor, wusste er, was geschehen war. Ein Loch im Boden, nur bedeckt von einem flachen Karton. Er war unaufmerksam gewesen, gebannt von dem Gedanken, das Parfum in die Finger zu bekommen, das in ihm so tief sitzende Gefühle gelöst hatte. Eine Falle, ganz auf Campanard zugeschnitten – und er war hineingetappt.

Doch gleichzeitig hatte sein Telefon geläutet. Er war stehen geblieben und hatte sich halb umgedreht, genau in dem Moment, in dem er den Boden unter den Füßen verlor. Und ohne dass Campanard sagen konnte, wie genau es passierte, schlossen sich die Finger seiner rechten Hand um die Abbruchkante des Steinbodens. Der Stuhl mit dem Fläschchen polterte in den Abgrund und zerschellte mehrere Stockwerke tiefer.

Aber nicht Campanard. Noch nicht. Der Commissaire hing mit einer Hand am Rand des Lochs und stieß ein ersticktes Keuchen aus. Das ganze Gewicht seines Körpers zerrte mit schmerzhafter Gewalt an den vier Fingern, mit denen er sich festklammerte. Putz und Staub vernebelten ihm die Sicht.

Mach schon, Louis!, feuerte er sich panisch an. Aber es war undenkbar, sich auf diese Art hochzuziehen. Er würde sofort den Halt verlieren; seine Finger wurden schon jetzt taub und begannen abzugleiten. Die zweite Hand. Wenn man einen

Actionfilm sah, kam einem das immer so einfach vor. Einfach den Arm heben, und dann konnte man sich mit der zweiten Hand festhalten. Allerdings ignorierten die Drehbuchautoren solcher Filme anscheinend konsequent, dass es Bewegung bedeutete, wenn man den Arm hob. Dass diese Bewegung den hängenden Körper ins Schaukeln brachte, und dass genau dieses Schaukeln ausreichen konnte, damit die Finger endgültig abrutschten.

Campanard schrie auf, als er abrutschte und nun endgültig stürzte. Der Aufprall war hart und kam viel früher als erwartet. Heißer Schmerz flammte in seinem Bein auf, während er irgendwie versuchte, sich abzurollen.

Sein Hinterkopf schlug auf dem Boden auf. Der Schlag löschte jeden Gedanken aus.

***

»Linda, nicht!«, brüllte Olivier noch einmal ins Telefon, doch sie hatte längst aufgelegt. »Scheiße!«, brüllte er, schlug mit der flachen Hand auf den Tresen der Seniorenresidenz und ließ den Jungen dahinter hochschrecken, der gerade mit teuer aussehenden Noise-Cancelling-Kopfhörern Musik hörte.

»Was wollen Sie?«, fragte er irritiert.

Olivier nahm ihn kaum wahr. Er musste Linda nachfahren, so schnell wie möglich.

Der Junge runzelte die Stirn. Erst jetzt schien er die immer näher kommenden Polizeisirenen wahrzunehmen.

»Ist was passiert?«

»Wie wär's mit einem Mord?«, schnappte Olivier.

»Wie bitte?«

Das Unverständnis in seiner Miene wirkte echt, aber Olivier hatte wirklich keine Zeit, ihm alles zu erklären. Das konnte Madères Team erledigen. Er musste Duchapin folgen, und zwar gleich.

»Ich muss los!«

Er wandte sich ab und wollte schon Richtung Ausgang gehen.

»He, gehören Sie zu dem riesigen Typ mit dem Schnauzer? Der ist schon ewig da oben, und ich hätte eigentlich schon seit zehn Minuten Dienstschluss ...«

Olivier blinzelte verwirrt. Dann zeigte er auf die Kopfhörer des Jungen. »Ganz sicher?«

So tickte der Commissaire nicht. Er hätte den Jungen in der Zwischenzeit sicher darauf vorbereitet, was ihn erwartete und ihm Anweisungen gegeben. Ein ungutes Gefühl machte sich in ihm breit. *Wir treffen uns im Foyer*, hatte der Commissaire gesagt ...

»Ziemlich sicher. Ich meine, weiß nicht. Sie können ja einfach nachsehen. Appartement vier, zweiter Stock.«

»Danke.« Olivier drehte sich um und ließ den Jungen hinter dem Tresen zurück.

»He, was soll denn das heißen, hier wurde jemand ermordet?«, rief er ihm hinterher, aber Olivier antwortete ihm nicht mehr. Immer zwei Stufen auf einmal nehmend, lief er die Treppen hinauf. Auf halbem Weg begann sein Herz so stark zu rasen, dass ihm kurz schwarz vor Augen wurde. Er blieb stehen, atmete ein paarmal gegen die Mauer gestützt tief aus und ein und setzte seinen Weg dann fort.

Im zweiten Stock angekommen, sah er gleich die geöffnete Tür von Appartement vier.

»Chef?«, rief Oliver und klopfte gegen die Tür, bevor er eintrat. Keine Antwort.

Die Sache kam ihm immer seltsamer vor. Der Commissaire sollte die Belegschaft immer noch nicht informiert haben, dass es hier einen Mord gegeben hatte? Unter normalen Umständen hätte er inzwischen wenigstens den Tatort gesichert. Hier stimmte etwas nicht.

Olivier zog seine Dienstwaffe und schlich sich durch den Flur des Appartements. Bevor er den Wohnraum betrat, horchte er einen Moment. Als er nichts hörte, trat er ein und scannte den Raum mit gezogener Waffe. Sofort sprang ihm der blütenbedeckte Tote in der Mitte des Zimmers ins Auge.

»Ach du …«, hauchte er. »Chef? Chef! Verdammt noch mal, wo sind Sie?«

Was, wenn der Commissaire noch auf den Mörder getroffen und etwas passiert war?

Olivier checkte die Küche und das Bad, aber keine Spur von Campanard. Unschlüssig lief er wieder auf den Gang hinaus. Tick, tack! Während jeder Sekunde, die er hier zubrachte, begab sich Linda immer weiter in Gefahr. Er runzelte die Stirn. Am Ende des Gangs befand sich eine kleine Holztür. Auch diese stand ein wenig offen.

Olivier hob seine Waffe und stieß sie mit seinem Fuß ganz auf. Die Luft dahinter war etwas staubig, vielleicht von Bauschutt, wenn er sich hier so umsah. Es musste sich um einen Flügel des Gebäudes handeln, der komplett ausgehöhlt war; wahrscheinlich war eine Kernsanierung angedacht.

Ein paar Schritte vor ihm hatte man bereits begonnen, den Boden abzutragen. Ein ausladendes Loch machte es so gut wie unmöglich, den Rest des Flügels zu betreten.

Olivier atmete tief durch. Was sollte der Commissaire hier wollen?

»Chef?«, fragte er noch einmal zur Sicherheit. Seine Stimme hallte in dem riesigen Raum ungewohnt intensiv wider.

Keine Antwort.

Wahrscheinlich war Campanard einfach ein Stockwerk tiefer und befragte die Bewohner. Er sollte hier nicht unnötig Zeit vergeuden.

Als er sich schon abwenden wollte, entdeckte er etwas und kniff die Augen zusammen. Der Boden war von einer pudrigen Schicht aus Staub und Schutt bedeckt. Nur am Rand des Lochs nicht. Vier längliche Abdrücke. Wie von Fingern.

Olivier näherte sich dem Loch und sah vorsichtig über die Kante. »O mein Gott!«

Auch im Fußboden des ersten Stocks klaffte ein Loch; der Abgrund reichte bis ins Erdgeschoss. Aber die beiden Löcher waren nicht ganz deckungsgleich. Auf einem winzigen Vorsprung im ersten Stock lag eine riesenhafte Gestalt. Sie war von Bauschutt bedeckt und wirkte so, als wäre sie bei dichtem Schneefall eingeschlafen. Nur um den Kopf herum sah man eine kleine Blutlache.

»Chef!«, brüllte Olivier. Die Gestalt regte sich nicht.

Er fuhr herum und lief zur Treppe, dann hinunter in den ersten Stock. Auch hier befand sich eine kleine Tür, die zum ausgehöhlten Flügel des Gebäudes führte. Nur war diese verschlossen und mit einem Warnschild versehen.

Oliver machte einen Schritt zurück und trat die Tür ein. Ohne zu zögern, lief er auf die reglose Gestalt des Commissaires zu und kniete sich neben ihn.

»Chef?« Er betrachtete den breiten Brustkorb des Commissaire. Für einen Moment wirkte er furchtbar leblos, dann sah Olivier, wie sich seine Brust hob und senkte. »Das ist schon mal nicht schlecht, Chef. Sie sehen ja auch immer das Positive«, murmelte er und fühlte hastig den Puls.

Als er ein regelmäßiges Pochen unter seinen Fingerkuppen spürte, atmete er erleichtert auf.

Olivier stabilisierte Kopf und Hals und drehte Campanard in eine stabile Seitenlage. Am Hinterkopf hatte er eine böse Platzwunde. Aber soweit er das von außen beurteilen konnte, war der Schädelknochen nicht gebrochen.

Ein tiefes Stöhnen drang aus der Kehle des Commissaire. Seine riesenhafte Gestalt bewegte sich. Olivier sah ihn blinzeln.

»Olivier«, murmelte er. Seine Augen öffneten sich kurz. »Wollen Sie sich mit Ihrem Schicksal abfinden? Wollen Sie für immer hier drinbleiben und sich verstecken?«

»Eh, Chef, alles gut. Schauen Sie doch. Ich verkrieche mich nicht, ich bin hier.«

Campanard blinzelte.

»Was?«

Er stöhnte und fasste sich an den Kopf, dann setzte er sich mit Oliviers Hilfe langsam auf.

»Was ist passiert?«

»Sie sind abgestürzt. Und Sie hatten verdammtes Glück. Ein paar Zentimeter weiter, und Sie wären eine Etage tiefer gelandet. Das wär's wohl gewesen.« Olivier sah sich um. »Anscheinend haben Sie sich sogar irgendwie abgerollt. Nicht schlecht.«

»Es war ein Sturz auf Etappen«, brummte Campanard und betastete seinen Hinterkopf. »Au«, stellte er mit einiger Überraschung fest.

»Seien Sie lieber froh, dass Ihr Schädel so dick ist.«

»Ich denke, es ist nur eine Gehirnerschütterung«, erklärte der Commissaire überzeugt.

»Natürlich, Monsieur le docteur«, kommentierte Olivier augenrollend.

»Ich bin ihm auf den Leim gegangen, Olivier«, murmelte Campanard. »Der Mörder. Er hat geahnt, dass ich kommen würde und hat mir eine Falle gestellt.«

»Wie meinen Sie das? Sie sind doch abgestürzt?«

»Er hat es dort platziert. Das Parfum Obscur. Es sollte mich ablenken. Er wusste, wie er mich beeinflussen kann. Ich war so besessen davon, es in die Finger zu kriegen, und habe nicht aufgepasst.«

»Sie meinen …«

»Wir hatten recht. Es ist mehr als ein Gerücht. Er benutzt Düfte, um Menschen zu manipulieren.«

»Wo ist dieses Parfum?«

»Abgestürzt. Ganz runter. Zerbrochen.«

Olivier seufzte. »Mist.«

»Allerdings. Ich glaube, ich kann aufstehen, wenn Sie mir ein wenig helfen.«

Oliver stöhnte leise, als Campanard sich mit seinem ganzen Gewicht auf seine Schulter stützte. Doch dann stand er tatsächlich und blinzelte den letzten Rest von Benommenheit weg.

»Das Sprunggelenk ist verstaucht«, knurrte er mit zusammengebissenen Zähnen und entlastete sein rechtes Bein.

Mit einem Mal fühlte Olivier, wie sich sein Inneres zusammenkrampfte. »Duchapin«, murmelte er. »Wenn er gewusst hat, dass Sie kommen … Er hat DeMoulins getötet und dann versucht, Sie zu beseitigen.«

»Hab ich das nicht gesagt?«

»Chef, er … er …«

»Bei aller Liebe, Olivier, mein dröhnender Schädel würde sich über klare Worte freuen.«

»Duchapin ist einfach in Les Palmiers aufgetaucht, um Linda abzuholen. Linda hat mich angerufen. Ich wollte sie noch aufhalten, aber sie meinte, es sei unsere einzige Chance, den Fall zu knacken. Ich muss sofort zu ihr.«

Campanard riss alarmiert die Augen auf. »Sie ist bei ihm?«

»Ja, ich schätze, er ist mit ihr zu seinem Anwesen gefahren.«

»Wir müssen dorthin. Sofort, Olivier.«

»Nein. Ich. Sie nicht.«

Doch Campanard hörte ihm gar nicht zu, sondern schüttelte nur den Kopf. »Das hätten wir nicht zulassen dürfen. Nicht so. Es ist zu gefährlich. Sie ist noch nicht so weit.«

Olivier runzelte die Stirn. Was meinte Campanard mit ›noch nicht so weit‹? »Ich mache mich gleich auf den Weg, wenn ich Sie runtergebracht habe.«

»Ich fahre mit.«

»Chef, Sie müssen ins Krankenhaus.«

»Danke für die Fürsorge, Olivier, aber weder Schmerzmittel noch Stützverband sind im Moment unser dringlichstes Anliegen.«

»Wäre ich an Ihrer Stelle, dann würden Sie mich auch nicht mitnehmen.«

»Natürlich nicht.«

»Und was ist jetzt der Unterschied?«

»Ich bin Ihr Chef, und Sie können mich nicht zwingen.«

»Ah.« Olivier seufzte. »Na dann …«

KAPITEL 19
TIEF IM KANINCHENBAU

Das Dröhnen des Maseratis hätte etwas Beruhigendes, aber Linda wollte nicht zulassen, dass ihre Gedanken abdrifteten. Duchapin brauste mit atemberaubender Geschwindigkeit die Schnellstraße D6185 entlang, die nach Mougins führte. Linda spürte, wie ihr jedes Mal etwas flau im Magen wurde, wenn er viel zu schnell in eine Kurve fuhr.

Sie war nicht sicher, ob er ihre Angst bemerkte, aber manchmal glaubte sie, ihn lächeln zu sehen, wenn sich ihre Finger um den Haltegriff an der Tür krallten. Was für ein anderes Gefühl im Vergleich zu ihrem Ausflug mit Olivier nach St. Paul de Vence, wo sie nichts anderes als Heiterkeit empfunden hatte.

»Wir sind bald da«, erklärte Duchapin mit einem amüsierten Seitenblick. »Keine Sorge, ich passe schon auf Sie auf, solange Sie bei mir sind.«

Die Art, wie er es sagte, sorgte nicht unbedingt dafür, dass Linda sich sicherer fühlte. Sie schloss kurz die Augen. Einfach fokussiert bleiben. Den Auftrag im Blick behalten. Beweise finden, dass Duchapin das Parfum Obscur kreiert hatte. Einzig und allein die Konzentration darauf würde sie vielleicht irgendwie durch diese Nacht bringen.

Duchapin fuhr von der Bundesstraße ab, bevor sie Mougins erreichten, und bog in eine schmale, kurvige Straße ein, die durch einen dämmrigen Pinienwald führte. Ihre Hoffnung, dass Duchapin auf der weniger ausgebauten Straße langsamer fahren würde, zerstreute sich fast augenblicklich.

»Gibt es hier in der Gegend viel Wild?«

Der Hinweis, dass Tiere auf die Straße laufen könnten, würde Duchapin vielleicht zumindest ein bisschen einbremsen.

»Wildschweine und etwas Damwild«, erwiderte er, ohne die Geschwindigkeit zu reduzieren. »Besonders die Wildschweine muss ich von meinem Anwesen fernhalten, sie würden sonst alles verwüsten.«

Der Maserati bremste so unvermittelt, dass es Linda in den Gurt drückte. Sie hatten ein Tor erreicht, hinter dem vermutlich Duchapins Haus lag. Linda sah, wie er sein Handy zückte, eine App öffnete und einen Code eintippte. Die Tür öffnete sich langsam.

»Und wenn Ihr Handy kaputtgeht? Sind Sie dann auf Ihrem Anwesen eingesperrt?«

»Keineswegs. An der rechten Säule ist ein Panel. Von innen lässt sich das Tor jederzeit öffnen.«

Linda nickte anerkennend, während der Maserati durch das Tor rollte und auf eine kleine Zufahrtstraße fuhr.

Im Dämmerlicht nahm Linda Eindrücke eines vermutlich beeindruckenden Gartens wahr. Ein Olivenhain. Bäume mit verschiedenen Zitrusfrüchten. Mairosen, Jasmin, Iris, Vetiver … So gut wie alle Duftpflanzen, die sie im Unterricht kennengelernt hatte, konnte sie im Vorbeifahren identifizieren.

»Verwenden Sie die Pflanzen aus Ihrem Garten für Ihre Kompositionen?«

»Ausschließlich. Vorausgesetzt, es ist etwas, das ich hier anbauen kann.«

»Also keine roten Kamelien?« Linda schenkte ihm ein süffisantes Lächeln.

Duchapins Antwort bestand lediglich aus einem Schnauben, aber einen Moment lang hatte sie den Eindruck, dass er ihr Lächeln erwiderte.

Der Wagen hielt vor einem Haus, wie Linda es bisher nur aus Dokusoaps über Luxusvillen kannte. Der beleuchtete Pool warf einen kühlen Lichtschein auf eine hölzerne, von Blauregen überwucherte Veranda. Sie hatte das Gefühl, etwas sagen zu müssen, etwa wie atemberaubend schön sie das Haus und das ganze Anwesen finde, aber es wäre nur ein Ausdruck des Offensichtlichen gewesen. Also bedankte sie sich lediglich, als Duchapin ihr die Tür öffnete und ihr aus dem Wagen half.

Linda atmete die kühle Abendluft ein. Die Fülle an Düften, die ihr in die Nase stieg, war beinahe überfordernd. Blumen, Gewürze, Holz, die warmgelaufenen Reifen des Maseratis.

Früher hatte sie sich nie Gedanken über Gerüche gemacht. Sie waren einfach da gewesen, eine unbewusste Stimmung, die in der Luft lag. Mittlerweile hatte sie zumindest begonnen zu erfassen, wie sehr Düfte einem Moment Tiefe verliehen und wie limitiert ein Sinneseindruck sein konnte, wenn sie fehlten.

Duchapin musterte sie prüfend. »Wahrscheinlich sollten wir erst ein wenig ankommen, bevor ich Ihnen ein paar Dinge zeige.« Er führte sie zu einem gemütlich gepolsterten Peddigrohrsessel auf der Veranda.

»Was trinken Sie?«, fragte er, nachdem sie sich gesetzt hatte.

Ihre erste Begegnung bei der Party bei Fragonard kam ihr in den Sinn. Manu hatte ihr erzählt, dass die meisten Nasen keinen Alkohol tranken, um ihren Geruchsinn nicht zu beeinträchtigen.

»Wenn Sie einfach ein Sodawasser hätten?«

»Keine falsche Scham«, erwiderte Duchapin, der offensichtlich ihre Gedanken erriet. »Häufiger Alkoholkonsum schädigt unsere Fähigkeit, Schattierungen in Düften und Geschmäckern zu differenzieren. Aber das richtige Getränk zur richtigen Zeit kann ein wahres Sinnesfest werden.«

Er ging zu einer modern aussehenden Außenküche und kam kurz darauf mit einer Flasche sowie zwei Gläsern zurück. Vor Lindas Augen goss er eine dunkle, bernsteinfarbene Flüssigkeit in die Gläser und setzte sich zu ihr.

»Trinken Sie«, forderte er sie mit einer ermunternden Geste auf.

Verdammt. Kein Pierre und kein Commissaire, die ihr ins Ohr flüstern konnten, was sie tun oder sagen sollte. Was würden sie ihr raten? Pierre wäre sicher übervorsichtig und würde sie davon abhalten wollen. Aber wenn sie auf Nummer sicher hätte gehen wollen, wäre sie nie in dieses Auto gestiegen.

Sie würde diesen Fall lösen, musste beweisen, dass sie noch immer zu etwas nutze war. Mit einer eleganten Bewegung nahm sie das Glas und schenkte Duchapin einen neugierigen Blick, während sie an der Flüssigkeit roch. Die einzige unverfängliche Art, um den Inhalt des Glases grob zu prüfen. Obwohl sie natürlich wusste, dass viele Gifte keinerlei Geruch verströmten.

»Oh«, murmelte sie.

»Was riechen Sie?« Ein Anflug von Neugier hatte sich in Duchapins Stimme gemischt.

»Ich trinke nicht oft, also verzeihen Sie, wenn ich es

nicht genau einordnen kann ... aber für mich riecht es nach Vanille ... ein wenig pfeffrig, nach Tonkabohne ... und Eichenholz.«

Duchapin hob sein eigenes Glas und neigte den Kopf.

»Ein spezieller Rum, von dem ich dachte, dass Sie ihn mögen könnten.«

Er fixierte das Fragonard-Armband mit der Tonkabohne an ihrem Handgelenk. »Das besondere Aroma entsteht durch die fünfzehnjährige Lagerung in Weißeichenfässern, gefolgt von speziellen Sherryfässern, in denen die Süße des Zuckerrohrs sich in besondere Aromen verwandelt.«

Er stieß mit Linda an und beobachtete, wie sie an ihrem Glas nippte.

Sie verstand nicht das Geringste von Rum, außer dass sie sich während ihres Studiums manchmal die Discounter-Version davon in ihre Cola gemischt hatte. Das hier war im Vergleich dazu purer Genuss.

»Vielleicht sollten Sie dazu übergehen, trinkbare Parfums zu erfinden. Wenn schon Ihr Rum so ein Geschmackserlebnis ist.«

Duchapin lächelte zufrieden.

»Fühlen Sie sich wohl?«, fragte er unvermittelt.

»Warum fragen Sie?«

»Sie wirken ein wenig angespannt.«

»Ach ...« Linda nahm einen weiteren Schluck von ihrem Rum und lehnte sich zurück. »Ich bin noch ein wenig erschlagen von dem mediterranen Paradies, in dem ich so plötzlich gelandet bin.« Sie lächelte ihm zu. »Geben Sie mir ein paar Minuten, dann habe ich mich an den Luxus gewöhnt.«

Duchapin lachte leise. »Mir war nicht bewusst, dass Sie Sinn für Humor haben.«

»Ich verstecke ihn ganz gut, damit mein Umfeld ihn nicht mit Freundlichkeit verwechselt.«

Duchapins Lachen wurde ein wenig lauter. Linda musste zugeben, dass es ihn etwas sympathischer machte. Irgendwie menschlicher. Sie ließ ihren Blick über den im Dämmerlicht liegenden Garten schweifen, durch den ein paar Glühwürmchen schwebten, dann weiter zu dem beleuchteten Infinity Pool und über die Berghänge hinunter zur von unzähligen Lichtern gesäumten Küste der Côte d'Azur.

»Seit wann leben Sie hier?«

»Das Land ist seit Generationen im Besitz meiner Familie. Ein brach liegender Weinberg, um den sich niemand gekümmert hat.« Er hob den Kopf. »Ich bin immer gern hergekommen. Schon bevor hier ein Garten war, habe ich den Geruch der sandigen Erde, des wilden Lavendels und der überreifen Trauben geliebt.« Er wirkte plötzlich, als wäre er tief in Gedanken versunken. »Wann immer ich mit meinen Eltern hier war, versteckte ich mich am Ufer des Bachs, der durch das Grundstück fließt, damit sie mich nicht wieder wegbringen konnten.«

»Was haben Sie dort getan?«

Duchapin lächelte und senkte den Blick.

»Nichts und alles. Ich saß einfach nur da, in den Ort und den Moment versunken. Erforschte die Komposition, die Sinfonie des Moments und zerlegte sie geistig in ihre einzelnen Noten.« Er grinste. »Sie können sich denken, wie ich bei anderen Kindern meines Alters ankam.«

Linda kicherte. »Ehrlich gesagt, stelle ich mir das schön vor. Diese innere Gewissheit zu haben, was man im Leben tun und schaffen möchte.«

»Die Duftkreation ist nichts für einen Touristenworkshop,

obwohl Ihnen jede größere Parfümerie in Grasse einen anbieten wird.« Er beugte sich ein wenig zu ihr. »Sie fordert alles von uns. Sind Sie dazu bereit, Madame Delacours? Alles zu geben? Alles zu opfern?«

***

»Chef. He, Chef!«, rief Olivier, während er den Dienstwagen in eine Kurve steuerte.

»Was denn?«, brummte Campanard auf dem Beifahrersitz.

»Haben Sie geschlafen, oder waren Sie bewusstlos?«

»Zu diesem kleinen, aber feinen Unterschied vermag ich keine Aussage zu machen.«

»Wenn Sie noch so reden können, waren Sie nicht bewusstlos.«

»Ganz spurlos ist die Geschichte wohl doch nicht an mir vorübergegangen.« Campanard fasste sich an die schmerzhafte Schwellung am Hinterkopf. Seine Hand ertastete klebriges, halb geronnenes Blut. Wenigstens blutete er jetzt nicht mehr die Tücher voll, die er zwischen sich und die Kopfstütze des Wagens geklemmt hatte.

»Sind wir sicher, dass DeMoulins ermordet wurde?«, fragte Olivier. »Könnte sein, dass sein Tod gar nichts mit Sentir zu tun hat. Vielleicht war es Selbstmord. Ein paar Blütenblätter und eine Opiatüberdosis.«

»Daran habe ich auch schon gedacht, bis ich dieses Parfum gefunden habe und fast auch ein schnelles Ende gefunden hätte.«

»Und wenn das DeMoulins war? Er weiß, wie man Parfums mischt, und er hätte es dort platzieren können.«

»Olivier ...« Campanard rang einen Moment nach Worten.

»Vertrauen Sie mir, wenn ich Ihnen sage: Wer auch immer dieses Parfum gemacht hat, wollte mich damit auf saubere Weise aus dem Weg räumen. Es hätte alles nach einer Unachtsamkeit meinerseits ausgesehen – war es am Ende ja auch. Niemand sonst hätte verstanden, was dieser Duft mit mir gemacht hat.«

»Das müssen Sie mir erklären.«

Campanard zögerte und starte auf die nächtliche Straße, die nur von den Scheinwerfern ihres Peugeot erhellt wurde.

»Es hat mich in den schlimmsten Moment meines Lebens zurückversetzt. Es traf mich unvorbereitet, machte mich unaufmerksam. Ich war nicht ich selbst. Es gibt keinen Grund, warum DeMoulins das hätte tun sollen. Und ich glaube auch nicht, dass er die entsprechenden Fähigkeiten besaß. So etwas bringt nur ein außergewöhnliches Genie zustande.«

Olivier warf ihm einen Seitenblick zu. »Duchapin?«

Campanard überlegte. »Er hat es mir schon einmal bewiesen und mir einen Duft geschenkt, der mich sofort in meine Kindheit zurückversetzt hat, nachdem ich ihm nur kurz davon erzählt hatte.«

»Sie haben Duchapin von Ihrer Kindheit erzählt? Warum, in Gottes Namen, Chef?«

»Es war nötig. Er bestand auf Quidproquo, und seine Informationen waren schlussendlich wesentlich wichtiger als das, was ich ihm erzählt habe.«

Olivier schwieg eine Weile und konzentrierte sich auf die Straße. »Haben Sie ihm auch von Ihrem schlimmsten Moment erzählt?«

»Nein. Aber vermutlich gibt es Mittel und Wege, herauszufinden, was es war.«

»Hm«, murmelte Olivier. »Wenn das wirklich stimmt …

warum hat Duchapin DeMoulins ausgerechnet jetzt ermordet? Und wieso überhaupt?«

»Das ist die Frage. Wir wissen, dass er auch auf der Feier in Mougins war. Vielleicht ist DeMoulins dort etwas aufgefallen. Etwas, von dem Duchapin erst jetzt erfahren hat und das ihn kompromittiert. Und einem so gebrechlichen Mann die falschen Medikamente einzuflößen, ist wohl nicht so schwer.«

Olivier schluckte. »Wir müssen Linda da rausholen.«

»Hat sie sich bei Ihnen gemeldet, seit …«

»Nein.«

Campanard schloss die Augen. Der Gedanke, dass Delacours sich in so große Gefahr begeben hatte, war unerträglich. Statt ihr auf die Füße zu helfen, hatte er sie womöglich in einen noch tieferen Abgrund gestoßen.

»Was ist denn das?«, fragte Campanard, als Olivier den Wagen bremste.

»O nein«, murmelte Olivier, während er sich in eine Kolonne ebenfalls abbremsender Autos einreihte.

Campanard schaltete das Autoradio an. »… auf der D6185 Richtung Cannes kommt es zu Verzögerungen. Ein Lkw ist umgefallen und blockiert die gesamte Fahrbahn …«

»So ein Mist!«, brüllte Olivier und schlug gegen das Lenkrad.

»Wir schalten die Sirene an. Dann lässt man uns zumindest nach vorne durch«, erwiderte Campanard möglichst ruhig, obwohl es auch in ihm brodelte. Für den Moment würde Delacours ohne sie auskommen müssen.

***

»Paruline Orphée, die Orpheusgrasmücke«, erklärte Duchapin, nachdem Linda ihn gefragt hatte, woher das Zwitschern im Garten kommt. »Hier singt sie manchmal bis in die Nacht hinein. Als würde sie sich weigern, die Dunkelheit zu akzeptieren.«

Er lachte. Allmählich hatte seine Anwesenheit ihre Bedrohlichkeit verloren. Selbst der Duft, den er trug, den er bereits bei ihrer ersten Begegnung getragen hatte, wirkte schon fast vertraut auf sie und mischte sich mit dem Geruch des blühenden Blauregens auf der Veranda.

Mit Duchapin zu sprechen, barg eine gewisse Faszination. Meistens sagte er nur wenig, aber wenn er es tat, wirkten seine Worte wie aus der Zeit gefallen, unberührt von Dialekten oder Trends. Ein bisschen wie ein Klassiker, als Hörbuch vertont.

Sie hatten noch mehr von Duchapins Rum getrunken. Linda hatte versucht, Nein zu sagen, aber es handelte sich offenbar um sein Lieblingsgetränk, und sie fand es unklug, seine Wertschätzung dafür nicht zu erwidern. Also trank sie langsam, behielt jeden Schluck lange im Mund, um nicht zu rasch betrunken zu werden, und um zu zeigen, wie sehr sie diesen besonderen Drink genoss.

»Sie scheinen die Natur hier wirklich gut zu kennen«, stellte Linda fest. »Wie ist das so, wenn man schon als Kind von der Welt der Düfte fasziniert ist? Welchen beruflichen Weg schlägt man dann ein?«

Duchapin lehnte sich zurück. »Ich habe schon in meiner Schulzeit mit Versuchen begonnen, die Düfte hier draußen zu reproduzieren, sie mir zu eigen zu machen und sie für neue Kreationen zu nutzen. Das Erste, was ich lernte, war, dass Alkohol ein Trägermedium für Duftstoffe sein kann. Ich war zehn, stahl den Schnaps meines Vaters und füllte die Flaschen mit allen möglichen Dingen. So feierte ich ein paar kleine Erfolge, zum Beispiel mit Holunderblüten und Beeren, die nach einiger Zeit ihren Duft an den Schnaps abgaben. Für meine Ansprüche waren es höchst unvollkommene Ergebnisse.«

»Das kann ich mir vorstellen«, erwiderte Linda lächelnd. »Haben Sie sich denn alles völlig allein angeeignet?«

»Meine Eltern wollten, dass ich nach der Schule Medizin studiere. Aber schon damals konnte man mich nicht zu etwas zwingen, das ich nicht wollte. Ich hatte mich mit einem alten Parfümeur in Grasse angefreundet, der mich nach einer Weile in seiner Werkstatt arbeiten ließ. Es war keine klassische Lehre; vielmehr sorgte er dafür, dass ich mich organisch entwickeln konnte. Er erkannte das Potenzial in mir, auch wenn ihn meine ständigen Experimente amüsierten. Besonders, wenn es darum ging, Düfte einzufangen, die vordergründig nichts mit Parfum zu tun hatten. Er hörte auf zu lachen, als ich einen Duft speziell für ihn komponierte, der ihn so tief berührte, dass er weinen musste.«

»Ernsthaft? Er weinte?« Linda unterdrückte ein Grinsen, da es Duchapin anscheinend todernst damit war. Er durchbohrte sie mit seinem Blick.

»Wenn Sie nicht daran glauben, wie sehr uns Düfte beeinflussen können, wieso sind Sie dann hier?«

»Oh, ich glaube daran. Mich hat nur gewundert, dass sich ein erfahrener Parfümeur von Ihnen so auf dem falschen Fuß erwischen ließ.«

»Ah.« Duchapin nickte. »Ich fürchte, viele von uns haben zwischen all den Rosenwassern und *Chanel No 5* vergessen, dass unsere Kunst mehr sein kann, als etwas zu entwickeln, was gut riecht.«

Gerade noch einmal die Kurve gekriegt. Duchapin durfte auf keinen Fall den Eindruck gewinnen, dass sie seine Kunst nicht ernst nahm.

»Ich habe gelesen, dass Sie schon mit zwanzig Jahren Ihren ersten großen Erfolg gefeiert haben. Ich muss gestehen, ich habe versucht, das Parfum zu bekommen. Aber es wird nicht mehr hergestellt, und die Preise, die bei eBay für die letzten Flaschen verlangt werden, übersteigen mein Budget ein wenig.«

Das war eine Untertreibung. Ein originalverpacktes Exemplar von *Printemps à Grasse*, Frühling in Grasse, wurde für zwanzigtausend Euro gehandelt.

»Manchmal treibt die Seltenheit einer Sache schon besondere Blüten. Ich könnte Ihnen den Duft in fünf Minuten zusammenmischen.«

»Und mir damit ein Semester meiner Ausbildung finanzieren. Nur blöd, dass ich so ein Geschenk unter keinen Umständen verkaufen würde. Ich könnte es nie weggeben, etwas, das Sie gemacht haben. Es wäre mir viel zu viel wert.«

Pierre hätte laut aufgelacht, wenn er sie das sagen gehört hätte. Aber Pierre war nicht hier. Sie kämpfte vergeblich gegen die Welle von Wehmut an, die sie erfasste. Aber wenn man sich allein in die Höhle des Löwen begab, durfte man sich keine Sentimentalität erlauben.

Duchapin beugte sich zu ihr und musterte sie einen Moment lang. »Möchten Sie es jetzt sehen?«, flüsterte er. »Den Ort, wo die wahre Magie entsteht?«

Hoffentlich meinte er damit nicht sein Schlafzimmer. Linda wartete, bis ihre Schwarzer-Humor-Attacke vorüber war, dann nickte sie. »Unbedingt«, flüsterte sie, während sich wieder ein Anflug von Furcht in ihr regte.

»Na dann!« Duchapin erhob sich und reichte ihr die Hand, um ihr beim Aufstehen zu helfen. Seine Finger schlossen sich groß und warm um ihre Hand, ohne die Absicht, sie wieder loszulassen. »Folgen Sie mir!«

Er führte sie über die Veranda ins Innere seiner Villa, wo es ziemlich dunkel war. Der einzige Lichtschein kam von einem beleuchteten Aquarium. Die Art, wie die Steine darin positioniert waren, und die leuchtend grünen Pflanzen, die den Boden wie einen Rasen bedeckten, ergaben gemeinsam mit dem Schwarm leuchtend roter Fische ein harmonisches Bild, als wäre die Unterwasserlandschaft mit ihren Lebewesen selbst ein kleines Kunstwerk.

»Wunderschön«, bemerkte Linda.

»Das Aquascaping, wie ich es betreibe, weist erstaunliche Parallelen zur Duftkreation auf. Es begreift die lebende Natur als Kunst.«

Im schimmernden Licht erkannte sie ein Lächeln auf seinen Lippen. »Aber das ist noch gar nichts.«

Ein warmes Licht erhellte den Raum, ohne dass Duchapin einen Schalter oder eine Fernbedienung betätigt hätte. Mit seiner freien Hand zeigte er auf eine Treppe, die in eine Art Keller führte. »Wir gehen hinunter.«

Wo du ihm gänzlich ausgeliefert bist. Wo du für immer verschwinden wirst …

»Sie zittern ja«, stellte Duchapin fest, der immer noch Lindas Hand hielt.

»Ich bin ein wenig aufgeregt.« Sie überspielte ihre Angst mit einem hohlen Lachen.

»Gut«, erwiderte Duchapin, was nicht unbedingt zu ihrer Beruhigung beitrug.

Er wird dich erwürgen, deine Leiche in fettgetränkte Tücher einwickeln und deinen Duft seiner neuesten Kreation hinzufügen.

Linda presste die Lippen zusammen und zwang sich, ruhig zu bleiben.

Sie stiegen die Treppen hinunter, an deren Absatz Duchapin eine schmale Tür öffnete.

»Bereit?«, fragte er mit regloser Miene.

»Mehr als das.«

Er führte sie durch die Tür in ein schmales Kellergewölbe. Mit einem Mal hatte Linda das Gefühl, sich in einem Weinkeller zu befinden. Nur dass er statt mit Fässern mit meterhohen Regalen gefüllt war, wie sie im Licht der Lampen erkennen konnte, die an der Decke hingen. Auf den Regalen standen unzählige Flaschen aus braunem Glas, von denen jede etwa einen halben Liter fasste. Linda schätzte, dass es Hunderte sein mussten. Sie betrachtete die Regale, die von Bodennähe mit zehn Etagen bis zur Decke des Gewölbes reichten. Nein ... noch mehr.

»Sind das ...?«

»... Duftstoffe«, erwiderte Duchapin mit hörbarem Stolz.

Lindas freie Hand tastete nach dem Handy in ihrer Tasche. Dummerweise ließ Duchapin sie keinen Moment aus den Augen. Unmöglich, ein paar Fotos zu schießen.

»Alle, die ich je selbst hergestellt habe.«

Linda löste sich von Duchapin und ging zu dem nächsten Regal hinüber. Alle Flaschen hier waren alphabetisch beschriftet.

»Ahorn«, las Linda. »Anisegerling ...«

»Eine Art wilder Champignon«, erklärte Duchapin.

»Alpenbock?« Linda hob überrascht die Augenbrauen.

»Ein besonders hübscher Käfer. Männchen finden Weibchen über große Entfernungen mithilfe der artspezifischen Pheromone. Ich prüfe, ob es für Damenparfüms geeignet ist, erwarte mir aber nicht viel.«

»Sie ...« Linda legte den Kopf in den Nacken und drehte sich ungläubig im Kreis. »Sie haben die Düfte der ganzen Natur hier gespeichert«, murmelte sie fassungslos.

»Und mehr«, erwiderte Duchapin. »Auch exotischere Duftstoffe, wenn ich sie brauchte. Ich verwende ausschließlich Inhaltsstoffe, die ich selbst gewinne.«

»Das ist unglaublich«, flüsterte sie. »Sie müssen jahrelang daran gearbeitet haben.«

»Seit ich in Grasse in die Lehre gegangen bin.«

Linda schüttelte ungläubig den Kopf.

Wie sehr musste dieser Mann sich der Parfümerie verschrieben haben, was für ein außergewöhnliches Genie war er in seinem Bereich – und wie sehr musste er Éric Sentir, den Social-Media-Clown, verachtet haben.

Mit einem Mal besann sich Linda wieder. Sie durfte nicht vergessen, warum sie hier war. Der Commissaire. Er war sich völlig sicher, dass das Parfum Obscur von hier unten stammte. Und wenn Linda sich so umsah, dann konnte sie ihm nur zustimmen. Neben dem Bottich mit Sentirs Leiche war ein Parfum mit einigen höchst ungewöhnlichen Bestandteilen gefunden worden. Solche, die sich hier bestimmt wiederfinden ließen.

Linda ging die langen Regalreihen ab, während Duchapin sie ruhig beobachtete.

Welche beiden Bestandteile hatten die Forensiker noch gleich identifizieren können? Kakaobohne und Schwarzschimmel.

Wie Linda mittlerweile wusste, war Kakao in der Parfümkreation ein absoluter Allerweltsduft. Aber keine Nase der Welt würde Schwarzschimmel je zur Duftkreation verwenden – niemand außer Duchapin.

Sie musste sehen, ob eine Schwarzschimmelessenz zu seiner Sammlung gehörte. Wenn sie das beweisen könnte, dann wäre das womöglich das entscheidende Indiz in diesem Fall.

Schwarzschimmel, moisissure noire. Noch immer tat sie, als würde sie andächtig die Duftstoffsammlung betrachten. Doch sie las aufmerksam mit, bis sie endlich beim Buchstaben *M* angelangt war. Ein paar Schritte weiter, dann war sie bei *Mo*, und schließlich ...

Bingo, Schwarzschimmel!

Linda unterdrückte den Adrenalinschub, der durch ihren Körper schoss, und blinzelte verwirrt, als ihr Blick auf den Regalplatz über dem Schild wanderte.

Die Schwarzschimmelessenz war nicht an ihrem Platz.

Linda sah sich im Keller um. Sonst war jeder einzelne Platz bestückt. Ausgerechnet der Schwarzschimmel war nicht da. Und seltsamerweise stand an der Stelle der Flasche nur ein kleineres, unbeschriftetes Fläschchen. Linda blinzelte, als wolle sie sich vergewissern, dass ihre Augen sie nicht betrogen.

Sie musste Pierre oder den Commissaire anrufen, aber wie sollte sie das anstellen? Abgesehen davon, dass Duchapin sie nicht aus den Augen ließ, hatte sie hier unten bestimmt auch keinen Empfang.

»Suchen Sie etwas Bestimmtes?«

Sie wandte sich zu ihm um und lächelte. »Wenn, dann würde ich es hier bestimmt finden.«

Duchapin trat an ihre Seite.

»Ich muss mich für die verkehrte Reihenfolge unserer

Besichtigung entschuldigen«, erklärte er. »Mein Garten, das Haus … Sehen Sie es als die Kopfnote. Das hier unten«, er zeigte auf die Regale im Gewölbe, »ist die Basis.« Er wandte sich ihr wieder zu. »Was Sie noch nicht gesehen haben, ist das Herz.«

Linda nieste. »Verzeihung, die Luft hier unten. Haben Sie vielleicht ein Taschentuch?«

»Nein«, erwiderte Duchapin schlicht.

»Wären Sie so freundlich, mir eines zu bringen?« Wenn sie Duchapins Aufmerksamkeit nur einen Moment entfliehen könnte …

Duchapin lächelte. »Ich kann Sie hier unten doch nicht allein lassen. Wer weiß, was Sie anstellen würden.«

Linda spürte, wie sie rot wurde. »Es ist ziemlich spät. I-ich komme mir schon vor wie ein Eindringling. Vielleicht sollte ich nach Hause fahren.«

Duchapin machte einen kleinen Schritt auf sie zu und hob eine Augenbraue. »Sie haben all die Mühen auf sich genommen, um hierherzukommen – und dann wollen Sie kurz vor dem Ziel umkehren?«

Linda versuchte sein Gesicht zu lesen, aber seine minimale Mimik ließ wie immer das meiste im Dunkeln. Er wollte, dass sie noch blieb, das war das Einzige, was sie erkennen konnte. Aber dafür musste man keine Expertin für Mikroexpressionen sein. »Ich bin nicht so talentiert, wie Sie vielleicht glauben. Bei der Enfleurage wollte ich gut sein, um Sie zu beeindrucken, und habe einen Glückstreffer gelandet. Jetzt, wo ich das alles sehe … Ich habe einfach das Gefühl, ich sollte mir das wirklich verdienen, bevor Sie mir die Ehre erweisen.«

Die bescheidene Schülerin – vielleicht half das ja.

Stattdessen legte Duchapin ihr die Hände auf die Schultern.

»Sie müssen keine Angst haben«, erklärte er nur. »Sie können mir glauben oder auch nicht. Aber ich rieche an Ihnen den Funken des Besonderen. Was das Talent einer Person betrifft, habe ich mich noch nie getäuscht.«

Wieder schoss ihr das Blut ins Gesicht. Vielleicht war das einmal wahr gewesen. In einem anderen Leben. Was Duchapin an ihr wahrnahm, konnte höchstens noch das Echo der Vergangenheit sein.

»Da bin ich mir nicht so sicher«, murmelte sie.

»Ich schon. Und meinem Urteil sollten Sie vertrauen.«

»Vielleicht sollte ich stattdessen lieber…«

»Stellen Sie sich nur eine Frage«, unterbrach Duchapin sie. »Wo wären Sie jetzt gerade lieber?«

Linda wollte etwas sagen, aber kein Wort kam aus ihrer Kehle. Ja, sie konnte gehen, mit einem kleinen Indiz, das sie Campanard überbringen konnte. Sie konnte gehen, um in der Nacht wieder elend und weinend in Les Palmiers aufzuwachen und zu begreifen, dass es die Person, die sie früher gewesen war, nicht mehr gab. Oder sie konnte noch ein wenig bleiben und das Echo von dem spüren, was sie einmal gewesen war. Talentiert. Besonders.

Ehe sie sich's versah, nickte sie und ließ sich von Duchapin bis zum Ende des Kellergewölbes führen, wo eine weitere Tür und eine weitere Treppe lagen.

KAPITEL 20
HERZNOTE

Diesmal führte die Treppe wieder nach oben statt noch weiter nach unten, was Linda auf absurde Weise beruhigte. Mit der Hand auf ihrem Rücken dirigierte Duchapin sie in einen Raum, in dem es völlig dunkel war.

»Sind wir schon da?«, fragte Linda unsicher. Der Widerhall ihrer Stimme verriet ihr, dass sie sich in einem größeren Raum befinden mussten.

»Ich möchte, dass Sie die Augen schließen. So wie damals an der Duftorgel, erinnern Sie sich?« Sie spürte den Hauch seiner Stimme auf ihrem Hals und bekam eine Gänsehaut.

»Obwohl es dunkel ist?«

»Obwohl es dunkel ist.«

Linda zögerte ein wenig, aber dann, da sie ohnedies nichts sehen konnte, war es auch gleich. Sie schloss die Augen.

»Was nehmen Sie wahr?«, fragte Duchapin.

»Holz und Stein«, murmelte Linda. »Draußen rauscht ein Bach. Und dann scheint sich noch etwas zu entfalten.« Sie neigte den Kopf. »Es fällt mir schwer, es zu …«

Hinter ihren Augenlidern wurde es etwas heller.

»Sie können die Augen öffnen.«

Sie blinzelte. Es war nicht allzu hell, warme Beleuchtungselemente zwischen dunklen Holzbalken warfen ihr Licht auf allerlei Gerätschaften. Bottiche, Metallpressen, Glaskolben, Kühlschränke und Werkbänke.

»Hier stellen Sie die Duftstoffe her«, murmelte sie.

»Korrekt, aber es ist nicht der Ort, wo ich meine Düfte ersinne – der ist da vorn.«

Er führte Linda durch die Werkstatt und dann durch eine weitere Tür, aus der ein kühler Lichtschein drang.

»Das ist es doch, was Sie sehen wollten, nicht wahr?«

Gebannt betrat Linda den Raum.

»Das ist unglaublich«, murmelte sie.

Mit den vielen Elementen aus dunklem Holz und seinen geweißelten Steinmauern versprühte der Raum die heimelige Atmosphäre eines Landhauses. Außerdem hatte er eine riesige Glasfront, die etwa bis auf Augenhöhe unter Wasser stand.

Ein klarer Teich, der durch den Bach, welcher Duchapins Anwesen durchfloss, gespeist wurde. Eigentlich hätte sie keine Details erkennen dürfen, da es draußen längst dunkel geworden war. Doch eine dezente Beleuchtung ließ die Unterwasserlandschaft in tiefem Blau erstrahlen, sodass Linda den steinigen Grund, Seerosen und fein gefiederte Wasserpest sehen konnte. Zwischen den Wasserpflanzen, genau vor Linda, stand ein Hecht reglos wie ein lauerndes Krokodil, während Schwärme kleinerer Fische mit leuchtend roten Flossen an ihm vorbeizogen, ohne sich der Gefahr bewusst zu sein.

An den verkrauteten Rändern des Tümpels, dort, wo der Bach sich als kleiner Wasserfall in den Teich ergoss, erkannte sie bunte Molche, deren gezackte Rückenkämme sie an kleine Drachen erinnerten.

Über der Oberfläche streckten Seerosen und gelbe Teichrosen ihre noch geschlossenen Blüten dem Nachthimmel entgegen. Die Blütenköpfe eines Mairosenbuschs neigten sich über das Wasser. Ein wenig dahinter sah sie Blüten und Früchte eines Orangenbaums.

Linda wusste nicht, wie ihr geschah. Zeit ihres Lebens hatte sie sich auf ihr analytisches Denken gestützt. Es war ihr Schild gegen die unkontrollierbare und bedrohliche Welt der Emotionen gewesen. Aber jetzt stand sie hier, konnte nichts sagen und spürte, wie ihr eine Träne über die Wange rann.

Er stand hinter ihr und legte seinen Arm um ihre Schulter. Zu ihrer Überraschung machte ihr seine Nähe keine Angst mehr.

»Ist das der Ort, an dem Sie sich als Junge versteckt haben?«

Duchapin antwortete nicht. Aber eine Bestätigung war nicht nötig.

»Sie müssten es tagsüber sehen, am Morgen, wenn die ersten Sonnenstrahlen auf das Wasser fallen.« Er schloss die Augen. »Wenn ich arbeite«, er zeigte auf einen alt wirkenden Holztisch, auf dem einige Flaschen, Pipetten, Notizbücher und Bleistifte lagen, »ist der obere Teil der Glasfront stets geöffnet. Ich will, dass es keine Trennung zwischen diesem Raum und der Natur gibt, dass sie mit der Zeit hier hereinwächst. So kann ich nach draußen sehen, und manchmal fliegt eine Libelle herein und sonnt sich auf meinem Tisch, während ich darüber nachdenke, wie ich den Leuten da draußen mit einem Duft begreiflich machen kann, wie schön das alles ist.«

»Warum haben Sie sie dann jetzt geschlossen?«

Duchapin hob die Augenbrauen. »Stechmücken.«

Linda kicherte.

»Mögen Sie wegen alldem hier keine synthetischen Parfums?«, murmelte Linda, obwohl ihr die Frage gerade selbst etwas banal vorkam.

»Für mich sind sie eine Verhöhnung der großartigen Eindrücke, die uns die Natur täglich vor die Nase setzt.« Er zeigte auf die Glasfront.

Einen Moment lang schwieg Linda einfach, horchte auf das Rauschen des Wassers und betrachtete die berauschend schöne Natur unter und über der Wasseroberfläche. Sie wusste nicht, wann sie sich zuletzt so glücklich gefühlt hatte, so geborgen. Als hätte sie frierend auf der Straße gesessen, und jemand hätte eine warme Decke über sie gebreitet.

»Nehmen Sie sich Zeit«, murmelte Duchapin. »Es ist keine Schande, einen besonderen Eindruck genießen zu wollen.«

Sie spürte, wie seine Hand auf ihrer Schulter sie sanft zu sich zog, bis sie seinen Körper an ihrem fühlte und sich sein Duft – dem Rum, den sie gerade getrunken hatten, verblüffend ähnlich – mit dem angenehmen Geruch mischte, der hier überall herrschte. Der Hecht hinter der Glasscheibe wandte sich ihr langsam zu und beäugte sie.

Wieso hatte sie Angst gehabt? Wieso hatten ihre Hände gezittert? All das wirkte so weit weg und unbegreiflich.

Langsam drehte Duchapin sie zu sich.

»Wie fühlt es sich hier für Sie an?«

Linda runzelte die Stirn und blinzelte.

»Wie ...« Bevor sie den Gedanken aussprach, prüfte sie ihn mehrfach, um sicherzustellen, dass er auch wirklich ihre Empfindung wiedergab. »Wie zu Hause.«

Es klang eigenartig, das zuzugeben, aber in diesem Moment hätte sie nichts Ehrlicheres sagen können.

Zu ihrer Überraschung nickte Duchapin nur.

»Gut«, erwiderte er. »Eine Empfindung, die ich teile.«

Sie kicherte. Duchapin beugte sich zu ihr und roch an ihrem

Hals, vom Ansatz bis zum Ohrläppchen, ehe er sich ein kleines Stück zurückzog. Linda betrachtete sein Gesicht mit einer Mischung aus Überraschung und Erheiterung.

»Ich habe es schon am ersten Tag an Ihnen gerochen. Das Besondere. Das Talent. Es begegnet mir selten, aber wenn«, er lächelte schief, »dann übt es einen unwiderstehlichen Reiz auf mich aus.«

Talent. *Forbes'* Top dreißig unter dreißig. Linda Delacours, das junge Genie, das die KI trainierte, Verbrechen aufzuklären.

Doch das war nicht mehr sie. Gebrochen. Zerstört. Und jetzt war sie hier, an diesem surrealen Ort, wo sie sich so zu Hause fühlte wie schon lange nicht mehr. Mit diesem Mann, diesem rätselhaften und genialen Mann, der sie ansah und etwas in ihr erkannte, von dem sie geglaubt hatte, dass es für immer fort war.

Er beugte sich vor und küsste sie. Erstaunlicherweise fühlte es sich natürlich an. Gänsehaut breitete sich auf ihrem ganzen Körper aus, während er begann, ihre Schulter zu streicheln. Sein Kuss war so fordernd, dass Linda das Gefühl hatte, er würde nie enden, und selbst das wäre für sie in Ordnung gewesen.

Er dirigierte sie zu einem Sofa hinüber und drückte sie hinunter. Seine Nähe fühlte sich gut an. Sie spürte sein Gewicht auf ihr und ließ es zu, dass er einen tiefen Atemzug aus ihrem Dekolleté nahm und dann mit der Zunge über ihre Brust und ihren Hals fuhr.

Plötzlich sah sie aus dem Augenwinkel eine blitzartige Bewegung. Sie drehte den Kopf und sah, dass der Hecht nach einem der kleinen Fische geschnappt hatte und diesen nun verschlang. Sie wollte sich wieder Duchapin zuwenden, als ihr Blick an einem kleinen Stehtischchen hängen blieb, auf dem ein amphorenartiges Glasgebilde stand. Es war mit einer Flüssigkeit gefüllt, und mehrere dünne Stäbe ragten aus dem Gefäß heraus.

Linda blinzelte.

Ein Duft. Ein angenehmer, heimeliger Duft. Zu Hause.

Wonach roch es hier? Nach Meer, Holz und Stein, sogar nach etwas Seetang und einem Hauch von Plastik.

Linda presste die Augen zusammen und versuchte, sich zu konzentrieren.

Er kann Menschen mit Düften manipulieren.

Die Erkenntnis manifestierte sich klarer und klarer in ihrem Verstand, obwohl ihr das Denken gerade mehr als schwerfiel.

Die Insel. Plastik wie von einer Regenpelerine. Der Urlaub mit ihrem Vater. Sie hatte Duchapin davon erzählt. Dieses unerklärliche Gefühl der Geborgenheit, hervorgerufen durch einen Duft aus ihrer Kindheit.

Und der Teil der Glasfront, der immer offen war, um keine Barriere zur Natur zu bilden – warum war der jetzt geschlossen? Wegen der Stechmücken? Oder damit sich der Duft intensiv in dem Raum ausbreiten konnte, bevor sie ihn betreten hatte?

Irgendwo tief in ihr erwachte die Angst zu zartem neuem Leben, während Duchapin sie erneut küsste und begann, ihre Bluse aufzuknöpfen.

»Du wolltest das auch, nicht wahr?«, knurrte er ihr ins Ohr. »Und wie du das wolltest.«

Er fuhr mit Nase und Lippen die Kontur ihres Schlüsselbeins nach. »Hast mich mit *Oase* auf deiner Haut eingeladen.«

Eingeladen. Plötzlich hörte Linda das Echo einer anderen Stimme in ihren Gedanken.

Du hast mich doch eingeladen, du verdorbene, kleine Schlampe.

Lindas Körper zuckte zusammen.

Duchapin lachte. »Doucement, langsam, meine Kleine, wir haben doch noch gar nicht richtig angefangen.«

Wenn ich mit dir fertig bin, bist du nur noch ein Sack Knochen.

Duchapin fasste ihre Hände und drückte ihre Arme bestimmt nach unten. Alles in Linda krampfte sich zusammen.

»Lass dich fallen.«

Ein höhnisches Lachen blitzte in ihrer Erinnerung auf.

Entspann dich, Schlampe, wehtun wird's so oder so.

Duchapin strich ihr über den Hals.

Schrei doch. Probier's, wenn ich dir die Luft abdrücke.

Sie war wieder dort, auf dem nassen Boden. Der Gestank der Mülltonnen. Sein grinsendes Gesicht. Seine Finger um ihre Kehle drückten zu. Sie konnte nicht atmen. Wand sich, wollte schreien, aber nur ein Krächzen drang aus ihrer Kehle. Er neigte interessiert den Kopf.

Den Schlauen sehe ich immer am liebsten beim Sterben zu. Die glauben, ihnen kann nichts passieren. Und kurz davor erkennen sie, dass sie doch nicht so schlau waren.

»Nein«, murmelte Linda.

»Komm, mach dich frei.«

Unzählige Bilder wirbelten durch Lindas Kopf. Ihr ganzer Körper begann zu beben, während sich ihre Kehle verengte.

Ein Wimmern drang aus ihrem Hals, während sie nach Luft schnappte.

»Ja. Genieß es.«

»Nein«, murmelte sie. Sein Gewicht auf ihr. Die grinsende Fratze in ihrer Erinnerung.

Jetzt stirbst du!

In ihrem Kopf wirbelte alles durcheinander. Kälte. Angst. Tod. Dann, für einen Moment, Pierre, der sie anlächelte. Campanard, der laut auflachte. Und plötzlich Yogatrainerin Angélina.

Wir stoßen alle schlechten Energien von uns. Mit aller Kraft, beim Ausatmen. Mit einem lauten, klaren Nein!

Wie in Trance entwand sie sich Duchapins Griff und hob die Arme. »Nein!«, brüllte sie und stieß ihn von sich.

Duchapin wurde von der Couch geschleudert. Ein hölzernes Tischchen zerbarst mit einem lauten Krachen, als er dagegenprallte.

Linda sprang auf und rang nach Luft. Ihr Körper zitterte so stark, dass sie kaum stehen konnte. Einen Augenblick lang dachte sie, Duchapin wäre bewusstlos, dann hörte sie ein tiefes Stöhnen. Mit einem Mal wurde ihr schwindelig, und sie stützte sich an der Lehne der Couch ab. Alles drehte sich, während ihr Tränen über die Wange rannen.

»Was soll das?«, zischte er wütend.

Ihr wurde speiübel. Das war neu. Die Atemnot, die lähmende Angst, all das kannte und fürchtete sie von bisherigen Panikattacken. Aber das ...

Konnte es der Alkohol sein? Wie viel hatte sie getrunken? Zwei oder drei kleine Gläser Rum, vielleicht genug, um angeheitert zu sein. Aber nicht genug, um sie so aus der Bahn zu werfen.

Sie keuchte und stieß ein Wimmern aus.

Drogen, flüsterte eine Stimme in ihrem Kopf. *Er hat dir Drogen verabreicht.*

»Was haben Sie mit mir gemacht?«, flüsterte Linda.

»Was?«, stöhnte Duchapin und hielt sich den Kopf, mit dem er gegen den kleinen Couchtisch gekracht war.

»Was haben Sie mir gegeben?« Ihre Stimme überschlug sich vor Panik, während sich der Raum vor ihren Augen zu drehen begann.

Raus. Nur raus hier.

Linda stolperte hinaus aus dem Arbeitsraum und durch die Werkstatt.

»Linda!«, rief Duchapin ihr hinterher. Dass er zum ersten Mal ihren Vornamen gebrauchte, machte ihr noch mehr Angst.

Ihre Koordination wurde rapide schlechter. Sie ließ sich auf alle viere nieder, um die Treppen hinunterzusteigen, die in das Kellergewölbe führten. Sie schluchzte leise, während sie benommen zwischen den endlosen hohen Regalen entlangstolperte.

Bestimmt war er hinter ihr. Gleich würde sie spüren, wie er sie herumriss, ihr die Hand auf den Mund presste, bis die Drogen sie bewusstlos machten. Eine Bewusstlosigkeit, aus der sie vielleicht nie erwachen würde.

Linda wimmerte und versuchte ihren Schritt zu beschleunigen.

»Linda!« Die Akustik machte es unmöglich zu sagen, wie weit weg er war. Seine Aussprache wirkte seltsam unklar, als wäre er selbst von seinem Sturz noch benommen. Sie wusste, dass der Auftrag nicht erfüllt war, dass sie keine Beweise gesammelt hatte, wie sie es eigentlich vorhatte, aber im Moment wollte sie nur raus.

Am Ende des Gewölbes lehnte sie ihr ganzes Körpergewicht gegen die Tür und ließ sich wieder auf Knie und Hände nieder. Sie krabbelte die Stufen hinauf, bis sie in Duchapins Wohnzimmer mit dem Aquarium stolperte.

So wunderschön, wie das alles noch vor Kurzem auf sie gewirkt hatte, so furchterregend war es jetzt. Linda torkelte auf die dunkle Veranda hinaus. Die kühle Nachtluft half ihr ein wenig klarer zu werden, trotzdem sank sie zu Boden und erbrach sich auf die Wurzeln des Blauregens.

Ein Vibrieren in ihrer Hosentasche ließ sie auffahren. Ihr Telefon. Es funktionierte wieder. Nach ein paar vergeblichen Versuchen gelang es ihr, es herauszuziehen.

»Linda, Gott sei Dank, wo bist du?«

»Pierre.« Sie versuchte mit aller Macht ihr Schluchzen in den Griff zu bekommen. »Mir ist … Er hat mir irgendwas gegeben. Mir ist so schlecht!«

»Mist. Wo bist du?«

»In seinem Haus!«

»Hör zu, wir sind ganz in der Nähe. Vor dem Tor. Du musst zu uns hinunterkommen, schaffst du das?«

»Ich weiß nicht, mir ist so …«

»Du musst dich zusammenreißen. Lauf los!«

»Jaja, klar …«

Linda wischte sich Tränen und ein Stückchen Erbrochenes aus dem Gesicht, dann rappelte sie sich auf. Der Boden schwankte so stark, dass sie fast gestürzt wäre – aber irgendetwas sagte ihr, dass sie nicht wieder auf die Beine kommen würde, wenn sie jetzt fiel – und er konnte nicht weit hinter ihr sein.

Sie taumelte los, an dem schwarzen Maserati vorbei, die Straße hinunter, die durch das Anwesen mäanderte. Der Boden schien mit einem Mal nach rechts zu kippen. Linda gelang es nur knapp, einen Sturz zu vermeiden, indem sie die

Arme um die Äste eines Maulbeerbaums schlang. Ein paar Atemzüge Ruhe, dann torkelte sie weiter.

Irgendwann glaubte sie Licht zu sehen. Das Licht eines Autos vielleicht. Hinter dem Tor.

»Linda?«, hörte sie jemanden rufen.

»Delacours!« Das war der Commissaire. Campanard war hier.

Linda stieß ein Keuchen aus und lief die letzten Meter zum Tor. »Ich bin hier!«, rief sie mit zitternder Stimme und lehnte sich gegen den Steinpfeiler am Eingang.

»Wir können nicht rein!«, rief Pierre verzweifelt. »Der obere Teil des Tors steht unter Strom.«

»Delacours«, hörte sie Campanards eindringliche Stimme. »Können Sie es von innen öffnen?«

Linda rieb sich verzweifelt das Gesicht, doch dann hob sie den Kopf. »Panel«, murmelte sie. Duchapin hatte es ihr gesagt. Man kam immer raus, wenn man mal drin war.

Sie tastete den steinernen Seitenpfeiler ab, bis sie Metall spürte. Wieder schien der Boden unter ihren Füßen zu kippen. Linda fiel auf alle viere und übergab sich erneut.

Das war's. Die nächtliche Umgebung wirbelte um sie herum. Ihr war speiübel. Ihre Beine begannen unkontrolliert zu zucken.

»Linda!«, hörte sie Olivier, als wäre er ganz weit weg. »Du musst die Tür öffnen! Du kannst das, hörst du?«

»Ich kann das«, hauchte Linda am Boden. »Ich kann das.«

Sie fasste nach dem Steinpfeiler und versuchte sich daran hochzuziehen. Ihre Beine wollten ihr erst nicht gehorchen, aber schließlich schaffte sie es irgendwie, sich zumindest auf einem Knie abzustützen. Da war die Metallfläche: ein Türchen.

Linda klappte es auf. Dahinter sah sie einen grün leuchtenden Knopf.

Urgence, stand darauf. Linda drückte ihn und hörte, wie sich das Tor mit einem Schaben und Surren in Bewegung setzte. Die Umgebung verwandelte sich in ein wildes Flirren und dann in Finsternis. Das Letzte, was sie wahrnahm, war, dass sie fiel.

KAPITEL 21
GEBROCHEN

Die E-Gitarrenversion der Marseillaise erklang und ließ Campanard zusammenfahren. Er stand im Garten von Les Palmiers gegen die Hausmauer gelehnt und hatte gerade nachdenklich den Hühnern beim Picken im Gras zugesehen.

Der Klingelton war das Erste, was er sich auf sein Ersatzhandy runtergeladen hatte, nachdem das alte bei seinem Sturz irreparabel beschädigt worden war. Er schnaubte kurz, als er den Namen im Display sah, dann nahm er ab.

»Bonjour, Préfet.«

»Louis.« Christelles Stimme klang unmissverständlich verärgert, aber auch besorgt.

»Wie fühlst du dich?«

Campanards Blick fiel auf den Stützverband, unter dem sein Knöchel noch schmerzhaft geschwollen war, und für einen Moment spürte er den leichten Zug der frischen Nähte an seinem Hinterkopf.

»Nicht ganz so unverwüstlich wie du, aber dicht dran.«

»Offensichtlich *zu* gut. Du kannst dir denken, warum ich anrufe?«

»Erleuchte mich!«

»Projet Obscur ist Geschichte.«

»Früher hast du mich öfter überrascht.«

»Klopf dir auf die Schultern. Ihr habt uns mit Josserand einen klaren Verdächtigen geliefert.«

»Und Duchapin?«

»Er wird angezeigt, weil er das Mädchen unter Drogen gesetzt hat.«

»Und weil er sie mittels eines Dufts manipuliert hat?«

»Bravo, Louis, die Staatsanwaltschaft wird sich großartig amüsieren, wenn du das zu Protokoll gibst. Vielleicht sollten wir alle verhaften, die hoffen, durch Parfums begehrenswerter zu wirken.«

»Es ist kein Scherz, Christelle, und es lässt sich durch moderne Hirnforschung belegen. Düfte können uns auf eine Weise manipulieren, die sich bewusster Kontrolle entzieht. Und er beherrscht es, das auszunutzen.«

»Gott ... Glaubst du immer noch, du bist abgestürzt, weil dich ein *Duft* in Panik versetzt hat?«

»Genau so war es.«

»Vielleicht war ja auch noch ein Gespenst dabei.«

»Ich mache keinen Scherz, es war so. Der Duft war dazu gemacht, mir Schmerzen zu bereiten, damit ich nicht aufpasse, und ...«

»Es reicht, Louis.«

Campanard atmete tief durch.

»Ich habe dich gewarnt«, murmelte sie mit einem Anflug von Bitterkeit in der Stimme. »Sie ist zu labil, und du hast sie diesem Mistkerl zum Fraß vorgeworfen.«

»Das ...«

»Du weißt, dass es stimmt. Vielleicht nicht so, wie du es geplant hattest, aber du wolltest sie als unseren Spion in Duchapins Haus.«

»Das streite ich nicht ab. Aber ich hätte unter normalen Umständen nie zugelassen, dass ihr etwas zustößt.«

Campanard hörte ein Seufzen.

»Weißt du, du verstehst so viel von Menschen und dann wieder so wenig. Du hast diese bewundernswerte Art … Menschen Hoffnung zu geben, besonders denen, die schon am Boden liegen. War dir nicht klar, dass sie alles tun würde, um dich nicht zu enttäuschen?«

»Vielleicht habe ich das unterschätzt …« Campanard senkte den Blick. »Wann kann ich Duchapin endlich verhaften?«

»Vorerst gar nicht. Wir müssen in dieser Sache verdammt aufpassen. Die Hauruckaktion des Mädchens war kein genehmigter Einsatz. Wenn rauskommt, dass sie auf eigene Faust ermitteln wollte, haben wir einen handfesten Skandal. Wir müssen hier den normalen Weg gehen. Es wird Anzeige erstattet.«

»Das fällt mir nicht leicht.«

»Meinst du mir?«

Für einen Moment schwiegen sie beide.

»Was hat die toxikologische Untersuchung ergeben? Was hat er dem Mädchen verabreicht?«, fragte sie dann.

»K.o.-Tropfen. GHB, besser bekannt als Liquid Ecstacy.«

»Und … wie geht es ihr?«

»Sie haben ihr Infusionen gegeben und das Zeug relativ schnell aus dem Blutkreislauf gewaschen. Nach einer Stunde war sie wieder klarer und konnte die Klinik verlassen. Sie schläft jetzt.«

»Ich meinte psychisch, Louis.«

Campanard schloss die Augen. »Schwer zu sagen. Es ist schon Nachmittag. Ich werde nach ihr sehen.«

»Gut. Je früher du sie zu ihrer Familie heimschickst, desto besser.«

»Ihr Vater lebt in Kanada. Über die Mutter weiß ich nichts.«

»Großartig«, seufzte die Präfektin.

»Christelle.« Campanard wog seine Worte vorsichtig ab. »Ich respektiere deine Entscheidung. Josserand hatte ein Motiv, das steht fest. Aber erklär mir, warum er den alten DeMoulins hätte umbringen sollen.«

»Das musste er gar nicht. Ich habe selbst mit den Forensikern telefoniert, um mir ein Bild zu machen. Das Ganze sieht nicht nach Mord aus, sondern nach einem freiwilligen Abschied vom Leben. Der Mann war schwer herzkrank. Die Ärzte haben ihm noch ein paar Monate gegeben. Sein langjähriges Zuhause stand vor dem Abriss. Die Tabletten waren seine eigenen, überdosiert, mit einem Glas Wasser.«

»Und die Rosenblätter?«

»Eine Erinnerung an seine große Zeit. *Rose de Mai*. Sein berühmtester Duft. Fragonard produziert ihn immer noch.«

»Und du findest nicht, dass es da gewisse Ähnlichkeiten zu Sentir gibt? Und was ist mit dem Parfum, das in dem baufälligen Flügel des Gebäudes stand?«

»Doch, ich gebe zu, da gibt es ein paar Parallelen. Aber ich glaube an die einfachste Erklärung. Sentirs Tod hat ihn einfach inspiriert, auf eine Weise zu gehen, die widerspiegelt, was ihm im Leben etwas bedeutet hat. Und dieses ominöse Parfum … Da war sicher irgendetwas, aber außer ein paar Scherben zwischen reichlich Bauschutt hat das Team nichts sicherstellen können. Wahrscheinlich war es DeMoulins letztes Werk, von dem er wollte, dass es irgendjemand findet und würdigt.«

»Das ist die bequemste Version der Geschichte, aber sie ist leider unwahr.«

»Das kannst du halten, wie du willst. Ich schick dir morgen einen Leitfaden, wie wir offiziell mit diesem Delacours-Drama umgehen werden, dann sehen wir weiter.«

»Bitte nenn es nicht so.«

»Wie auch immer. Au revoir, Louis.«

»Au revoir, Christelle.«

Campanard steckte das Handy wieder ein.

»Kein leichtes Gespräch?«

Olivier stand in der Terrassentür und musterte ihn mit einem matten Lächeln. Sie hatten beide kaum geschlafen. Martine hatte ihnen rasch zwei Zimmer gegeben, damit sie da sein konnten, falls Delacours etwas brauchte.

Campanard schüttelte den Kopf.

»Hier!« Olivier reichte ihm ein Glas mit sprudelndem Lavendelsoda. »Dachte, Sie könnten das brauchen. Obwohl ich nie verstehen werde, was Sie an dem Zeug finden.«

»Danke, Olivier.« Er nahm das Glas entgegen und trank einen großen Schluck. »Aber wie können Sie das nur fragen? Es schmeckt nach allem, was an unserer Heimat wunderbar ist.«

»Da scheiden sich die Geister … Chef, ich habe noch mal über diese Duftreisegeschichte nachgedacht. Aber das spielt jetzt wahrscheinlich keine Rolle mehr.«

»Lassen Sie hören!«

»Es ist nur ein unausgegorener Gedanke, aber …« Er hob den Daumen. »Sentir unternimmt eine geheime Duftreise.« Er hob den Zeigefinger. »Danach wird er in seinem Haus von jemandem verletzt, den niemand in seinem Dunstkreis zu Gesicht bekommen hat.« Er hob den Mittelfinger. »Sentir erzählt Josserand, dass sie Grasse verlassen müssen.« Er seufzte. »Was, wenn er auf dieser Duftreise jemanden kennengelernt hat? Mit der Zeit begreift Sentir, dass diese Person gefährlich ist, will flüchten …«

Campanard blinzelte.

»Ein solider Gedankengang, Olivier. Hätten wir noch ein wenig Zeit, würde ich nach dem fehlenden Stück suchen, das ihre Idee mit Duchapin und dem Parfum Obscur verbindet, aber jetzt müssen wir uns erst mal um Delacours …«

»Oh, ich soll Ihnen von Martine sagen, dass Linda aufgewacht ist. Sie hat ihr gerade etwas zu essen gebracht. Ich glaube, es ist okay, wenn wir nach ihr sehen.«

»Ja, das sollten wir.«

Olivier schüttelte den Kopf und presste die Lippen zusammen. »Ich hätte das nicht zulassen dürfen.«

Campanard musterte ihn aufmerksam. »Sie peinigen sich wegen etwas, das nicht in Ihrer Macht lag.«

»Sie hätten am Telefon die richtigen Worte gefunden, damit sie nicht mitfährt. Tun Sie immer.«

»Olivier, ich sage Ihnen jetzt etwas. Wenn jemand von uns letzten Abend alles richtig gemacht hat, dann Sie. Sie haben Delacours gefunden und mich auch, ganz nebenbei bemerkt. Und wir waren beide zu diesem Zeitpunkt nicht gerade auf der Höhe.« Er klopfte ihm auf die Schulter. »Ich bin sicher, sie sieht das auch so.«

Er leerte das Glas in einem Zug, dann gingen sie wieder hinein und stiegen die Treppen zu Delacours' Zimmer hinauf. Dort angekommen, klopfte er vorsichtig. Es war jedoch Martine, die die Tür öffnete.

»Hier ist leider noch geschlossen, Commissaire«, erklärte sie ungewohnt harsch. »Das Mädchen muss sich ein wenig erholen.«

»Lassen Sie sie bitte herein, Martine«, rief eine schwache Stimme hinter ihr. »Es geht schon.«

»Chef.« Olivier zupfte ihn an seinem mit Chinchillas verzierten Hemd. »Wäre es in Ordnung, wenn ich vorher kurz allein mit ihr spreche? Ich meine, Sie sind Ihr Vorgesetzter.«

»Ja, und?«

»Würden Sie an ihrer Stelle nach so einer Nacht gleich mit Ihrem Vorgesetzten sprechen wollen?«

»Wenn er so ist wie ich, warum nicht?«

»Chef!«

Zuerst wollte Campanard widersprechen, aber dann nickte er. Vielleicht stimmte es, und er konnte gut und gern noch ein wenig warten.

»Ich bin im Garten«, erklärte er.

Wieder unten angekommen setzte sich Campanard auf die Terrasse und blinzelte nachdenklich in die Sonne. Dann nahm er sein Telefon zur Hand und rief Instagram auf. Campanard betrieb insgeheim selbst einen privaten Kanal unter dem Namen *Géant de Grasse* – Riese von Grasse –, wo er ab und an etwas über ausgefallene Hemdkollektionen oder inspirierende Gärten postete.

Er lud ein Video von Astérix hoch, dessen prächtiges Gefieder gerade wunderbar im Sonnenlicht schillerte. Nach einer Weile rief er Sentirs Profil auf. Unter dem letzten Bild fanden sich Hunderte Beileidsbekundungen. Offensichtlich gab es niemanden, der schon Anspruch auf das Profil des Verstorbenen erhoben hatte, um eine Todesmeldung einzustellen. Ohne Ziel scrollte Campanard durch Sentirs unzählige Beiträge. All die Galas, Feste, Premieren ...

Campanard scrollte immer weiter in die Vergangenheit, was bei der Fülle an Beiträgen, täglich waren es zwei oder drei, ziemlich lange dauerte.

Nach einer gefühlten Ewigkeit verharrte er. Das Bild, das er sah, war bereits einige Jahre alt und im Prinzip völlig belanglos. Trotzdem konnte Campanard nicht den Blick davon abwenden: Es zeigte eine rote Kamelie.

***

»Seien Sie ein Gentleman, okay? Und wenn sie müde wird, lassen Sie sie sofort in Ruhe!«, flüsterte ihm Martine zu, bevor er eintrat.

Linda lag auf dem Bett. Sie trug eine Jogginghose und ein weißes T-Shirt, das sie noch blasser wirken ließ, als sie ohnehin war. Martine hatte ihr ein Tischchen neben das Bett gestellt, mit duftendem Baguette, Aufstrichen und frischen Tomaten mit Basilikumblättern. Auf ihrem Schoß lag ein Magazin, das sie sich wohl gerade angesehen hatte.

»Salut, Pierre.« Ihre Stimme klang matt und kraftlos, ihr ganzer Körper wirkte, als hätte man ihm eine gehörige Portion Lebenskraft entzogen. Trotzdem lächelte sie, sobald sie ihn erkannt hatte.

»Salut.«

Er holte sich einen Holzsessel und setzte sich zu ihr ans Bett.

»Wie geht's dir denn?«

Sie senkte den Blick.

»Ganz okay, denk ich.«

Olivier musste sich stark im Zaum halten. Am liebsten hätte er sie angeschrien, sie gefragt, wie sie nur so blöd hatte sein können.

Sie musterte ihn aufmerksam, dann seufzte sie. »Ich kann sehen, dass dir etwas auf der Zunge brennt, sag es ruhig«, erklärte sie leise. »Ich halte das aus.«

Olivier beugte sich vor, dann schloss er die Augen und

schüttelte den Kopf. »Du musst doch nichts *aushalten*, das ist es ja. Wir sind ein Team, Linda. Das bedeutet, dass man aufeinander aufpasst.«

»Vielleicht glaubst du mir nicht, wenn ich das jetzt sage«, flüsterte sie. »Aber es tut mir nicht leid, was ich getan habe. Mir tut nur leid, dass ich versagt habe.«

»Versagt? Was redest du?«

»Der Commissaire hatte recht. Es stammt von dort unten. Das Parfum Obscur. Er hatte eine Sammlung an Duftstoffen dort, auch Schwarzschimmel, Pierre. Und die Flasche war nicht an ihrem Platz, dafür etwas anderes. Ich weiß, dass ich dort einen Beweis gefunden hätte, wenn ich nur ein bisschen …«

»Hörst du dich eigentlich reden?« Olivier fuhr sich ungläubig über Stirn und Haare. »Du warst dort drin in Lebensgefahr, Linda. Der Typ wollte dich vergewaltigen, vielleicht Schlimmeres.«

Linda neigte den Kopf und runzelte die Stirn.

»Die Sache ist erledigt. Alles was zählt, ist, dass du wieder gesund wirst.«

»Gesund«, wiederholte sie nachdenklich. »Aber ich bin nun mal nicht gesund, Pierre. Ich war es schon nicht, als ich hier angekommen bin. Aber das hier, das hätte mir helfen können, wenn ich es geschafft hätte.«

»I-ich versteh kein Wort.« Er klatschte mit der flachen Hand auf seinen Oberschenkel. »Was soll das heißen, du bist nicht gesund?«

Linda senkte den Blick und biss sich kurz auf die Unterlippe, dann nahm sie das Magazin und reichte es Pierre.

»Schau mal auf Seite fünf, bitte.«

»*Forbes France*, Top dreißig unter dreißig«, murmelte er stirnrunzelnd, während er die Zeitschrift aufschlug. Auf Seite fünf fand er ein Hochglanz-Ganzkörperbild von Linda. Mit all dem Make-up und dem trendigen Outfit sah sie beinahe wie ein Model aus, wie sie mit verschränken Armen dastand und der Kamera einen intensiven Blick schenkte.

Linda Delacours, 28. Die Frau, die die KI das Gedankenlesen lehrt.

»Wow«, murmelte Olivier. »Da wundert man sich echt, dass du das alles aufgegeben hast.« Er zwinkerte ihr zu. »Ganz schön begabt.«

Ein schwaches Lächeln erschien auf ihrem Gesicht. »Ich habe festgestellt, dass ich doch nicht ganz so gut war, wie ich dachte.«

Sie setzte sich auf und verschränkte ihre Beine im Schneidersitz. »Als ich noch klein war, hatte ich einen gelbgrünen Wellensittich, den ich über alles geliebt habe. Ihr Name war Belle. Jeden Tag habe ich ihr vom Kindergarten erzählt, und sie hat zugehört, getschilpt und meine Nase geküsst. Eines Abends kam ich nach Hause, und der Käfig war leer. Ich fragte Papa, wo sie ist. Er meinte, er habe versehentlich die Käfigtür offen gelassen, als draußen ein Schwarm bunter Wellensittiche vorbeigeflogen war. Er hat behauptet, sie wären auf dem Weg nach Australien gewesen und wären über dem Haus gekreist, um Belle abzuholen und sie zu ihrer Familie zu begleiten. Da sei sie davongeflogen.«

»Ziemlich fantasievoll, dein Papa«, erwiderte Olivier grinsend.

»Für einen Erwachsenen klingt das albern ... Aber ich war vier, Pierre – und ich konnte sehen, dass er log. Und ich sagte es ihm immer wieder, bis er mir gestand, dass Belle an einem Tumor gestorben war.«

»Oh, wie traurig. Aber was hat das ...«

»Ich war …« Linda lachte und schüttelte den Kopf. »Ich war *richtig* gut, Pierre. Später, am forensischen Institut, lag ich praktisch nie falsch. Und wenn, dann lag ich zumindest nicht weit daneben. Ich war so selbstbewusst. Überzeugt von mir und meinen Fähigkeiten. Kurz nachdem dieser Artikel rauskam, wurde ich einem jungen Mann vorgestellt, der unter dem Verdacht stand, vier Frauen ermordet zu haben. Aber es gab viele Ungereimtheiten. Irgendwie stand er in Verbindung zu jedem dieser Frauenmorde, war bisher in keiner Weise auffällig gewesen. Gut sozialisiert, Freunde, Familie. Nie gewalttätig.

Die Videos seiner Verhöre waren uneindeutig. Er war so alt wie ich, kam aus derselben Gegend und einem ähnlichen Milieu wie ich. Verdammt, er redete sogar genauso – wir hätten in derselben Schule gewesen sein können. Und er wirkte komplett zerstört und verzweifelt auf mich. Man erklärte mir, wie wichtig mein Gutachten für die anstehende Verhandlung sein würde, daher beschloss ich, persönlich mit ihm zu sprechen. Ich war überzeugt, ich könnte mir daraufhin ein klareres Bild machen. Zwei Stunden redete ich mit ihm, beobachtete alle seine Regungen, und mit jeder Minute war ich mehr davon überzeugt, dass er unschuldig war. Es gab keine Zeichen von Lüge, nur Verzweiflung und Angst, im Gefängnis zu landen. Du hast keine Ahnung, wie überzeugt ich von meiner Schlussfolgerung war. Ich verfasste ein ziemlich eindeutiges Gutachten. In Gerichtskreisen war ich schon ein bisschen berühmt wegen meiner legendären Trefferquote. Ich kann es nicht mit Sicherheit sagen, aber es kann sein, dass ich das Zünglein an der Waage war, das zu seinem Freispruch führte. Ein paar Tage später traf ich ihn auf dem Heimweg zufällig in der Stadt.«

Sie schlug die Augen nieder. »Er meinte, er wüsste nicht,

wie er mir danken sollte, ich sei die Einzige gewesen, die an ihn geglaubt hätte. Er wollte sich zumindest mit einem Kaffee dafür revanchieren.

Zuerst sagte ich Nein, aber dann ... Das Verfahren war vorbei, also gab es keinen Interessenkonflikt mehr. Und außerdem, unter uns gesagt, ich fand ihn auch ein wenig süß. Er lud mich auf Kaffee und Kuchen ein, wir hatten eine richtig gute Zeit, und wie es eben so ist, war es dann plötzlich ein Date. Mit viel Gelächter und Drinks in einer Bar, nur ein paar Schritte weiter.«

»Klingt nach einem guten Date.«

»Hab ich auch gedacht. Danach war er ganz Gentleman, wollte mich zur Metro begleiten, immerhin war es schon nach Mitternacht. Richtig schüchtern war er. Auf dem Weg dorthin ...« Linda schluckte. »Wir kamen an einer Sackgasse zwischen zwei Häuserblocks vorbei. Eine ranzige Ecke, lauter übervolle Mülltonnen und Dreck. Aus dem Nichts heraus zerrte er mich dort rein, presste mich zwischen zwei Tonnen gegen die Wand und küsste mich. Zuerst hielt ich es noch für einen missglückten Annäherungsversuch, lachte darüber und wollte ihn abwehren. Aber dann, dann sah ich sein Gesicht. Ich werde nie vergessen, wie er mich angrinste und plötzlich wie ein völlig anderer Mensch wirkte. Dieser Moment, als ich begriff, dass er schuldig war, diese Frauen getötet hatte, dass er mir nicht zufällig begegnet war, sondern mich vermutlich tagelang gestalkt hatte, wie seine anderen Opfer, die alle tot in irgendwelchen heruntergekommen Ecken der Stadt gefunden wurden. Ich wollte schreien, aber er presste mir die Hand auf den Mund und schlug mich, bis ich zu Boden ging. Ich hatte die Obduktionsberichte gelesen, deshalb wusste ich, was mir blühte. Zuerst die Vergewaltigung, dann das Erwürgen. Bei mir versuchte er beides zugleich, verhöhnte mich, während er auf mir lag und ich nach Luft schnappte. Er war so viel stärker, so viel brutaler.

Als ich glaubte, ich würde das Bewusstsein verlieren, bekam ich einen Arm frei und drückte ihm meine Finger in die Augen. Ich glaube, eines davon habe ich zerquetscht, jedenfalls schrie er wie am Spieß und ließ von mir ab. Endlich konnte ich wieder atmen, kroch davon, sog alle Luft ein, die ich kriegen konnte, kämpfte mich auf die Füße und rannte, was das Zeug hielt. Er schrie mir hinterher. *Linda, du Hure, ich krieg dich!*«

Sie brach ab und schluckte. Olivier sah, wie ihr eine Träne über die Wange lief. Er suchte nach den richtigen Worten, und als er sprach, musste er das Beben in seiner Stimme zügeln.

»Ich hoffe, du hast sein Auge zerstört. Und ich hoffe, er hat versucht sich zu wehren, als die Polizisten ihn verhaftet haben.«

Linda wich seinem Blick aus. »Das ist es ja, Pierre. Das haben sie nicht. Ich bin sofort zur Polizei gegangen, die haben das Viertel abgeriegelt und überall gesucht – aber er war fort.« Sie sah auf. »Er ist immer noch da draußen.«

»Das gibt's nicht. Ein Typ, dessen Gesicht die Polizei im ganzen Land kennt und der mit einem blutenden Auge durch die Straßen rennt, den haben sie nicht gefunden?«

»Er war gerissener, als wir alle erwartet haben. Ich bin immer noch nicht ganz sicher, wie er mich getäuscht hat. Vielleicht hat mich meine Sympathie für ihn nicht klar sehen lassen.« Sie hob die Hände. »Verstehst du, was ich dir sage, Pierre? Dieser Typ, dieser beschissene Mistkerl, hat mich zerstört. Auf die Gala, die dem *Forbes*-Artikel folgte, konnte ich nicht mehr gehen. Einen ganzen Monat lang traute ich mich überhaupt nicht mehr vor die Tür, schlief auch nicht vor lauter Angst. Ich machte Bekanntschaft mit meiner netten kleinen Freundin, der Panikattacke, die mich, egal wann und wo, überfallen konnte. Dann bekam ich keine Luft mehr, als hätte er immer noch die Finger um meinen Hals geschlossen, und ich wurde zu einem erbärmlichen, heulenden Haufen Elend. Ich hätte keinen Psychiater gebraucht, um zu erkennen, was das war. PTBS – posttraumatische Belastungsstörung.

Aber eine Diagnose bedeutet nicht, dass man geheilt ist. Weder die Psychopharmaka, die ich in mich reinschaufelte, noch die unzähligen Therapiestunden haben mich wieder heil werden lassen. Mit der Zeit wurde ich zumindest wieder so stabil, dass ich das Notwendigste selbst erledigen konnte. Aber immer mit dem Misstrauen meinem eigenen Verstand gegenüber, der mich sofort wieder zusammenbrechen lassen konnte.« Sie hob die Hand. »In einer Nacht von *Forbes* Top dreißig unter dreißig zu …« Sie pfiff, während sie die Hand wie ein abstürzendes Flugzeug in ihren Schoß fallen ließ. »Was immer das ist.«

Mit einem Mal ergab für Olivier alles Sinn. Die Anzeichen von Nervosität, die er immer wieder an ihr beobachtet hatte. Die wie aus der Pistole geschossene Ablehnung, als er ihr nach ihrer Ankunft die Stadt hatte zeigen wollen. Alles, was sie gestern Nacht bei Duchapin erlebt hatte, musste den Horror, der ihr widerfahren war, wieder an die Oberfläche gespült haben.

»Fast jede Nacht sehe ich sein grinsendes Gesicht, spüre seine Hand an meiner Kehle und wache mit dem Gefühl auf, dass er noch immer da draußen ist und mich jagt, mich eines Tages vielleicht wirklich erwischen wird.«

»Wenn er die ausgesprochen schlechte Idee hätte, hierherzukommen«, erklärte Olivier mit mühsam beherrschter Stimme, »werde ich mich darum kümmern.«

»Das ist lieb, Pierre. Aber ich nehme nicht an, dass man mich nach gestern besonders lange weiterermitteln lässt. Dann kehre ich wohl wieder nach Paris zurück. Pardon, wenn ich dir jetzt meine halbe Lebensgeschichte aufgetischt habe, aber ich wollte, dass du verstehst, warum ich nicht auf dich gehört habe.«

»Weil du ein verdammter Dickkopf bist?«

»Nein. Ich meine, das auch. Aber ich musste mir selbst beweisen, dass ich es schaffen kann.«

Für einen Moment erkannte Olivier ein vertrautes Funkeln in ihren Augen. Vielleicht war das der wahre Grund, warum sie überhaupt nach Grasse gekommen war. Nicht bloß, um ein Verbrechen aufzuklären, sondern um sich ihr Leben zurückzuerkämpfen.

»Und scheiße, Pierre, ich glaub noch immer, dass es geht. Ich müsste nur noch einmal hin. Vielleicht kannst du Duchapin ablenken; ich bin sicher, er lagert das Parfum Obscur dort unten – und ich weiß genau, wo.«

»Dieser Typ hat dich unter Drogen gesetzt, wollte dich vergewaltigen und wer weiß was noch. Nicht in hundert Jahren lasse ich zu, dass du wieder in seine Nähe kommst.«

Linda runzelte die Stirn und blinzelte.

»Weißt du, was komisch ist?«

»So ziemlich alles, was in den letzten Tagen passiert ist?«

»Quatsch, ich meine gestern. Seit dieser Sache damals bin ich eigentlich richtig paranoid, wenn ich irgendwo mit einem Mann allein bin, achte auf Fluchtwege und natürlich auch darauf, was ich trinke und woher es kommt.«

»Und?«

Sie hob den Blick, als versuchte sie sich genau zu erinnern. »Ich bin mir sicher, dass Duchapin mir nichts ins Glas gemischt hat.«

»Wirklich? Ein winziger unaufmerksamer Moment hätte gereicht.«

Linda blinzelte. »Aber den gab es nicht. Ich habe jeden Schritt beobachtet.«

»Linda, du hattest die Drogen im Blut. Woher sollten die sonst kommen? Vielleicht hat er die Flasche vorher präpariert.«

»Ja, aber da gibt es nur ein Problem ... dann hätte er sich selbst auch unter Drogen gesetzt.«

»Vergiss den Typen einfach. Das einzig Gute an der Sache ist, dass es nun einen ganz klaren Grund gibt, ihn anzuzeigen. Du solltest dich jetzt echt noch ein wenig ausruhen.«

»Nein, nein, ich fühle mich fit. Sobald sich das GHB von den GABA-Rezeptoren im Gehirn ablöst, ist man wieder komplett wach. Nennt man auch Stehaufmännchen-Phänomen.«

»Ja, genau.« Olivier rollte mit den Augen. »Erhol dich lieber, du Spinnerin.«

Er wollte aufstehen, aber Linda hielt ihn am Ärmel fest. »Pierre«, flüsterte sie. »Verstehst du nicht, ich *muss* da noch einmal hin. Das ist meine Chance. Bitte, ohne deine Hilfe schaff ich es nicht.«

KAPITEL 22
OPFER UND HELD

Campanard sah von seinem Smartphone auf, als Olivier mit raschem Schritt in den Garten kam.

»Und, wie geht es ihr?«

Olivier rieb sich die Stirn. »Sie ist nicht ganz bei Trost, Chef.«

»Weil?«

»Vergessen Sie's!«

»Hm. Sagen Sie, Olivier, Sie haben mir doch ein paar Fotos gezeigt, die Sentir in seiner Wohnung hatte. Recht unspektakuläre Aufnahmen von einem Park oder etwas Ähnlichem?«

»Wie bitte? O jaja, Verzeihung. Ich habe sie mit dem Handy abfotografiert, falls Sie sie noch einmal sehen wollen.«

»Seien Sie so freundlich.«

Campanard nahm Oliviers Handy entgegen und betrachtete die Schnappschüsse sorgfältig.

»Wissen Sie, was ich mich gefragt habe?«, murmelte er, während er die Bilder vergrößerte und jedes Detail genau betrachtete. »Sentir hat sich offensichtlich kaum die Mühe gemacht, Fotos auszudrucken. Warum dann so belanglose Aufnahmen?« Er hob den Blick und sah Olivier an. »Es sei denn, sie sind gar nicht belanglos ... und sie bedeuteten ihm etwas.«

Campanard hob sein eigenes Handy und zeigte Olivier das Instagrambild von Sentirs Kamelienblüten.

»Fällt Ihnen was auf?«

Olivier blinzelte. »Das Foto fällt in die Zeit von Sentirs Duftreise«, murmelte er.

»Was noch?«

Der Inspecteur schüttelte den Kopf. »Nichts weiter. Aber spannend zu wissen, dass seine Vorliebe für die rote Kamelie aus dieser Zeit stammt.«

Campanard nickte. »Das ist tatsächlich bemerkenswert. Und sehen Sie den verschwommenen Baum im Hintergrund?«

»Was ist damit, Chef?«

Der Commissaire hielt beide Telefone nebeneinander und zeigte Olivier das Instagrambild der Kamelie sowie das abfotografierte Foto der Parkanlage. Die Augen des Inspecteurs weiteten sich. »Chef, das da ist derselbe Baum, glaube ich.«

»Eine Zeder«, ergänzte Campanard. »Sie haben recht auffällige Kronen, deshalb ist sie mir aufgefallen.«

»Das heißt, Sentir hat sein Retreat an diesem Ort verbracht und hat dort seine Leidenschaft für die Kamelie entwickelt.«

»Das wäre auch meine Schlussfolgerung gewesen. Und wenn Sie mich fragen, war es hier irgendwo in der Nähe.«

»Darf ich?« Olivier nahm sein Handy. »Ich lasse die Fotos einfach mal durch eine Bildersuche laufen … Gibt's ja nicht!«

»Was haben Sie gefunden?«

»Etablissement Mont Fleuri. Ein Sanatorium keine zehn Kilometer von hier. Sieht fast wie ein Luxushotel aus … aber das ist unmöglich …«

»Wie meinen Sie das?«

»Na, Sie haben mir ja aufgetragen, all diese Institutionen zu überprüfen und nachzufragen, ob Sentir dort abgestiegen ist oder nicht. Genau das habe ich auch getan, auch bei Mont Fleuri. Aber Sentir stand dort nicht im Register.«

Campanard neigte den Kopf. Warum hatte er nur auf dieses klitzekleine Detail nicht geachtet? »Weil Éric Sentir ein guter Name ist, um Düfte zu vermarkten, aber nicht für eine Therapie, bei der man in Ruhe gelassen werden möchte. Dort heißt man lieber …«

»… Schönmaul«, keuchte Olivier. »Bellegueule. Sein Geburtsname.«

»Olivier, ich möchte, dass Sie nach Mont Fleuri fahren, und zwar gleich. Finden Sie heraus, was Monsieur Bellegueule dort wollte und welchen gefährlichen Fremden er dort kennengelernt hat.«

»Klar, Chef, aber … Habe ich das vorhin bei Ihrem Telefonat falsch verstanden? Die Präfektin hat uns doch aufgetragen, die Ermittlungen sofort einzustellen.«

»Ich würde sagen, das ist innerhalb des Toleranzbereichs, quasi unsere akademische Viertelstunde.«

»Verstehe!«

Campanard sah auf seine Swatch. »Treffen wir uns in drei Stunden auf dem Revier.«

Olivier salutierte grinsend und machte sich auf den Weg.

***

Nicht lange, nachdem Olivier gegangen war, klopfte es erneut an Lindas Tür.

»Kommen Sie rein«, rief sie und war wenig überrascht, Campanards ernste Miene zu sehen. »Bitte sehen Sie mich nicht an wie einen Jagdhund, der nie wieder laufen wird.«

»Verzeihung.« Er setzte sich auf den Holzsessel, den Olivier an den Bettrand gezogen hatte. Bei Campanard wirkte er wie ein Möbelstück für Kinder. Der Commissaire beugte sich vor, verschränkte die Finger und senkte den Blick. Nach einer Weile blies er hörbar die Luft aus und richtete seine hellen Augen auf Linda. »Ich möchte mich bei Ihnen entschuldigen«, murmelte er.

Linda betrachtete ihn aufmerksam. Es war keine Floskel, Campanard fühlte sich tatsächlich schuldig. Obwohl sie es war, die Oliviers Anweisung missachtet hatte.

»Ich denke nicht, dass Sie das müssen.«

»Doch, glauben Sie mir, das muss ich.«

Sein Schnäuzer verdeckte wichtige Partien um den Mund, um ihn genau lesen zu können. Aber die Kontraktion der Unterlippe, das leicht gesenkte Kinn und der offene Blick verrieten ihr alles, was sie wissen musste.

»Sie wussten, warum ich nicht … warum ich so lange nicht gearbeitet habe.«

Eigentlich hätte sie sich denken können, dass niemand die Katze im Sack kaufen würde, ohne bei ihrem Arbeitgeber zu fragen, warum sie monatelang zu Hause geblieben war. Es war ihr nur so unglaublich erschienen, dass jemand sie trotzdem hätte haben wollen.

Campanard nickte, ohne den Blick von ihr zu lösen. Nach einer Weile schlug Linda die Augen nieder.

»Also ist der einzige Grund, warum Sie mich ausgesucht haben …« Sie schluckte. »Dass Sie Mitleid mit mir hatten.«

Wie hatte sie sich nur einbilden können, dass jemand sie noch aufgrund ihrer Kompetenz ausgesucht hätte? Vielleicht war sie zu blauäugig gewesen, was das anbelangte. Ironischerweise war Duchapin wohl der Einzige, der wirklich noch etwas in ihr sah. Der Mann, der sie betäuben und vergewaltigen wollte, weil er »Talent an ihr gerochen« hatte. Wie kaputt musste sie sein, dass sie diese Worte im ersten Moment als schmeichelhaft empfunden hatte. Gott!

»Nein«, antwortete Campanard nach einer Weile. »Das war nicht der Grund.«

Linda schüttelte den Kopf. »Dann verstehe ich es nicht.«

»Die Wahrheit ist«, erklärte Campanard und nahm seinen Hut ab, »dass ich Ihr Talent gerne schon viel früher genutzt hätte, bei einem anderen Fall. Allerdings waren Sie damals nicht verfügbar – zu beschäftigt.« Er schenkte ihr ein Grinsen. »Aber es stimmt, dass ich Sie mir umso mehr in meinem Team gewünscht habe, nachdem ich von den furchtbaren Dingen hörte, die Ihnen zugestoßen sind.«

»Weil mich dann niemand mehr haben wollte?«

»Weil es mir gezeigt hat, wer Sie sind.«

»Sie meinen, wer ich war.«

»Ganz und gar nicht. Ich verstehe, wie es Ihnen geht. Was es bedeutet, respektiert, ja, bewundert zu werden und dann von einem Tag auf den anderen aus seinem alten Leben gerissen zu werden. Sich selbst nicht mehr zu vertrauen, plötzlich nicht mehr zu wissen, wie man den nächsten Tag überstehen soll.«

Linda verengte die Augen. »Sie glauben *wirklich*, dass Sie es verstehen«, murmelte sie überrascht. »Aber woher ...«

»Gute Menschen wie Sie verdienen eine zweite Chance«, unterbrach Campanard sie.

»Dann haben Sie mich also doch ausgesucht, weil ich ein Opfer bin.«

Campanard hob eine seiner dichten Augenbrauen. »Ein Opfer?« Er lachte leise und schüttelte den Kopf. »Sie wurden von einem der gefährlichsten Frauenmörder des Landes angegriffen und haben überlebt.«

Jetzt war es Linda, die lächelte. »Commissaire, bitte vergessen Sie nicht, dass ich Psychologin bin. Ich weiß, dass man das Wort *Opfer* heutzutage gerne durch *Überlebende* ersetzt. Das klingt eindeutig besser, ein gutes Rebranding, aber meine Panikattacken beeindruckt das wenig.«

»Sie müssen mich schon ausreden lassen, Delacours.«

»Pardon.«

»Ich wollte Sie haben, weil Sie nicht nur ein besonderes Talent besitzen, sondern weil Sie einem Horror ins Auge geblickt haben, den sich niemand vorstellen kann. Weil sie gekämpft und gewonnen haben und seitdem jeden Tag weiterkämpfen, um die Wunden zu heilen, die all das bei Ihnen hinterlassen haben. Nein, Sie sind keine bloße Überlebende, und es gibt nur einen Fehler, den ich Ihnen wirklich ankreiden kann.«

Linda runzelte die Stirn. »Und der wäre?«

»Dass Sie überzeugt sind, das alles hätte Sie schwächer gemacht.«

Ein bitteres Lachen drang aus ihrer Kehle. »Leider weiß ich ziemlich genau, dass es so ist.«

»Ach ja? Wissen Sie auch, wie hoch die GHB-Konzentration in Ihrem Blut war, als wir Sie gestern in die Klinik gebracht haben?«

»Nein«, murmelte sie.

»Nun, ich schon. Die Ärztin meinte, Sie hätten schon längst das Bewusstsein verlieren müssen.«

»Was soll das bedeuten?«

»Das habe ich mich auch gefragt. Als ich dann grob schilderte, wie Sie von dem Anwesen geflohen sind, konnte die Ärztin das kaum glauben. So etwas sei höchstens durch einen extrem hohen Adrenalinspiegel denkbar.« Campanard beugte sich ein wenig nach vorn. »Verstehen Sie, was ich Ihnen sagen möchte? Was Ihnen damals passiert ist, hat Sie stärker werden lassen. Es Ihnen irgendwie die Kraft verliehen, die gestrige Nacht zu überleben. Sie haben dem gleichen Übel ins Auge gesehen und haben es besiegt.«

Linda konnte ihn nur gebannt anstarren, dann wandte sie sich ab.

»Die Situationen waren nicht vergleichbar. Duchapin ...« Sie runzelte die Stirn. Ja, er hatte mit ihr gespielt, bevor die Ereignisse in seiner Werkstatt ihre Panikreaktion getriggert hatten. Aber ihr wollte die Frage nicht aus dem Kopf, wie er es angestellt hatte, die K.o.-Tropfen in den Rum zu mischen. »Wie auch immer. Danke für Ihre lieben Worte, aber am Ende des Tages habe ich einen Befehl missachtet und keinen brauchbaren Beweis für Sie. Und wenn ich nicht ganz falschliege, ist unser ganzes Projekt Geschichte.«

Campanard schmunzelte. »Es ist vorbei, wenn Sie von mir hören, dass es vorbei ist, Delacours.«

»Warum sind Sie nicht sauer, dass ich es vermasselt habe?«

»Weil all dies meine Schuld ist, das versuche ich Ihnen doch die ganze Zeit zu sagen. Ich habe gesehen, wie Sie alles getan haben, um Projet Obscur zu einem Erfolg zu machen. Und dann habe ich Ihnen eingetrichtert, dass wir den Fall nur lösen werden, wenn wir Sie auf Duchapins Anwesen bringen. Wusste ich, dass er versuchen würde, Sie zu betäuben und vergewaltigen? Natürlich nicht. Aber mir war sehr wohl bewusst, dass dieser Mann über Fähigkeiten verfügt, auf die man sich kaum vorbereiten kann. Und trotzdem habe ich Sie auf ihn angesetzt.« Er seufzte. »Ich habe ein Feuer in Ihnen entfacht, Sie glauben lassen, es wäre das Einzige von Wert, das Sie tun könnten. Dabei haben Sie die Ermittlungen vom ersten Tag an beflügelt. Das alles tut mir leid.«

»Nein«, widersprach Linda stur. »Egal was gestern war, ich will nicht, dass es Ihnen leidtut – oder ich. Durch diesen Einsatz habe ich ein Stückchen meines alten Selbstvertrauens wiedergewonnen, und das gebe ich nicht mehr her.« Sie sah ihm fest in die Augen. »Es ist wirklich dort, Commissaire, das Parfum Obscur, wie Sie es gesagt haben. Ich wollte es selbst nicht glauben, aber ich habe es gesehen. Und Duchapin hat alle Zeit der Welt, um es zu beseitigen.«

Campanard sah sie lange an, dann erhob er sich. »Darüber reden wir, wenn Sie sich ein wenig erholt haben.«

»Dann ist es zu spät.«

»Olivier ist inzwischen an einer Spur dran. Etwas, das, abgesehen vom Parfum, Licht in den Mordfall bringen kann.«

»Abgesehen vom Parfum …« Linda schüttelte den Kopf. »Duchapin hat den Duft, den Sentir zum Zeitpunkt seiner Ermordung bei sich hatte. Da gibt es eine Lücke, Commissaire. Wie ist Sentir da rangekommen? Jemand muss es ihm gegeben haben. Vielleicht …«

Campanard blinzelte. »Jemand, von dem Sentir wusste, dass er gefährlich ist«, murmelte er abwesend.

»Von wem sprechen Sie?«

Der Commissaire lächelte. »Das weiß ich noch nicht. Ruhen Sie sich aus.« Er setzte seinen Hut auf und ging zur Tür. »Ich sehe später nach Ihnen.«

»Ich will nicht, dass Sie nach mir sehen, ich will, dass Sie mir berichten, was Pierre herausgefunden hat.«

Campanard grinste. »Vielleicht auch davon ein bisschen.«

Nach einer Weile verklangen seine Schritte auf dem Gang. Linda seufzte und nahm ihr Telefon zur Hand. Ein paar Nachrichten von Manu. Natürlich, sie war heute nicht zum Unterricht erschienen.

> Wo bist du, wir fangen gleich an …

> Ach Mist, Céleste sagt, du bist krank. Gute Besserung! Soll ich dir was vorbeibringen? Ich mail dir später meine Notizen, wenn du sie haben willst. Ich sag Matthieu, er soll dir was backen.
> Küsschen, Manu

Linda schmunzelte und scrollte weiter.

> Stell dir vor. Duchapin ist anscheinend auch krank. Dieser Kretin hat dich gestern wahrscheinlich angesteckt …

Linda schluckte. Also war er zu Hause geblieben, wahrscheinlich, um mit seinen Anwälten zu regeln, wie er am besten vorgehen sollte. Bei dem Gedanken daran, alles, was gestern passiert war, vor Gericht erzählen zu müssen, wurde ihr übel. Und Duchapins Anwälte würden nicht zimperlich mit ihr umgehen, bestimmt auch wieder auf den Fall von damals anspielen.

Könnte es sein, dass Sie die Nähe von gefährlichen Männern suchen, Madame Delacours? Einfach für den Kick? Und dass Sie sich dann etwas zusammenfantasieren, wenn doch nichts geschieht?

Sie schüttelte den Gedanken ab. Eins nach dem anderen. Sie atmete tief durch. Das Gespräch mit Campanard wollte ihr nicht aus dem Kopf gehen. Es wäre gelogen zu sagen, dass seine Worte sie nicht tief berührt hätten. Alles was er gesagt hatte, hatte bei ihr den Eindruck erweckt, er wisse, wovon er sprach.

»Wer sind Sie in Wahrheit, Commissaire?«, murmelte Linda. »Was verschweigen Sie?«

Sie starrte auf die Google-Suchleiste ihres Handys, dann tippte sie:

Louis Antoine Campanard.

Das Telefon lud ein paar Momente lang. Kurz bevor die Ergebnisse angezeigt wurden, poppte eine Nachricht auf.

Von: Unbekannte Nummer
Wir müssen reden. Über gestern. Ich warte …
FD

Plötzlich durchfuhr es sie eiskalt.
»Ach du heilige …«

KAPITEL 23
VENEDIG DER DÜFTE

Die E-Gitarren-Marseillaise donnerte los, gerade als Campanard die Treppen hinunterstieg.

»Madère?«

»Salut, Chef. Olivier hat mir gesagt, Sie wären in der Pension Les Palmiers. Sind Sie noch dort?«

»O ja!«

»Ausgezeichnet, ich warte vor der Tür.«

Campanard legte verwirrt auf und ging hinaus. Draußen stand einer der Vans vom Revier und die grinsende Madère mit seinem E-Bike. Er breitete die Arme aus. »Inspecteur, Sie sind ein Engel!«

Madère lachte. »Ich konnte es doch nicht einfach stehen lassen, Chef. Wie geht es Ihnen?«

Der Commissaire fasste sich an den Hinterkopf. »Gott sei Dank bin ich nicht nur sprichwörtlich dickköpfig.«

»Umso besser.« Sie schob ihm das Rad hinüber. »Gut, dass Sie eins von unseren Schlössern vom Revier verwendet haben, so konnte ich es die Rampe hinaufrollen. Es ist ziemlich schwer.«

»Es muss ja auch eine große Last tragen«, erwiderte Campanard mit erhobenem Zeigefinger.

»Ist schon was Besonderes. Sichern Sie es nur mit dem Schloss?«

»O nein, es hat einen GPS-Tracker, der mir den Standort

sofort aufs Telefon schickt, wenn es sich bew…« Campanard blinzelte. »Wie gut, dass Sie mich daran erinnern. Ich muss mir die App gleich wieder herunterladen.«

Madère lächelte, während ihr Blick auf Campanards Stützverband fiel. »Soll ich Sie aufs Revier mitnehmen?«

Campanard belastete den verstauchten Fuß testweise. Ein leichtes Stechen fuhr durch sein Bein.

»Ich denke, ich kann zu Fuß gehen.«

»Sie hassen Autos wirklich, oder? Ihr Fuß ist geschwollen, und ich glaube, Fahrrad fahren ist auch noch keine gute Idee.«

Campanard seufzte. »Ich hasse es, wenn mir die Argumente ausgehen.« Er schob das Rad ins Innere der Pension, schloss die Tür und stieg neben Madère in den Wagen. Während die Polizistin den Van durch eine enge Altstadtgasse manövrierte, sah Campanard nachdenklich aus dem Fenster. Der mit pinken Regenschirmen überdachte Straßenzug erzeugte ein eigenartiges Licht, in dem alles ein bisschen entspannter wirkte. Eine Altstadt, die man stets durch lunettes roses, die rosarote Brille, betrachtete.

Sie rollten auf die Place aux Aires mit ihrem Brunnen und den vielen Caféhäusern hinaus. Campanard hob den Kopf. »Bitte halten Sie an, Madère.« Hastig öffnete er die Wagentür und stieg aus.

»Wollen Sie, dass ich hier warte?«, fragte die Inspektorin verwirrt.

»Nein, nein, ich komme später nach.« Er wandte sich ab und sah auf die gegenüberliegende Seite des Platzes. »Ich muss dringend jemandem Hallo sagen.«

***

»Sie sind Inspecteur Olivier?«

Die Überraschung auf der Miene der jungen Rezeptionistin war kaum zu übersehen.

»Genau, ich hatte Ihnen geschrieben, wegen Ihrer ...«, Olivier grinste, »... Gästeliste.«

Die Rezeptionistin schmunzelte. Sie war nicht ganz schlank, was Olivier gut gefiel, und ihr voluminöses Kraushaar schien jeden Augenblick das Haarband sprengen zu wollen, mit dem sie es gebändigt hatte.

»Ich dachte, Sie hätten festgestellt, dass der Mann, den Sie suchen, nie hier war, ein Monsieur ...«

»Sentir.« Olivier beugte sich über den Tresen. »Heute bin ich aber wegen jemand ganz anderem hier. Kennen Sie den?« Er zeigte ihr das Foto von Sentir, das Linda bei ihrer ersten Begegnung analysiert hatte. Überraschung machte sich in ihrer Miene breit, während sie sich zu Olivier beugte, um das Foto besser betrachten zu können. »Aber ja, natürlich kenne ich den, das ist Monsieur ...«

»... Bellegueule?«

»Bingo!« Die Rezeptionistin richtete sich wieder auf.

»Ich schätze, er war vor etwa drei Jahren hier?«

Mit einem Mal zögerte sie und wich seinem Blick aus. »Wissen Sie, wir nehmen es hier sehr genau mit dem Datenschutz. Wenn Sie es genauer wissen wollen, muss ich ...«

»Er ist tot«, unterbrach Olivier sie. »Ich ermittle in seinem Mordfall.«

Der Schrecken, der sich auf ihrem Gesicht zeigte, war nicht gespielt. Sie hatte wohl tatsächlich nie herausgefunden, wer Monsieur Bellegueule in Wahrheit gewesen war.

»O mein Gott«, flüsterte sie. »Damit hatte ich nicht gerechnet. Er war ein so freundlicher Kerl.«

Genau aus diesem Grund hätte Olivier mit dem Mord lieber noch ein bisschen hinter dem Berg gehalten. Kaum waren sie tot, wurden sie zu Heiligen.

»Freundlich also«, versuchte er es. »Meinen Sie damit Höflichkeit, grüßen und all so was?«

Die junge Frau wurde ein wenig rot. »Na ja, schon etwas mehr als das. In der ersten Woche machte er mir jeden Tag ein Kompliment. Nichts Anzügliches oder Schleimiges. Man hatte das Gefühl, es kam von Herzen. Manchmal brachte er mir eine Blume aus dem Garten, obwohl man die natürlich nicht pflücken sollte. Wissen Sie, dass man besondere Augen hat oder so etwas, hört man heutzutage nicht mehr oft – leider, wie ich finde.«

Olivier riskierte einen genaueren Blick und lächelte. »O ja, Sie haben da ein paar goldene Sprenkel. Ich verstehe, was er gemeint hat. Glauben Sie, er wollte mehr?«

Die Rezeptionistin zuckte mit den Schultern und lächelte. »Wer weiß. Nach der ersten Woche hat er ohnedies damit aufgehört.«

Olivier bemerkte den enttäuschten Unterton in ihrer Stimme.

»Weswegen war er hier?«

Sie trat von einem Fuß auf den anderen.

»Darüber sollten Sie vielleicht mit Dr. Orivelle reden, sie hat ihn behandelt.«

»Eine Psychiaterin?«

Das Mädchen nickte.

»Ich werde später bei ihr vorbeischauen. Aber bestimmt wissen Sie auch Bescheid, immerhin haben Sie mir ja geschrieben, dass Sie das Ablagesystem mit den Krankengeschichten managen.«

»Ganz richtig.« Ein breites Lächeln trat auf ihre Lippen.

»Also, was wollte der gute Monsieur Bellegueule hier?«

Olivier war sich ganz sicher, dass sie die Akte des höflichen Charmeurs kannte. Daher war er nicht überrascht, als sie weitersprach, ohne seine Akte aufrufen zu müssen.

»Er litt an Panikattacken«, murmelte sie.

»Aha, und wieso?«

Sie wich seinem Blick aus. Olivier beschloss, einfach zu warten, wie er es sich von Campanard abgeguckt hatte.

»Es ist eine ziemlich furchtbare Geschichte«, murmelte sie schließlich.

»Bitte, erzählen Sie mir davon.«

Sie seufzte.

»Wussten Sie, dass Bellegueule schon einmal fast ermordet worden wäre?«

***

»Monsieur Calment!« Campanard hob die Hand und winkte dem Studenten, der Sentirs Leiche entdeckt hatte, während er zu einem Café auf der anderen Seite des Platzes humpelte.

Der Junge zuckte zusammen und sah zu ihm herüber. Er saß mit einem dunkelhaarigen Mädchen am Tisch unter einer dichten Jasminlaube. Beide tranken ein Glas Rosé zu einer Schüssel Pistazien. Am liebsten hätte Campanard kehrtgemacht, um die angenehme Atmosphäre nicht zu stören, aber es war ohnehin zu spät.

»Commissaire«, murmelte Calment erschrocken. »Was … was gibt es denn?«

Inzwischen wusste Campanard durch jahrelange Erfahrung, dass selbst die unschuldigsten Leute dachten, sie hätten etwas ausgefressen, wenn er sie ansprach. Diejenigen, die wirklich Dreck am Stecken hatten, wirkten im Vergleich dazu meist entspannt.

»Darf ich mich vielleicht einen Moment zu Ihnen setzen?«

»Ähm ...« Calment suchte nach Worten, während das Mädchen schneller die Fassung gefunden hatte.

»Aber gern«, erwiderte sie und wies auf einen freien Sessel am Tisch. Campanard ließ sich mit einem entschuldigenden Lächeln nieder.

»Pardon ... Das ist Babette, meine Freundin.«

Das Mädchen hob amüsiert die Augenbrauen. »Ach ja, bin ich das?«

»Also ...« Während Calment dunkelrot anlief, musste Campanard grinsen und räusperte sich, um den Jungen zu erlösen. »Ich möchte Sie beide nicht lange stören. Mir kamen nur noch ein paar Fragen in den Sinn, und als ich Sie hier sitzen sah, dachte ich, wir könnten das gleich erledigen, ohne dass Sie aufs Commissariat müssen.«

»Ich verstehe, aber wir sind doch hier nicht unter uns?«

Campanard lehnte sich zurück. »Oh, es handelt sich um nichts Heikles, und ich denke, Ihrer *Freundin* würden Sie ohnedies weitererzählen, was Sie mit mir besprechen.«

Babette kicherte.

»Wissen Sie, was mir keine Ruhe lässt?«

Jean Calment schüttelte den Kopf.

»Wie der Mörder Fragonard verlassen hat ... Die Fenster waren alarmgesichert. Jede Öffnung einer Tür wird im System hinterlegt. Sie sagten, Sie haben Ihre somnolente Kollegin Sophie geweckt, als Sie kamen. Wo hat sie noch mal geschlafen?«

»In einem kleinen Raum, neben dem Museum. Dort hört

man nur ganz dumpf das Rauschen der Maschinen durch die Wand. Sie sagt immer, das Geräusch lässt sie gut schlafen, aber wenn es wegen einer Störung still wäre oder ein Alarm losgehen würde, dann würde sie sofort aufwachen.«

»Ah ja. Aber es gab keinen Alarm, und Ihre Kollegin schlief tief und fest. Wie war sie denn so kurz nach dem Aufwachen?«

»Na ja, noch ziemlich müde, schätze ich. Sie hat kaum was gesagt.«

»Haben Sie sie noch zum Ausgang begleitet?«

»Nein, ich habe mit meinem Rundgang begonnen.«

»Und wenn Sie an die Tür denken ... Schließt sie sich langsam oder rasch?«

Calment dachte einen Moment lang nach. »Langsam und automatisch gesteuert. Man darf währenddessen nicht daran drücken oder ziehen.«

Campanard nickte. »Der Mörder hatte nach Sentirs Tod ein Problem: Wie kommt er hinaus, ohne seine Identität zu verraten oder den Alarm auszulösen? Vermutlich war er versucht, Sentirs schönes Armband zu stehlen, aber er war vorsichtig. Wer kein Experte ist, kann nicht ausschließen, dass sich die Armbänder und der dazugehörige Chip orten lassen. Doch dann sieht er das tief schlafende Mädchen im Nebenraum, und er weiß – dieses Mädchen muss irgendwann nach Hause. Also versteckt er sich und wartet, bis Sie kommen und das Mädchen wecken.«

Calment schluckte. »Sie meinen, er war noch da, als ich gekommen bin? Und hat mich beobachtet?«

Campanard nickte. »Aber von Ihnen wollte er nichts, keine Sorge. Nur dass Sie verschwinden, bevor Ihre Kollegin geht. Den Gefallen haben Sie ihm getan. Und sobald Mademoiselle Sophie verschlafen die Tür öffnet, schlüpft er mit hinaus.«

»Verrückt«, kommentierte Babette. »Das heißt, da war jemand, der dich auch hätte umbringen können.« In ihren Augen blitzte es neugierig. »Hätte er nicht einfach Jean oder Sophie ermorden und ihre Karten stehlen können?«

Campanard sah aus den Augenwinkeln, wie Calment blasser und blasser wurde.

»Das wäre eine riskante Option gewesen. Unser Mörder wollte möglichst wenig Spuren hinterlassen. Jeder weitere Mord erhöht das Risiko, entdeckt zu werden. Aber hätte sich Ihre Kollegin Sophie umgedreht, bevor sie ging … Wer weiß, was dann geschehen wäre.«

»Ich glaube, mir wird schlecht«, murmelte Calment. »Ich habe in der Zeitung gelesen, dass es Monsieur Josserand gewesen sein soll. Nett ist er ja nicht, aber das hätte ich ihm nicht zugetraut.«

»Man weiß nie«, erwiderte Campanard lächelnd. »Vielen Dank jedenfalls.« Er machte Anstalten, sich zu erheben. »Ich möchte sie nicht länger …«

Campanard verharrte in der Bewegung und runzelte die Stirn. Auf dem Tisch hinter den Weingläsern lag ein Buch.

»*Das Parfum*«, murmelte er.

»Ach ja, Jean hat es mir geborgt«, meinte Babette. »Krasses Buch, haben Sie es gelesen?«

»Jaja.« Campanard lachte. »Aber das muss ewig her sein. Ganz großartig war das.«

»Mich hat es ehrlich gesagt ziemlich gegruselt«, erklärte Babette. »Ich meine, dieser Typ, der alle regelrecht aussaugt, damit er seinen perfekten Duft herstellen kann, wie ein Zeck, brrr.« Sie schüttelte sich.

Calment kniff die Augen zusammen. »Alles in Ordnung, Commissaire?«

Campanard hob den Kopf. »Aber ja. Und Madame – die besten Bösewichte sind die, die uns bis ins Mark fahren. Er hat Ihnen also ein gutes Buch geliehen.« Er zwinkerte Calment zu, dann erhob er sich. »Einen wunderschönen Abend noch!«

Sobald er sich abgewandt hatte, wich sein Lächeln einer nachdenklichen Miene. »Zeck«, murmelte er. »Zeck«, wiederholte er immer wieder, während er davonhumpelte.

* * *

»Ich kann das nicht glauben«, sagte Olivier, während er durch die Gartenanlage des Sanatoriums spazierte. Es lag an einem Berghang, und von hier draußen konnte man weit über die bewaldeten Hügel sehen. »Dass er das vor allen verborgen hat.«

»Würden Sie es nicht geheim halten?« Die Rezeptionistin – sie hieß Claudine Ndoye, wie Olivier mittlerweile wusste – schenkte ihm einen fragenden Blick.

»Vielleicht, weiß nicht.« Er fuhr sich durch die Haare. »Hören Sie, es ist unglaublich wichtig für mich zu erfahren, wer alles davon wusste.«

»Nun, Docteur Orivelle natürlich, ich, weil ich …« Sie beugte sich zu Oliviers Ohr hinüber. »Weil ich ein klein bisschen neugierig war, und sonst … Nun, ich glaube innerhalb von Mont Fleuri hätten sich mehrere Leute Zugang zu den Daten verschaffen können, wenn sie gewollt hätten.«

Olivier nickte. Aber das hätte niemandem etwas genutzt, denn sie hätten die Krankengeschichte von Monsieur Bellegueule gekannt, nicht die von Éric Sentir. Es sei denn, irgendjemand hätte ihn erkannt und die Information geleakt.

»Ich bin immer noch neugierig, Inspecteur. Wieso glauben Sie, dass das Ganze etwas mit dem Mord zu tun hat?«

»Das ... das kann ich Ihnen leider nicht sagen.«

»Sie sehen etwas blass aus. Hört man bei Ihrer Arbeit nicht öfter von solchen Geschichten?«

Olivier räusperte sich. »Nicht allzu oft, Gott sei Dank.«

Wenn es stimmte, was Claudine Ndoye ihm gerade erzählt hatte, dann ... dann war all das abgefahrene Zeug, über das sie während den Ermittlungen spekuliert hatten, vielleicht wahr.

»Wie war sein Zustand während der Therapie?«

»Zu Beginn sehr labil, laut seiner Akte. Aber es wurde besser, rasch sogar. Docteur Orivelle war richtig verwundert, besonders da ihn die Symptomatik schon länger begleitet hatte.«

»Hat irgendjemand besonderes Interesse an ihm gezeigt? Ihn vielleicht so behandelt, als wäre er wichtig, ein Promi oder so was?«

»Das weiß ich leider nicht, die Betreuung unserer Patienten gehört ja nicht zu meinem Job. Da müssten wir die Pfleger fragen.«

»Aber wenn ein richtiger Promi hier zu Gast wäre, hätte sich das doch vermutlich bis zu Ihnen rumgesprochen, oder?«

»Schätze schon.« Sie runzelte die Stirn. »Aber Monsieur Bellegueule war doch nicht berühmt, oder? Ich meine, er kann nicht arm gewesen sein, wenn er sich das hier leisten konnte, aber ...«

»Natürlich«, murmelte Olivier. Das Letzte, was er jetzt brauchen konnte, war, dass es zu einem Aufruhr kam, weil der ermordete König der Düfte hier eine Therapie gemacht hatte. Die Uhr tickte, das war ihm bewusst. Die reguläre Spielzeit war abgelaufen, und er musste versuchen, noch irgendwo einen Glückstreffer zu landen, bevor der Schlusspfiff ertönte.

Während sie über die Kieswege flanierten, kam die imposante Zeder in Sicht, die Sentir zu seinem Foto inspiriert hatte. Wenn man an dieser Stelle stand, begriff man, warum. Die Zeder wuchs direkt vor einer kleinen Mauer, und ihre Äste ragten über einen Abgrund hinaus. Direkt an ihrem Stamm stand eine Holzbank, auf der ein paar Gäste saßen und den Seglern und Schwalben zusahen, die in der aufsteigenden Thermik der Schlucht akrobatische Flugmanöver vollführten.

»Ich würde gern die Liste der Leute sehen, die zur gleichen Zeit wie Bellegueule hier gewohnt haben.«

Madame Ndoye hob das Tablet, das sie mit nach draußen genommen hatte, und tippte etwas ein.

»Bitte«, erklärte sie.

»Danke«, murmelte er. »Ich ... ich seh mich hier ein wenig um, in Ordnung?«

»Oh.« Für einen Moment hatte Olivier das Gefühl, sie würde am liebsten widersprechen. Und unter anderen Umständen ... Olivier schüttelte den Kopf. Morgens hatte er das Gefühl gehabt, kaum aus dem Bett zu kommen. Und von den paar Schritten hier draußen pochte sein Herz bereits wild. Die wenige Energie, die er noch hatte, musste er unbedingt auf den Fall konzentrieren.

»Bitte«, murmelte er und zwang sich zu einem Lächeln.

»Aber natürlich«, erwiderte sie deutlich gefasster. »Bringen Sie mir das Tablet einfach wieder, wenn Sie gehen, ja?«

Olivier wartete, bis sie weg war, dann sah er sich genauer um. Zwischen den vielen Rosen, Begonien und blühenden Jasminbüschen wäre ihm der Kamelienstrauch beinahe nicht aufgefallen. Im Vergleich zu den anderen Blumen, die das mediterrane Klima besser vertrugen, wirkte er nicht besonders spektakulär. Aber er trug zwei tiefrote Blüten, die Olivier nach seinem Besuch auf den Blumenfeldern zweifelsfrei identifizieren konnte. Ihre Farbe war so intensiv, dass es aussah, als würden sie von innen heraus leuchten.

Er beugte sich über sie, um an ihnen zu riechen. Zwecklos. Er wandte sich wieder dem Tablet zu und seufzte, während er durch die Liste scrollte. Woher sollte er denn wissen, ob irgendjemand dieser Leute Sentir erkannt hatte? Es brauchte sorgfältige Ermittlungsarbeit, nicht nur einen kurzen Blick, wenn man herausfinden wollte, ob …

Oliviers Zeigefinger erstarrte über einem Namen auf dem Display.

»Das gibt's doch nicht«, hauchte er. Olivier tippte auf den Namen, um die dazugehörige Akte zu öffnen. Sein Herz begann wieder heftig zu schlagen, während seine Augen über die Zeilen flogen. Wenn das stimmte, dann hatten sie vielleicht nicht den letzten Mord gesehen.

KAPITEL 24
ORPHÉE

»Ein Zeck«, murmelte Campanard und rieb sich die Stirn. Er war zurück in den rosigen Schatten der Altstadtgasse gehumpelt und hatte sich eine Kugel Orangenblüteneis bestellt. Danach hatte er sich gegen eine mittelalterliche Hausmauer gelehnt und nachgedacht.

Eine Kamelie in einem Sanatorium. *Orphée. Perséphone. Lueur.* Das neue Parfum, das völlig willkürlich ebendiese rote Kamelie in den Vordergrund stellte.

Gewiss hatte Sentir damit etwas bezweckt. Etwas, das niemand verstanden hatte. Eine lichte Erinnerung, die einen aus der Dunkelheit retten konnte. Es wirkte wie der tollpatschige Versuch, das, was Duchapin tat, zu imitieren, einen Moment in einen Duft zu gießen, Emotionen zu beeinflussen. Aber Sentir und Duchapin waren wie zwei Planeten aus verschiedenen Sonnensystemen. Dass Sentir überhaupt bewusst war, wie Duchapin arbeitete, passte so gar nicht ins Bild des egozentrischen Social-Media-Stars.

Duchapin mochte das unumstrittene Genie der Parfümerie sein, aber es wäre unfair gewesen, Sentir als talentfrei darzustellen. Josserand hatte das begriffen. Der König der Düfte hatte es verstanden, Menschen zu begeistern, sich für sie zu interessieren, die Welt der Düfte wieder ins Gespräch zu bringen. Die Talente von Duchapin und Sentir waren vonnöten, wenn man es ganz an die Spitze schaffen wollte. Man musste beide entwickeln – oder sie sich holen wie ein Zeck.

Das Losdonnern der E-Gitarren-Marseillaise führte fast dazu, dass Campanard sein Eis fallen ließ. Hastig holte er das Telefon aus seiner Hosentasche und nahm ab.

»Olivier«, murmelte Campanard.

»Chef!« Oliviers Stimme klang gehetzt, und Campanard konnte hören, wie er nach Atem rang. »Hören Sie zu! Ich bin jetzt sicher, wer Sentir ermordet hat.«

»Ja.« Campanard nickte und spürte, wie ihm die Farbe aus dem Gesicht wich. »Ich auch.«

»Wie? Woher?«

»Die Liebe zur Literatur.«

Olivier lachte heiser, dann schnappte er wieder nach Luft. »Verdammt, Chef, wir müssen uns beeilen.«

»Ja. Ich glaube, ein weiteres Leben steht auf dem …«

Campanards Telefon vibrierte. Der Commissaire blinzelte verwirrt. Das Vibrieren wiederholte sich – und noch einmal.

»Moment, Olivier!« Campanard minimierte das Anruffenster, um zu sehen, welche App hier gerade so vehement sein Telefonat störte. Auf dem Display blinkten große rote Buchstaben.

GPS-Tracker: Warnung! Ihr Fahrrad ist in Bewegung!

»Chef, was ist los?«, hörte er Oliviers Stimme, aber er ignorierte sie und öffnete die Warn-App. Eine Karte poppte auf, mit einem roten Punkt, der sich Richtung Süden auf die Grenze von Grasse zubewegte. Gerade passierte er ein Gebäude, das mit *Parfümerie Fragonard* gekennzeichnet war, und ließ es rasch hinter sich.

»O nein.«

»Was?«

»Olivier, ich glaube, Delacours hat mein Fahrrad genommen.«

Kurz herrschte Stille am anderen Ende des Telefons.

»Chef«, hauchte Olivier schließlich. »Linda wollte mich überreden, sie nach Mougins zu fahren. Zu … zu Duchapin. Scheiße, wieso hat sie das bloß getan?«

»Dann schwebt sie in Lebensgefahr.«

»Ich muss … ich muss sie …«

Campanard hörte gepresste Atemzüge am anderen Ende der Leitung.

»Olivier?«

»Linda … sie holen.«

»Olivier, beruhigen Sie sich, wir müssen …«

Campanard hörte ein Knirschen und Krachen.

»Olivier? *Olivier!*«

***

»Inspecteur?«, rief Claudine Ndoye und ließ ihren Blick suchend über den Garten schweifen. »Inspecteur Olivier, Docteur Orivelle hätte jetzt Zeit, mit Ihnen zu sprechen!«

Sie bog um die Ecke in den Bereich, in dem sie den Polizisten zurückgelassen hatte. Die blassrosa Blütenköpfe der Rosen schaukelten sanft im Wind, während sich die stabileren Zweige der Zeder kaum regten.

Da lag etwas unter dem kleinen Kamelienbusch, etwas Blaues. Eine Gestalt in einer Jeansjacke. Claudine runzelte die Stirn und beschleunigte ihren Schritt.

»O mein Gott«, hauchte sie und begann zu laufen. »Ich

brauche sofort Hilfe!«, brüllte sie, als sie sich zu dem reglosen Körper hinunterbeugte.

***

»Olivier?«, flüsterte Campanard noch einmal in sein Telefon. Eine schreckliche Ungewissheit machte sich in ihm breit. Olivier hätte ein so wichtiges Gespräch nie unterbrochen. Vielleicht lag es einfach an dem gewiss miserablen Empfang dort oben im Sanatorium. Olivier würde bestimmt gleich losfahren und zurückrufen. *Wenn es ihm gut geht,* flüsterte eine Stimme in seinem Inneren.

Campanard lehnte seinen Kopf gegen die kühle Steinmauer und schloss die Augen. Nach dem, was er gerade erfahren hatte, zählte jeder Augenblick, um Delacours' Leben zu retten. Was immer mit Olivier geschehen war, an diesem Ort gab es zumindest medizinisch geschultes Personal.

Während sein Telefon wild vibrierte, als wolle es ihn daran erinnern, dass Delacours sich weiter und weiter von ihm entfernte, wählte er die Nummer des Commissariats.

»Madère, fahren Sie bitte sofort zum Etablissement Mont Fleuri. Olivier ist dort. Ich bin nicht sicher, ob es ihm gut geht. Und lassen Sie eine Eingreiftruppe vorbereiten, ich melde mich gleich wegen der Details.«

»Natürlich, Chef!«

Campanard legte auf und sah sich um. So weit der einfache Part. Blieb nur noch die Frage, wie er möglichst rasch nach Mougins kommen konnte.

Mit einem Hauch Wehmut warf er die Eistüte in den nächsten Papierkorb und stapfte zum Rand der Fußgängerzone, wo reger Autoverkehr herrschte. Mit einem beherzten Schritt trat er auf die Straße und hob einen Arm. Ein Toyota Prius bremste abrupt ab. Campanard lächelte und zeigte seine Dienstmarke, dann humpelte er zum Seitenfenster und klopfte gegen die Scheibe. Eine blasse Frau mit Locken und Brille öffnete das Fenster und starrte ihn verwirrt an.

»Bonjour, Madame, Commissaire Campanard, Police de Grasse. Leider muss ich mir Ihren Wagen leihen. Eine Sache der präventiven Gefahrenabwehr, ich hoffe, Sie verstehen. Wenn ich eine Empfehlung aussprechen darf, kaufen Sie sich hinten in der Gasse ein Eis und genießen Sie diesen wunderschönen Nachmittag mit einem guten Buch. Das Eis geht natürlich auf mich.«

Die Frau blinzelte verwirrt, während Campanard sie mit einer Geste aufforderte auszusteigen. Sie räusperte sich und sprach dann zu seinem Grauen die drei Worte aus, bei denen die meisten Franzosen ins Schwitzen kamen: »In English, please?«

***

Linda war froh, dass Campanards E-Bike mit einem so leistungsfähigen Akku ausgestattet war. Es war für Menschen mit Campanards Größe konzipiert worden, was bedeutete, dass Linda den Lenker nur erreichen konnte, wenn sie am vorderen Rand des Sitzes saß und sich weit nach vorne beugte. Aber was die Pedale anging – keine Chance. Sie hätte die ganze Zeit im Stehen treten müssen, dabei wäre es allerdings noch schwerer gewesen, das Ding zu steuern.

Aber einmal losgerollt, ließ sich der Elektromotor von Campanards Maßanfertigung bequem vom Lenker aus bedienen, und Linda zischte beinahe lautlos die Straße hinunter, während ihr der Wind durch die Haare fuhr.

Ihr Orientierungssinn hatte sich seit ihrem siebten Lebensjahr nicht wesentlich weiterentwickelt, aber immerhin hatte sie sich gemerkt, dass sie immer Richtung Cannes fahren musste, wenn sie nach Mougins wollte. Sobald sie Grasse hinter sich gelassen hatte und auf die Bundesstraße nach Süden hinaussurrte, atmete sie auf. Irgendwie konnte sie verstehen, warum Campanard dieses Gefährt einem Auto oder einem Motorrad vorzog. Kein Lärm, keine Barriere zwischen der Natur und einem selbst. Für einen Moment stahl sich ein Lächeln auf ihre Lippen, ehe ihr wieder bewusst wurde, wohin sie unterwegs war.

Duchapin.

Sie presste die Lippen zusammen. Diesmal würde es anders laufen. Diesmal hatte sie ein paar Vorkehrungen getroffen. Sie spielte mit dem Gedanken, Pierre und dem Commissaire eine Nachricht zu schreiben, verwarf ihn aber wieder. Sie hatte einen Plan – und diesmal würde sie Erfolg haben, daran gab es keinen Zweifel.

Ihre Fähigkeit zur Selbsttäuschung war jedoch nicht stark genug ausgeprägt, um sich einzureden, dass das hier eine besonders vernünftige Idee war. Immerhin war die Bandbreite dessen, was sie auf dem Anwesen erwarten konnte, ziemlich groß. Ihre Vorstellung reichte von einem geknickten Duchapin, der sich für sein Verhalten entschuldigen wollte, bis zu einem, der sie mit einer Kettensäge über sein Anwesen jagte. Es sprach für ihre Stimmungslage, dass sie die zweite Vorstellung kein bisschen komisch fand.

Sie schüttelte den Kopf und versuchte sich zu konzentrieren. Hier irgendwo musste doch die Abfahrt kommen. Blöderweise war es schon dämmrig gewesen, als sie mit Duchapins Maserati zu seinem Haus gefahren waren. Aber sie erinnerte sich dunkel an eine Schirmpinie, die am Straßenrand vor der Abzweigung gestanden hatte. Da, das musste der Baum sein. Linda bremste ab, ließ ein paar Autos überholen und bog dann in die kleine Straße zu Duchapins Anwesen ein.

Der Wald zu beiden Seiten der Straße schien kein Ende zu nehmen und war so hoch, dass es Linda bald vorkam, als hätte er sie verschluckt. Wind kam auf und ließ die Baumkronen rauschen. Vielleicht würde es ein Gewitter geben – wie passend. In den dunkelsten Wochen nach dem Zwischenfall hatte sie sich irgendwie beschäftigen müssen, um nicht den Verstand zu verlieren, also hatte sie ein Buch über japanische Teezeremonien gelesen und sich ein Matcha-Set gekauft. In dem Buch hieß es, das Wasser im Teekessel hätte dann die richtige Temperatur, um den zerriebenen Grüntee zu übergießen, wenn das Sieden des Wassers klang wie Wind, der durch Kiefernzweige rauschte.

Als sie jetzt das Geräusch hörte, wusste sie, was der Autor gemeint haben musste. Einen Moment lang wandte sie den Blick von der Straße ab, sah nach oben und betrachtete die wehenden Zweige, deren Nadeln wild aneinanderschlugen. Vielleicht lag der Grund dafür, dass sie Angst hatte, von dieser Unternehmung nicht wieder zurückzukommen, ja darin, dass sie den Anblick so schön fand.

Sie bog um eine Kurve und fand sich unmittelbar vor dem wuchtigen Tor zu Duchapins Anwesen wieder, von dem sie erst vor Kurzem geflüchtet war. Aber diesmal würden ihr weder Pierre noch der Commissaire zu Hilfe kommen. Sie war auf sich allein gestellt.

Das Tor stand weit offen.

Immerhin.

Sie stieg ab und schob das Fahrrad hindurch. Fast rechnete sie damit, dass es sich sofort hinter ihr schließen würde, aber nichts dergleichen geschah.

Ihre Finger hielten den Fahrradlenker fest, während sie weiterging, die kleine Zubringerstraße hinauf, die zu Duchapins Anwesen führte. Neben den prachtvollen Duftpflanzen konnte Linda jetzt bei Tageslicht auch Statuen aus weißem Marmor erkennen, die Szenen aus der griechischen Mythologie darstellten. Apoll, der Daphne jagte. Ein selbstverliebter Narziss, der sich in einem Quelltümpel bewunderte. Orpheus mit seiner Laute, welcher der Höllenhund Kerberos andächtig zu lauschen schien.

Linda atmete tief durch und konzentrierte sich auf ihren Plan. Sie würde sich bei Duchapin wieder als Bewunderin seiner Kunst ausgeben, die sich verzweifelt entschuldigen wollte. Sie musste wohl zu viel getrunken haben, weil sie sich nicht mehr an alles erinnerte, was bei ihrem Besuch vorgefallen war, und wollte sicherstellen, dass sie sich nicht danebenbenommen hatte.

Hoffentlich würde sie ihm diesen Schwachsinn nicht lange verkaufen müssen. Bei der ersten Gelegenheit würde sie hinunter in das Kellergewölbe laufen. Die Tür war bei ihrem letzten Besuch nicht verschlossen gewesen. Dann kam es darauf an. Ein paar Momente, mehr würde sie nicht haben, um sich das Fläschchen zu schnappen, das neben dem leeren Platz für Schwarzschimmel stand.

Für ihren Rückzug hatte sie noch ein Ass im Ärmel, aber ehrlicherweise hoffte sie, es gar nicht erst ausspielen zu müssen.

Nach einer kleinen Biegung kam das Haus in Sicht. Der

schwarze Maserati stand genau da, wo er ihn bei ihrem Besuch abgestellt hatte, aber das musste nicht bedeuten, dass Duchapin sein Haus seither nicht verlassen hatte. Hinter der verschlossenen Garagentür verbarg sich vermutlich ein ganzer Fuhrpark mit teuren Autos. Vorsichtig lehnte sie Campanards E-Bike an die Hausmauer und sah sich um.

Der Wind kräuselte die Oberfläche des Infinity Pools. Unter den Berghängen regnete es bereits, und ein dichter, grauer Schleier verdeckte den Blick zur Küste.

»Klopf, klopf!«, sagte Linda laut, als sie unter dem Blauregen hindurch auf die Veranda trat.

Mit einem Mal wurde die Erinnerung an die Nacht mit Duchapin so intensiv, dass sie sich krümmte.

Lauf, solange du noch kannst, warnte die Stimme in ihren Gedanken.

»Halt die Klappe«, murmelte Linda und hob den Kopf. »Monsieur Duchapin?«, rief sie lauter.

Außer einem weit entfernten Donnergrollen und dem Geräusch einer Grille in einem der Zitrusbäume hörte sie nichts.

»Monsieur Duchapin, ich muss mit Ihnen reden!«, rief sie. »Gestern war ganz schön verrückt. Ich hoffe, ich habe mich nicht danebenbenommen.« Es schien ihr eine gute Idee zu sein, ihre friedlichen Absichten gleich kundzutun – falls Duchapin ihr schon irgendwo auflauerte.

Linda sah sich ratlos um, während der Wind ihr die Haare ins Gesicht blies. Im Garten war Duchapin wohl nicht. Aber da das Tor nicht geschlossen war, hielt er sich vermutlich zu Hause auf.

Sie ging zur Verandatür hinüber, die ebenfalls offen stand. Linda klopfte an das Glas. »Monsieur Duchapin?«

Wieder nichts. Linda wusste nicht, warum, aber sie bekam

eine Gänsehaut. Vorsichtig machte sie einen Schritt in den Wohnraum hinein. Das Aquarium war hell erleuchtet, und die Fische darin schwammen neugierig an die Scheibe, als erwarteten sie, gefüttert zu werden.

»Salut!«, rief sie in den Raum hinein, aber auch hier antwortete niemand. Ein Luftzug in ihrem Nacken ließ sie herumfahren, aber es war nur der Wind, der vom Garten hineinwehte. Linda wartete, bis der Schrecken so weit abgeflaut war, dass sie wieder klar denken konnte. Sie fixierte die Treppe, die am anderen Ende des Raums in die Tiefe führte.

Vielleicht war das die Gelegenheit. Duchapin mochte kurz weg oder in seiner Werkstatt sein, wo er sie nicht hören konnte. Ein paar ungestörte Momente da unten waren alles, was sie brauchte.

Ihr Herz begann wild zu pochen. Sie schlich auf die Treppe zu, stieg hinunter und öffnete die Tür, die ins Kellergewölbe führte. Im Inneren war es völlig dunkel. Linda tastete vergeblich nach einem Lichtschalter, aber vermutlich wurde die Beleuchtung hier auf eine andere Art gesteuert.

Egal. Sie wollte ohnehin nicht zu viel Aufsehen erregen, also schaltete sie die Taschenlampe ihres Handys an und stieg in das finstere Gewölbe hinab.

Ihr Puls begann zu rasen, während sie hastig die alphabetisch geordneten Regale mit Duchapins Duftstoffen abschritt. Schwarzschimmel ... Schwarzschimmel. Dort hatte sie das unbeschriftete Fläschchen gesehen. Das Parfum Obscur.

Schließlich fand sie das Regal. Einen Moment lang fühlte Linda einen erleichterten Stich. Und dort stand ...

Nichts.

»Nein«, murmelte Linda. »Nein, nein, nein.«

Aber sie hatte richtig gesehen. Wo gestern noch das mysteriöse Fläschchen gestanden hatte, herrschte jetzt gähnende Leere.

Linda stieß ein frustriertes Knurren aus. Was sollte sie jetzt tun? Offensichtlich hatte Duchapin das Fläschchen nach ihrem Besuch entfernt, sie konnte noch den kleinen Abdruck in der Staubschicht auf dem Regal erkennen. Ihre Gedanken wirbelten wild durcheinander. Ihr Bauchgefühl drängte sie, sofort zu verschwinden, doch der Verstand versuchte noch zu evaluieren, ob es hier unten vielleicht einen anderen Beweis für Duchapins Schuld geben konnte.

Ein dumpfes Seufzen ließ Linda zusammenfahren. Sofort leuchtete sie mit der Taschenlampe in die Dunkelheit vor ihr.

Der Wind … Nur der Wind! Aber es hatte sich so menschlich angehört.

Wieder ein Seufzen.

Nein. Sosehr Linda es sich auch gewünscht hätte, das Geräusch kam aus dem Inneren des Hauses. Wenn sie sich nicht täuschte, aus dem Raum, in dem sich Duchapins geheime Werkstatt befand.

Sie blieb unschlüssig stehen.

Das Seufzen wiederholte sich. Linda neigte den Kopf. Irgendwie klang es gequält. Und wenn die Person, die es verursachte, sie hätte angreifen wollen, wäre sie wohl herausgekommen.

Linda fluchte innerlich.

Was, wenn Duchapin hier noch jemand anderen unter Drogen gesetzt hatte? Sie musste sich zumindest kurz überzeugen, dass niemand in Lebensgefahr schwebte, bevor sie verschwand.

Wieder ein Seufzen.

Langsam schlich Linda zu der Tür hinüber, hinter der sie das Geräusch vermutete. Dort angekommen, lauschte sie noch einmal, dann öffnete sie sie vorsichtig.

Die paar Stufen, die nach oben führten, lagen ruhig vor ihr. Kein Seufzen mehr, keine Geräusche, die verrieten, dass sich irgendein lebendes Wesen in dem Raum befand.

Ein Donnergrollen ließ die Wände erzittern.

Linda stieg die Stufen hinauf und sah sich um. Der geräumige Teil der Werkstatt mit den Werkbänken und Apparaturen lag nun vor ihr. Allem hier haftete noch immer ein wenig von Duchapins Duft an.

Langsam ging sie weiter. Diesmal war es wirklich das ferne Heulen des Winds, das sie hörte. Aber das Geräusch vorhin hatte definitiv anders geklungen. Zu dem Heulen mischte sich jetzt allmählich das Rauschen des kleinen Wasserfalls.

Sie betrat den Raum mit der Glasfront, hinter der man sowohl eine märchenhafte Unterwasserwelt als auch die Blütenpracht von Duchapins Garten sehen konnte. Der obere Bereich, den Duchapin normalerweise offen hielt, war immer noch geschlossen, was gar nicht zu Duchapins Philosophie passen wollte, in diesem Raum keine Grenze zur Natur zu erlauben.

Die seltsam geformte Amphore neben der Glasfront lag umgestoßen am Boden. War das während ihrer Flucht passiert? Sie wusste es nicht mehr. Für einen Augenblick glaubte sie noch den Duft der Insel Groix zu riechen, den Duchapin in dem Raum verbreitet hatte, damit sie sich sicher und geborgen fühlte.

Das Tischchen, auf das sie Duchapin gestoßen hatte, lag in zwei ungleiche Hälften zerbrochen da. Auf dem Granitboden fanden sich ein paar getrocknete Blutstropfen. Es kam ihr seltsam vor, dass Duchapin das alles noch nicht hatte beseitigen lassen. Aber es war auch noch nicht wirklich lange her.

Und dann erklang das Seufzen erneut, direkt hinter ihr.

Linda keuchte erschrocken und fuhr herum.

Hinter ihr stand das ausladende Sofa, auf dem sie beinahe …

»O mein Gott«, flüsterte sie und runzelte die Stirn.

Duchapin lag auf dem Sofa, nur mit schwarzen Boxershorts bekleidet. Sein ganzer Körper, die breiten Schultern, die mit schwarzem Kraushaar bedeckte Brust, die Beine, alles wirkte seltsam schlaff. An seinem Kopf erkannte sie eine verkrustete Platzwunde.

Einen schrecklichen Moment lang dachte Linda, er wäre tot, aber dann sah sie, wie sich sein Brustkorb unmerklich hob und senkte. Ein kaum hörbares Stöhnen drang aus seiner Kehle.

»Monsieur Duchapin?«, fragte Linda.

Alles in ihr sträubte sich dagegen, ihn aufzuwecken, aber das hier sah nicht nach einem gesunden Nickerchen aus. Mit einem Mal wurde ihr bewusst, dass sie vielleicht für das alles verantwortlich war. Sie hatte ihn weggestoßen, und er war ziemlich hart aufgeschlagen, wie das zerbrochene Tischchen bewies. Vielleicht hatte er sich dabei schwerer verletzt, als sie gedacht hatte. Gott, wenn er gestorben wäre … Sie hätte ein Menschenleben auf dem Gewissen.

Linda lief zu dem Sofa. Duchapin anzufassen widerstrebte ihr, aber hier ging es nicht um einen Akt der Zuneigung sondern um Erste Hilfe.

»Wachen Sie auf«, sagte sie und rüttelte ihn unsanft an der Schulter. Sein Kopf wackelte hin und her, als bestünden seine Nackenmuskeln aus Gummi. Nicht gut. Sie gab ihm eine leichte Ohrfeige. »Kommen Sie!«

Dann bemerkte sie den Anflug eines Stirnrunzelns auf seiner Miene. »Ja, gut so, aufwachen!«

Ein leises Seufzen drang aus Duchapins Kehle, aber er öffnete weder die Augen, noch bewegte er sich sonst in irgendeiner Form. Völlig aufgepumpt, aber komplett unfähig, auch nur einen Muskel zu bewegen. Was für eine Ironie.

Linda seufzte und rollte ihn in eine stabile Seitenlage. Wahrscheinlich sollte sie einen Rettungswagen rufen. Gott, das hatte ihr gerade noch gefehlt. Dass sie ihn verletzt hatte, würde ein gefundenes Fressen für seine Anwälte sein.

Aber war Duchapin wirklich schon so weit entkleidet gewesen, als sie ihn von sich gestoßen hatte? Er hatte ihr auch noch etwas nachgerufen. Doch vielleicht nicht aus Wut, sondern weil er Hilfe brauchte?

Linda rieb sich die Stirn.

»Es passt alles nicht zusammen, nicht wahr?«, sagte plötzlich jemand hinter ihr.

Sie hob den Kopf. Langsam drehte sie sich um.

KAPITEL 25
PERSÉPHONE

Die Frau lehnte sich gegen den Türstock der Werkstatt, wunderbar elegant, mit schwarzer Hose, Sakko und schneeweißer Bluse, und musterte Linda mit ihren Rehaugen.

»Pauline?«, fragte Linda.

»Salut.« Pauline schenkte ihr ein kleines Winken mit ihren Fingern.

»Was machst du hier?«

Pauline löste sich vom Türstock und machte ein paar Schritte in den Raum hinein. »Oh, dieses Haus ist mir ziemlich vertraut, musst du wissen.«

»Das Haus von Duchapin?«, fragte Linda zweifelnd. »Du hast mich doch vor ihm gewarnt.«

»Und ich wünschte, du hättest auf mich gehört.« Sie zeigte auf den bewusstlosen Mann. »Jetzt sieh dir diesen Schlamassel an …« Sie schüttelte den Kopf. »Dabei habe ich dir die volle Wahrheit gesagt, ich weiß schließlich, wie wichtig das bei dir ist. Ich habe dich gewarnt, dass er gern Menschen manipuliert und dass er dafür möglicherweise Parfums benutzt.« Pauline neigte den Kopf. »Hast du dich nicht gewundert, woher ich das wusste?«

Linda schüttelte verwirrt den Kopf. »Heißt das, ihr habt ein Verhältnis?«

Pauline nickte in Duchapins Richtung. »So hätte er es genannt«, meinte sie beinahe sanft.

Linda fühlte sich zunehmend unwohl. War sie hier gerade in ein Eifersuchtsdrama geraten? Das war das Letzte, was sie brauchte. »Also, falls du das glaubst, zwischen uns ist nichts«, erklärte sie. »Mit Sicherheit nicht. Und ich fürchte, er braucht medizinische Hilfe. Kannst du jemanden anrufen?«

»Hier unten ist kein Empfang, wie du vielleicht schon gemerkt hast.«

»Richtig. Dann gehe ich besser hinauf und rufe Hilfe.«

»Möchtest du wirklich gehen?«, fragte Pauline und lächelte verschmitzt. »Ohne das hier?«

Zwischen ihrem Daumen und ihrem Mittelfinger war ein kleines dunkelbraunes Fläschchen aufgetaucht, ähnlich dem, was sie in dem Gewölbe gesehen hatte.

Mit aller Macht versuchte Linda ihre Überraschung zu verbergen. »Was ist das, ein Medikament?«

Pauline schüttelte amüsiert den Kopf.

»Keines, das heilt, jedenfalls …«

»Wir sollten jetzt wirklich einen Arzt rufen«, sagte Linda mit einem Seitenblick auf Duchapin.

Pauline sah sie mit großen Augen an. »Aber Linda, verstehst du denn nicht, dass ich das gar nicht möchte?«

»Er ist verletzt.«

Pauline lachte. »Verletzt. Eine kleine Platzwunde hast du ihm verpasst, sonst nichts.«

Verdammt, wie konnte das sein? Pauline wusste von ihrem Besuch und sogar, was sie hier gesucht hatte. Im Moment konnte sich Linda keinen Reim darauf machen, und die Situation behagte ihr nicht.

»Oh«, erwiderte Linda gespielt erleichtert. »Da bin ich aber beruhigt.« Wenn ihre Zeit bei Projet Obscur sie eines gelehrt hatte, dann rasch in eine Rolle zu schlüpfen. »Ich nehme an, dann kümmerst du dich um ihn. Ich bin eigentlich nur gekommen, um zu klären, dass da zwischen uns nichts passieren wird. Immerhin ist er ja mein Ausbilder.« Sie lächelte nervös. »Also pardon, falls ich euch bei irgendwas unterbrochen hab. Geht mich nichts an, aber lass mich dir sagen, du hast jedes Recht darauf, Spaß zu haben.«

Linda machte einen Schritt auf den Ausgang zu.

»Du denkst, ich will, dass du gehst?«, sagte Pauline.

»Ach, weißt du, ich hab noch was vor. Aber lass uns bald wieder einen Kaffee zusammen trinken, ja?« Linda bemühte sich, entspannt zu klingen.

Pauline unterdrückte ein Grinsen.

Linda scannte ihr Gesicht. Dunkle Augen waren immer schwieriger zu lesen, aber das Licht reichte aus, um zu erkennen, dass ihre Pupillen erweitert waren. Ein minimal kontrahierter Augenlidheber. Leicht geöffneter Mund. Dezente Rötung der Wangenpartie ... freudige Erregung. Linda kannte solche Gesichtsausdrücke von Menschen, denen gerade etwas Großes gelungen war.

»Dabei habe ich dich doch hierher eingeladen.«

»Wie bitte?«

»Weißt du, wenn eine ausgebildete Nase danach fragt, nimmt Céleste es mit dem Datenschutz nicht so genau. Ich hab ihr gesagt, ich müsse dir was zu der anstehenden Projektarbeit mitteilen. Stattdessen habe ich dich in Francs Namen hergelockt.«

»Wieso solltest du so etwas tun?«, fragte Linda.

»Weil ich dich hier brauche«, antwortete Pauline sanft.

»Tja, wie gesagt, ich muss leider los.«

Pauline musterte sie eingehend. »Solche Lügen. Deine Wangen sind übertrieben angespannt, die Oberlippe drückt nach unten, anstatt locker auseinanderzugleiten. Die Augen bleiben von deinem Lächeln unberührt.«

Linda starrte sie erschrocken an. »Was?«, hauchte sie.

Pauline machte ein paar Schritte auf sie zu. »Natürlich bin ich nicht so gut wie du – noch nicht.« Sie lachte leise.

Duchapin stieß ein gequältes Seufzen aus.

Linda drehte sich halb zu ihm um, ohne Pauline aus den Augen zu lassen.

»Du hast das mit ihm gemacht, nicht wahr?«

»Ja, natürlich«, erklärte Pauline schulterzuckend. »Es hat sich etwas verzögert.« Sie hob den Zeigefinger. »Wegen dir.«

Linda wollte etwas sagen, aber hielt dann inne.

»Der Rum«, flüsterte sie. »Du hast seinen Rum mit GHB versetzt. Die K.o.-Tropfen waren für ihn. Er wollte mich überhaupt nicht betäuben.«

Pauline rollte mit den Augen. »Nein, ma chère, er wollte dich bloß *vögeln*.«

»Aber wieso würdest du ihm K.o.-Tropfen geben?«

Pauline verengte die Augen ein wenig. »Weil er überflüssig geworden ist.«

Linda fühlte, wie kalte Angst in ihr aufstieg. Mit aller Macht zwang sie sich, ruhig zu bleiben.

»Ich kann verstehen, wenn du dich von ihm ... ausgenutzt fühlst. Wir gehen und lassen ihn hier noch ein bisschen leiden, was meinst du? Als kleinen Denkzettel.«

»Franc hat mich nicht ausgenutzt.« Sie betrachtete Duchapins reglose Gestalt beinahe sanft. »Das dachte er vielleicht. Dass ich sein Spielball wäre.« Ein kleines Lächeln erschien auf ihrer Miene. »Wenn dich ein Zeck sticht, spürst du es meistens gar nicht. Er nimmt sich alles, was er von dir braucht, dann fällt er ab und lässt dich mit einem Cocktail an Krankheitserregern zurück. Franc hat gar nicht gemerkt, dass ich alles von ihm genommen habe, bis auf den letzten Rest. Seine Art, Düfte zu komponieren, Momente in ein Parfum zu gießen, all das, was sein Genie ausmacht – ich habe es mir angeeignet. Über Jahre habe ich seine Aufzeichnungen kopiert, seine Düfte repliziert, ihn völlig ausgesaugt. Und jetzt ... jetzt ist er nur noch ein nutzloser Klumpen Fleisch, der entsorgt werden kann.«

Linda schloss die Augen.

»So wie Éric Sentir«, murmelte sie.

Pauline stieß ein glockenhelles Lachen aus. »Ach, Éric. Mein süßer, lieber Éric. Ich werde ein bisschen sentimental, wenn ich an ihn denke.«

»Und trotzdem hast du ihn ermordet«, schloss Linda.

Sich naiv zu geben funktionierte offensichtlich nicht. Also konnte sie genauso gut die Wahrheit sagen. Pauline stand zwischen ihr und dem Ausgang. Körperlich waren sie einander vermutlich ebenbürtig. Aber so geschickt, wie Pauline das hier eingefädelt hatte, war sie bestimmt nicht unbewaffnet gekommen. Für den Moment hielt Linda es für klug, auf Zeit zu spielen.

»Ich verstehe das nicht. Der Schmerz über seinen Verlust und dass du ihm nicht schaden wolltest. Du hast damals die Wahrheit gesagt.«

»Oh, ich bin durchaus etwas wehmütig. Éric hätte auch nicht sterben müssen, noch nicht. Mein Fokus lag auf dem großen Fisch.« Sie zeigte auf den bewusstlosen Duchapin.

»Hattest du mit Sentir auch ein Verhältnis?«

Paulines Blick flackerte kurz. Sie wandte sich ab und starrte durch die Glasscheibe ins Wasser, das einen bläulichen Schimmer auf ihr Gesicht zauberte. Draußen begann es langsam zu tröpfeln. Der Wind blies Mairosenblätter in den Teich, wo sie wie kleine Schiffchen liegen blieben.

»Éric«, flüsterte sie. »Mein lieber Éric.«

Vorsichtig machte Linda ein paar Schritte in Richtung Ausgang.

»Bleib, wo du bist!«, brüllte Pauline. Sie hatte sich mit einer blitzartigen Bewegung wieder umgedreht und eine Pistole auf Linda gerichtet, die nun die Arme hob.

»Und sei so lieb und wirf deine Handtasche herüber. Ich bin sicher, diesmal hast du ein Pfefferspray mitgenommen.«

So viel zu ihrem Ass im Ärmel. Linda fluchte innerlich, nahm die Tasche ab und warf sie Pauline zu. Was sollte sie bloß tun? Im Moment sah sie nicht viele Optionen. Nur das Thema Sentir. Es schien irgendwas in Pauline zu bewirken. Zumindest ein Strohhalm ...

»Du hast mir doch gesagt, er war gut zu dir, nicht wahr? Er hat sich bei Fragonard für dich eingesetzt, dir deinen Platz am Tisch gesichert.«

Pauline blinzelte, ließ die Waffe aber nicht sinken.

Mit einem Mal fiel Linda Pierre ein, der vermutet hatte, dass Sentir sich möglicherweise Gefälligkeiten von Pauline erwartet hätte. Paulines Reaktion nach stimmte das so nicht, hatte aber einen wahren Kern.

»Er hat dich geliebt«, schloss Linda, einer plötzlichen Eingebung folgend.

Pauline schlug die Augen nieder.

»Wir waren beide an einem dunklen Ort, als wir uns begegnet sind«, erklärte sie leise. »Éric sprach immer vom Heilwerden. Während wir uns allmählich näherkamen, wusste ich gar nicht, wer er war.«

So wie das klang, hatte der Commissaire offenbar recht

gehabt. Vielleicht ein Aufenthalt in einer Klinik unter falschem Namen. Seine angebliche Duftreise.

»Er war ein so liebenswürdiger Mensch. Eine gepeinigte Seele.« Sie presste die Lippen zusammen. »Zuerst waren wir Freunde. Dann irgendwann ein Paar. Wir sahen uns gerade eine rot blühende Kamelie an, als er mir zum ersten Mal sagte, dass er mich liebt.«

Linda neigte den Kopf. Pauline klang jetzt vollkommen anders als vorhin. Linda war zwar keine Therapeutin, aber so agierte kein psychisch gesunder Mensch. Vielleicht eine Art dissoziative Persönlichkeitsstörung. Deshalb war Pauline wohl in derselben Einrichtung wie Sentir gewesen.

»Das klingt schön«, meinte Linda vorsichtig, während Pauline die Waffe sinken ließ. »Passiert doch eigentlich nur noch in schlechten Serien, dass einem jemand so klipp und klar seine Liebe gesteht.«

Pauline wischte sich über die Augenwinkel. »Éric hat nie ein Geheimnis aus seinen Gefühlen gemacht. Er hatte keinen Filter zwischen Herz- und Kopfnote.«

»Aber die Zeit dort war irgendwann vorbei.«

»Er gestand mir, wer er wirklich war, als ich ihm verriet, dass ich für Fragonard arbeiten würde. Mein lieber Éric – der König der Düfte höchstpersönlich.« Pauline hob das Kinn. »Eine glückliche Fügung.«

Linda erinnerte sich daran, dass jemand Sentir in seinem Haus verletzt hatte. Jemand, den niemand in seinem Umfeld zu kennen schien. Der König der Düfte hatte sich eigentlich nur für sich selbst interessiert, sich aber trotzdem immer wieder für Pauline eingesetzt.

»Ihr habt eure Beziehung fortgesetzt. Aber ihr habt sie vor allen geheim gehalten«, schloss Linda.

Pauline lehnte sich gegen die Glasfront. »Das war meine Idee. Wie wäre ich denn behandelt worden, wäre ich bloß das kleine Mäuschen an Érics Seite gewesen? Ich habe sogar separate Telefone für uns besorgt. Ich wusste, das könnte praktisch werden, und Éric hat meine Wünsche nie infrage gestellt.«

In der Tat praktisch. So hatte sie seiner Leiche nur das Zweittelefon aus der Tasche fischen müssen, und ihre ganze Korrespondenz war im Dunkeln geblieben.

»Und du?«, fragte Linda. »Hast du ihn auch geliebt?«

Pauline wandte sich ab und sah hinaus. Regen begann gegen die Scheibe zu klopfen. Als sie Linda wieder anblickte, wirkte sie gefasster. »Er war Teil meiner Mission.«

»Er war dein Partner.«

»Gerade du müsstest das verstehen!«, fuhr Pauline auf. »Gerade du.«

»Nein, ehrlicherweise nicht.«

»Ein Duft ist ein Gefühl. Und wer es in dieser Kunst zu wahrer Meisterschaft bringt, besitzt Macht über andere. Schau dich doch mal um. All diese blasierten Kotzbrocken, die Josserands und Duchapins dieser Welt, die uns je nach Lust und Laune herumschieben wie Spielfiguren. So ist es mir mein ganzes verdammtes Leben lang ergangen. Lehrer, die mich kleingemacht haben, toxische Beziehungen mit pathologischen Narzissten, die mich auf die perfideste Weise manipuliert haben, suche dir was aus.« Ihre kleinen Nasenlöcher blähten sich auf. »Also hab ich die Regeln in diesem verdammten Spiel geändert. Ich beschloss, in meiner Kunst so gut zu werden, dass ich damit jeden Menschen nach Belieben beeinflussen kann. In ihren tiefsten Albtraum wollte ich sie werfen können, wenn sie es nicht anders verdienen.«

»Pauline«, antwortete Linda ruhig. »Es sind Parfums. Eine

wunderbar schöne Spielerei, um wohlriechende Düfte in unser Leben zu bringen. Aber nicht mehr ...«

Pauline schnaubte. »Wie kannst du das sagen nach allem, was du hier erlebt hast?«

Sie zeigte auf die umgeworfene Glasamphore mit dem Duft der Insel Groix. »Nur eine Spielerei, nicht wahr? Aber immerhin hat sie dich fast dazu gebracht, ihn zu vögeln.«

»Das und eine Elefantendosis K.o.-Tropfen«, ergänzte Linda, obwohl sie nicht ganz sicher war, ob das stimmte. Immerhin hatte die Wirkung der Tropfen erst etwas später eingesetzt.

»Und das hältst du wohl auch für wirkungslos?«

Pauline lächelte, als Lindas Augen das Fläschchen mit dem Parfum Obscur fixierten. »Weißt du«, murmelte sie und betrachtete es eingehend. »Franc mag ein egozentrischer Idiot sein – aber er hat die Menschen immer nur mit schönen Erinnerungen manipuliert.« Sie sah auf. »Du bist doch Psychologin. Erklär mir, was ein stärkerer Motivator ist. Die Sehnsucht nach einem schönen Moment – oder die Angst, den schlimmsten Schmerz unseres Lebens erneut zu fühlen.«

Linda sammelte ihre Gedanken, bevor sie antwortete.

»Und du kanntest Sentirs schlimmste Erinnerung. Sie war der Grund, warum ihr euch begegnet seid.«

Das Thema sanft zurück zu Sentir zu bringen, war die einzige Taktik, die ihr noch blieb. Zu hoffen, dass da irgendwo in Pauline ein weicher Punkt war, den sie anvisieren konnte. Ein wenig wunderte sie sich, dass sie selbst noch nicht wie ein heulendes Häufchen Elend am Boden lag und nach Luft schnappte. Aber vielleicht war die Situation so aussichtslos, dass selbst ihre PTBS sie schon aufgegeben hatte. Der Gedanke war so dumm, dass sie ihn beinahe komisch fand.

»Er hat es mir anvertraut. Ziemlich ironisch, wie kaputt er eigentlich war, während alle ihn für den immer gut gelaunten Partytypen hielten. Aber diese eine Sache wusste niemand über ihn, nur ich …«

»Was genau?«

»Einer seiner Pflegeväter war ein gestörter Psychopath«, erklärte sie. *Wer im Glashaus sitzt …*, ging es Linda durch den Kopf. »Éric war sieben Jahre alt. Seine Pflegemutter war verreist, da hat er ihn wochenlang in einen ehemaligen Weinkeller gesperrt. Ohne Licht, ohne Nahrung. Manchmal kam er runter, um ihn zu missbrauchen, und wenn der Junge folgsam war, belohnte er ihn mit Schokolade. Die Mutter kam irgendwann wieder und befreite ihn. Der Kerl erhängte sich, nachdem sie es herausgefunden hatte.«

Pauline erzählte die Geschichte, als würde sie von einem Kaffeekränzchen mit Freunden berichten.

Schwarzschimmel, Kakaobohne …

»Also hast du diesen Keller wiederauferstehen lassen.« Linda schüttelte den Kopf. »Mit Zutaten aus Duchapins Sammlung. Das ist ziemlich widerwärtig.«

»Glaubst du denn, ich wollte das?«, murmelte Pauline. Mit einem Mal schrammte ihre Stimme hart am Weinen entlang. »Er hat mich gezwungen, ich … Ich hatte keine andere Wahl.«

»Für so einen Mist gibt es keine Ausrede. Keine, du krankes Miststück!«, rief Linda mit zitternder Stimme. Ein Teil von ihr wollte sich selbst zurückhalten, aber es rauszulassen, hatte auch etwas Befreiendes.

»Krank«, wiederholte Pauline mit abwesender Miene. »Das ist genau das, was Éric gesagt hat, nachdem er herausgefunden hatte, dass ich mit Franc schlafe, um ihm seine Geheimnisse zu stehlen. Ich glaube, er hat geahnt, dass ich ihn aus dem Weg räumen wollte, wenn ich fertig war, deshalb ...«

Linda erinnerte sich an den Streit zwischen Josserand und Sentir wegen des Angebots von Dior. In Wahrheit hatte Sentir Grasse nur verlassen wollen, um einen Mord zu verhindern. Und mit *Wir müssen hier weg* hatte er natürlich nicht Josserand gemeint, sondern sich und Pauline.

Linda konnte es sich lebhaft vorstellen. Da er mit ihr in einer Klinik gewesen war, wusste er, dass sie psychisch krank war. Dann hatte er mitangesehen, wie sich seine große Liebe immer psychotischer und destruktiver verhalten hatte. Er wollte sie aus dem Spiel nehmen, um sie vor sich selbst zu schützen. Und ironischerweise, um seinem großen Konkurrenten Duchapin das Leben zu retten.

»Die Parfums«, murmelte Linda. »Er hat sie für dich gemacht, nicht wahr? *Orphée*, der Mann, der in die Hölle hinabsteigt, um seine Geliebte zu retten – er selbst. *Perséphone*, die Göttin, die manchmal im Licht und manchmal in der Unterwelt lebt – du. *Lueur*, die Hoffnung, dass es eine Zukunft für euch gibt. Die rote Kamelie, die dufttechnisch überhaupt keinen Sinn ergibt, hatte doch einen. Sie sollte dich an etwas Schönes erinnern, an den Moment, in dem er dir seine Liebe gestanden hat.«

Mit einem Mal sah Linda Tränen auf Paulines Wangen. »Éric war ein Kindskopf. Was er mir geben konnte – seine Beziehungen, seine Reichweite –, wog kaum auf, wie anstrengend er war. Er dachte, er könnte mit *Lueur* tun, was Franc kann – mich beeinflussen, mich wieder zahm und artig machen ...« Sie schluchzte und lachte gleichzeitig. »Ich hatte geplant, am Abend der Premiere von *Oase de Nuit* mit Franc nach Hause zu fahren und seinem Leben dort ein Ende zu bereiten. Der Abend seines großen Triumphs schien mir passend dafür. Éric muss es geahnt haben. Er rief mich während der Gala an, ließ nicht locker. Ich sollte sofort kommen. Er war bei Fragonard, wo in den alten Räumen unsere Blüten extrahiert wurden. Er meinte, es sei so wunderschön …«

Sie brach ab. »Ich begriff, dass er mich nie in Ruhe lassen würde, dass ich meine Pläne ändern musste. Den passenden Duft hatte ich schon hier in der Werkstatt gemischt, während Franc schlief.«

»Du bist zu Fragonard gefahren«, schloss Linda. »Aber hat denn niemand mitbekommen, dass du gegangen bist?«

Sie erinnerte sich an ihre *carte mentale*. Josserand, der, wütend auf Sentir, die Feier verfrüht verlassen hatte. Die widersprüchliche Aussage von Céleste, dass überhaupt niemand vor Ende des Events gegangen sei.

»Céleste hat erzählt, alle wären geblieben.« Linda wusste nicht, was es noch wert war, aber sie würde ihre Arbeit mit Pierre und dem Commissaire nicht einfach so verraten.

»Ach, tatsächlich?« Plötzlich wirkte Pauline amüsiert. »Das wundert mich nicht. Ich wollte mich vergewissern, dass niemand im Foyer meinen Abgang mitbekommt, da habe ich die liebe Céleste gesehen. Sie hat Josserand einen ganz besonderen Dienst erwiesen, um seine miese Laune zu heben. Er wirkte auch ziemlich zufrieden dabei. Die waren viel zu beschäftigt, um mich zu bemerken.«

»Mit Herz und Seele für Fragonard«, murmelte Linda mit hochgezogenen Augenbrauen. Deshalb hatte Céleste gelogen, damit das peinliche Intermezzo nicht aufflog.

»Ich fuhr nach Grasse, parkte etwas weiter weg und rief Éric an, damit er mich reinließ, als gerade niemand in der Nähe war. Als ich drinnen angekommen war, zeigte er mir die Bottiche mit den Kamelien, mit *unseren* Blüten. Er hat so gestrahlt, wollte mich aufheitern, mich glücklich sehen …«

Pauline schüttelte mit leerem Blick den Kopf.

»Stattdessen hast du ihn zurück in seinen Keller gesperrt.«

»Es war mein erster Versuch, ich war fast überrascht, wie stark seine Reaktion war«, fuhr sie schulterzuckend fort. »Er geriet vollkommen in Panik, bekam keine Luft, weinte … Er tat mir so leid – und natürlich war es auch ein kleines bisschen erbärmlich.«

Linda fühlte, wie sich ihre eigene Kehle verengte, und musste schlucken.

»Sieh mich nicht so vorwurfsvoll an«, erklärte Pauline. Sie hob die Arme, doch Linda entging nicht, dass sie in einer Hand noch immer die Pistole hielt. »Ich habe ihn doch erlöst. Er hat mich um Hilfe angebettelt, also habe ich ihm Tabletten gegeben.«

Diazepam und Hydromorphon. Sentir hatte wahrscheinlich sogar gedacht, dass seine geliebte Pauline ihm helfen wollte.

»Als sie zu wirken begannen, wurde er ganz brav. Er ließ sich von mir einreden, dass er in den Bottich mit unseren Blüten hineinmusste, dass er nur dort sicher sein würde.« Sie runzelte die Stirn. »Ich glaube, er hat sich ein wenig verletzt, als er dort hineingestolpert ist, aber er hatte ja ausreichend Schmerzmittel intus.«

»Und dann hast du den Bottich geschlossen?«

»O ja. Während er sich schloss, hat er noch einmal zu mir hinaufgeschaut. *Pauline, meine liebe, liebe Pauline …*«

»Du hast ihn dort drin einfach ersticken lassen«, hauchte Linda mit Tränen in den Augen.

Für einen Moment begann Paulines Miene zu beben, und

sie blinzelte heftig. »Éric. Mein Éric, er fehlt mir so …« Sie atmete tief durch die Nase ein und hob das Kinn. »Aber er wollte es nicht anders, wollte mich zwingen aufzuhören, wieder Medikamente zu schlucken und all das, das konnte ich nicht erlauben.«

Duchapin stöhnte leise. Sein Gesicht verzerrte sich. Pauline ging an Linda vorbei, hielt dabei die Waffe auf sie gerichtet und ließ sich auf der Couch neben dem reglosen Duftkreateur nieder.

»Armer Franc«, murmelte sie zärtlich, kraulte ihn hinter dem Ohr, als wäre er ein Hund, strich dann über seinen Bart, seine Schultern und spielte mit dem Kraushaar auf seiner Brust. »Weißt du, im Bett ist er ganz gut, wenn man die ganzen Kontrollspielchen, auf die er steht, beiseitelässt.«

»Was hast du ihm gegeben?«

»Zuerst die K.o.-Tropfen, die hatte ich von Éric, angeblich helfen sie in geringerer Dosis bei PTBS. Franc hatte mich angerufen.« Sie spielte mit seinem reglosen Kopf, während sie seine Stimme imitierte, als würde er selbst sprechen.

»Ich hab einen Filmriss. Die kleine Delacours war hier. Ich bin nicht sicher, ob ich nicht … Was für eine Scheiße.«

Linda presste die Lippen zusammen.

»Ich bin also hergekommen und hab mir die ganze Geschichte angehört. Und ich muss sagen: Respekt. So viel Rum, wie du hattest, es hätte dich umhauen müssen.«

Mit einem Mal konnte Linda Campanards Stimme in ihren Gedanken hören.

Was Ihnen damals passiert ist, hat Sie stärker werden lassen…

»Ich wusste, ich durfte nicht länger warten, sonst würde noch auffliegen, dass jemand seinen Rum vergiftet hat. Also setzte ich gleich noch einen nach, brachte ihm ein Glas Wasser, freundlich, wie ich bin. Als er dann benebelt genug war, habe ich ihm noch ein Muskelrelaxans eingeflößt. Ich wollte nicht, dass er mir davonläuft …« Sie schüttelte Duchapins Kopf. »Nein, nein.«

Linda bekam eine Gänsehaut. »Weißt du, du könntest noch ungeschoren davonkommen«, erklärte sie zögernd. »Ich meine, die Polizei glaubt, dass es Josserand war. Aber niemand wird glauben, dass er auch Duchapin ermordet hat, verstehst du?«

»Oh, ich werde ungeschoren davonkommen«, erwiderte Pauline entspannt und drückte Duchapin an sich. »Aber dazu brauche ich dich.«

»Was meinst du damit?«

»Nun, das ganze Land wird um dich trauern, Linda. Die Medien werden vom Monster Duchapin berichten, das dich zu ihm nach Hause gelockt und dann erschossen hat, weil du nicht mit ihm schlafen wolltest. Danach hat sich das Monster selbst gerichtet.« Sie hielt die Waffe an Duchapins Schläfe. »Bumm!«

Linda zuckte unwillkürlich zusammen, dann konzentrierte sie sich. Sie hatte vielleicht keine Waffe, aber sie war nicht wehrlos.

Ganz schön begabt!

Warum hörte sie Pierres Stimme in ihren Gedanken? Hatte er das wirklich mal zu ihr gesagt? Jedenfalls hatte sie ein Talent, und es wurde Zeit, dass sie sich wieder darauf besann. Linda verengte die Augen.

Paulines freie Hand spielte mit Duchapins Ohr, ihr Blick war nicht mehr starr auf Linda gerichtet, sondern flitzte immer wieder von ihr zu dem Bewusstlosen. Die Mundwinkel zeigten unmerklich nach oben. Leicht verengter Lidspalt, minimale Kontraktion in oberflächlichen und tiefen Wangenmuskeln, dem Masseter und dem Buccinator. Beinahe fühlte sie sich wieder so wie früher, als sie ganz selbstverständlich auf ihre Fähigkeiten vertraut hatte.

»Das ist nicht alles«, erklärte Linda. »Wenn es so wäre, dann hättest du mich in dem Moment erschossen, als ich das Haus betreten habe. Du willst etwas ...« Linda schüttelte verwirrt den Kopf. »Du willst etwas von *mir*.«

»So begnadet«, antwortete Pauline, löste sich von Duchapin und setzte sich auf. »Und doch so ahnungslos. Wusstest du eigentlich, dass du dein Talent nutzt, um Düfte zu kreieren?«

»Wie bitte?«

»Ich habe all deine Interviews gelesen. Das Whitepaper zu der KI, die du trainieren wolltest. Wenn du ein Gesicht liest, beziehst du automatisch unzählige, winzig kleine Bewegungen ein und fügst sie zu einem Gesamtbild zusammen. Das Gleiche tust du bei der Parfümkreation. Das wurde mir bewusst, als du deinen ersten Duft gemischt hast. Zitrone, Papyrus und Tonkabohne. Drei banale Duftnoten, die Kombination hätte absolut nichtssagend sein müssen ... und doch hast du sie so fein ausbalanciert, wie es nur eine erfahrene Nase schafft.«

»Dabei hast du mir doch geholfen.«

»Ich habe nur dafür gesorgt, dass du es ernsthaft versuchst. Schließlich musste ich wissen, was dahintersteckt. Du bist Franc schon am Eröffnungstag des Lehrgangs ins Auge gestochen, oder treffender gesagt, in die Nase. Abgedreht wie er ist, glaubt er, er kann besonderes Talent an Menschen riechen – und charmanterweise hat er mir gleich davon erzählt.«

Erneut bewegte sie Duchapins Kopf wie den einer Marionette und imitierte seine tiefe Stimme. »In dieser Klasse gibt es eine Studentin, die dich bald in den Schatten stellen wird.«

»Charmanter Kerl«, murmelte Linda. »Also ... hast du dich deshalb mit Mimikanalyse auseinandergesetzt? Damit du so dilettantisch Düfte mischst wie ich? Du bist doch tausendmal besser.«

»Natürlich bin ich das«, stimmte Pauline zu und breitete die Arme aus. »Aber du besitzt das Talent für eine Art der Duftkreation, die ich nicht begreife, die ich mir aneignen muss ... Lass es mich so erklären: Mein eigenes Talent, die synthetischen Düfte, sind der Tisch. Der alte DeMoulins mit seinen Rosenparfüms, den ich davon überzeugte, mir den Job bei Fragonard zu verschaffen, ist die Tischdecke. Éric ...« Sie machte eine wegwerfende Handbewegung. »Vielleicht der Teller. Und Franc, oh ...« Sie hob den Zeigefinger. »Er ist die Torte, das wahre Genie, die Substanz, die ich brauchte, um mich zu vervollkommnen. Aber es fehlt noch die klitzekleine Kirsche auf dem Kuchen. Eigentlich belanglos, und doch will man nicht auf sie verzichten.«

»Ich nehme an, das soll ich sein.«

Pauline hob die Waffe wieder und richtete sie auf Linda.

»Verrat mir, wie du dein Talent auf diesen Duft übertragen hast. Verrat mir, woher du wusstest, wie du die drei Komponenten mischen musstest. Wenn du es mich verstehen lässt, dann lass ich dich vielleicht gehen ...«

»Ich weiß es nicht«, erwiderte Linda und starrte in die Mündung der Waffe. »Manu hat mir ein paar Grundsätze beigebracht, das war's.«

»Falsche Antwort, Linda.« Sie entsicherte die Pistole. »Jetzt sag mir, wie du es gemacht hast.«

Linda sah vorsichtig in Richtung Ausgang. Wie gut war Pauline als Schützin? Wie präzise konnte sie auf ein bewegliches Ziel feuern? Eine Wette mit ziemlich vielen Unbekannten, wenn man bedachte, dass das eigene Leben der Einsatz war. Aber im Sitzen würde sie sich auf jeden Fall schwerer tun als im Stehen.

Und egal, ob Linda nun das Richtige sagte oder nicht, Pauline würde sie am Ende so oder so erschießen. Dass sie sie gehen lassen wollte, war die eindeutigste Lüge gewesen, die sie ihr heute erzählt hatte.

»Okay.« Linda hob beruhigend die Hände. »Ich sag's dir. Aber wenn du es wirklich begreifen willst, musst du beachten, dass ...« Mitten im Satz sprintete Linda los, auf den Ausgang der Werkstatt zu.

Ein ohrenbetäubender Knall durchschnitt die Luft.

Heißer Schmerz flammte an ihrem Oberarm auf. Linda schrie und stolperte.

Brennender Gestank von Rauch und Schießpulver stieg ihr in die Nase, während sie zu Boden ging.

Vielleicht war es nur der Schock, aber Linda war immer noch in der Lage, sich zu bewegen. Ohne nachzudenken, kroch sie weiter auf den Ausgang zu. Ein weiterer Knall. Putz und Holzsplitter explodierten um sie herum, aber Linda dachte nicht daran, stehen zu bleiben, rappelte sich auf und lief weiter.

Wieder ein Knall. Linda duckte sich. Irgendwo hörte sie ein dumpfes Bersten, wie das Aufbrechen eines gefrorenen Sees im Frühling.

Das Glas. Pauline hatte sie verfehlt und die Glasfront getroffen.

Wieder dieses splitternde Geräusch. Linda wandte sich erschrocken um. Vor der Unterwasserlandschaft prangte ein kreisrundes Loch, aus dem ein Wasserstrahl in den Raum schoss. Um das Loch herum breiteten sich riesige gezackte Sprünge wie ein Spinnennetz über die Scheibe aus.

Pauline war aufgestanden und hatte sich ihr mit erhobener Waffe genähert. In ihrer Miene lag Schrecken, als sie die gesprungene Scheibe sah. Ein dumpfes Ächzen erklang.

Linda verlor keine Zeit, sondern sprang zur Seite – in dem Moment, als die Scheibe mit einem ohrenbetäubenden Krachen zerbarst und sich eine Welle eiskalten Wassers in die Werkstatt ergoss.

KAPITEL 26
LUEUR

Obwohl Linda zur Seite gehechtet war, erfasste die Welle sie und riss sie von den Füßen. Sie hörte Pauline schreien.

Die Wucht des Wassers drückte Linda gegen die Wand. Der Aufprall war so heftig, dass er ihr die Luft aus der Lunge presste. Verzweifelt schnappte sie nach Luft. Die Schusswunde an ihrer Schulter färbte das Wasser um sie herum rot.

Raus! Nur raus hier!

Wo immer Pauline war, sie konnte sie nicht sehen. Vielleicht Lindas letzte Chance. Mit zusammengebissenen Zähnen watete sie durch das hüfthohe Wasser Richtung Ausgang, während sie jeden Augenblick damit rechnete, von einem weiteren Schuss niedergestreckt zu werden.

Verzweifelt sah sie über die Schulter.

Die Werkstatt hatte sich in ein trübes Gewässer voller schwimmender Möbelteile verwandelt. Noch immer strömte Wasser aus dem Teich in den Raum. Ein regloser Körper trieb mit dem Gesicht nach unten durch das Zimmer.

Duchapin.

Alles in ihr schrie danach, wegzurennen. Duchapin ging sie nichts an. Sie mochte ihn nicht einmal. Für einen Moment wandte sie sich wieder ab. »Scheiße!«, zischte sie dann, fuhr herum und kämpfte sich durch das Wasser zu dem bewusstlosen Duftkreateur.

Ein heftiger Schmerz schoss durch ihren verletzten Arm,

als sie ihn bei den Schultern packte und herumdrehte. Mit einem Knurren hievte sie ihn auf die Platte eines Steintischs, den die Sturzflut nicht umgeworfen hatte.

Und jetzt? Sie konnte ihn nicht mitnehmen, sie musste hier raus und Hilfe holen, bevor …

Jemand packte sie an den Haaren und zog sie von Duchapin weg. Linda schrie auf, als sie den feuchten Pistolenlauf an ihrem Hals fühlte.

»Nun sieh nur, was du angerichtet hast«, zischte Pauline.

»Lassen Sie sie gehen!«

»Was?«, flüsterte Pauline.

Linda runzelte die Stirn. Der Zug an ihren Haaren verstärkte sich noch. Und dann hörte Linda es. Platschende Schritte, die sich ihnen näherten, und Campanards riesenhafte Gestalt, die durch das Wasser gewatet kam.

Er wirkte so anders, als Linda ihn kannte. Seine Miene war reglos. Die hellen Augen auf Pauline gerichtet. Vielleicht zum ersten Mal empfand sie seine Erscheinung als Furcht einflößend. Sie wünschte bloß, er würde nicht dieses Hemd mit den pinkfarbenen Chinchillas tragen.

In ein paar Schritten Entfernung blieb er stehen und sah auf die beiden herab. Der Lauf seiner Dienstwaffe zielte auf Pauline.

»Geht es Ihnen gut, Delacours?«, fragte er.

»Nicht wirklich«, stöhnte Linda.

Ein Hauch der alten Sanftheit huschte über Campanards Gesicht, bevor er sich wieder Pauline zuwandte.

»Sie leben noch«, murmelte diese.

Campanard seufzte. »Nicht dank Ihnen, Madame Egrette.«

»Die Waffe«, zischte sie. »Weg damit, sonst töte ich Ihre kleine Schachfigur!«

Campanard rührte sich nicht. Paulines Pistolenlauf bohrte sich stärker in die Haut von Lindas Hals. »Werfen Sie sie weg«, flüsterte Pauline. »Oder sie ist tot.«

Campanard betrachtete sie einen Moment lang, dann warf er zu Lindas Schrecken die Waffe neben sich ins Wasser. Danach lehnte er sich fast gemächlich an die Kante des Tisches, auf dem Linda Duchapin abgelegt hatte. Campanard sah Pauline schweigend an, während immer noch Wasser in den Raum sprudelte. Atmete Duchapin überhaupt noch? Kaum zu erkennen.

»Was tun Sie da?«, flüsterte Pauline.

»Darauf warten, dass Sie sie gehen lassen und sich ergeben.«

»Unterschätzen Sie mich nicht.«

»O nein. Ich habe meinen Blick viel zu lange auf das finstere Genie gerichtet und dabei die Zecke übersehen, die an ihm saugt. Ich bedaure, dass Ihnen Ihr eigenes Talent nicht gereicht hat, denn ich denke, es wäre bereits beachtlich genug gewesen.«

Pauline zog noch stärker an Lindas Haaren.

»Sie hätten nicht kommen sollen. Von Ihnen brauche ich nichts. Jetzt muss ich Sie auch aus dem Weg schaffen.«

»Das wollten Sie doch ohnedies«, erwiderte Campanard kühl. Seine Miene verriet Linda, dass es unter der Oberfläche in ihm brodelte. »Ich frage mich jedoch, warum? Ich hatte Sie noch nicht in Verdacht, als Sie mich umbringen wollten.«

Linda hörte Paulines heftiges Atmen. »Aber das war nur eine Frage der Zeit. Franc hat es gesagt. Er meinte, Sie riechen nach einem vulgären Eau de Cologne.«

»Autsch«, erwiderte Campanard. »Das tut weh.«

»Aber darunter hat er auch an Ihnen Talent gerochen – und

er irrte sich nicht. Sie waren ein Risiko, das ich nicht kalkulieren konnte.«

»Nun, wie gut, dass jetzt alles auf dem Tisch liegt«, erwiderte er. »Ich nehme an, Sie kannten auch den alten Monsieur DeMoulins näher. Kann es sein, dass er der Einzige war, der in Mougins gesehen hat, wie Sie die Feier früher verlassen haben?«

»Er rief mich an, nachdem Sie Josserand verhaftet hatten. Er glaubte nicht, dass es wahr ist, und wollte wissen, ob ich nicht irgendwas gesehen hätte, als ich gegangen bin.«

»An ihrer Unschuld hat der Arme wohl nie gezweifelt. Lassen Sie Delacours nun gehen!«

»Delacours?«, wiederholte Pauline überrascht. »Ihr kennt einander?« Sie lachte leise. »Jetzt verstehe ich. Sie waren es, der sie nach Grasse geholt hat. Eine Spionin, um Érics Mörder zu finden. Wahrscheinlich war die beschädigte Ware gerade im Sonderangebot.«

Linda spürte Wut in ihrem Inneren aufflammen, aber bevor sie etwas erwiderte, fing sie einen warnenden Blick von Campanard auf.

»Oh«, lachte Pauline. »*Oh!* Das ist allerdings wirklich amüsant. Sie haben ihr wahrscheinlich nie erzählt, was passiert ist, nicht wahr?«

Linda runzelte die Stirn, während sich Campanards Miene verhärtete.

»Das haben Sie tatsächlich nicht …« Linda spürte Paulines Atem an ihrem Ohr. »Und du hast die ganze Zeit geglaubt, dass du die einzige Kaputte in eurem Team bist, hast nie nachgeforscht.«

In Campanards Gesicht erschien etwas, das Linda noch nie zuvor darin gesehen hatte – Abscheu.

»Dabei warst du in dem Moment verloren, als du dich ihm anvertraut hast«, erklärte Pauline kühl und richtete sich auf, was Linda daran merkte, dass der Zug an ihren Haaren sie etwas in die Höhe zwang. »Wenn du wüsstest, was ich weiß. Wenn du wüsstest, was er getan hat, was er zu opfern bereit war. Du würdest begreifen, wie entbehrlich du für ihn bist.«

»Lassen … Sie sie los«, knurrte Campanard nur mühsam beherrscht. »Mein Team ist unterwegs. Es gibt kein Entkommen.«

Aus den Augenwinkeln sah Linda etwas unter der Wasseroberfläche treiben. Ihre Tasche …

Mit den Fingern tastete sie nach dem Lederriemen und zog sie möglichst vorsichtig zu sich heran, damit sich ihr Oberkörper nicht bewegte. Wenn Pauline etwas merkte, brauchte sie nur den Abzug zu drücken, und es würde Linda die Kehle zerfetzen.

»Sie haben unrecht, Commissaire«, erklärte Pauline lächelnd. »Es wird hier nur eine Leiche mehr geben, die man Franc in die Schuhe schieben wird.«

Linda fasste in ihre Tasche. Ihre Finger ertasteten einen schmalen Zylinder. Ob das Teil noch funktionierte? Möglichst unauffällig suchte sie Campanards Blick und nickte ihm unmerklich zu.

»Wie Sie wollen«, erwiderte Campanard ruhig und breitete die Arme aus. »Dann wäre es nur logisch, mich zuerst zu erschießen. Ich bin die größere Bedrohung – und wie Sie schon sagten, von mir brauchen Sie nichts. Ich vermute, bei unserer Delacours liegen die Dinge anders. Sie ist wirklich etwas Besonderes, nicht wahr?«

Pauline zögerte.

»Und wenn Sie sie zuerst töten«, fuhr Campanard trocken

fort, »müssten Sie sehr schnell sein. Denn, glauben Sie mir, ich würde Ihnen das Genick brechen, mit Verlaub.«

Lindas Herz schlug so schnell, dass sie fürchtete, gleich das Bewusstsein zu verlieren. Er konnte jeden Moment kommen, der heiße Schmerz in ihrem Hals, der alles beenden würde.

»Na gut«, erwiderte Pauline gleichgültig. »Au revoir, Commissaire!«

Die Pistole löste sich von Lindas Kehle, als Pauline den Arm ausstreckte, um sie auf Campanard zu richten.

Linda verlor keine Zeit und riss ihren Arm in die Höhe. Ein schmerzhaftes Stechen flammte in ihrer Schulter auf, aber sie ignorierte es und fuhr so weit herum, wie es ihre Bewegungsfreiheit erlaubte, und drückte den Auslöser. Zu ihrer Erleichterung landete ein Strahl Pfefferspray in Paulines Gesicht, während Linda sich gleichzeitig gegen ihren Körper warf.

Die Mörderin schrie überrascht auf. Ein Schuss durchschnitt die Luft. Mit Pauline verkeilt, stürzte Linda ins Wasser, während sich der Zug an ihrem Haar plötzlich löste. Trübe Fluten schlugen über ihr zusammen, dann ergriff eine kräftige Hand sie an ihrer heilen Schulter und hob sie aus dem Wasser. Linda schnappte nach Luft und richtete sich auf.

Pauline kam mit einem wütenden Knurren an die Oberfläche. Ihre Augen waren wegen des Sprays zu kleinen Schlitzen verengt, sodass Linda nicht sicher war, wie viel sie sehen konnte. Aber in ihrer Hand hielt sie immer noch die Waffe.

Plötzlich tauchte Campanards riesenhafter Schatten über Pauline auf, packte ihr Handgelenk und verdrehte ihren Arm nach hinten. Ihre zierlichen Finger waren um den Griff der Waffe gekrampft, ihr Gesicht schmerzverzerrt, während Campanards Pranke immer fester zudrückte. Sie öffnete den

Mund zu einem stummen Schrei, als ihr die Pistole aus der Hand glitt und ins Wasser fiel.

Linda atmete erleichtert auf.

Aber zu ihrer Überraschung lockerte der Commissaire seinen Griff nicht. Ganz im Gegenteil, er drückte immer fester zu und bog ihren Arm weiter nach hinten. Seine Miene bebte, während seine Augen mitleidslos auf Pauline herabsahen. Ein schmerzerfülltes Keuchen drang aus deren Kehle, dann ein Wimmern.

»Commissaire«, murmelte Linda, während sie sich auf die Füße kämpfte. Doch Campanard schien sie gar nicht zu hören. Die Lippen unter seinem Schnäuzer waren zusammengepresst, die Haut von Paulines Arm lief unter seinem Griff blau an.

Die junge Frau stieß ein lautes Heulen aus.

»Commissaire!«, rief Linda und watete auf ihn zu.

Keine Reaktion. Linda hörte das Knacken von Paulines Gelenken.

Rasch legte sie die Hand auf Campanards Unterarm.

»*Chef!*«

Campanard blinzelte. Sofort lockerte er den Griff ein wenig. Ein leises Seufzen drang aus seiner Kehle, dann zwang er Pauline in die Höhe, führte sie zur nächsten Wand hinüber und fixierte sie dort.

»Pauline Egrette«, erklärte er. »Ich verhafte Sie wegen Mordes an Éric Sentir und Jaques DeMoulins ... Um alle weiteren Gründe aufzuzählen, fehlt mir ehrlicherweise die Energie.«

Er keuchte und wandte sich wieder Linda zu. Plötzlich war da wieder das freundliche Lächeln auf seinen Lippen.

»Sehen Sie bitte nach Duchapin, er sieht wirklich nicht allzu gut aus. Das heißt, wenn Sie ...«

»Keine Sorge. Für Erste Hilfe muss ich ihn nicht mögen.«
Ein besorgter Ausdruck machte sich in seiner Miene breit. »Ihre Schulter ...«
»Ich glaube, es ist nur ein Streifschuss.«
»Gott sei Dank«, seufzte er.
»Und ... danke, dass Sie mich nicht allein gelassen haben.«
Mit einem erschöpften Lächeln wandte sie sich ab und watete zu Duchapin hinüber.

In der Ferne hörten sie Polizeisirenen, die rasch näher kamen.

KAPITEL 27
TARTE AU CITRON

Als Linda diesmal ins Krankenhaus gebracht wurde, ließ man sie nicht so einfach wieder gehen. Campanard hatte einigen Erklärungsbedarf, warum die junge Frau, die er mit einem ziemlich hohen Spiegel an Liquid Ecstacy eingeliefert hatte, kurz darauf wieder in der Klinik auftauchte, dazu noch mit einer Schusswunde an der Schulter.

Die Wunde selbst stellte für die Ärzte keine große Herausforderung dar. Nach sorgsamer Reinigung vernähten sie sie und legten den Arm mit einem übertrieben wirkenden Verband still.

Nach einer Infusion mit Antibiotika und einer großzügigen Portion Schmerzmittel schlief Linda endlich ein und wachte erst am nächsten Tag wieder auf, als es bereits gegen Mittag war. Offensichtlich war sie so erschöpft gewesen, dass sie gar nicht mitbekommen hatte, dass in der Zwischenzeit jemand den Verband wechselte und ihren Venenzugang entfernte.

Über eine Stunde lang lag sie einfach nur da und versuchte Revue passieren zu lassen, was gestern passiert war. Aber es gelang ihr nicht, das ganze Ausmaß der Ereignisse zu erfassen.

Ausgerechnet Pauline, die sanfte, begabte Pauline, die sie so gemocht hatte. Irgendwie konnte sie es immer noch nicht glauben, obwohl die Wunde an ihrer Schulter sie schmerzhaft daran erinnerte, dass es stimmte.

Sie hätte gerne ihr Telefon gehabt, um den Commissaire oder Pierre anzurufen. Aber das musste sie wohl irgendwo in Duchapins Werkstatt verloren haben, vermutlich während die Flutwelle sie erfasst hatte. Also blieb ihr nichts anderes übrig, als zu warten.

Am späten Nachmittag klopfte es an ihrer Tür.

Zuerst dachte Linda, einer von den Pflegern würde nach ihr sehen, aber dann betrat eine breitschultrige Gestalt den Raum. Schwarzes Haar und schwarzer Bart, etwas finsterer Blick …

Linda zuckte erschrocken zusammen. Wie hatte er sich bloß so schnell erholen können? Erst dann fiel ihr auf, dass der Mann ein einfaches kariertes Hemd trug und ein Tablett mit Kuchen in seinen breiten Händen hielt.

»Meine Güte«, hörte sie eine wohlbekannte Stimme sagen, als eine zweite Gestalt das Zimmer betrat. »Ich hab dir doch gesagt, wenn du nur rumstehst und nichts sagst, wirkst du echt einschüchternd. Sie kennt dich noch gar nicht.«

Diese zweite Gestalt stemmte die Hände in die Hüften und schüttelte missbilligend den Kopf.

Linda griff nach ihrer Brille auf dem Nachttisch und setzte sie auf. Mit angemessener Sehschärfe sah der breitschultrige Kerl in ihrem Zimmer Duchapin zwar ähnlich, aber sein Gesicht wirkte wesentlich sympathischer. Vor allem, weil sein Kopf gerade schuldbewusst gesenkt war, während der viel kleinere Manu ihn maßregelte.

»'tschuldige«, murmelte der Bärtige und wandte sich ihr zu. »Salut, Linda, ich bin Matthieu. Freut mich, dich kennenzulernen.«

»Matthieu …« Linda sah zu Manu. »Ach, *dein* Matthieu! Wie schön!«

Manu lachte, kam zu ihr ans Bett und umarmte sie vorsichtig.

»Dass ihr kommt, ist die beste Überraschung überhaupt«, lachte Linda und erwiderte Manus Umarmung mit ihrem gesunden Arm. »Aber woher wusstest du überhaupt, wo ich bin?«

»Na ja, du bist heute wieder nicht bei Fragonard aufgetaucht und hast dich nicht gemeldet. Deshalb dachte ich, ich schau mal in dieser Pension vorbei, die du erwähnt hast. Dort war aber nur eine nicht besonders freundliche Dame, die uns erzählt hat, wo du bist.«

Matthieu trat ebenfalls an das Bett. »Manu hat erzählt, dass du krank bist, also habe ich dir Kuchen gebacken.«

Er stellte das Tablett auf den Tisch neben Lindas Bett.

Linda blinzelte. »Sag bloß, das ist eine Tarte au citron?«

»Das erste Mal, dass er einen Kuchen aus der Region gebacken hat. Aber wenn mein Schatz backt, schmeckt auch der erste Versuch schon hervorragend.«

Er schenkte seinem Mann ein entrücktes Lächeln, der daraufhin rot anlief. »Ich hab's mal versucht«, brummte er bescheiden vor sich hin.

»Der sieht absolut fabelhaft aus«, stellte Linda fest. »Manu, du hast nicht übertrieben, als du mir erzählt hast, wie großartig er ist.«

»Ich kann sie schon jetzt leiden«, lachte Matthieu seinen Partner an.

»Hab ich dir doch prophezeit.« Manu knuffte ihn in die Seite. »Schatz, wärst du so nett und besorgst uns Kaffee und ein paar Teller? Wir wollen dein Meisterwerk ja probieren.«

»Klar, gerne. Aber erwartet nicht zu viel. Keine Ahnung, ob die Zitronencreme die richtige Konsistenz hat.«

Er zuckte mit den Schultern und verließ das Zimmer.

»Jetzt mal Hand aufs Herz«, meinte Linda, als sie allein waren, und verkniff sich ein Grinsen. »Kann es sein, dass du Duchapin nur deshalb sexy gefunden hast, weil er aussieht wie Matthieu?«

Jetzt war es wiederum Manu, der tiefrot anlief. »Ich kann es nicht ausschließen.«

»Das ist so dermaßen süß, ich würde dich knuddeln, wenn ich könnte.«

Manu grinste und hob die Augenbrauen. »Aber sag mal, bei Fragonard ist gerade der Teufel los. Wir haben heute Nachmittag freibekommen. Im Fernsehen behaupten sie, Pauline wurde für den Mord an Sentir und DeMoulins verhaftet … Ich meine, *Pauline*.«

»Genau so habe ich auch reagiert«, murmelte Linda wahrheitsgetreu.

»Ich war noch nicht fertig, meine Liebe. Gleichzeitig wird Duchapin ins Krankenhaus eingeliefert, und es gibt Gerüchte, Pauline hätte versucht, auch ihn umzubringen …« Er sah sie prüfend an. »Und zufällig wirst du zur gleichen Zeit wie er *krank* und liegst plötzlich mit einer Verletzung im Krankenhaus? Kann es vielleicht, eventuell, möglicherweise sein, dass du …«

»Manu.« Linda seufzte und lächelte ihn an. »Ich weiß nicht, ob ich mit dir über dieses Thema sprechen darf.« Sie wog den Kopf hin und her. »Noch nicht, zumindest … Tut mir echt leid.«

Manu schloss kurz die Augen und schüttelte dann den Kopf.

»Ich glaube, die Antwort reicht mir schon. Aber … heißt das auch, dass du überhaupt keine Nase bist? Ich meine, werden möchtest?«

Linda biss sich auf die Lippen. Tatsächlich hatte sie das Thema so lieben gelernt, dass die Antwort sie fast traurig machte.

Sie senkte den Blick und schüttelte den Kopf.

»Aber das heißt nicht, dass es mir nicht Riesenspaß gemacht hat, mit dir den Kurs zu besuchen.«

»Dabei wärst du so eine großartige Nase. Wirklich! Du hast echt Talent, weißt du?«

Die Art, wie Manu das sagte, voller Anerkennung und gänzlich ohne Neid, hätte sich nicht heftiger von Paulines Worten unterscheiden können.

»Lieb von dir!«

»Ich hoffe aber, dass wir trotzdem in Kontakt bleiben können.«

»Das hoffe ich auch.«

»Gott sei Dank!« Manu rollte mit den Augen. »Dass ich mich in diesem Dorf langsam zu Hause fühle, hat nämlich den Grund, dass ich hier eine richtig gute Freundin gefunden habe.«

»O ja, du meinst Céleste, nicht wahr?«

Sie brachen in lautes Gelächter aus.

***

So langsam wurde Campanard müde. An Schlaf war die ganze Nacht nicht zu denken gewesen. Er war nass bis auf die Knochen gewesen, sein Stützverband aufgeweicht, und er hatte nicht einmal die Zeit gefunden, sich etwas Trockenes anzuziehen. Nach der Meldung an die Präfektin hatte die E-Gitarren-Marseillaise beinahe die ganze Nacht durchgeläutet. Er hatte Dutzende Medien mit derselben Standardnachricht abgefertigt, die man ihm aufoktroyiert hatte, ehe dann heute Vormittag Christelle höchstpersönlich eine Pressekonferenz gab.

Tatsächlich war es so, dass zwar viele Indizien für Charles Josserands Schuld sprachen. Meinem Polizeiteam vor Ort sind allerdings Ungereimtheiten aufgefallen, und sie haben diese weiterverfolgt, mit einer durchaus bemerkenswerten Hartnäckigkeit.

Bei diesen Worten hatte Campanard den Eindruck, sie würde ihn durch die Kamera hindurch ansehen.

Wir haben nun stichhaltige Beweise, dass es sich bei der Mörderin um eine Duftkreateurin namens Pauline Egrette handelt, eine psychisch schwerkranke …

Campanard machte den Fernseher aus. Er war gerade erst zu Hause angekommen, jeder seiner Schritte fühlte sich an, als würde er auf einen vollgesogenen Schwamm steigen. Draußen war es bewölkt und kühler als in den letzten Tagen. In seinem Garten herrschte angenehme Ruhe, und Campanard hätte viel darum gegeben, das Schlafzimmerfenster zu öffnen und in der frischen Frühlingsluft einzuschlafen.

Einen klaren Gedanken zu fassen, das Geschehene zu verarbeiten, dafür war er viel zu erschöpft, und im Moment musste ihm genügen, dass Delacours außer Gefahr war.

Obwohl seine Gliedmaßen sich bleiern schwer anfühlten, entkleidete er sich, ohne das Bett eines Blickes zu würdigen, nahm eine kurze Dusche und zog frische Kleidung an. Was das Hemd anbelangte, so fand er, dass es ein guter Tag für bunte Schmetterlinge wäre.

Dann machte er sich auf den Weg in die Klinik.

Eigentlich hätte er überrascht sein sollen, Christelle dort im Wartebereich anzutreffen, aber dafür war er schlicht und ergreifend zu erschöpft. Ihr Jack Russell Terrier saß neben ihr und musterte ihn aufmerksam.

Mit einem Seufzen ließ er sich ebenfalls nieder. »Besuchst du jemanden, Christelle?«

»Natürlich. Dich, Louis. Meiner Einladung zur Direction du Département bist du ja nicht gefolgt.«

»Ich dachte, du hattest nach meinem Bericht genug zu tun. Du hast dich gut gemacht, dort auf dem Podium.«

»Danke!« Für einen Moment huschte ein Lächeln über ihre Lippen. »Mit einer so spektakulären Geschichte ist es ziemlich leicht zu glänzen. Hat sich fast angefühlt, als hätte ich einen neuen Film bei den Festspielen präsentiert.«

»Über diese spektakuläre Geschichte möchte ich wirklich gern eingehend mit dir plaudern, Christelle. Aber bitte nicht heute. Ich habe noch ein paar Dinge zu regeln, dann gedenke ich die nächsten vierundzwanzig Stunden zu schlafen.«

Die Präfektin schwieg eine Weile. »In Ordnung«, erwiderte sie kurz. »Nur ein paar Kleinigkeiten.« Sie seufzte. »In diesem besonderen Fall ... bin ich froh, dass du meinen Befehlen eine gewisse Latenzzeit eingeräumt hast.«

»Aber ich würde doch nie ...«

»Halt die Klappe!«

»Zu Befehl, Préfet.«

Sie verengte den Blick und hob den Zeigefinger. »Wenn du das je wieder tust, lasse ich dich an den Spitzen deines lächerlichen Schnauzers aufhängen.«

Der Jack Russel Terrier zu seinen Füßen knurrte leise.

»Pardon, Madame, an meinem Bart ist nichts lächerlich.«

»Duchapin wird übrigens überleben, dank der Kleinen.«

Campanard lächelte. »Vielleicht sind wir doch nicht so zerbrechlich, wie du dachtest.«

»Wir werden sehen.«

»Werden wir? Du hast Projet Obscur aufgelöst.«

»Natürlich«, erwiderte die Präfektin mit undeutbarer Miene. »Stimmt es eigentlich, dass du da reingegangen bist, bevor die Verstärkung eingetroffen war?«

Campanard zögerte, dann nickte er.

»Ich hätte dich für schlauer gehalten.«

»Du hast Pauline Egrettes Profil gelesen. Nach allem, was wir wissen, hätte sie die beiden umgebracht. Es war eine kalkulierte Intervention, um Zeit zu gewinnen.«

»Sicher. Übrigens will ich, dass du all den Blödsinn mit den tödlichen Düften aus den Berichten streichst.«

»Warum das denn?«

»Weil es uns Glaubwürdigkeit nimmt. Weil wir keinen Beweis gefunden haben. Weil das Fläschchen, das die Mörderin angeblich bei sich trug, bei dem Flutchaos zerstört wurde und wir sie sowieso auf frischer Tat ertappt haben.«

»Auch wenn es die Wahrheit ist?«

»Gerade dann. Lass Pauline Egrette darüber rumfantasieren, wenn sie will, sie wird dadurch nur noch wahnsinniger wirken.«

»Wie geht es ihr?«

Die Präfektin presste die Lippen zusammen. »Niedergeschlagen, verängstigt, weint ununterbrochen. Als wäre sie sich gar nicht bewusst, was sie getan hat.«

»Wenn ich richtig informiert bin, passt das zu ihrer Krankheit. Das Monster war sie nur phasenweise. Laut der Klinik war sie ganz harmlos, solange sie gut eingestellt war. Ich für meinen Teil vermute, dass sie Sentir vielleicht sogar genauso geliebt hat wie er sie. Leider hörte sie irgendwann auf, ihre Medikamente zu nehmen. Weil sie dachte, sie würden sie kontrollieren.«

»Das ist das Tückische am Verrücktwerden«, seufzte die Präfektin. »Man hat den Eindruck, dass man klarer wird.«

»Sprichst du aus Erfahrung?«

»Vorsicht!« In Christelles Augen blitzte es amüsiert.

Sie erhob sich und drückte Campanard einen großen Umschlag in die Hand.

»Was ist das?«

»Befehle, was sonst?«

»Christelle, wer verwendet denn heutzutage noch Papier?«, fragte Campanard, aber die Präfektin verließ bereits den Warteraum.

»Heutzutage nur die schlausten Leute, die sichergehen wollen, dass allein der Adressat die Information bekommt.«

Campanard hob die Augenbrauen. »Muss ich mir merken ...«

Er erhob sich ebenfalls und humpelte zur Rezeption, um sich anzumelden.

Vor dem Krankenzimmer angekommen, zögerte er kurz. Als er schließlich doch die Hand hob, um zu klopfen, öffnete sich die Tür plötzlich, und er stand Olivier gegenüber.

Der Inspecteur trug T-Shirt und Jeansjacke. Mit seinem blassen Gesicht und der unordentlichen Frisur sah er aus, als plante er, auf ein *Twilight*-Casting zu gehen.

Er blinzelte überrascht. »Chef«, murmelte er. »Wo kommen Sie denn ...«

Campanard lächelte. »Sie sind ja wieder auf den Beinen, Olivier.«

»Na ja.« Olivier wich seinem Blick aus. »Genug, um nach Hause zu gehen, jedenfalls. Hab ein schlechtes Gewissen, mein Kater ist sicher schon ziemlich hungrig.«

»Alles in Ordnung mit Ihnen?«, fragte Campanard besorgt.

»Es geht schon wieder. Kleiner Schwächeanfall mit Bewusstlosigkeit.« Olivier senkte betreten den Blick. »Chef, es tut mir so leid. Genau dann, als sie mich am meisten gebraucht haben, hab ich Sie ...«

Campanard umarmte ihn kurz und nahm dann seine Schultern in seine Hände.

»Ich habe mich noch nie mehr auf einen Polizisten verlassen können als auf Sie in diesem Fall. Und ich will jetzt nichts mehr von Ihnen hören, es sei denn, sie brechen in schamloses Selbstlob aus. Verstanden?«

Olivier grinste. »Verstanden, Chef!«

»Guter Mann! Ich fahre Sie nach Hause, wenn Sie wollen.«

»Wie bitte?«

»Ich habe den Dienstwagen genommen.«

»Sie ... Ein echtes Auto?«

»Wissen Sie, ich kann in Ausnahmefällen über meinen Schatten springen, wenn mir etwas wichtig ist. Kommen Sie!«

Hinter dem Steuer des Dienstwagens zu sitzen, fühlte sich nicht annähernd so entspannt an, wie mit seinem E-Bike durch die Gegend zu cruisen. Olivier wirkte neben ihm auf dem Beifahrersitz seltsam angespannt und wies ihn immer wieder freundlich darauf hin, auf die Straße zu schauen, während sie über den Fall plauderten.

»Ein Mörder oder eine *Mörderin*, Sprache schafft tatsächlich Realität, da hatten Sie ganz recht, Olivier.«

Der junge Inspecteur schmunzelte.

Campanard hielt den Wagen vor einem Altstadthaus mit etwas renovierungsbedürftiger Fassade an.

»Danke«, erwiderte Olivier leise. Er machte Anstalten, auszusteigen, blieb dann aber sitzen. »Chef.« Er presste die Lippen zusammen. »Als Sie damals vor zwei Jahren bei mir aufgetaucht sind ... Sie haben mich nie aufgegeben, obwohl ich selbst schon so weit war – dafür will ich mich bedanken.«

Campanard schloss die Augen. »Gute Leute verdienen eine zweite ... nein, *alle* Chancen dieser Welt, Olivier.«

»Gilt das auch für Sie, Chef?«

»Wieso fragen Sie?«

»Na ja, ich habe manchmal das Gefühl, Sie schleppen da was mit sich rum, und dass Sie sehr hart mit sich ins Gericht gehen. Eigentlich wollte ich nur sagen, wenn Sie vielleicht mal reden wollen ...« Er grinste. »Dann höre ich Ihnen gern zu!«

Er stieg aus dem Wagen, schloss die Tür und winkte noch einmal kurz, bevor er im Inneren des Hauses verschwand. Campanard blieb noch eine Weile sitzen und sah ihm nachdenklich hinterher, ehe er losfuhr.

***

Als er Delacours' Krankenzimmer betrat, regte sich sofort Campanards schlechtes Gewissen, weil sie bereits schlief. Ein paar Kaffeebecher und die kläglichen Reste einer Tarte au citron auf dem Tischchen neben dem Bett verrieten, dass sie Besuch gehabt haben musste – gut so.

Er schlich so lautlos wie möglich zu ihr und nahm sich einen Sessel. Nachdenklich betrachtete er die schlafende

Delacours. Wenn man sie so ansah, wirkte sie tatsächlich sehr zerbrechlich. Aber das war weit von der Wahrheit entfernt.

Hatte er ihr tatsächlich nur helfen wollen, oder war er wirklich bereit gewesen, sie zu opfern, um diesen Fall zu lösen? Gefühle waren manchmal widersprüchlich und ließen sich nur schwer einordnen. Vor allem, wenn man so lange wach war wie Campanard jetzt.

Er beschloss, sie nicht aufzuwecken und einfach ein wenig die Augen auszuruhen, bis sie von allein aufwachte. Sofort breitete sich eine angenehme Schwere in seinen Gliedmaßen aus. Er machte es sich auf dem Holzsessel so bequem wie möglich und verschränkte die Arme über dem Bauch.

»Commissaire?«, flüsterte eine Stimme. »Commissaire!«

Campanard schrak hoch. »Was?«

Delacours hatte sich aufgesetzt und sah ihn aus großen Augen an. »Pardon, aber Sie haben ziemlich laut geschnarcht.«

»Oh, Verzeihung.« Er richtete sich hastig auf. »Habe ich Sie geweckt?«

Delacours grinste. »Vielleicht. Aber ich kann ja sowieso nicht nur die ganze Zeit schlafen.«

»Wie geht es Ihnen?«

»Alles noch ziemlich ganz«, erwiderte Delacours und hob probeweise ihren bandagierten Arm. »Und Sie?«

»Ich denke, nach ein paar freien Tagen in meinem Garten mit einem guten Buch bin ich wieder ganz der Alte.« Campanard lachte, bevor er wieder ernst wurde. »Und wie *geht* es Ihnen?«

Delacours' Blick ging für einen Moment ins Leere, während sie in sich hineinhorchte. »Erstaunlich gut dafür, dass ich in den letzten zwei Tagen vergiftet und angeschossen wurde.

Vielleicht …« Sie sah Campanard an. »Vielleicht macht es ja wirklich den Unterschied, dass ich mich, seit ich hier bin, kein einziges Mal wie ein Opfer gefühlt habe.«

Campanard schenkte ihr ein ermutigendes Lächeln.

»Übrigens, ich muss mich entschuldigen … schon wieder.« Sie wurde ein bisschen rot. »Dass ich noch einmal auf eigene Faust los bin, und dass ich Ihr Fahrrad …«

»Diese Aktion war das wahre Sakrileg!«, unterbrach Campanard sie mit erhobenem Zeigefinger, was Delacours zum Schmunzeln brachte, dann wurde er wieder ernst. »Ich verstehe, was es bedeutet, sich selbst nicht mehr zu vertrauen, und wie groß der Wunsch sein kann, den Glauben an sich selbst wiederzuerlangen. Ich wünschte nur, Sie hätten nicht das Gefühl gehabt, diesen Kampf allein austragen zu müssen.« Er senkte den Blick. Wie sollte er es bloß ausdrücken? Plötzlich fühlte sich sein Stimmapparat wie ein Stein in seiner Kehle an. »Gestern, als Pauline Egrette Sie … uns beide umbringen wollte. Was Sie da gesagt hat, über mich und was ich getan habe. Es ist mir wichtig, dass Sie wissen …«

»Commissaire«, unterbrach ihn Linda.

»*Commissaire*«, wiederholte Campanard matt lächelnd. »Ich dachte, das hätten wir hinter uns gelassen.«

»Nun, wir wollen ja nicht inflationär werden.« In Delacours' Augen blitzte es. »Aber was ich sagen wollte … Sie sind ganz allein in diesen Keller gekommen, um mich da rauszuholen. Sie haben mir so sehr vertraut, dass Sie bereit waren, eine Kugel zu riskieren, falls ich das mit dem Pfefferspray vergeigt hätte. Ganz ehrlich? Ich glaube, das ist alles, was ich über Sie wissen muss!«

Campanard wandte sich ab und wischte sich wie zufällig über die Augenwinkel. »Ich habe heute an Ihr forensisches

Institut geschrieben. Es steht mir nicht zu, das zu beurteilen, aber wenn Sie sich gut genug fühlen, können Sie dort jederzeit wieder beginnen. Meiner Ansicht nach sind Sie der Aufgabe in jedem Fall gewachsen. Übrigens, die sind ganz wild darauf, Sie wiederzubekommen.«

Delacours nickte stumm. »Verstehe.«

»Oh, aber vorher«, er zwang sich zu einem Lächeln, »müssen wir unseren Triumph richtig feiern. Ich lade Olivier und Sie zu mir nach Hause ein und werde ein bisschen was kochen. Aber nur, wenn Sie nachsichtig mit mir sind.«

Delacours grinste. »Ich bin nicht sicher, ob es da etwas nachzusehen gibt. Sagen Sie, ich habe ja mein Telefon verloren. Haben Sie … haben Sie Olivier denn schon über alles informiert, was geschehen ist?«

»O ja, ja. Er ist … traurig, nicht dabei gewesen zu sein.« Immerhin war diese Aussage so dermaßen wahr, dass sie selbst Delacours' analytischem Blick standhalten würde.

»Verstehe.« Irgendwie hatte Campanard das Gefühl, sie hätte sich mehr erhofft.

»Na dann, ruhen Sie sich aus, schlafen Sie den Schlaf der Sieger.« Campanard gähnte. »Ich gedenke, dringend das Gleiche zu tun.«

KAPITEL 28
DELACOURS VICTORIEUSE

Linda stopfte ihre Kleider in den Koffer. Nur die Dinge, die sie für ihre letzte Nacht und den Morgen danach brauchte, durften noch draußen bleiben.

Heute Abend war sie bei Campanard eingeladen. Wenn man so wollte, ihr letzter Termin hier in Grasse. Linda versuchte, nicht zu genau darüber nachzudenken, wie es sein würde, nach Hause zu kommen, in ihre kleine Wohnung. Das ewig hektische Paris, ihre Freundinnen, die der großen Karriere hinterherjagten. Es mochte ihr zwar besser gehen, aber sie war nicht sicher, wie sie da noch hineinpasste.

Am Rand ihrer neu entdeckten Zuversicht waberte noch immer Unsicherheit. Wenn sie ihr altes Leben wiederaufnahm, wie würde es ihr damit gehen? Hochgelobt, anerkannt und doch meistens vor einer Maschine zu sitzen, um ihr das beizubringen, was ihr selbst durch ein Wunder der Natur in den Schoß gefallen war. Irgendwie fühlte es sich plötzlich so an, als würde sie ihre Gabe damit missbrauchen.

So gefährlich und verrückt das hier gewesen war, es war echt. Echte Menschen, echte Gefühle. Diese fast schon lächerliche Wertschätzung und Verehrung der Parfümkreation, die hier herrschte.

Gedankenversunken ging sie auf ihren Balkon hinaus und ließ ihren Blick bis hinunter zum fernen Meer schweifen. Als sie in Grasse angekommen war, hatte sie lediglich registriert, dass die Luft nach Blüten roch. Mittlerweile hatte sie begriffen, wie dynamisch die Düfte sich entwickelten, die man hier einatmete. Manche Blüten brachen auf, blühten, welkten, während sich neue Eindrücke ihren Weg bahnten.

Linda sah auf die Uhr. Sie hatte noch etwas Zeit, bevor Pierre sie abholen würde, und da sie nichts anderes mit sich anzufangen wusste, holte sie ihr Tablet, stellte es auf einen hölzernen Balkonsessel und öffnete Angélinas Yogakanal.

»Einen wunderbaren Abend, meine fabelhaften Yoga-Ladys.«

Die Trainerin stand vor einem blühenden Irisfeld und zeigte der Kamera ihr Zahnpastalächeln. »Bevor wir mit unserer ersten Übung beginnen, will ich, dass wir alle zum Aufwärmen einfach mal kurz die Augen schließen und tief durchatmen. Spür deine Umgebung, die Luft auf deiner Haut. Hör einmal ganz tief in dich hinein. Was für Emotionen nimmst du in deinem Inneren wahr? Wie geht es dir im Hier und Jetzt?«

Linda nahm einen tiefen Atemzug – und stellte überrascht fest, dass sie zum ersten Mal seit langer Zeit wirklich zufrieden war.

Dann ließ ein Klopfen sie zusammenfahren. Linda stoppte Angélina und lief zur Tür.

War Pierre zu früh gekommen?

Doch stattdessen wartete Martine hinter der Tür.

»Sie haben Post«, erklärte sie schlicht und drückte Linda ein kleines Päckchen in die Hand.

»Aha.« Sie wusste nicht, wer ihr etwas hierherschicken würde. Immerhin kannte kaum jemand ihre Adresse. Aber sie würde es wohl herausfinden.

Martines Blick glitt über Lindas nackte Schulter, auf der

nur noch ein flächiges Pflaster die Nähte verbarg, zu ihrem halb gepackten Koffer.

Sie schürzte die Lippen. »Sagen Sie, nehmen Sie eigentlich Kapseln mit speziellen Nährstoffen oder so was?«

Linda runzelte die Stirn. »Nein, wieso?«

Martine zuckte mit den Schultern.

»Weil Sie für eine Vegetarierin eigentlich ganz vernünftig wirken. So, jetzt halten Sie mich aber bitte nicht mehr auf, ich muss noch auf den Markt.« Sie grinste. »Wegen der besonderen Gemüseplatte für Ihr Frühstück morgen.«

Martine drehte sich um und stieg die Treppen hinunter.

Linda sah ihr kurz hinterher, dann widmete sie sich dem Päckchen in ihren Händen. Vorsichtig riss sie es auf. Darin befand sich ein Holzkästchen und darauf eine kleine Karte.

Neugierig klappte Linda sie auf.

Behelligen Sie mich nie wieder!
FD

Ungläubig schüttelte sie den Kopf. Kam das wirklich von ihm? Aber diesmal konnte es keine Finte von Pauline sein, und Duchapin wusste tatsächlich auch, wo sie lebte.

Manu hatte ihr erzählt, dass er sich in der Zwischenzeit wieder erholt hatte und nächste Woche wieder unterrichten wollte.

Sie öffnete das elegante Holzkistchen. Darin lag, auf feine Holzwolle gebettet, ein Flakon mit einer klaren Flüssigkeit.

Auf der farblosen Flasche befand sich eine goldene Gravur.

Delacours Victorieuse.

»Siegreiche Delacours«, murmelte Linda mit gerunzelter Stirn und nahm den Flakon aus dem Kistchen.

Einen Moment lang zögerte sie, etwas vom Inhalt zu versprühen. War es ein Versuch, sie in ihren persönlichen Albtraum zu katapultieren, wie Pauline es mit Campanard gemacht hatte? Aber das war Paulines Art gewesen, nicht Duchapins.

Sie sprühte das Parfum in die Luft, schloss die Augen und sog den Duft durch die Nase ein.

Er roch … himmlisch. Wie Grasse im Frühling, dann trat ein Hauch von Tonkabohne, Papyrus und Zitrone in den Vordergrund – hatte Pauline ihm davon erzählt? Egal, er wurde bereits abgelöst von Wasser, Stein und Moos, den wunderbaren Gerüchen von Duchapins Garten … und dann, für einen winzigen Moment, sah sie sich strahlend und stolz in Duchapins Werkstatt einen bewusstlosen Mann retten.

Einbildung, Selbstsuggestion, egal, wie man es nannte, so stark und selbstbewusst hatte sie sich nicht mehr gefühlt, seit … Sie keuchte, während ein paar Freudentränen über ihre Wange rannen.

＊＊＊

»Da haben Sie uns ja wirklich ein Kleinod vorenthalten, Chef«, lachte Olivier und prostete Delacours und Campanard mit einem Glas Rosé zu.

Es war kurz vor Sonnenuntergang. Der Commissaire hatte auf der Wiese seines Gartens einen kleinen Tisch aufgestellt, neben einem Orangenbaum, der blühte und gleichzeitig ein paar reife Früchte trug. In seinen Rosenbüschen sang eine Nachtigall, und die Grillen kündigten mit ihrem Zirpen die Dämmerung an.

Für seine Verhältnisse hatte Olivier viel gegessen. Campanard hatte ihnen verschiedene mediterrane Käsesorten und eingelegtes Gemüse mit frischem Baguette als Vorspeise aufgetischt, als Hauptgang dann Ravioli mit einer Basilikumsoße, die man in der Gegend gern aß. Olivier hatte zum ersten Mal seit Wochen richtig Appetit verspürt und ordentlich zugelangt. Etwas anderes hätte Campanard an diesem Abend auch nicht gelten lassen.

»In der Tat, Olivier, herrscht hier eine geradezu meditative Ruhe, die ich sehr genieße. Ich gedenke, sie künftig aber öfter wieder mit guter Gesellschaft zu unterbrechen.«

»Santé«, sagte Olivier.

»Santé«, erwiderten die beiden anderen Obscurs, stießen an und tranken.

»Ich habe eine Frage«, gluckste Linda. »Haben Sie eigentlich jemals keinen Schnauzer gehabt, Commissaire?«

Olivier kicherte. »Linda, der Chef kam schon mit Schnauzer auf die Welt, weiß doch jeder.«

»Muss gekitzelt haben«, murmelte Linda.

Campanard und Olivier lachten laut auf.

»In Wahrheit«, erklärte Campanard, »war mein Commandant bei der Polizeiausbildung daran schuld. Er sagte immer: ›Campanard, Ihr Oberlippenflaum ist ja erbärmlich. Rasieren Sie ihn ab oder sehen Sie zu, dass etwas Anständiges draus wird!‹«

Olivier tat vom Lachen schon der Bauch weh. Er wusste nicht mehr, wann es ihm zuletzt so gegangen war. Auf jeden Fall war es viel zu lange her.

Campanard erhob sich ein wenig zu ruckartig, sodass er etwas ins Schwanken kam. »Madame, Monsieur, ich darf Ihnen gleich den Nachtisch kredenzen.«

Er deutete eine Verbeugung an und verschwand in Richtung seines Hauses.

Linda ertränkte ihr Japsen mit einem weiteren Schluck Wein. Olivier musterte sie von der Seite. So gelöst hatte er sie noch nie erlebt. Es schien beinahe, als hätte der Albtraum mit Pauline sie stärker gemacht und nicht schwächer.

»Du fährst morgen?«, fragte er unvermittelt.

Linda stellte das Weinglas langsam ab und schluckte.

»Sieht so aus. Gleich am frühen Morgen runter nach Cannes. Ich dachte, ich geh dort noch ein bisschen an der Croisette spazieren, das Meer zur Abwechslung mal aus der Nähe sehen. Am Nachmittag geht's dann mit dem TGV nach Paris.«

Olivier hatte das Gefühl, sein Körper würde sich mit einem Mal schwerer anfühlen, aber er zwang sich zu einem Lächeln.

»Die freuen sich bestimmt, dass du wiederkommst. Ich würde es jedenfalls.«

Als Linda ihn genauer musterte, wandte er sich rasch ab, damit sie seine Mimik nicht lesen konnte.

»Weißt du, Pierre«, murmelte sie nach einer Weile. »Eigentlich …« Sie lachte unsicher und fuhr sich durch die Haare. »Eigentlich hätte ich nichts dagegen, noch ein bisschen zu bleiben. Aber ich bin eben kein Polizist wie du. Wo sollte ich denn arbeiten? Und ob Martine mich so gernhat, dass sie mich ohne eure Zuwendung in der Pension wohnen lässt – hm.« Sie wackelte unsicher mit der Hand.

Olivier kicherte, obwohl ihm nicht wirklich danach zumute war.

Linda bemerkte seine Traurigkeit. Natürlich tat sie das. Vorsichtig hob sie ihren Stuhl und rückte ein wenig näher an ihn heran.

»He, darf ich dir was zeigen?«

»Klar!« Olivier streckte sich und versuchte so, einen letzten Funken Lässigkeit zu bewahren.

Sie fasste in ihre Handtasche und zeigte ihm einen durchsichtigen Parfümflakon.

Delacours Victorieuse.

»Ich habe es von Duchapin bekommen.«

»Sag bloß, das ist eines dieser Psycho-Parfums«, erwiderte Olivier alarmiert.

Linda schüttelte den Kopf. »Nein. Oder vielleicht doch, aber auf gute Weise. Ich glaube, es ist seine Art, Danke zu sagen, dass ich ihm das Leben gerettet habe.«

»Da hätte er sich schon mehr Mühe machen und einen Berg Diamanten vor deiner Tür abladen können, zum Beispiel.«

Linda betrachtete die Flasche nachdenklich. »Die Flüssigkeit hat sich golden gefärbt, als ich es aufgetragen habe. Eigentlich ein Markenzeichen synthetischer Düfte. Vielleicht ist selbst ein Duchapin bereit, sich zu ändern und neue Techniken zu benutzen, um seine Naturdüfte damit zu zelebrieren. Pardon, ich klinge immer noch wie eine angehende Nase, oder?«

Olivier hob Zeigefinger und Daumen. »Ein kleines bisschen.«

Linda lachte. »Jedenfalls erinnert mich der Duft an all das Schöne, das ich hier mit euch erleben durfte. Es fühlt sich so an, als würde ich das alles mit mir nehmen. Ich werde den Duft oft benutzen, damit mir diese Zeit immer nah bleibt – die Zeit, in der ich begonnen habe, wieder ganz zu werden.«

Einen Moment lang schwieg sie nachdenklich.

»Möchtest du ... Möchtest du mal dran riechen?«

»Lieber nicht«, antwortete Olivier reflexhaft.

»Stell dich nicht so an! Was bist du eigentlich für ein Grassois, dass du an keinem einzigen Parfum riechen willst? Ich sage, probiere es, und keine Widerrede!«

»Na gut, wie du willst«, seufzte Olivier. Er würde es einfach über sich ergehen lassen, auch wenn es keinen Sinn ergab.

Linda sprühte ihm etwas von dem Duft unter die Nase.

»Jetzt bitte einatmen, Monsieur l'inspecteur.«

Olivier atmete durch die Nase ein und wartete auf das taube Nichts, das er mittlerweile nur allzu gut kannte. Aber plötzlich wirkte alles um ihn herum intensiver, Campanards Garten, die Rosen, der Lavendel, die Farbe der reifen Orangen, Lindas helles Haar im Licht der Abendsonne.

»Ich …« Olivier blinzelte. »Ich kann …« Er wandte sich ihr zu. »Ich rieche Blüten und …«

Linda hob die Augenbrauen. »Quatschkopf, da fällt dir nichts Besseres ein? Hier riecht's doch immer nach Blüten.«

Olivier lachte und spürte, wie ihm Tränen in die Augen schossen.

»Alles okay?«, fragte Linda verwirrt.

»Jaja, alles gut.« Der Sinneseindruck verstrich, aber eine warme Freude in seinem Inneren blieb. »Ich hab sie nur eine ganze Weile nicht mehr wahrgenommen.«

Und natürlich hatte er gedacht, dass er sie nie wieder wahrnehmen würde, doch das sprach er nicht aus.

»Madame, Monsieur«, dröhnte Campanards Stimme zu ihnen herüber. »Ich darf Ihnen meinen ersten Versuch einer Tarte au blette präsentieren.«

»Tarte au blette?« Linda wirkte verwirrt. »Ein Kuchen mit Mangold?«

»Eine besonders aromatische Art von Mangold aus der Gegend, mit Äpfeln, Pinienkernen und Zitrone. Meine Großmutter hat diese Tarte früher immer für mich gebacken.«

Er schnitt sie in Stücke und reichte Olivier und Linda jeweils einen Teller.

»Mhm«, meinte Linda, als sie den ersten Bissen nahm. »Das ist richtig gut, Commissaire. So was hab ich noch nie gegessen. Gott, ich klinge wie eine hängen gebliebene Schallplatte.«

»Vielleicht bleiben Sie ja noch ein wenig länger hängen«, entgegnete Campanard beiläufig, während er sich seiner Tarte widmete.

»Wie bitte?«

»Oh, ich Schussel.«

Campanard zauberte ein großes braunes Kuvert aus einer Tasche hervor, die schon die ganze Zeit neben seinem Sessel gestanden hatte. »Die Präfektin war ziemlich beeindruckt von den Leistungen unseres Projet Obscur. So beeindruckt, dass sie das Projekt gern weiterführen möchte, da im ganzen Département immer wieder Mordfälle passieren, die einen etwas kreativeren Ermittlungsansatz brauchen.«

»Die Präfektin hat Ihnen den Vorschlag in einem Papierkuvert überreicht?«, fragte Olivier amüsiert.

Campanard schüttelte den Kopf. »Olivier, wissen Sie denn gar nichts? Bei besonders heiklen Themen setzt man neuerdings nur auf Papier!« Er räusperte sich. »Die Präfektin war allerdings ganz klar darin, dass sie die Fortführung von Projet Obscur nur genehmigt, wenn dieselben Personen an Bord sind. Sie, Olivier, Madame Delacours und meine Wenigkeit. Deshalb möchte ich Sie gerne fragen, ob Sie beide interessiert sind. Für mich wäre es eine Ehre.«

Olivier sah kurz zu Linda hinüber, deren Blick in weite Ferne gerichtet zu sein schien.

»Ich wäre dabei, Chef!« Er grinste den Commissaire an. »Aber das wussten Sie bestimmt schon, oder?«

»Ich hatte es gehofft, immerhin sind Sie mein bester Mann. Was ist mit Ihnen, Delacours?«

Olivier beobachtete, wie sie blinzelte, und erwartete bereits eine diplomatische Absage.

Da schlich sich ein selbstbewusstes Lächeln in ihr Gesicht.

»Es wäre mir ein Vergnügen, Commissaire.«

Fin

ANMERKUNG DES AUTORS

Der direkte Kontakt zu meinen Leserinnen und Lesern, zu Ihnen, ist mir sehr wichtig. Auf Ihre Fragen und Anregungen freue ich mich sehr. Zu diesem Zweck betreibe ich einen monatlichen Newsletter und trete dabei gern mit Ihnen in Austausch. Auch stelle ich Ihnen auf diesem Weg immer wieder Kurzgeschichten und Bonuskapitel zur Verfügung, die Sie nirgendwo sonst lesen können, wie zum Beispiel eine Geschichte über den jungen Commissaire Campanard.

Zusätzlich zu persönlichen Neuigkeiten informiere ich Sie darin auch über spannende Neuigkeiten aus dem Gebiet der Medizin (meiner zweiten Leidenschaft neben dem Schreiben).

Es würde mich sehr freuen, wenn Sie sich unter www.reneanour.com/insider anmelden und wir bald voneinander lesen.

Alternativ finden Sie mich auch auf Instagram (@reneanour_autor).

Während die traditionsreiche Parfümerie Fragonard tatsächlich existiert und auf alle Fälle einen Besuch wert ist, sind die im Buch skizzierten Mitarbeiterinnen und Mitarbeiter sowie die Ereignisse vor Ort natürlich frei erfunden.

Ihr
René Anour

DANKSAGUNG

Es gibt in meinem Leben ganz wichtige Menschen, die all meine schlechten Seiten mit Langmut und Liebe ertragen, die wissend lächeln, wenn ich wieder etwas Besserwisserisches von mir gegeben habe, das kreative Chaos (innerhalb und außerhalb meines Kopfes) annehmen und mich überraschenderweise trotzdem gernhaben. Ihr wisst, wer ihr seid, und euch gehört mein Dank.

Speziell bedanken möchte ich mich bei:

Meiner Agentin, Anja Koeseling, die mich durch alle Aufs und Abs der Achterbahnfahrt meines Autorenlebens begleitet.

Meiner Lektorin, Sarah Mainka, die mir immer wieder mit ihrem frischen Blick hilft, blinde Flecken in meinen Geschichten und meinem Denken zu erkennen, und jede meiner vermeintlich clever versteckten Anspielungen total beiläufig aufdeckt.

Bei Lars Zwickies für eine gründliche Sprachredaktion und viele gute Fragen.

Bei Stefan Mödritscher, der die einzigartige Superkraft besitzt, Menschen in Bücherliebhaber*innen zu verwandeln, und mir hilft, die Welt der Bücher noch besser zu verstehen.

Lilly Alonso

Sommer, Sonne, Strand und Mord: Lluc Casasnovas ermittelt

978-3-641-31628-0

978-3-453-44138-5

978-3-453-44134-7

Leseprobe unter **www.heyne.de**

HEYNE <